外国文学名著丛书

〔法〕雨果／著

九三年

郑永慧／译

"外国文学名著丛书"编委会

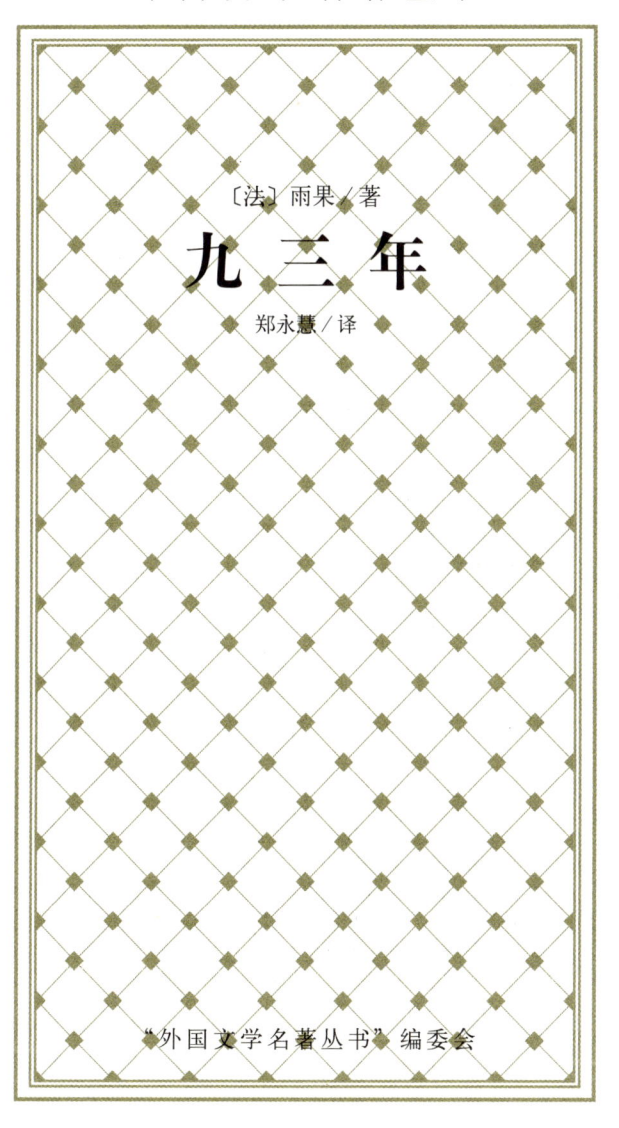

人民文学出版社

Victor Hugo
QUATRE-VINGT-TREIZE
据 Editions Albin Michel, Paris 版本译出。

图书在版编目(CIP)数据

九三年/(法)雨果著;郑永慧译. —2 版. —北京:人民文学出版社,2021(2024.5 重印)
(外国文学名著丛书)
ISBN 978-7-02-016611-4

Ⅰ.①九… Ⅱ.①雨… ②郑… Ⅲ.①长篇小说—法国—近代 Ⅳ.①I565.44

中国版本图书馆 CIP 数据核字(2020)第 170034 号

责任编辑	黄凌霞
装帧设计	刘　静
责任印制	王重艺

出版发行　人民文学出版社
社　　址　北京市朝内大街 166 号
邮政编码　100705

| 印　　刷 | 河北新华第一印刷有限责任公司 |
| 经　　销 | 全国新华书店等 |

字　　数	311 千字
开　　本	850 毫米×1168 毫米　1/32
印　　张	15.125　插页 3
印　　数	15001—18000
版　　次	1957 年 5 月北京第 1 版
	1996 年 8 月北京第 2 版
印　　次	2024 年 5 月第 6 次印刷
书　　号	978-7-02-016611-4
定　　价	55.00 元

如有印装质量问题,请与本社图书销售中心调换。电话:010-65233595

雨　果

出版说明

人民文学出版社自一九五一年成立起,就承担起向中国读者介绍优秀外国文学作品的重任。一九五八年,中宣部指示中国科学院文学研究所筹组编委会,组织朱光潜、冯至、戈宝权、叶水夫等三十余位外国文学权威专家,编选三套丛书——"马克思主义文艺理论丛书""外国古典文艺理论丛书""外国古典文学名著丛书"。

人民文学出版社与中国科学院文学研究所,根据"一流的原著、一流的译本、一流的译者"的原则进行翻译和出版工作。一九六四年,中国社会科学院外国文学研究所成立,是中国外国文学的最高研究机构。一九七八年,"外国古典文学名著丛书"更名为"外国文学名著丛书",至二〇〇〇年完成。这是新中国第一套系统介绍外国文学作品的大型丛书,是外国文学名著翻译的奠基性工程,其作品之多、质量之精、跨度之大,至今仍是中国外国文学出版史上之最,体现了中国外国文学研究界、翻译界和出版界的最高水平。

历经半个多世纪,"外国文学名著丛书"在中国读者中依然以系统性、权威性与普及性著称,但由于时代久远,许多图书在市场上已难见踪影,甚至成为收藏对象,稀缺品种更是一书难求。在中国读者阅读力持续增强的二十一世纪,在世界文明交流互鉴空前频繁的新时代,为满足人民日益增长的美好生活的需要,人民文学出版社决定再度与中国社会科学院外国文学研究所合作,以"网罗经典,格高意远,本色传承"为出发点,优中选优,推陈出新,出版新版"外国文学名著丛书"。

值此新版"外国文学名著丛书"面世之际,人民文学出版社与中国社会科学院外国文学研究所谨向为本丛书做出卓越贡献的翻译家们和热爱外国文学名著的广大读者致以崇高敬意!

"外国文学名著丛书"编委会
二〇一九年三月

编委会名单
（以姓氏笔画为序）

1958—1966

卞之琳　戈宝权　叶水夫　包文棣　冯　至　田德望
朱光潜　孙家晋　孙绳武　陈占元　杨季康　杨周翰
杨宪益　李健吾　罗大冈　金克木　郑效洵　季羡林
闻家驷　钱学熙　钱锺书　楼适夷　蒯斯曛　蔡　仪

1978—2001

卞之琳　巴　金　戈宝权　叶水夫　包文棣　卢永福
冯　至　田德望　叶麟鎏　朱光潜　朱　虹　孙家晋
孙绳武　陈占元　张　羽　陈冰夷　杨季康　杨周翰
杨宪益　李健吾　陈　燊　罗大冈　金克木　郑效洵
季羡林　姚　见　骆兆添　闻家驷　赵家璧　秦顺新
钱锺书　绿　原　蒋　路　董衡巽　楼适夷　蒯斯曛
蔡　仪

2019—

王焕生　刘文飞　任吉生　刘　建　许金龙　李永平
陈众议　肖丽媛　吴岳添　陆建德　赵白生　高　兴
秦顺新　聂震宁　臧永清

目　次

译本序 ·· 艾珉 1

第一部　在　海　上

第一卷　索德烈树林 ···································· 3
第二卷　克莱摩尔号军舰 ······························· 20
　一　英国和法国混在一起 ···························· 20
　二　黑夜笼罩在军舰和那位秘密乘客身上 ······ 24
　三　贵族和平民混在一起 ···························· 26
　四　战争和灾难 ·· 35
　五　力和人 ·· 38
　六　天平的两端 ·· 44
　七　航海就是碰运气 ·································· 47
　八　九比三百八十 ···································· 51
　九　有人逃走 ··· 57
　一〇　他逃脱了吗？ ·································· 59
第三卷　阿尔马罗 ·· 62
　一　语言就是力量 ···································· 62
　二　乡下人的记忆力抵得上船长的学问 ········· 68

1

第四卷 泰尔马克 ·················· 81
一 沙墩顶上 ·················· 81
二 "虽有耳朵,却听不见" ·········· 84
三 大号字的用处 ················ 87
四 嘉义芒 ···················· 90
五 郭文的签字 ·················· 98
六 内战的种种变化 ··············· 101
七 绝不宽大(巴黎公社的口号),绝不饶恕(亲王
们的口号) ·················· 107

第二部 在巴黎

第一卷 西穆尔登 ·················· 117
一 那时候巴黎的街景 ·············· 117
二 西穆尔登 ··················· 126
三 没有浸进冥河的一部分 ··········· 134

第二卷 孔雀街的一家酒馆 ············ 138
一 三个地狱里的判官 ·············· 138
二 在黑暗中大声疾呼 ·············· 141
三 最深处的神经的颤动 ············ 160

第三卷 国民公会 ·················· 173
一 国民公会 ··················· 173
二 在幕后的马拉 ················· 202

第三部 在旺代

第一卷 旺代 ····················· 213
一 森林 ······················ 213

二　居民 ………………………………………… 215
　　三　居民和森林的同谋 …………………………… 217
　　四　他们的地下生活 ……………………………… 220
　　五　他们的战时生活 ……………………………… 222
　　六　土地的灵魂附在人的身上 …………………… 227
　　七　旺代断送了布列塔尼的光荣 ………………… 231
第二卷　三个小孩 …………………………………… 233
　　一　比内战更进一步 ……………………………… 233
　　二　道尔 …………………………………………… 241
　　三　小军队大战役 ………………………………… 248
　　四　这是第二次了 ………………………………… 256
　　五　一滴冷水 ……………………………………… 259
　　六　胸部创伤治好了，心上还在流血 …………… 262
　　七　真理的两极 …………………………………… 269
　　八　痛苦 …………………………………………… 277
　　九　一座外省的巴士底 …………………………… 280
　　一〇　人质 ………………………………………… 291
　　一一　像古时代的那种恐怖 ……………………… 297
　　一二　准备救护工作 ……………………………… 301
　　一三　侯爵在做些什么 …………………………… 303
　　一四　伊曼纽斯在做些什么 ……………………… 306
第三卷　圣巴托罗缪的屠杀 ………………………… 309
　　圣巴托罗缪的屠杀 ………………………………… 309
第四卷　母亲 ………………………………………… 327
　　一　死神出现了 …………………………………… 327
　　二　死神说话 ……………………………………… 330

三　农民们窃窃私语 …………………………………… 335

四　弄错了 …………………………………………… 339

五　"旷野里有人在呼喊" ……………………………… 343

六　形势 ……………………………………………… 345

七　前奏曲 …………………………………………… 348

八　说话和咆哮 ……………………………………… 352

九　巨人与巨人的斗争 ……………………………… 357

一〇　拉杜 …………………………………………… 361

一一　绝望的人们 …………………………………… 369

一二　救星 …………………………………………… 373

一三　刽子手 ………………………………………… 376

一四　伊曼纽斯也脱逃了 …………………………… 378

一五　不要把表和钥匙放在同一个衣袋里 ………… 381

第五卷　魔鬼身上的上帝 ……………………………… 385

一　找到了,可是又失去了 ………………………… 385

二　从石门到铁门 …………………………………… 393

三　孩子们醒过来了 ………………………………… 395

第六卷　在胜利之后才发生战斗 ……………………… 401

一　朗特纳克被捕 …………………………………… 401

二　沉思中的郭文 …………………………………… 403

三　司令官的斗篷 …………………………………… 417

第七卷　封建和革命 …………………………………… 420

一　祖先 ……………………………………………… 420

二　军事法庭 ………………………………………… 429

三　表决 ……………………………………………… 433

四　西穆尔登既是法官,又是操生杀权的主宰 …… 439

五　土牢 …………………………………… *440*
六　太阳出来了 …………………………… *450*

译 本 序

　　一八六二年秋,雨果流亡至盖纳西岛,开始为一本酝酿中的小说记笔记;其后过了十年,于一八七二年冬动笔写作,一八七四年二月出版,这就是著名的长篇小说《九三年》。

　　小说以一七九三年法国布列塔尼地区的旺代叛乱为题材,通过一支共和国军队与叛军作战的故事,再现了法国大革命急风暴雨时期惊心动魄的阶级搏斗,热情颂扬了共和国军人勇敢无畏的牺牲精神,谴责了外国干涉者和反动贵族的复辟野心。

　　《九三年》是雨果最后一部长篇小说,也是他的写作艺术达到炉火纯青地步的产物。这部小说已不再袭用浪漫主义的奇人、奇事、奇境的传统,而选择了具有重大历史意义和现实意义的题材。在艺术方法上,除保持鲜明、强烈的正反对照的浪漫主义特色外,还注意塑造了一些富有现实感的人物形象。在《九三年》中,浪漫主义与现实主义两种艺术方法的融合,不仅丰富和扩大了作品的思想内容,也大大增强了作品的艺术魅力。较之雨果的其他几部长篇小说,《九三年》的篇幅比较短小,结构却更为紧凑,情节更为集中,笔力也尤见雄浑。一七九三年纷繁复杂的阶级斗争,竟在一部三十万言的小说中得到生动的再现,不能不让人钦佩作家的宏大气魄和艺术功力。加之作者是怀着革命激情来描绘这段历史的,所以不仅写出了当时阶级斗争的严酷,也写出了革命的正义性和"九三年"恐怖手段的历史必要性,尤其可贵的是把共和国士兵的思想觉悟及其与人民群众之间的血肉联系写得十分真挚感人。这一点,在以法国大革命为题材的作品中,应当说是十分罕见的。

然而,雨果是一个人道主义者,他的世界观与一七九三年的革命原则不可能不产生冲突。在雨果看来,革命利益与人道原则常常是不一致的,他可以理解革命,却接受不了革命的严峻现实。这种思想矛盾,构成了他小说中尖锐的戏剧冲突。

朗特纳克是旺代叛乱的组织者、领导者,是波旁王室和国内外反动势力寄予全部希望的人物。此人有才干、有魄力,在打击革命力量和屠杀无辜方面毫不手软。以致救助过他的泰尔马克也觉悟到:"谁救了狼就害了羊。"然而雨果却要读者相信,这样一个杀人如麻的反革命领袖,竟肯牺牲自己的生命和事业,以换取三个农民子女的生命。惟一的原因是母亲的呼号在他心中点燃了人性的火花。他从即将使他脱险的暗道折回,返身进入烈焰腾空的碉堡,勇敢而镇静地救出了那三个孩子。这一英雄之举在共和国士兵中引起一片欢呼,改变了这个反革命头子在他们心目中的形象。当朗特纳克侯爵威严地走下扶梯时,共和国的士兵竟敬畏地向后退缩,他们的将领也因之陷于无法自拔的苦恼。郭文明知释放朗特纳克意味着纵虎归山,旺代将再度燃起战火,生灵将再遭涂炭;然而从人道的观念出发,他不愿惩办一个为援救三个儿童而牺牲自己的老者。在革命利益与人道原则的冲突中,人道占了上风,郭文终于放走了共和国最凶恶的敌人。

郭文是雨果的喉舌,雨果的社会理想、对人类前途的信念、对革命的感受,都借郭文的嘴加以抒发,郭文的思想斗争,反映了雨果自己的思想矛盾。在雨果思想上,人与人的敌对关系,是人性中的"恶"造成的,一旦"善"的天性被唤醒,恶魔也能"放下屠刀,立地成佛"。雨果认为暴力不能降服敌人,只有人道的光辉才能战胜邪恶、消除人与人之间的对立。雨果虚构出侯爵救小孩的情节,意在说明"童稚的天真"可以打败"凶猛的心灵",千军万马所不能战胜的,却会被牙牙学语的儿童所战胜。雨果试图通过书中三个主要人物证明,"在王权之上,在革命之上,在人世一切问题之上,还有人心的无限仁慈……";在"绝对正确的革命"之上,还有一个"绝对正确的人道主义"。由此出发,朗特纳克宁肯放弃他那个阶级的复辟事业去救三个孩子;郭文置革命利益于不顾,甘心以自己的头颅换取侯爵的生命;西穆尔登尽管是革命原则的化身,内心却爱郭文超过爱革命,郭文人头落地,他随即开枪自杀。

这三个主要人物的结局,在情理上令人颇难接受,在艺术上却相当富有魅力,也许其他任何一种结局都不能产生这种结局所产生的强烈效果,而这正是所有浪漫主义作家所苦心追求的。试想如果侯爵逃之夭夭,或者逃跑未遂,被抓回来处死,较之现在的结尾都会显得平淡,不能在读者思想上引起大的波澜。所以作为小说家的雨果,不管他的某些构思是否违背了生活的真实,却是为他自己的思想找到了最完美的艺术表现形式,从这一点来说,《九三年》当推雨果笔下最成功的艺术作品之一。

雨果于一八〇二年出生,一八八五年去世,几乎生活了整整一个世纪。他经历了十九世纪所有重大的政治变革，他的数量惊人的创作分别打上了十九世纪法国各个不同历史阶段的印记。他是一位才华横溢的诗人、小说家、戏剧家和热情的社会活动家。作为文学家，雨果在文艺上不乏独到的见解，他著名的《〈克伦威尔〉序言》，使他成为法国浪漫主义运动当之无愧的领袖人物；作为社会活动家，尽管他几次三番改变自己的政治主张，却一直在随着时代潮流前进。他在一八四八年二月革命后成为坚定的共和派，在第二帝国时期无畏地与拿破仑三世做斗争；他曾为一八四八年六月起义的战士伸张正义，曾经开放他在布鲁塞尔的住宅，给一八七一年被迫害的巴黎公社社员作避难所。尽管这并不意味着雨果理解和支持无产阶级革命，他的这些行动只不过是出于对受迫害者的同情，只不过是实践《九三年》中谈到的"强者对弱者""安全的人对遇难的人"应尽的"保护和救助的责任"，但无可否认的是，雨果对被压迫者的同情完全出自一片至诚。他深信人道主义是拯救社会、改善人类处境的济世良方。在这种信念推动下，他以自己的文学创作，对那个奴役人、压迫人、从精神上和肉体上摧残人的社会提出了愤怒的抗议，在一定程度上表达了人民的心声。他那些感人肺腑、音韵铿锵的诗歌、戏剧，以及以《悲惨世界》《巴黎圣母院》《九三年》为代表的优秀长篇小说，深深打动了两个多世纪来众多的读者，使之在世界文坛上享有无可争辩的不朽声誉。

　　《九三年》在某种意义上可以说是雨果创作生涯的终结，也是他一生思想的概括和总结。这部小说集中了雨果思想中的积极因素与消极因素，深刻暴露了他的世界观中长期得不到解决的矛盾；他用圆熟的艺术技巧、生动感人的艺术形象，为我们提供了一幅反映一七九三年法国国内战争的图画,并把自己的思想体系作了最完美的表达。通过这部小说,我们不仅能嗅到法国大革命时期的烈火硝烟,还能进一步体味这位十九世纪法国文学大师的创作思想和艺术特色。

艾　珉
一九九二年九月

第一部　在 海 上

第一卷　索德烈树林

一七九三年五月的最后几天，桑泰尔①带到布列塔尼②来的巴黎联队中，有一分队正在阿斯蒂野地方的阴森可怕的索德烈树林里搜索。他们的人数不满三百人，因为经过这场残酷的战争，联队的大部分兵士都打死了。那时候，经过了阿尔贡纳、热马普和瓦尔米战役③，原有六百个志愿兵的巴黎第一联队只剩下二十七人，第二联队只剩下三十三人，第三联队只剩下五十七人。那是史诗式斗争的时代。

巴黎派到旺代来的几个联队一共有九百一十二人。每个联队有三尊大炮。这些联队是很快地组织起来的。四月二十五日，戈义野正当着司法部长，布索特正当着国防部长，忠告

---

① 桑泰尔(1752—1809)，一七九三年巴黎国民自卫军的总司令。
② 布列塔尼，法国西北部的半岛，面临英吉利海峡及大西洋，北部邻近诺曼底，南部接连旺代。一七九三年三月旺代叛乱时，英国人从这里援助叛军。
③ 一七九二年四月二十日法国立法会议政府对奥宣战，普奥联军向法国进攻。法军司令迪穆里哀率领装备不全但是士气百倍的法国革命军队在阿尔贡纳山地、热马普和瓦尔米三处击败了训练有素的封建联军。但在法王路易十六被处死后，迪穆里哀即背叛革命，逃至国外，投降敌人。

区公所①建议派遣志愿兵联队到旺代去,公社的社员鲁宾作了报告;五月一日,桑泰尔已经准备好派遣一万二千兵士、三十尊野战炮和一个炮兵联队出发。这些联队虽然组织得这么匆促,却组织得很完善,所以直到今天还成为模范;现在组织战斗兵团,就仿照着这些联队的编制,这种编制改变了过去兵士和下级军官的人数比例。

四月二十八日,巴黎公社颁发了下面的命令给桑泰尔的志愿兵:"绝不宽大,绝不饶恕。"到了五月底,从巴黎出发的一万二千人已死了八千人。

走进了索德烈树林的联队时时刻刻在警戒着。他们并不着忙。他们向左边,向右边,向前面和后面张望;克雷贝尔②说过,"兵士的背上是长着一只眼睛的"。他们走了很久。现在该是什么时候呢?这是一天中的哪一段时间呢?很难说,因为在这么荒野的丛林里,经常总是阴森森的,在这座森林里,从来就不十分光亮。

索德烈树林是悲惨的。就是在这座树林里,从一七九二年十一月起,内战开始了种种罪行;凶暴的跛子慕斯开东③的出生地就是这座不祥的密林;在这里发生的杀人罪行之多,可以使听见的人头发竖起来。没有比这里更可怕的地方了。兵士们小心翼翼地前进。四面开满了花;围绕在他们身边的,是一道颤动着的丫枝的墙,树叶的可爱的凉气就从那上头扑到人身上;这里那里阳光透过绿色的阴影射进来;地上,菖兰花、

---

① 区公所,法国一七八九年革命初期,巴黎各区为着办理选举,成立了区公所,后来成为各区公民的永久性组织,其意见可以左右国民公会。
② 克雷贝尔(1753—1800),革命军镇压旺代叛乱的著名将领之一。
③ 慕斯开东,旺代保王党叛军的领袖之一。

沼泽的菖蒲、草原的水仙、预告晴天的小花——雏菊、春天的番红花,装饰着厚厚的一块茵绿地毯的四边和中间,地毯上丛生着各种形状的藓苔,从样子像一条毛虫的到样子像一颗星星的都有。兵士们在沉默中一步一步前进,轻轻地拨着荆棘。鸟儿在刺刀的上空鸣唱着。

过去在和平时期,索德烈树林是人们夜间猎鸟的丛林之一(这种狩猎名为"胡意斯-巴");现在人们在这里狩猎的对象是人。

丛林里全是桦树、山毛榉和橡树;地面很平;藓苔和深厚的草减弱了兵士们前进的脚步声;没有什么小径,即使有,不到一会儿也就走不通了;周围是猫儿刺、野李树、羊齿草、一簇簇篱笆似的针首蓿、高大的荆棘;十步以外就看不见人。不时有一只鹭鸶或者一只水鸥从丫枝中飞过,表明附近是沼泽。

他们向前走着。他们漫无目标地走着,心里焦虑不安,害怕发现他们找寻的人。

他们不时遇见扎过营的地方的痕迹、烧焦的地面、践踏过的草、扎成十字架形的木棒、血迹斑斑的丫枝。这里曾经烧过饭,这里曾经举行过弥撒,这里曾经包扎过伤兵。可是曾经到过这里的那些人已经不见了。他们在哪儿呢?也许很远。也许很近,躲藏着,手里拿着喇叭管火枪。森林里仿佛没有人。联队加倍小心。愈显得荒凉,愈应该提高警惕。他们看不见任何人:这更是害怕遇见人的理由。他们应付的是一座名声很坏的森林。

敌人在这儿埋下伏兵是很可能的。

三十个出去侦察的近卫兵由一个曹长率领,在前头走着,和主力部队离开相当远。联队的随军女酒保跟他们在一起。

这些女酒保很愿意跟先头部队在一起。这样做虽然会遇到危险,可是能够多看点东西。好奇心是女性勇敢的一种表现。

突然间,这一小队先头部队的兵士像猎人走近野兽的巢穴一样吃了一惊。他们听见了灌木丛的中间有一种像呼吸似的声音,他们仿佛看见了树叶丛里有人晃动。兵士们互相打了一个招呼。

在侦察兵所负担的这种侦察和搜索的任务中,军官的指挥是不需要的;应该做的事情兵士们自然就做了。

不到一分钟,有人晃动的地方已经被包围起来,举起的步枪绕成一个圈子,包围着这地方;四面八方同时瞄准这阴暗的丛林中心,兵士们的手指搁在扳机上,眼睛盯住这块可疑的地方,只等曹长的一声命令便开始向这地方扫射。

可是女酒保却大着胆子从荆棘丛中向前张望,曹长正要喊"开火!"的一刹那间,女酒保喊了一声:"慢!"

她急匆匆地向丛林里奔过去。大家都跟着她。

的确有人在那里。

在灌木丛的最繁茂的地方,一块圆形小空地的边缘上——这种圆形小空地是炭窑在树林里烧树根时烧成的——有一个仿佛丫枝筑成的洞,样子像树叶搭成的房间,一边敞开着像一间凹进去的卧室,里面有一个女人坐在苔藓上面,给一个婴孩哺乳,膝盖上搁着两个熟睡着的小孩的金发蓬松的脑袋。

这就是伏兵。

"你在这儿干什么,你?"女酒保嚷起来。

女人抬起了头。

女酒保愤怒地加上一句:

"你到这儿来,你疯了吗?"

接着她又说:

"差点儿就打死你了!"

女酒保回过头来对兵士们说:

"一个女的。"

"当然了,我们早看见了!"一个近卫兵说。

女酒保继续说:

"到树林里找死吗!怎么想得出干这傻事!"

女人惊讶,害怕,吓呆了,仿佛在梦中似的望着周围这些步枪,这些马刀,这些刺刀,这些凶恶的脸。

两个孩子醒了,叫起来。

"我饿了。"一个说。

"我怕。"另一个说。

婴孩继续吃奶。

女酒保对婴孩说了话。

"只有你做得对。"她对婴孩说。

母亲吓得连话也说不出来。

曹长朝她嚷:

"别害怕,我们是红帽子①联队。"

女人从头到脚哆嗦起来。她望着曹长,曹长的粗野的脸上只看得见眉毛、胡子和亮闪闪的两只眼睛。

"就是以前的红十字联队。"女酒保加上一句。

曹长继续说:

~~~~~~~~~~

① 当时革命人士头戴绣有蓝、白、红三色徽章的红色毡帽,红毡帽是革命的象征。

"你是谁,太太?"

女人非常害怕地打量着他。她的样子消瘦,年轻,脸色苍白,衣服破破烂烂;她戴着布列塔尼乡下女人的那种宽大的帽子,颈上披着一条羊毛毯子,用一根细绳缚着。她像一只母兽那样满不在乎地让人看见她的一只裸露的乳房。她那流着血的脚上没有袜子也没有鞋子。

"她是一个穷人。"曹长说。

女酒保说话的声调是军人的也是女性的,实际上却是很温柔的,她又用这种声调问:

"你叫什么名字?"

女人低声结结巴巴地回答,几乎使人听不清楚:

"米歇尔·佛莱莎。"

女酒保用她的粗大的手抚摸婴孩的小脑袋。

"这娃儿多大了?"她问。

母亲听不懂。女酒保追问:

"我问你这小家伙多大?"

"哦!"母亲说,"十八个月了。"

"很大了,"女酒保说,"不该再吃奶了。应该断奶。我们可以把汤给他喝。"

母亲开始安心。至于那两个醒过来的孩子,他们的好奇的心情倒比害怕的心情来得更浓。他们欣赏着军帽上的羽毛。

"啊!"母亲说,"他们很饿了。"

她又加上一句:

"我再也没有奶了。"

"我们会给他们吃的,"曹长叫道,"也给你吃。可是事情还没有完。你的政治见解怎样？"

女人望着曹长，没有回答。

"你听见我问的话吗？"

她结结巴巴地说：

"我从小就被送到修道院里，可是我结了婚，我不是修道女。嬷嬷们教会我说法国话。有人放火烧我们的村子。我们急急忙忙地逃走，我连鞋子也来不及穿上。"

"我问你，你的政治见解怎样？"

"我不知道。"

曹长继续说：

"因为间谍也有女的。女间谍抓到是要枪毙的。你说呀。你不是到处流浪的波希米亚人吧？你的祖国是哪一国？"

她继续望着他，仿佛仍然听不懂似的。曹长重复说：

"你的祖国是哪一国？"

"我不知道。"她说。

"怎么！你不知道你自己是什么地方人吗？"

"哦！什么地方人。我知道的。"

"那么，你是什么地方人呀？"

女人回答：

"我是西斯各依纳田庄的人，在阿舍教区的。"

轮到曹长惊讶了。他停下来思索了一阵。然后他又问：

"你说——？"

"西斯各依纳。"

"这不是一个国家呀。"

"这是我的家乡。"

女人想了一阵，又说：

"我懂了,先生。你是法兰西人,我是布列塔尼人。"

"怎样?"

"不是同一个家乡。"

"可是这是同一个祖国呀!"曹长嚷起来。

女人只是回答:

"我是西斯各依纳的。"

"就算你是西斯各依纳的!"曹长说,"你的家在那儿吗?"

"是的。"

"干什么的?"

"人都死光了。我一个亲人也没有了。"

曹长自认为是能说会道的,他继续审问下去。

"呸,人总有亲戚的呀!或者曾经有过亲戚。你到底是什么人?说呀。"

女人吃惊地听着这一句"或者曾经有过亲戚",这句话倒像野兽的喊声,而不像人的说话。①

女酒保觉得有参加谈话的必要。她开始抚摸吃奶的婴孩,拍拍其余两个孩子的脸颊。

"这吃奶的女孩子叫什么名字啊?"她问,"她是个女的,这小家伙。"

母亲回答:"乔治特。"

"大孩子呢?这小鬼是个男的。"

"雷尼-让。"

"小的一个呢?他也是一个男的,还挺胖呢!"

---

① "或者曾经有过亲戚",这一句话原文是"...ou on en a eu",读起来声音是"乌翁南那迁",在粗野的曹长口中说出来,自然像野兽的喊声,而不像人的说话。

10

"胖亚伦。"母亲回答。

"他们真乖,这几个小家伙,"女酒保说,"样子已经像大人了。"

可是曹长追着问下去。

"说呀,太太。你有房子吗?"

"我本来有一所房子。"

"在哪儿?"

"在阿舍。"

"你为什么不留在房子里?"

"因为他们把房子烧掉了。"

"他们是谁?"

"我不知道。是打仗。"

"你打哪儿来?"

"打那边来。"

"你到哪儿去?"

"我不知道。"

"照实说。你是什么人?"

"我不知道。"

"你不知道你是什么人吗?"

"我们是逃难的人。"

"你是哪一党的?"

"我不知道。"

"你是蓝的?还是白的?① 你跟谁在一起?"

---

① 白色是法国波旁王室的颜色,因此"白的"指保王党;蓝色是革命军的制服的颜色,因此"蓝的"指共和派人士。

"我跟我的孩子在一起。"

这时候谈话停顿了一阵。女酒保说：

"我吗，我从来没有过孩子。我没有时间来养。"

曹长又开始了：

"可是你的父母呢！太太，把你父母的情形告诉我们。我，我叫拉杜，我是曹长，我是席斯-米地街的人，我的父母也是那儿的人，我能够说出我的父母。你也谈谈你的。告诉我们你的父母是什么人。"

"他们是佛莱莎夫妇。没有别的。"

"对的，佛莱莎就是佛莱莎，就像拉杜就是拉杜一样。可是人总有职业的。你的父母本来干的哪一行？他们从前干什么？他们现在干什么？你的佛莱莎夫妇，他们到底搞些什么？"

"他们是种田的。我的爸爸是个残废人，不能干活，因为爵爷，他的爵爷，不，我们的爵爷，叫人打了他一顿棍子，这是爵爷做好事，因为我爸爸捉了一只兔子，为着这种事有人被判过死刑；可是爵爷开了恩，他说：只打他一百下棍子吧；以后我的爸爸就成了残废。"

"还有呢？"

"我的祖父是个新教徒。本堂神父先生设法把他关到船上做苦工。我当时年纪还很小。"

"还有呢？"

"我丈夫的父亲是个私盐贩子。王上把他绞死了。"

"你的丈夫呢？他干什么？"

"前些日子他在打仗。"

"为谁打仗？"

"为了王上。"

"还有呢?"

"当然了,为了他的爵爷。"

"还有呢?"

"当然了,为了本堂神父先生。"

"他妈的,真正岂有此理!"一个近卫兵嚷起来。

女人吓了一跳。

"你瞧,太太,我们是巴黎人。①"女酒保很亲切地说。

女人拱着双手叫道:

"呀,我的天主耶稣啊!"

"不要迷信!"曹长说。

女酒保在女人身边坐下,把年长的一个孩子拉到她的两膝中间,孩子任凭她这样做。孩子们怕人或不怕人都是说不出理由的。他们的内心有些不知什么东西在警告他们。

"可怜的布列塔尼的女人啊,你的娃娃都很漂亮,这总算不错了。我猜得出他们的年纪。大的一个四岁,他的弟弟三岁。真的,吃奶这小妞子真馋。呀!小鬼!请你不要这样子吃你的娘好吗!太太,别害怕。你应该参加联队。你可以做和我一样的事情。我叫胡莎特②。这是诨名。可是我情愿叫胡莎特,不情愿像我妈一样,叫碧柯诺小姐。我是女酒保,就像人家说的,是人家开枪互相厮杀的时候拿酒给人喝的人。各种各样的杂活儿多着呢。我们俩的脚差不多一样大,我可

---

① 当时巴黎是革命中心,这句话的意思是说明他们是革命军,是反对国王、贵族和僧侣的人。

② 胡莎特,即轻骑兵的意思。

13

以把我的鞋子送给你。八月十号我在巴黎。① 我拿酒给韦斯特曼②喝过。革命部队胜利了。我亲眼看见路易十六上断头台。③ 人家把他叫做路易·卡佩。他自己当然不愿意。你听我说。想想看,正月十三号他还在烤栗子,还跟他的家里人一起欢笑呢!人家强迫他躺在所谓跷跷板④上面的时候,他没有衣服也没有鞋子,只穿一件衬衫,一件被虫蛀过的短袄,一条灰绒裤子和灰色的丝袜。我亲眼看见这一切,我。押走他的出租马车是漆着绿色的。来吧,跟我们走吧。联队里都是些很好的小伙子,你就当第二号女酒保,我来教你怎样干。啊!非常简单!带着水壶和小铃,在吵闹的声音中,冒着枪弹和大炮的轰击,在嘈杂的声音中你走过去,喊着:'孩子们,谁要喝酒啊?'只不过这样,没有什么更大的困难。我吗,我把酒给所有的人喝。真的这样。给白的也给蓝的,尽管我自己是一个蓝的。而且还是一个忠诚的蓝的。可是我把酒给所有的人喝。受伤的人全都闹渴。人死的时候就没有意见不同的区别了。临死的人应该互相握手。打仗真是傻事!跟我们走吧。假使我打死了,你可以代替我。别瞧我这副样子,我可是一个好女人,也可以说是一个老实人。别害怕。"

女酒保一停止说话,女人就喃喃地说:

"我们的邻人叫玛丽-雅纳,我们的女仆叫玛丽-克

~~~~~~~~~~

① 一七九二年八月十日巴黎公社夺取了市政厅,敲起警钟,巴黎及各省的武装部队和人民集合起来,向王宫进攻,逮捕了法王路易十六及其家人,推翻了法国的君主制度。
② 韦斯特曼(1751—1794),法国革命家和将军,在镇压旺代叛乱的战争中以勇武和残暴出名。
③ 路易十六上断头台的日期是一七九三年正月二十一日。
④ 指断头台上的木板。

劳黛。"

这时候曹长正在责备那个近卫兵。

"闭嘴。你吓坏了太太。在太太们面前不应该说粗话。"

"在一个老实人看来,这真叫人莫名其妙,"近卫兵反驳,"这些中国的红种人①,岳父被地主打断了腿,祖父被本堂神父送去做苦工,丈夫的父亲被国王绞死,他妈的!他们还要去打仗,还要造反,还要为着地主、本堂神父和国王去送死!"

曹长吆喝:

"队伍里不准说话!"

"不说就不说,曹长,"近卫兵说,"可是无论如何看见这么漂亮的一个女人无缘无故为了混蛋神父去冒杀头的危险,是叫人不痛快的。"

"近卫兵,"曹长说,"我们现在不是在长矛区公所的俱乐部里。不要长篇大论。"

他转过来对着女人。

"太太,你的丈夫呢?他在干什么?他怎么样了?"

"他不怎么样,因为人家把他打死了。"

"在哪儿?"

"在矮树篱笆里。"

"什么时候?"

"三天以前。"

"谁杀死他的?"

"我不知道。"

---

① 近卫兵在气愤中说话有点语无伦次,所谓"中国的红种人",意思是说:"这些古怪的乡下人。"下文"岳父"实际应为"父亲"。

"怎么!你不知道谁杀死你的丈夫吗?"

"不知道。"

"是一个蓝的?还是一个白的?"

"是一颗子弹。"

"三天以前吗?"

"是的。"

"在什么地方?"

"在厄尔尼那边。我的丈夫倒下来了。就是这么一回事。"

"你的丈夫死了以后,你做些什么来着?"

"我带走我的孩子。"

"你带他们到哪儿去?"

"我带着他们朝前面走。"

"你睡在哪儿?"

"在地上。"

"你吃些什么?"

"没有什么。"

曹长用军人的方式噘了噘嘴唇,胡子都碰到了鼻子。

"没有什么?"

"那就是说,吃的是一些野李子,假使荆棘丛里还剩下一些去年的桑葚的话,一些桑葚,一些覆盆子,一些羊齿草的幼芽。"

"原来这样!那就是说你等于没有吃东西。"

年长的一个孩子仿佛听懂了,他说:"我饿了。"

曹长从衣袋里摸出一块面包头来,交给那母亲。母亲把面包分成两块,给了两个孩子。孩子们大口大口地吃起来。

"她一点也没有留给自己。"曹长喃喃地说。

"因为她不饿。"一个兵士说。

"因为她是娘。"曹长说。

孩子们停了下来。

"要喝水。"一个说。

"要喝水。"另一个跟着说。

"这座鬼树林里连溪水也没有。"曹长说。

女酒保拿起系在腰带上小铃旁边的铜杯,扭开用皮带斜挂着的水壶的壶盖,倒了几滴酒到铜杯里面,把铜杯凑近孩子们的嘴唇。

一个喝了一口,皱了一下眉头。

第二个喝了一口,喷了出来。

"可是这是很好的呀。"女酒保说。

"是烧酒吗?"曹长问。

"是的,而且是最好的一种。可是他们是乡下人。"

她揩干铜杯子。

曹长说:

"太太,你就这样子逃难吗?"

"我不得不这样做。"

"在田野里胡乱走着!"

"我用尽气力奔跑,后来我一步步走,最后我跌下来。"

"可怜的乡下女人!"女酒保说。

"他们打仗,"女人结结巴巴地说,"我的周围都在开枪。我不知道他们要些什么。他们打死了我的丈夫。我只明白这一点。"

曹长把枪柄朝地上撞得发出响声,一边叫起来:

"打仗真是傻事！笨蛋！"

女人继续说：

"昨天夜里我们睡在一棵枯树里。"

"四个人一起吗？"

"四个人一起。"

"睡吗？"

"睡。"

"那么，"曹长说，"你们是站着睡的。"

他转过来对着兵士。

"同志们，这些野人叫做枯树的，是一棵粗大、空心而枯死的老树，一个人躲在里面就像躲在刀鞘里一般。有什么办法呢？不能够叫每个人都成巴黎人啊。"

"睡在树洞里！"女酒保说，"还带着三个孩子！"

"而且，"曹长说，"这几个孩子叫喊的时候，那些过路的人看不见什么，只听见一棵树在叫喊'爸爸，妈妈！'那才怪了！"

"幸亏现在是夏天。"女人叹了一口气。

她无可奈何地望着地下，眼睛里充满对灾祸所感到的惶惑。

兵士们默默无言地围绕着这一群可怜的人。

一个寡妇、三个孤儿，逃难，没有人照顾，孤寂，战争在四面八方号叫，肚饿、口渴，除了草以外没有别的食物，除了天空以外没有别的屋盖。

曹长走到女人身边，凝视着吃奶的婴孩。小女孩吐出奶头，慢慢地转过头来，她的美丽的蓝眼珠望着这张向她俯下来的、遍布硬毛的、褐色的、可怕的脸，她微笑了。

曹长直起身子,一大滴眼泪沿着他的脸颊流下来,像粒珍珠似的停在他的胡子的尖端上。

他抬高了嗓音:

"同志们,从这一切我得到了一个结论,我们的联队应该做这三个孩子的父亲。大家同意吗?我们收养这三个孩子。"

"共和国万岁!"近卫兵们喊起来。

"通过了。"曹长说。

他在母亲和孩子们的头顶上张开两只手。

"这几个,"他说,"就是红帽子联队的孩子。"

女酒保快活得跳起来。

"三个脑袋戴一顶帽子!①"女酒保嚷着。

她突然呜咽起来,狂热地拥抱着可怜的寡妇,对她说:

"这小娃娃的神气已经像一个顽皮的女孩子了!"

"共和国万岁!"兵士们又喊起来。

曹长对母亲说:

"请你跟着我们走,女公民。"

---

① 法文有一句成语:"两个脑袋戴一顶帽子。"指两个人非常要好,意见永远一致,女酒保借用这句成语而略加改变。

第二卷　克莱摩尔号军舰

一　英国和法国混在一起

一七九三年春天,在敌人攻击法国各处边境的时候,在吉隆特党①垮台的消息轰动全国的时候,海峡群岛上发生了下面的一件事。

六月一日傍晚时分,泽西岛②的僻静的晚安小海湾里在一种对航行十分危险,因而对逃跑却是最适宜的有雾天气中,一只小军舰张起帆开行了。船上的人员全部是法国人,可是这只船却是属于英国的一支小舰队的。这支小舰队仿佛放哨似的布置在岛的东海岬。指挥英国小舰队的是布侬荣家族的拉·杜尔-多弗尔涅亲王,这只小军舰就是奉了他的命令,为着一件紧急和特殊的任务而出发的。

这只小军舰在伦敦船舶管理所登记的名字是克莱摩尔,外表上是一只运输舰,实际上是一只战斗舰。它有商船那种笨重而且和平的外貌,可是外貌是不能相信的。它的

---

① 吉隆特党,法国大革命时的右派政党,以韦尼奥、路委、依斯纳、巴巴鲁、罗兰等为首。
② 泽西岛,英国海峡群岛中的一个大岛,邻近法国诺曼底。

建造有双重用意:狡猾和坚强;在可能的时候就欺骗,在必要的时候就战斗。为了应付今晚的任务,中甲板上三十尊巨大口径的青铜炮代替了货物。或者为了预防风暴,或者为了使这只船有一个文弱的外表,这三十尊青铜炮并不暴露在舱面上,就是说,它是用三重铁链在朝里的一面紧紧地拴住的,炮的前半身抵住关上的舱门;从外面看起来,什么也看不见;舱门模糊不清,盖板也关起来了。这只军舰仿佛戴上了一副面具。这些大炮是装着铜质的滑轮的,式样古老,像一朵半圆形的花。一般传令军舰只在甲板上才有大炮;这一只为偷袭和欺骗使用的军舰则在甲板上并没有武装,它的构造能够把所有的大炮装在中甲板里,就像我们刚才说过的一样。克莱摩尔号的样子是笨重短粗的,可是不失为行驶迅速的好船;它的船身是整个英国舰队中最坚实的,打起仗来它几乎抵得上一只巡洋舰,虽然它只有一根小桅张着一片简单的帆就算是后桅。它的舵,样式独特而且制造精巧,有一条几乎独一无二的弯曲的龙骨,在索斯安普敦①造船厂建造的时候用去五十英镑。

船上人员全部是法国人,都是逃亡的军官和水手。这些人是挑选过的;没有一个不是好水手、好战士和好的保王党。他们盲目地崇拜三样东西:船、剑和国王。

除船员以外,还有一营海军陆战队,必要时可以登陆。

克莱摩尔号军舰的舰长是一个圣路易骑士②布瓦斯贝特罗伯爵,以前皇家海军最优秀的军官之一;大副是拉·维尔维

---

① 索斯安普敦,英国造船工业中心。
② 圣路易骑士,获得圣路易十字勋章的人。

勒男爵,他曾经作过荷士①在队里当过曹长的法兰西近卫军中队队长;舵手是泽西地方最能干的船长菲利普·加克夸尔。

这只船显然负有一种非常的使命。的确,有一个人刚上了船,他的一副神气完全是进行冒险的样子。他是一个高大的老头,身体挺直坚强,面貌严肃,很难确定他的年龄,因为他又像年老又像年轻;他是那种有足够的年龄和有足够的精力的人,白发覆着前额,眼睛里射着闪电的光芒,有着四十岁人的精力和八十岁人的威仪。他走上军舰的时候,他的航海斗篷半敞开着,使人可以看得见斗篷里面他穿着宽大的称为"布拉古布拉"的裤子,小腿上有护腿套,上身穿着一件羊皮短衣,外层露出滚着绸边的皮,里面是粗硬蓬松的毛,这是很完整的一套布列塔尼农民的服装。这些老式的布列塔尼短衣有两种用处:节日的时候可以穿,干活的时候也可以穿,可以翻过来翻过去,随自己的意思把有毛的一面朝外,或者把滚着绸边的一面朝外;平常的日子是兽皮,星期日就是节日的盛装了。这个老头,仿佛故意要把自己弄得更像农民,所以他这一身衣服在膝盖和肘弯部分都磨光了,好像已经穿过很久似的,那件航海斗篷的料子很粗糙,很像渔夫的破衣服。老头戴着一顶当时流行的圆帽子,顶高、边阔,如果把帽边翻下,神气就像一个乡下佬,如果把一边的边缘翻上来,加上一个印有军徽的丝带,神气就像一个军人了。他戴的帽子是照着农民的样子把帽边翻下来的,既没有带子,也没有帽徽。

---

① 荷士(1768—1797),贫家出身,在王朝时代是法兰西近卫军里的下级军官,法国大革命时被提升为将军,当时年纪只有二十五岁,富有军事天才,战功显赫。一七九三年曾因触犯嫌疑法被囚,后被释出,负责绥靖旺代,平定旺代叛乱。二十九岁时死于肺病。

岛上的总督巴尔加列斯爵士和拉·杜尔-多弗尔涅亲王亲自伴送他,把他安置在船上。亲王们的密探,曾经当过阿尔图瓦伯爵①的保镖的耶朗布尔②亲自监视房舱的布置,虽然他自己也是一个道地的贵族,他却小心恭敬到这样的地步,竟然跟在老头后面,替他提着小皮箱。他们告辞上岸的时候,耶朗布尔先生向这个乡下佬深深致敬;巴尔加列斯爵士对他说:"祝你好运,将军。"拉·杜尔-多弗尔涅亲王对他说:"再见,我的表哥。"

的确,"乡下佬"就是水手们在他们惯常简短的谈话中,马上用来代表他们这位客人的名字;可是,用不着知道更详细的情形,他们已经明白这个乡下佬并不是一个乡下佬,就像这只战斗舰并不是一只运输舰一样。

风并不大。克莱摩尔号离开了晚安湾,从布雷湾前面驶过,在一段时间中还可以看见它一直向前走,以后就在逐渐加深的暮色中变小了,消失了。

一个钟头以后,耶朗布尔回到他在圣埃利叶的家的时候,利用索斯安普敦的邮车给约克公爵司令部里的阿尔图瓦伯爵送去下面几行字:

　　殿下,刚才船已启行。成功必有把握。八天以内从格朗威勒到圣马洛一带海岸必在战火之中。

四天以前,派到瑟堡海岸的军队里当政治委员、暂时住在

---

① 阿尔图瓦伯爵,法王路易十六的弟弟,后来即王位,称为查理第十。
② 耶朗布尔,在保王党方面秘密为革命工作的人;他经常把情报送给马拉等革命人士。下文就说到他把克莱摩尔号启行的情报送给马恩的普利尔。

23

格朗威勒的马恩的普利尔①从一个密使手中收到了一封信，笔迹和前一封信相同，里面写着：

> 代表公民，六月一日潮涨时分，把大炮掩蔽起来的战斗舰克莱摩尔号将要启行，该舰任务系护送一个人到法国海岸登陆。此人之特征如下：身高，年老，白头发，着农民服装，有贵族的手。明天我再把更详细的情形写给你。他要在二日早晨登陆。请通知巡逻舰队，把这船俘获，把这人送上断头台。

二　黑夜笼罩在军舰和那位秘密乘客身上

这只军舰并没有朝南向圣卡特琳娜那边驶去，却先向北走，然后朝西转弯，奋勇地驶进塞克和泽西之间称为失败海峡的海面上。那时候，沿着海峡两岸都没有灯塔。

太阳早已沉没；夜是黑暗的，比通常的夏夜更黑暗；那是一个有月亮的晚上，可是大片的云布满天空，很像是春分或秋分时节的云，而不像冬至或夏至时节的云，照这样子看来，月亮只有落到地平线的时分才能让人看见了。有几片云一直垂到海面上，像雾似的把海面遮住。

周围这一切黑暗都是有利的。

舵手加克夸尔的意思是想左边让过泽西，右边让过格恩西，大胆地从阿努瓦和多佛尔中间驶过去，直达圣马洛沿岸的任何一个海湾，这条路线比经过明基叶的那一条要远些，可是

---

① 马恩的普利尔(1756—1827)，革命军政治委员。

更安全,因为法国的巡洋舰队经常的任务,是特别注重在圣埃利叶和格朗威勒之间游弋警戒。

如果顺风,又没有什么意外,只要把军舰的帆都扯起来,加克夸尔希望在破晓时分把船驶到法国海岸。

一切都很顺利,军舰已经驶过大鼻礁。快到九点钟的时候,用水手们的话来说,天气有点不高兴了,风起了,浪也来了;可是这风是好风,波浪虽大,还不算猛烈。不过,有几个浪头也打到船头上来。

被巴尔加列斯爵士称为"将军"、拉·杜尔-多弗尔涅亲王称为"我的表哥"的那个乡下佬,能够像水手们一样在船上站稳,他带着庄重的神气在军舰的甲板上安静地散步。军舰颠簸得这样厉害,他似乎都没有觉到。他不时从短衣的衣袋里掏出一大片巧克力糖,咬下一块细嚼,他虽然满头白发,满嘴的牙齿却很齐全。

他不跟任何人说话,只除了有时低声地、简短地和舰长说一两句,舰长很恭敬地听着,仿佛认为这个乘客才是真正的舰长似的。

很巧妙地驾驶着的克莱摩尔号在大雾中神不知鬼不觉地沿着泽西北岸的漫长绝壁前进,紧靠着岸边行驶,为的是要避开在泽西和塞克之间的可怕的比埃尔-德-里克礁石。加克夸尔守着舵,一面依次指出这是里克矶,这是大鼻礁,这是普莱蒙礁,一面把船驾驶着从这一连串的礁石中溜过,虽然有点摸索着前进,可是他挺有把握,像回到自己家里一样,熟悉海洋里的一切东西。军舰的船头上没有灯火,为的是避免在这个被监视着的海面上露出形迹。大家都庆幸有这场雾。船到了大驿站;雾这么浓,使得尖塔礁的高大轮廓也看不出来。他们听见圣多昂教堂的钟楼打十点钟,证明风向依然是从船尾吹来。一切仍然很顺利;由于驶到科比埃尔附近,海面更加激动了。

十点过后不久,布瓦斯贝特罗伯爵和拉·维尔维勒男爵伴送那位穿着农民衣服的老头回到房舱,这所房舱其实就是舰长自己的房间。在走进房间的时候,老头压低嗓音对他们说:"先生们,你们知道保守秘密的重要。不到爆发的时候,不能吐露一个字。在这儿只有你们两位知道我的名字。"

"我们把这秘密一直带到坟墓里去。"布瓦斯贝特罗回答。

"至于我,"老头又说,"我到死也不会说。"

于是他走进了房间。

三 贵族和平民混在一起

舰长和大副回到甲板上,两人并着肩边走边谈话。他们谈的显然是他们的那位乘客,下面就是被风吹散到黑暗中的他们的谈话的大概:

布瓦斯贝特罗低声在拉·维尔维勒的耳边喃喃地说:

"他是不是一个真正的领袖,我们等着瞧吧。"

拉·维尔维勒回答:

"不管怎样,他是一个亲王。"

"差不多可以算是。"

"在法国是贵族,可是在布列塔尼是亲王。"

"就像拉·特里穆瓦依家族一样,也像罗昂家族一样。"

"他是他们的姻亲。"

布瓦斯贝特罗继续说:

"在法国,而且坐在王上的马车里,他是侯爵,就像我是伯爵和你是骑士一样。"

"马车早就不知何处去了!"拉·维尔维勒叫道,"我们现在坐的是囚车。"

沉默了一阵。

布瓦斯贝特罗接着说:

"因为没有法国的亲王,只好要一个布列塔尼的亲王。"

"因为没有画眉①……不,因为没有鹰,只好要了一只乌鹊。"

"我倒宁愿要一只兀鹰。"布瓦斯贝特罗说。

拉·维尔维勒回答:

"当然了!只要有利嘴和爪子就有用。"

"我们等着瞧吧。"

"对的,"拉·维尔维勒说,"现在该是有一个领袖的时候了。我同意坦泰尼厄的意见:'我们需要一个领袖和火药!'你瞧,舰长,我差不多认识一切有希望的和没有希望的领袖,过去的、现在的和将来的;可是没有一个是我们所需要的军事领袖。在这个该死的旺代地方,我们需要一个像律师一样的将军:我们必须使敌人疲于奔命,和敌人争夺每一个磨坊、每一处树林、每一道沟壑、每一块石头,拼命纠缠敌人,利用一切,提防一切,拼命杀人,惩罚少数来儆戒多数,不睡觉也不怜悯。在眼前这时候,在这支农民军队里,有不少英雄,可是没

---

① 法国成语"没有画眉,就吃乌鹊",是不得已而求其次的意思。

有领袖。德尔贝等于零;莱斯居尔不正常;朋桑宽恕敌人,他的心软,这是愚蠢的;拉罗什雅克兰只是一个很出色的副官;西尔兹是一个在平地上作战的军官,不适宜于这种游击战争;卡特利诺是一个天真的车夫;斯托弗雷是一个狡猾的禁猎场看守;贝拉无能;布伦威利叶可笑;夏烈特可怕。我不必提理发匠加斯东。因为,天啊!假使我们叫一个理发匠来指挥贵族的话,我们和革命斗争还有什么意义?我们和共和党人之间还有什么区别呢?"①

"这是因为狗养的革命也传染上我们了。"

"那是法国身上的癣疾!"

"是第三等级的癣疾,"布瓦斯贝特罗说,"只有英国能够给我们治好。"

"英国一定会给我们治好的,不必担心,舰长。"

"现在可真丑恶。"

"的确,到处都是粗人;君主政府方面有德·莫勒维里叶先生的禁猎场看守斯托弗雷当总司令,不必再羡慕共和政府方面有德·卡斯特里公爵的门房的儿子巴祁②当部长了。旺代的战争中双方的人物多么匹配啊:一边有酒坊老板桑泰尔,另一边有理发匠加斯东!"

"亲爱的拉·维尔维勒,我相当看得起这个加斯东。他

① 这一段话里所提起的人都是旺代叛军的著名将领:坦泰尼厄、德尔贝、莱斯居尔、朋桑、拉罗什雅克兰、西尔兹、卡特利诺、斯托弗雷、贝拉、布伦威利叶、夏烈特、加斯东。他们的活动地区后面第三部《在旺代》里有比较详细的叙述。其中斯托弗雷、卡特利诺、加斯东出身平民;拉罗什雅克兰、夏烈特等出身贵族。

② 巴祁(1746—1823),一七九三年的巴黎市长,又任国防部长。共和政府的著名口号"自由、平等、博爱或者死",就是他提出来的。

在基买尼指挥得并不坏。他命令三百个蓝军自己挖好坟墓,然后枪毙他们;他这件事做得多漂亮!"

"做得真漂亮,可是我也会做得跟他一样漂亮。"

"对,一点不错。我也会。"

"战争中的伟大行为,"拉·维尔维勒说,"只有那些身上流着贵族血液的人才能完成。这是骑士的事,不是理发匠的事。"

"可是在第三等级中,"布瓦斯贝特罗反驳,"也有值得钦敬的人物。就拿钟表匠佐里来说吧。他曾经在佛兰德联队里当曹长,后来变成了旺代的一个领袖,他指挥一个海岸部队;他有一个儿子是共和党,因此,父亲在白军里服役的时候,儿子在蓝军里服役。两军相遇。打了一场。父亲把儿子俘虏了,而且把他的脑袋打得开了花。"

"这一个是好的。"拉·维尔维勒说。

"是一个保王党的布鲁图①。"布瓦斯贝特罗说。

"虽然如此,可是让一个郭克罗、一个让-让、一个慕林、一个福卡尔、一个布如、一个萧白来领导,真叫人受不了!"

"亲爱的骑士,对方也是同样地气愤。我们这儿挤满了平民;他们那边挤满了贵族。你以为那些无套裤汉②受康克劳伯爵、米兰达子爵、布哈奈子爵、瓦朗斯伯爵、吉斯丁侯爵和毕隆公爵指挥,心里就高兴吗?"

"多混乱啊!"

〰〰〰〰〰〰〰
① 布鲁图,罗马的共和党领袖,推翻帝制,建立共和国。他的两个儿子阴谋复辟,他把他们判处死刑,而且亲自监督死刑的执行。
② 无套裤汉,一七九一年在巴黎和法国其他城市爆发革命,推翻君主制,这场政治运动被称为"无套裤汉运动"。

"还有沙特尔公爵哩①!"

"平等的儿子。他吗,他什么时候才能做国王?"

"永远做不了。"

"他正向着王位前进。他可以用罪恶的手段来达到目的。"

"可是他的恶劣的品行却妨碍他的成功。"布瓦斯贝特罗说。

又沉默了一阵,布瓦斯贝特罗继续说:

"可是他也曾经想讲和。他来觐见过王上。那时候我也在凡尔赛,人家在他背后向他吐口水。"

"从大楼梯上吐下来吗?"

"是的。"

"做得好。"

"我们管他叫烂泥波旁②。"

"他是个秃子,满脸都是疙瘩,是个弑君的奸臣,呸!"

拉·维尔维勒又加上一句:

"我吗,我曾经在乌爱桑跟他在一起。"

"在圣神号船上吗?"

"是的。"

"假使他听从奥维里埃海军上将给他的信号坚决抵抗③,他就可以阻止英国人通过。"

"当然了。"

---

① 沙特尔公爵,大革命时改名为平等或平等的儿子,一七九三年初,丹东曾想建立君主立宪制,以沙特尔公爵为国王,未果。后来沙特尔和迪穆里哀叛变革命,逃往国外。
② 波旁,法国王族的姓。烂泥原文是"le bourbeux",和"波旁"(Bourbon)字形有点近似,因此嘲骂沙特尔为"烂泥波旁"。
③ 一七七八年七月二十七日,美国独立战争时期,法国海军上将奥维里埃曾经率领舰队在乌爱桑岛和英国舰队作战。

"据说他躲在舱底下,是真的吗?"

"不。可是这样说法也未尝不可。"

拉·维尔维勒哈哈大笑。

布瓦斯贝特罗说:

"蠢材可真多。喏,拉·维尔维勒,你刚才提起的布伦威利叶,我认识他,我曾经在他身边观察过他。起初,农民们用长矛作武器;他不是想过把农民们训练成为长矛队吗?他想教他们操练矛枪法。他梦想把这些野蛮人改造成上阵的兵士。他自称要教他们把方阵变成圆阵,教他们排成空心队形。他叽叽呱呱地教他们说些过时的军队术语,例如他把小队长叫做'小头目',那是路易十四时代对伍长的称呼。他固执地要把所有这些违法猎户组成一个联队;他有不少正规的中队,每天晚上中队的曹长们排成一个圆圈,听取第一中队的曹长传达对答口令,第一中队的曹长把口令低声地告诉中尉的曹长,中尉的曹长告诉他旁边的一个,这一个再告诉近边的一个,这样一个个从耳朵里传过去,直到最后一个人。他开除了一个没有脱下帽子听曹长传达口令的军官。这样成绩如何你就可想而知了。这傻瓜不懂得农民只能接受农民方式的领导,也不懂得住在森林的野人根本不能训练成为住在兵营的兵士。不错,我是深知这位布伦威利叶的。"

他们走了几步,各人想各人的心事。

然后谈话又继续下去:

"对了,唐比埃尔①被杀是真的吗?"

~~~~~~~~~~

① 唐比埃尔,原来是贵族,后来成为共和国的将军,在热马普战役中初露头角,革命军司令迪穆里哀叛变后,由他代为司令,于一七九三年阵亡。

"是真的,舰长。"

"当着孔代①的面吗?"

"在巴马尔军营里。被一颗炮弹打中了。"

布瓦斯贝特罗叹了一口气。

"德·唐比埃尔伯爵。又是一个我们的人投到他们那边去的。"

"祝他一路平安吧!"拉·维尔维勒说。

"夫人们②呢? 她们在哪儿?"

"都在的里雅斯特港③。"

"还在那儿吗?"

"还在那儿。"

拉·维尔维勒嚷起来:

"啊!这个共和国!多么小的事情引起多大的混乱啊!试想这次革命只不过是几百万的赤字引起的哩!"

"因此万事都要防微杜渐啊。"布瓦斯贝特罗说。

"一切都要坏了。"拉·维尔维勒说。

"对的。拉·卢亚利④死了,杜·德莱奈是个白痴。所有这些主教们都是一些多么可怜的领袖!例如罗歇尔的主教库斯,普瓦蒂埃的主教博普瓦·圣-奥来尔,德·莱斯萨希利夫人的情人吕宋的主教梅尔希!……"

"她的名字叫赛尔旺托,你知道的,舰长;莱斯萨希利是

---

① 孔代,法国波旁王室亲王,一七九二年逃亡国外,组织军队向共和政府进攻。
② 指波旁王室的公主们、郡主们和国王的嫂嫂或弟妇等。
③ 的里雅斯特港,意大利东北部的一个海港。
④ 拉·卢亚利(1750—1793),侯爵,最初发动旺代叛变的主要人物之一。

领地的名字。"

"还有那个阿格拉的假主教,他是一个本堂神父,我不知道是什么地方的本堂神父!"

"是道尔的。他的名字是基约·德·福勒维勒。不过他很勇敢,他参加战斗。"

"需要兵士的时候却来了一些教士!主教不是主教!将军不是将军!"

拉·维尔维勒打断了布瓦斯贝特罗的说话。

"舰长,你的房间里有公报吗?"

"有的。"

"现在巴黎演什么戏?"

"《阿黛儿和保兰》,和《军营》。"

"我很想看看。"

"你看得到的。我们再过一个月就可以到巴黎了。"

布瓦斯贝特罗想了一想,又说:

"最迟一个月。温德姆先生①对胡德爵士②这样说过的。"

"那么,舰长,一切都不能说是不顺利呀?"

"一切都会变得顺利的,不错,只要布列塔尼的战事领导得好。"

拉·维尔维勒把头侧了一下,表示怀疑。

"舰长,"他说,"我们要派海军陆战队登陆吗?"

"要的,假使海岸在我们的人的手中的话;但是假使海岸

---

① 威廉·温德姆(1750—1810),英国政治家。
② 山姆·胡德(1735—1816),英国海军上将。

在敌人手中的话就不用了。战争有时要破门而入,有时也要偷偷地溜进去。内战是必须经常有一把假钥匙放在口袋里的。我们要尽自己的能力去干。最重要的还是领袖。"

布瓦斯贝特罗带着沉思的样子又说:

"拉·维尔维勒,你认为德·迪埃兹男爵怎么样?"

"年轻的那一个吗?"

"是的。"

"担任指挥吗?"

"是的。"

"我认为他也是一个陆地战和阵地战的军官。只有农民才懂得在丛林里作战。"

"那么,你只好接受斯托弗雷将军和卡特利诺将军了。"

拉·维尔维勒沉思了一阵,说:

"还得要一个亲王才行,一个法国的亲王,嫡系的亲王。一个货真价实的亲王。"

"为什么?提起亲王……"

"就是指懦夫。我是知道的,舰长。可是总得要有一个亲王才能使那些愚蠢的乡下人信服呀。"

"我的亲爱的骑士,亲王们不愿意来了。"

"他们不来,我们就不要他们。"

布瓦斯贝特罗做了一个用手压住前额的机械动作,仿佛想从脑袋里压出一个主意来。

他说:

"好吧,让这位将军试试看。"

"他是一个很有地位的贵族。"

"你相信他能称职吗?"

"只要他够好。"拉·维尔维勒说。

"就是说,只要他够残暴。"布瓦斯贝特罗说。

伯爵和骑士互相注视着。

"布瓦斯贝特罗先生,你把最重要的字眼说出来了。残暴。不错,这正是我们所需要的。这次战争是没有怜悯的战争。现在是好杀者的时代。弑君的人斩掉路易十六的头。我们要把弑君的人肢解。对的,合用的将军是铁石心肠将军。在安如和上布瓦图地方,领袖们宽宏大量,他们陷在慈悲的泥泞里,一切都很糟。在马雷和雷斯地方,领袖们很残酷,一切都很顺利。夏烈特正因为残暴,才抵挡得住帕兰。这是豺狼在对付豺狼。"

布瓦斯贝特罗来不及回答拉·维尔维勒。一声绝望的喊声骤然打断了拉·维尔维勒的话头,同时他们又听见了一种和任何声音都不相像的响声。喊声和响声都是从船舱里传出来的。

舰长和大副赶紧向中甲板走去,可是他们不能进去。所有的炮手都在狂乱地向上跑。

发生了一件可怕的事情。

四 战争和灾难

炮队里一尊二十四磅重弹的大炮滑脱了。

也许这是海上事故中最可怕的一种。对于一只正在大海中行驶的军舰,没有更可怕的事变了。

这尊挣断了铁链的大炮,突然变成了一头形容不出的怪兽;也就是说,一架机器变成了一只怪物。这件沉重的物体用它的滑轮走着,像一只弹子球似的滚来滚去,船身左右摇动的时候就侧下来,船身前后颠腾的时候就沉下去,滚过去,滚回来,停顿,仿佛沉思一阵,又继续滚动,像一支箭似的从船的一端射到另一端,旋转,闪避,脱逃,停顿,冲撞,击破,杀害,歼灭。这是一只撞城槌在任性地冲撞一垛墙。还得加上一句:这只撞城槌是铁制的,这垛墙却是木头的。这是物质获得了自由,也可以说这是永恒的奴隶找到了复仇的机会;一切仿佛是隐藏在我们所谓无生命的物体里的那种恶性突然爆发了出来;它那样子像是发了脾气,正在进行一种古怪的神秘的报复;再也没有比这种无生命物的愤怒更无情的了。这个疯狂的庞然大物有豹子的敏捷、大象的重量、老鼠的灵巧、斧子的坚硬、波浪的突然、闪电的迅速、坟墓的痴聋。它重一万磅,却像小孩的皮球似的跳弹起来。它旋转着的时候会突然转一个直角。怎么办呢?怎样解决呢?暴雨可以停止,台风会吹过去,断掉的桅可以换一根,一个漏洞可以堵上,火灾可以扑灭;可是对这只庞大的青铜兽怎么办呢?用什么方法来制伏它呢?你可以驯服一只恶狗,吓唬一头牡牛,诱骗一条蟒蛇,威胁一只老虎,软化一只狮子;可是对这样一个怪物——一尊脱了链的大炮——却没有办法。你不能够杀死它,它是死的。同时它也活着。它的不祥的生命是从无限里来的。它的底下有甲板在摇动它。它被船摇动,船被海摇动,海被风摇动。这个破坏者只是一只玩具。船、波浪、风,这一切在玩弄它;这就是它的不祥的生命的来源。对这一连串互相牵连着的东西怎么办呢?怎样阻止这一连串可怕的导向沉船的动作呢?怎样阻挡这些来来、去去、转弯、停顿、撞击呢?它向船壁的每一下撞击,都可能把船撞破。这些可怕的左冲右突,又怎能预料得到呢？我们对付的是一个会改变主意的放射物,它仿佛有许多主意,每分钟都要转一个方向。怎样来阻止这件必须避免的事变发生呢？这尊可怕的大炮乱滚乱动,前进,后退,撞到右边,撞到左边,逃避,冲过,使人无法捉摸,粉碎障碍物,把人当作苍蝇似的压死。情势的可怕是因甲板也动摇起来了。怎样和一块任性的甲板格斗呢？可以说这只船的肚子里关闭着闪电,现在闪电设法逃了出来;有点像在地震的时候,又加上打雷。

　　一转眼间全体船员都起来了。错误是在炮队队长身上,由于疏忽,他没有把铁链的螺丝帽旋紧,大炮下的四只滑轮也没有堵塞好;这样就使脚板和炮架有了活动的机会,一切关键都没有合拢,所以那系炮的铁链,终于被挣断了。铁链既然断了,大炮就不再固定在炮架上。那时候防止炮身反座的固定止退索还没有人使用。一个大浪头打击了一下炮门,没有系好的大炮就向后退,挣断了铁链,开始在中甲板里面向四面八方疯狂地滚动。

　　对于这种古怪的滚动要想得到一个概念的话,只要想象一滴水在一块玻璃上面滑走就得了。

　　铁链折断的时候,炮手们都在炮舱里。有聚集在一起的,也有分散的,都在忙着做未来的可能发生的战斗的准备工作。船身前后颠腾的时候,大炮被抛向前,一直朝人群冲过去,头一下子就压死了四个人,然后被船身向左右倾斜的力量拉回来,再推出去,又把第五个可怜的人碾成两半,再向左舷的船壁冲过去,撞坏了一门大炮。刚才听见的悲惨的喊声就是在这时候发出来的。所有的炮手都急急忙忙地向楼梯奔去。炮舱里一转眼间人都跑光了。

这门巨炮孤零零地留在那里。它获得了充分的自由。它成为自己的主人,也是这条船的主人。它爱怎么办就怎么办。所有这些惯于在打仗时欢笑的水手们都哆嗦起来了。要描写这种恐怖的气氛是不可能的。

舰长布瓦斯贝特罗和大副拉·维尔维勒虽然是两个勇士,也在楼梯顶上停了下来,一句话也不说,脸色发青,犹豫不决,向中甲板里面张望。有一个人用手肘推开他们,走了下去。

这人就是他们的乘客,那个乡下佬,他们在一分钟以前谈论着的那个人。

走到了楼梯底,这人停了下来。

五　力和人

大炮在中甲板里滚来滚去。简直可以说它就是一辆活的《启示录》里的马车。① 炮舱船梁下面摇曳着的船灯,给这景象加上了令人晕眩的、晃动的光和影。大炮滚动得太猛烈,使得它的形状也看不清楚,有时在灯光下它显出黑色,有时在黑暗中它反射出朦胧的白光。

它继续进行破坏船的工作。它已经撞坏了另外四门炮,在船壁上撞破了两道裂缝,幸喜裂缝都在水面以上,仅在狂风起时才可能有水从这里进来。它疯狂地冲撞船的骨架;这些结实的骨架还抵抗得住,因为那些弯曲的木材是特别坚固的。

---

① 《启示录》,《新约》的最后一卷,描写世界末日的幻象,天马下凡,马嘴喷出火、烟和硫黄,要杀人三分之一,等等。

可是在这个庞然大物的攻击下,也听得见这些骨架发出咯咯的响声,这个庞然大物仿佛禀赋着闻所未闻的无所不在的力量,同时向四面八方撞击。把一颗铅弹放在瓶里摇动,也不会撞击得这么疯狂,这么迅速。四只车轮在死人身上碾过来碾过去,把他们切着,剁着,剐着,五具死尸切成二十段在炮舱里滚来滚去;那些人头仿佛在叫喊;像小溪似的血随着船身的颠簸在船板上弯弯曲曲地流着。船板被撞坏了几处,已经开始有裂口了。全船充满了可怕的闹声。

舰长很快就恢复了冷静,他命令船员们把一切可以减少和阻止大炮的疯狂滚动的东西从方窗眼向中甲板上抛下来,褥子,吊床,备用帆,一捆捆的绳索,水手的背囊,一袋袋的伪钞,等等。船上满载着这种伪钞,英国人的这种卑鄙手段,被认为是完全合法的一种战略行为。①

可是既然没有人敢下去把这些破布安排在适当的地方,抛下去又有什么用呢?不到几分钟这些东西都变成了一堆乱麻。

当时的风浪正好帮助这件事变达到最坏的程度。假使有风暴就好了;风暴也许能够使这尊大炮翻一个身,只要四只轮子朝上,就有办法控制它。

损害愈来愈严重。桅杆上已经有了伤痕,甚至有了裂缝,这些桅杆嵌在龙骨里面,穿过一层层甲板,成为船上的粗大的圆柱子。在大炮的痉挛性的撞击下,前桅已经有了裂痕,主桅本身也受伤了。炮队的阵容也破坏了。三十尊大炮中有十尊

---

① 一七八九年,立宪会议以国有土地为担保,发行纸币,起初尚稳定,其后币值日跌,反革命分子更伪造纸币以破坏政府信用。

已经不能使用;船壁上的裂缝愈来愈多,军舰开始进水了。

走到中甲板里来的那个年老的乘客在楼梯底像一尊石像一样站着。他用严峻的眼光望着这种破坏的情况。他一动也不动,似乎没法向炮舱里挪动一步。

这尊获得自由的大炮每动一动,就意味着这只船开始毁灭。再过几分钟,沉船就是不可避免的了。

或者毁灭,或者立刻把这场灾难结束,必须在这两者中间选择一样;可是哪一样呢?

这尊大炮是怎么样的一个战士啊!

现在要做的是制止这个可怕的疯子。

现在要做的是制止这下闪电。

现在要做的是压伏这下雷击。

布瓦斯贝特罗对拉·维尔维勒说:

"你相信上帝吗,骑士?"

拉·维尔维勒回答:

"信的。不信。有时信。"

"在遇到风暴的时候呢?"

"信的。像现在这种时候也信。"

"的确,现在只有上帝能够救我们了。"布瓦斯贝特罗说。

大家都沉默起来,让大炮继续弄出可怕的闹声。

外面,打击着船身的浪头用一下下的撞击来回答大炮在里面的撞击。仿佛两只铁锤轮流在敲打。

突然间,在这个没有人能够进去,只有那尊自由的大炮在里面跳动的"竞技场"里,出现了一个手里拿着一根铁棍的汉子。他就是这次灾难的祸首,这尊大炮的主人,犯了疏忽错误,造成这次事故的那个炮队队长。既然闯了祸,他想来补救。他一只手抓住一根起重铁棍,一只手拿着一条打着活结的舵带,从方窗眼跳进中甲板里。

于是一场凶猛的斗争开始了:这是伟大的奇观;这是大炮和炮手的斗争,物质和智慧的战斗,物和人的决斗。

那汉子站在一个角落里,手里紧握着铁棍和带子,背靠在一根船骨上,两条小腿稳稳地站定,仿佛两根钢柱;他的面容苍白、镇静、凄苦,像在甲板上生了根似的,等待着。

他等待大炮从他身边经过。

这个炮手认识他的大炮,他觉得大炮也应该认识他。他跟它一起生活了很长的时间。他曾经有多少次把手伸进它的嘴里啊!它是他的驯服的怪兽。他开始像对他的狗一样跟它说话了。"过来。"他说。也许他爱它吧。

他仿佛很希望它向他走过来。

可是向他走过来就是从他的身上碾过。这么一来他就完了。怎样避免被碾死呢?这是一个问题。每个人都惊骇地注视着。没有一个人能够自由地呼吸,也许只有那个老头能够,他单独在中甲板里和这两个斗士在一起,他是一个不幸的证人。

他自己也可能被大炮压碎。他没有动。

盲目的浪头在他们下面导演着这场战斗。

炮手接受了这场可怕的搏斗而且走过来向大炮挑战的一刹那间,大海的颠簸偶然使大炮停止片刻,仿佛大炮惊呆了似的。"来呀!"汉子对它说。它仿佛在倾听。

它突然向他扑过来。汉子躲过了。

斗争开始了。一场闻所未闻的斗争。脆弱的躯体和不能伤害的躯体的搏斗。一个肉身的斗兽士攻击一只青铜的野兽。一方面是盲目的力量,另一方面是一个灵魂。

这一切都在阴暗中间进行。很像是一副模糊的神话中的景象。

灵魂是奇异的东西,这尊大炮仿佛也有一个灵魂;不过它的灵魂中充满了仇恨和愤怒。它虽然看不见,仿佛它也有眼睛。这只怪物好像在窥探汉子。至少我们可以相信,这块庞然大物也有策略。它也会选择机会。它是一只庞大的铁质的昆虫,具有或者似乎具有魔鬼的意志。有时这只巨大的蚱蜢撞击炮舱的低矮的舱顶,然后跌下来,四只滑轮着地,仿佛一只老虎的四只爪子着地一样,它又开始向汉子冲过来。汉子身轻体软,又敏捷又灵便,在这些闪电似的袭击下像一条水蛇似的东躲西闪。他躲过撞击,可是他躲过的撞击都落在船身上,继续把船破坏。

断掉的铁链还有一段留在炮身上。这段铁链不知怎样卷在炮尾圆柄的螺丝钉上面。铁链的一端扣在炮架上,另一端不受什么束缚,绕着大炮疯狂地旋转,使大炮的跳动显得更加猛烈。螺丝钉像一只握紧的手抓住铁链,这条铁链用皮鞭似的抽击,加强了撞城槌的撞击,它在大炮周围造成一阵可怕的旋风,它是握在一只铜手里的铁鞭。这条铁链把这场斗争弄得更复杂了。

可是汉子继续搏斗。有时甚至是他向大炮进攻,他沿着船舷爬行,手里拿着铁棍和绳子;大炮仿佛很懂事,好像猜出他的诡计似的逃走了。伟大的汉子追赶它。

这种情形不能拖延很久。大炮仿佛突然自己对自己说:"够了!应该结束了!"它停了下来。大家都感觉到结局近了。暂停片刻的大炮仿佛有——或者的确有,因为所有的人都认为它是一个生物———一种凶恶的预谋。它突然向炮手冲过去。炮手闪到一边,让它走过,笑着向它叫喊:"再来!"大炮仿佛愤怒似的,把左船舷的一尊大炮撞坏;然后,好像被系住它的一条无形的投石带抛了出去,它转向右船舷朝汉子冲过来,汉子躲过了。另外三尊大炮也被它撞得翻倒;然后,仿佛盲目而且不知道自己做什么似的,大炮转过来背着汉子,从船尾滚到船头,撞坏了船头木,就要在船头的板壁上撞开一条裂缝。汉子躲在楼梯脚,离开在旁观看的老头几步远。炮手拿着他的起重铁棍等着。大炮仿佛瞥见了他,根本不屑把身子转过来,就用一种劈斧似的速度向后倒退,朝汉子冲过来。被迫退到船舷上的汉子已经到了绝境。全体船员发出了一声呼喊。

可是直到现在一直站着不动的那个年老的乘客冲了出去,动作比这一切凶猛的快速动作更加迅速。他抓住一袋伪钞,冒着被压死的危险把这袋伪钞扔到大炮的车轮中间。这个具有决定性和充满危险的动作,即使是一个受过杜罗塞尔的《海上御炮术》里面记载的种种技术训练的人,也不会做得更合适、更准确。

这袋伪钞起了缓冲器的作用。一块小石头可以阻挡一块岩石的滚动,一根丫枝可以改变雪崩的方向。大炮颠簸了一下。炮手也抓住这个难逢的机会,把铁棍插进大炮的一只后轮的轮辐中间。大炮停下来了。

大炮有点倾斜。汉子拿着铁棍使劲往上抬,意在使它翻一个身。这只庞然大物倒下来了,声音像一口大钟跌下地来那么响,汉子浑身冒汗,用尽气力蹿过去,把舵索的活结套在这只翻倒的怪物的青铜脖子上。

斗争结束了。汉子胜利了。蚂蚁战胜了巨象。侏儒俘虏了雷电。

兵士们和水手们都鼓起掌来。

全体船员赶紧拿着锚索和铁链跳下去,一转眼间大炮又被拴住了。

炮手向那位乘客行礼。

"先生,"他对他说,"你救了我的性命。"

老头又恢复了他的不动声色的态度,他没有回答。

六 天平的两端

人胜利了,但是还可以说大炮也胜利了。马上沉船的危险虽然躲过,军舰却并不安全。船上的创伤看起来是没法补救的。船壁上有五道裂缝,其中最大的一道在船头;三十尊大炮中有二十尊躺在炮架上不能使用。被抓起来再度用铁链系住的那尊大炮本身就成了废物,炮尾圆柄的螺丝钉已经撞坏,因此瞄准已不可能。整个炮舱里只剩下九尊大炮。舱底已经进水。必须立刻抢救,要用抽水机把水抽出去。

现在中甲板里可以让人清楚地看一看了,里面的景象非常可怕。一只疯象的笼子里面也不会破坏得这么厉害。

不管这只军舰多么需要躲避敌人的视线,可是还有更迫切的需要,就是马上进行抢救。不得不在这里那里的船舷上挂起一些船灯来照亮甲板。

可是在这件人人注意的悲惨事件发生的过程中,全体船员都被生和死的问题吸引住了的时候,没有人知道军舰以外发生了什么事。事实是雾更浓了;天气变了;风随着自己的意思把船吹走;船驶出了航线,更靠近泽西和格恩西,比较应走的航路更偏南一点,正处在一个波涛汹涌的海上。巨大的浪头和船身上张开的伤口接吻,那是可怕的吻。海的颠簸富有威胁性。温和的微风变成了北风后,显出即将有大旋风或暴雨的迹象。这时在四个浪头以外的地方什么也看不见了。

船员们正在匆匆忙忙地把中甲板的损坏地方草草地修好,正在堵塞漏洞,正在把没有受伤的大炮重新排列成阵,这时候,那个年老的乘客又回到甲板上来。

他靠着主桅杆站着。

他没有注意到船上的兵士们正在走动。拉·维尔维勒骑士命令海军陆战队的兵士们在主桅杆的两旁排列成行,而且水手长吹过一声哨子以后,正在干活的水手们都排列起来在帆架上站着。

布瓦斯贝特罗伯爵向那位乘客走过来。

舰长的后面跟着一个粗野的汉子,气喘吁吁,衣服零乱,可是掩盖不住一种得意的神气。

他就是那个炮手,他刚才很及时地表现出他是一个能够制伏怪物的勇士,也就是战胜了大炮的人。

伯爵对那个穿着农民服装的老头行了军礼,对他说:

"将军,就是这个人。"

炮手笔直地立着,眼睛低垂,态度是在等待命令。

布瓦斯贝特罗伯爵又说:

"将军,根据这个人刚才所做的一切,你不认为他的上级应该有什么表示吗?"

"我认为应该有的。"老头说。

"那么请你下命令吧。"布瓦斯贝特罗接着说。

"应该你来下命令。你是舰长。"

"可是你是将军。"布瓦斯贝特罗回答。

老头望着炮手。

"过来。"他说。

炮手上前一步。

老头转向布瓦斯贝特罗伯爵,把他身上的圣路易十字勋章取下来,系在炮手的短衫上。

"乌拉!"水手们欢呼起来。

海军陆战队的兵士们举枪致敬。

那个年老的乘客用手指指着受宠若惊的炮手,继续说:

"现在,把这个人拿去枪毙。"

惊惶代替了欢呼。

于是在坟墓般的静寂中,老头抬高了嗓音。他说:

"一个疏忽危害了这只船。到了现在,这只船也许已经没法挽救。在海上,就是面对着敌人。一只渡海的船就是一支作战的军队。风暴隐藏着,可是并没有消失。整个大海就是一个陷阱。面对着敌人的时候,犯了任何过失都要处以死刑。没有任何过失是可以补救的。勇敢必须奖励,疏忽必须惩罚。"

这些话,一句一句说出来,缓慢地,严肃地,带着一种毫不变动的节奏,仿佛斧子砍在橡树上。

老头望着兵士们,加上一句:

"执行。"

那个胸前闪耀着圣路易十字勋章的汉子低下了头。

布瓦斯贝特罗伯爵做了一个手势,两个水手走下中甲板,然后带着裹尸布回来;船上的随军神父从开船起一直在军官们的饭厅里祈祷,也跟着两个水手来了;一个曹长从排列着的海军陆战队中喊出了十二个兵士,把他们排成两行,六个一行;炮手一句话也不说,走到两行兵士中间。随军神父手里拿着十字架,走上前,站在炮手旁边。"开步走。"曹长说。两排兵士用慢步向船头走去,两个水手拿着裹尸布跟在后面。

一种阴郁的静寂笼罩着全船。远远地飓风在呼啸。

过了几分钟,黑暗中响起了枪声,闪过一道亮光,然后一切复归静寂,再听见尸首跌落海里的声音。

那个年老的乘客始终靠着主桅杆立着,他把双手交叉在胸前,沉思着。

布瓦斯贝特罗用左手食指指着他,低声对拉·维尔维勒说:

"旺代有了领袖了。"

七　航海就是碰运气

可是军舰的前途怎样呢?

一整夜都没有离开波浪的云层,现在降低到这样的程度,使得地平线也消失了,整个大海仿佛披着一件大衣。除了雾以外,什么也看不见。这种情境永远是危险的,即使对一只完整无损的船也很危险。

雾以外,还加上巨浪。

他们已经尽量争取时间。为着减轻军舰的负担,他们把从损坏的东西中可能清除出来的一切废物都扔到海里去了,像撞坏的大炮,折断的炮架,撞歪了或者脱了钉的龙骨,木头或者铁的碎片,等等。炮眼都打开了,几具尸首和人体的一些断肢残块被裹在防水布里从木板上滑到海里去。

海开始变得无法控制。倒不是因为大风暴迫近了,恰恰相反,在天边呼啸的飓风听起来似乎小了一点,狂风也朝北走了;可是浪头依然很高,表明海底很激动,军舰既然受了伤,很难经得起颠簸,巨大的浪头对于它可能是致命的打击。

加克夸尔把着舵,沉思着。

在厄运当中泰然自若,这是舰队指挥官的习惯。

拉·维尔维勒是一个在灾难中还能够欢笑的人,他走到加克夸尔身边。

"我说,舵手,"他说,"飓风流产了。想打喷嚏没打成。我们一定能够渡过难关。只不过有一点风。如此而已。"

加克夸尔很严肃地回答:

"有风必有浪。"

不笑,也不愁,就是这个水手的表情。他的回答中含有一种令人不安的意义。对于一只漏水的船,有浪,就是全船很快就装满了水。加克夸尔说完以后稍为皱了一下眉头来加强他的预测的力量。也许经过大炮和炮手的不幸事件以后,拉·维尔维勒说出这种几乎算得是快活和轻浮的话,有点过早了。航海的时候有些言语举动是会带来厄运的。海很神秘;从来没法子知道它要玩些什么花样。必须时刻提防着。

拉·维尔维勒觉得自己必须恢复严肃的态度。

"舵手,我们现在在哪儿?"他问。

舵手回答:

"我们在上帝的手中。"

一个舵手就是一个主人;永远要让他爱干什么就干什么,有时也要让他爱说什么就说什么。此外,这一类人是很少说话的。拉·维尔维勒走了开去。

拉·维尔维勒向舵手提出了问题,回答他的是周围的景象。

海面忽然看得清楚了。

低垂在浪头上的雾已经散了开来,在朦胧的晨曦中,又昏暗又凌乱的一大片波涛一直伸展到无限远处,下面就是看得见的景象。

天空仿佛罩着一只云作的盖,可是云层已经不再和海面接连;东边泛着一片白色,那是黎明,西边浮现另一片白色,那是将沉的月亮。这两片白色两边相对,在漆黑的海面和幽暗的天空之间的水平线上构成两条狭长的淡白色的光带。

在两边的亮光中,都出现了一些直立不动的黑色侧影。

西边是三块高大的岩石划破被月光照亮的天空,好像克尔特①的史前巨石一样矗立在那里。

东边是八只船直立在清晨苍白色的水平线上,排列得很有次序,很可怕地间隔着一定的距离。

三块岩石是一排暗礁;八只船是一队舰队。

军舰的后面是明基叶——恶名彰著的暗礁;前面是法兰西巡洋舰队。西边是深渊,东边是屠杀;军舰正处在海难和战斗之间。

对付礁石,这只船只有一只漏水的船壳,七零八落的船具,以及从根基上动摇了的桅杆;对付战斗,它的炮队里三十尊大炮已经损坏了二十一尊,而且最优秀的几个炮手已经

---

① 克尔特,一个古代的民族,居住在高卢、北意大利、大不列颠和爱尔兰一带。

死了。

曙光还很微弱,眼前还有一段黑夜。这段黑夜可能拖延相当长的时间,因为这段黑夜主要是由云层造成的,云层又高又浓又厚,样子像一座拱形圆顶那么结实。

曾经把低处的雾吹走的风,现在正在把军舰向明基叶方面吹去。

在目前过度疲劳和受了重创的状态下,军舰几乎再也不服从舵柄的指挥,与其说它在航行,不如说它正被海带着走,受着浪头的打击,它只好听从浪头的摆布。

明基叶,这危险的礁石,在那时候比现在更险恶得多。这座深渊的城堡,有几处高塔已经被海水的不断砍削摧毁了;暗礁的形状是经常改变的;怪不得波浪被称为海洋的刀,每来一次潮水等于拉过一次锯子。在那时候,和明基叶相撞,就是死亡。

至于那队巡洋舰,就是这一次以后在杜歇那舰长指挥下出了名的康加勒舰队,杜歇那就是被勒基尼奥称为"杜歇那老爹"①的。

情势很危急。大炮事件发生的时候,军舰不知不觉走错了航线,偏向格朗威勒驶去,而不是向圣马洛进发。即使它能够操纵驾驶方向而且继续航行,明基叶也挡住它回到泽西的路,巡洋舰队阻止它到达法兰西。

此外,并没有风暴。可是,就像舵手刚才所说的,有浪。

---

① 杜歇那老爹,一个民间传说的人物,大革命时巴黎公社领袖之一埃贝尔创办了一份报纸,名字就叫做《杜歇那老爹》,这份报纸言论犀利辛辣,极受民众欢迎,成为当时巴黎公社的喉舌,后来人民就管埃贝尔叫杜歇那老爹。这里是因为舰长的名字和杜歇那同音的关系。

在狂风下面和激动的海底上面滚动着的海面是凶猛的。

海从来不肯马上说出自己的心思。这深渊里面什么都有,连奸诈的手段也有。几乎可以说海是有策略的,它会前进也会后退,它提出一个主张自己又取消掉,它会筹划一场狂风却又放弃这个计划,它预定要害人却又不实行,它会声东击西。整个晚上克莱摩尔号军舰在雾里航行而且害怕有风暴;可是海刚才否认了自己的诺言,它的否认方式是可怕的:它开始计划的是风暴,拿出来的却是礁石。这也是一样的要沉船,不过换了一种方式罢了。

触礁的死亡之外,又加上了战争的杀戮。一个敌人还不够,又加上另一个敌人。

拉·维尔维勒在他的豪迈的笑声中嚷道:

"这边是触礁,那边是战斗。我们的运气真不坏!"

八 九比三百八十

克莱摩尔号军舰差不多成了一只破船。

在散乱的苍白亮光中,在黑暗的云层里,在天边的模糊的船影上面,在浪涛的神秘的波峰之间,笼罩着一种阴森森的肃穆气氛。除了含有敌意的风呼呼地吹着,一切都毫无声息。灾祸带着无限威严从深渊中走出来。看起来仿佛是幽灵出现,而不像是一下袭击。礁石那边毫无动静,舰队那边也毫无动静。周围笼罩着一种不能形容的无边的静寂。他们要对付的到底是真的东西吗?简直可以说这是一场海上的梦幻。传说里面是有这种景象的;这艘军舰可以说是处在魔鬼的礁石和幽灵的舰队之间。

布瓦斯贝特罗伯爵向正在走下炮舱的拉·维尔维勒低声发了几道命令,然后拿起望远镜走到船尾,站在舵手旁边。

加克夸尔的全部精力都用来使军舰迎着浪前进;因为风和浪都打击着船的一边,船就不可避免地要沉没了。

"舵手,"舰长说,"我们在什么地方?"

"在明基叶的海面上。"

"在哪一边?"

"在坏的一边。"

"海底怎么样?"

"是尖锐的岩石。"

"我们能够抛锚把船身转过来吗?"

"我们总不免一死。"舵手说。

舰长把望远镜移向西边,把明基叶察看了一番;然后移向东边,观察那些望得见的帆船。

舵手仿佛自言自语似的,继续说:

"这就是明基叶。就是海鸥从荷兰飞走的时候中途休息的地方,也是大黑鸥休息的地方。"

这时候,舰长已经数了那些帆船的数目。

的确有八只很符合兵法地排列着的船,它们的威武的侧影矗立在海面上。还看得出中间一艘有三层甲板的船的高大船身。

舰长问舵手:

"你认识这些船吗?"

"当然认识!"加克夸尔回答。

"它们是什么?"

"一个大舰队的分队。"

"法国的舰队。"

"魔鬼的舰队。"

沉默了一阵。舰长说：

"整个巡洋舰队都在这儿吗？"

"并不都在这儿。"

事实上，四月二日瓦拉舍①曾经在国民公会里宣布有十艘巡洋舰和六艘主力舰在海峡上游弋。舰长记起了这件事。

"不错，"他说，"整个舰队有十六只船。这儿只有八只。"

"其余的船，"加克夸尔说，"在那边沿着整个海岸走来走去侦察着。"

舰长一边用望远镜窥察，一边喃喃地说：

"一只三层甲板的主力舰，两只一级巡洋舰，五只是二级的。"

"可是我呀，"加克夸尔咕噜着说，"我也侦察过它们。"

"好船，"舰长说，"我多少也指挥过这些船。"

"我吗，"加克夸尔说，"我曾经仔细看过它们。我不会把它们弄错。它们的特征都在我的脑子里。"

舰长把望远镜递给舵手。

"舵手，你看得清楚那只船身很高的军舰吗？"

"看清楚的，舰长，那是黄金海岸号。"

"这是他们改过的名字，"舰长说，"以前叫做布尔哥尼号。一只新船。有一百二十八尊大炮。"

他从衣袋里拿出一本笔记簿和一支铅笔，在笔记簿上写了"一二八"三个数目字。

~~~~~~~~~~

① 瓦拉舍(1751—1793)，吉隆特党人，国民公会议员，后来用刀自杀，以避免上断头台。

53

他继续问:

"舵手,它左边的第一只船叫什么名字?"

"那是经验号。"

"一级巡洋舰。五十二尊大炮。两个月以前才在布雷斯特装配起来的。"

舰长在笔记簿上记下"五二"。

"舵手,"他又问,"左边第二只船呢?"

"森林女神号。"

"一级巡洋舰。十八磅重弹的大炮四十尊。它曾经到过印度。它有一段光荣的战斗历史。"

他在"五二"下面写上"四〇";然后,他抬起头:

"现在,看右边。"

"舰长,右边全是二级巡洋舰。一共有五艘。"

"从主力舰旁边数起,第一艘叫什么名字?"

"决心号。"

"十八磅重弹的大炮三十二门。第二艘呢?"

"里什蒙号。"

"同样的配备。再过去呢?"

"无神号。"①

"在海上航行这是好古怪的名字。再过去呢?"

"嘉莉梭女神号。"

"再过去呢?"

"女酒鬼号。"

"五只巡洋舰,每只有三十二尊大炮。"

---

① 根据海军档案所载,一七九三年三月舰队状况。——原注

舰长在前面写过的数目字下面又写上"一六〇"。

"舵手,"他说,"你都认得出它们呀。"

"你呢,"加克夸尔回答,"你对它们非常熟悉,舰长。认得固然不错,熟悉才了不起。"

舰长的眼睛盯住他的笔记簿,在齿缝里把数字加起来。

"一百二十八,五十二,四十,一百六十。"

这时候,拉·维尔维勒回到甲板上来了。

"骑士,"舰长朝他嚷道,"我们要对付三百八十门大炮。"

"好。"拉·维尔维勒说。

"你刚才视察过,拉·维尔维勒;我们到底还有多少大炮可以用?"

"九门。"

"好。"布瓦斯贝特罗也回他一句。

他从舵手的手中把望远镜拿过来,眺望着天边。

那八只黑色而沉默的船仿佛动也不动,可是它们逐渐增大。

它们不知不觉地走近来了。

拉·维尔维勒行了一个军礼。

"舰长,"拉·维尔维勒说,"我的报告如下:我本来就不相信这艘克莱摩尔号军舰。突然间搭上一只跟你不熟识或者不喜欢你的船,总是有麻烦的。英国船对法国人是不忠的。那尊狗养的大炮就证明了这一点。我视察过。铁锚都很好。不是半生铁打的,是用大铁锤把焊接的铁条链成的。铁锚的轮都很结实。锚索是顶好的,很容易放下去,长度也合乎规定,有一百二十呎①。军火很多。有六个炮手死了。每门炮

---

① 呎,古代长度单位,每呎约等于1.62米。

可有一百七十一发炮弹。"

"这是因为只剩下九门炮的缘故。"舰长喃喃地说。

布瓦斯贝特罗又拿望远镜去眺望天边。那队舰队继续慢慢地走近来。

那些青铜铸的大炮有一种长处：三个人就可以操纵它们；可是它们也有一种短处，它们不像新式大炮那样射得远，瞄得准。因此必须让敌人的舰队走近到大炮的射程以内。

舰长低声地一一发布命令。静寂笼罩着全船。准备作战的钟声并没有敲响，可是全船都在执行。这只军舰已经失掉战斗力，既不能和人斗争，也不能和波浪斗争。这只破船上的一切，凡是能够利用的都尽量利用了。所有的缆索和替换用的小缆索都堆积在舵带旁边和上甲板的中部，以便在必要时用来稳固桅杆。伤兵医疗处也布置好了。按照当时海军的习惯，甲板也装备起来，这样可以挡挡枪弹，可是不能抵挡炮弹。量弹丸口径的仪器也拿出来了，虽然现在检查枪炮口径已经太迟了点；可是当初想不到会发生这许多意外事件。每个水手分到一只弹药盒，而且把两支手枪和一柄匕首系在腰带上。吊床都折起来；大炮也对准了；长枪队也准备好；斧头和抓船的钩子都排列好；弹药库和炮弹库都打开了；火药库也打开了。每个人都站上了自己的岗位。这一切都是一句话也不说就做好的，仿佛在一个濒死的人的房间里，进行得又快又悲惨。

然后军舰在船头船尾都抛了锚，把船身转过来。船上一共有六只锚，跟一只巡洋舰一样。六只锚都抛下去了；更锚在船头，拖锚在船尾，潮锚在向着大海那边，汐锚在向着礁石那边，大锚在右边，副锚在左边。

还可使用的九尊炮都排列成阵,九尊炮都在一边,面对着敌人的一边。

对方的舰队也在同样的沉默中调动好了。现在八只船围成半圆形,明基叶就是这个半圆形的弦。克莱摩尔号被这个半圆形包围住,同时也被它自己的锚束缚住,它的背后就是礁石,换句话说,就是沉船。

这种情形仿佛一群猎狗围住了一只野猪,虽然还没有吠出声来,可是已经露出了牙齿。

双方仿佛都在等待对方的动静。

克莱摩尔号的炮手们都守在他们各自的大炮旁边。

布瓦斯贝特罗对拉·维尔维勒说:

"我希望能够先开火。"

"这是卖俏女人的虚荣心。"

九 有人逃走

那个乘客没有离开过甲板,他不动声色地望着这一切进行。

布瓦斯贝特罗走到他身边。

"先生,"他对他说,"准备工作已经做好了。现在我们已经紧紧抓住坟墓,我们不会放松的。我们不是敌舰的俘虏,就是礁石的俘虏。或者向敌人投降,或者触礁而死,没有别的道路。我们只剩下一条路:死。战斗而死比沉船更好。我宁愿被枪炮打死,不愿意被水淹死;对于死,我愿意死于火而不愿意死于水。可是死是我们这些人的责任,不是你的责任。你是亲王们挑选出来的人,你负有指挥旺代战事的重大使命。

少了你,王国也许就要灭亡;因此你必须活着。我们这些人的荣誉是留在这里,你的荣誉是离开这里。将军,你必须离开这只船。我准备给你一个人和一只舢板。绕道登陆并不是不可能的。天还没有亮,浪头很高,海里很黑暗,你一定能够脱逃的。在某些情形下面,脱逃就是胜利。"

庄严的老头很严肃地把头点了点,表示同意。

布瓦斯贝特罗抬高了嗓音。

"兵士们和水手们!"他喊起来。

一切动作都停了下来,所有的脸都从船上的各个角落里转过来向着舰长。

他继续说:

"在我们中间的这个人代表王上。他是王上信托给我们的,我们必须保护他。他是法国王朝最需要的人;既然没有亲王,他就要充当旺代的领袖,至少这是我们的希望。他是一位伟大的将军。他本来要和我们一起在法国登陆,可是现在他必须离开我们单独登陆。救出领袖,就是救出了一切。"

"对!对!对!"全体船员都这样叫着。

"他也要冒很严重的危险。到达海岸不是一桩容易的事。这只舢板应该相当大,才能抵御得住风浪,也必须相当小,才能逃避巡洋舰队的视线。这只舢板的任务是在任何一个地点靠岸,必须是一个安全的地点,最好是富耶尔那边,比库当斯那边更好。我们需要一个体格强壮的水手,精于划船和游泳,而且是生长在这里,熟悉路径的人。现在天还很黑,舢板还能够离开大船而不致被敌人发觉。何况马上就有炮火的烟雾帮助它隐藏起来。它的小船身可以使它毫无困难地渡过水浅的地方。凡是豹子被捕的地方,鼬鼠可以逃走。我们没有出路,它有。这只舢板划着桨驶开去,敌舰是不会看见它的;而且那时候我们在这儿就要吸引住它们的注意力。大家同意吗?"

"同意!同意!同意!"全体船员叫喊。

"现在一分钟也不能耽误,"舰长继续说,"有谁志愿去吗?"

黑暗中一个水手从行列里走出来说:

"我。"

一○ 他逃脱了吗?

过了几分钟,一只专供船长使用的称为小短艇的那种舢板离开了大船。舢板上面有两个人,一个就是那个年老的乘客,他坐在船尾,一个是那个"志愿"的水手,他坐在船头。天色还很黑。那个水手遵照舰长的指示,用力向明基叶那边划去。别的出路其实也是没有的。

舢板里面放了一些干粮:一袋饼干、一块熏牛肉、一桶水。

那只小短艇放到海里去的时候,在灾祸临头的时候依然能够嘲笑的拉·维尔维勒倚在军舰的舵梁上,戏谑地和舢板告别:

"这只小船用来逃走固然不错,用来淹死那就还要好。"

"先生,"舵手说,"我们不要再笑了。"

小船很迅速地离开,军舰和舢板中间很快就有了一大段距离。风和浪帮助着划船的水手,小船飞快地逃开去,在苍茫的曙色中一起一伏,被高高的浪头遮掩着。

海面上双方都在等待——一种形容不出的阴郁的等待。

突然间,一个声音冲破了海洋上的波涛汹涌中的沉默,这个声音被话筒扩大,像被古代悲剧里的铜面具扩大一样,几乎变成不是凡人的声音了。

那是舰长布瓦斯贝特罗在说话。

"王家的水兵们,"他叫道,"把白百合花旗钉在主桅杆上面。我们要最后一次看见日出了。"

军舰发了一炮。

"国王万岁!"全体船员叫喊。

于是水平线那边也响起了另外一下喊声,声音强大、遥远、混乱,可是听得清楚:

"共和国万岁!"

同时有一种像三百下雷鸣似的响声从遥远的海洋那边爆发出来。

战斗开始了。

海面上布满了烟和火。

炮弹落到海里激起的水花到处散开来洒在浪头上。

克莱摩尔号开始向那八只敌舰喷出火焰。成半圆形包围着克莱摩尔号的整个舰队所有的炮台全部开火。水和天相接的地方燃起一片火光。仿佛海里喷出了一座火山。这一大片红色火光被风吹得东歪西倒,那些巡洋舰像鬼影似的在里面时隐时现。这一边,克莱摩尔号军舰的黑色骨架在这红色背景上很鲜明地显现出来。

那面绣着百合花的王旗在主桅杆的顶上飘扬着。

坐在舢板里的两个人都保持着沉默。

明基叶下面的三角形浅滩是一种海底的西西里岛,面积比整个泽西岛更大;海水淹没了这浅滩;浅滩的顶点是一块高地,即使最高的潮水也淹没不了它,从这里向东北方向分出去六块庞大的礁石,一字形排列着,宛如一垛有些地方坍倒了的庞大的墙。高地和这六块礁石之间的海峡只能让吃水极浅的小船驶过。出了海峡就是大海。

负责救护舢板出险的那个水手把船向海峡驶去。这样一来他就使明基叶隔在战场和舢板之间。他很熟练地在狭窄的海峡里面划着船,左闪右避,躲过所有的礁石;现在礁石已经遮没了战场。水上的火光和军舰大炮的怒吼声已经开始变得微弱,因为距离愈来愈远了;可是从炮声的继续不断这一点上看来,证明克莱摩尔号军舰还在坚决地应战,要把所有的一百九十一发炮弹放尽才会停止。

过了一会,舢板已经到达了自由的海面,远离礁石,远离战场,超出了炮弹射程以外。

海面上慢慢地不像刚才那么昏暗了,有时突然被黑暗淹没的光亮的水面已经逐渐扩大,一团团的泡沫散发为一簇簇的光线,波浪的平面上泛着白光。天亮了。

舢板已经到了不受敌人伤害的地方;可是最困难的事还在后头。舢板逃过了炮火,可是并没有逃过海难。它在汪洋大海中间,船身小得不足道,没有甲板,没有帆,没有桅杆,没有指南针,除了桨以外,什么也没有,当前又是海洋和飓风,这真是一粒原子在听凭许多巨人摆布。

于是在这无边的大海中,在这孤零零的状态中,坐在船头的那个汉子抬起他的被晨光照得苍白的脸儿,紧紧地盯住坐在船尾的老头,对他说:

"我就是被你枪毙了的那个人的兄弟。"

第三卷 阿尔马罗

一 语言就是力量

老头慢慢地抬起头来。

刚才说话的那个汉子大约有三十岁。他有一个饱经海上风霜的前额；两只眼睛很特别：在庄稼人的天真的眼珠里放射着水手的敏锐的眼光。他的两只手强有力地握住两根桨。他的态度很温和。

他的腰带上有一柄匕首，两支手枪和一串念珠。

"你是谁？"老头问。

"我刚才告诉过你了。"

"你要把我怎么样？"

汉子放下桨，抱着胳膊，回答：

"把你杀死。"

"随你的便。"老头说。

汉子提高了嗓音。

"你准备吧。"

"准备什么？"

"准备死。"

"为什么?"老头问。

沉默了一阵。汉子在这一瞬间仿佛被这个问题惊呆了。他重新说:

"我说我要把你杀死。"

"我问你为什么。"

一线闪电似的光芒在水手的眼睛里掠过。

"因为你杀了我的哥哥。"

老头镇静地回答:

"我先救了他。"

"不错。你先救了他,然后杀了他。"

"杀死他的并不是我。"

"那么是谁杀了他?"

"是他自己的错误。"

水手张开口呆望着老头;然后他又狰狞地攒紧眉头。

"你叫什么名字?"老头说。

"我叫阿尔马罗,不过你并不需要知道我的名字,才放心死在我手中。"

这时候太阳升起来了。一道阳光正射在水手的脸上,很鲜明地照亮了他的凶猛的模样。老头仔细地打量他。

始终继续不断的炮声现在已经有了间歇的停顿和忽断忽续的放射。水平线那边一股庞大的黑烟正在逐渐减弱。失去了桨的小船在顺水漂流。

水手右手抓住腰带上的一支手枪,左手抓住他的念珠。

老头站了起来。

"你相信上帝吗?"他问。

"我们在天之父。"水手回答。

同时他画了一个十字。

"你的母亲还在吗?"

"在的。"

他又画了一个十字。然后他继续说:

"说定了。我给你一分钟,爵爷。"

他扳开枪机的保险。

"你为什么管我叫爵爷?"

"因为你是一个领主。这是很明显的。"

"你呢,你有领主吗?"

"有的。而且是一个大领主。一个人能够活着没有领主吗?"

"他在哪儿?"

"我不知道。他离开了他的领地。他叫做德·朗特纳克侯爵先生,封特奈的子爵,布列塔尼的亲王;他是七森林的领主。我从来没有见过他,可是他仍然是我的主人。"

"假使你看见他,你服从他吗?"

"当然了。假使我不服从他,我就是一个异教徒了。人应该服从上帝,其次要服从王上,因为王上和上帝一样,再次要服从领主,因为领主和王上一样。可是我们的事情并没有完,你杀了我的哥哥,我一定要把你杀死。"

老头回答:

"首先,我杀掉你的哥哥,我做得很对。"

水手把手枪捏得更紧一点。

"来吧。"他说。

"好。"老头说。

然后他镇静地加上一句:

"神父在哪儿?"

水手望着他。

"神父?"

"是的,神父。我给了你哥哥一个神父。你应该给我一个神父。"

"我没有神父。"水手说。

他又继续说:

"在汪洋大海里找得到神父吗?"

战场上忽断忽续的大炮声愈来愈远了。

"那些在那边战死的人都有他们的神父。"老头说。

"不错,"水手喃喃地说,"他们有随军神父先生。"

老头继续说:

"你断送了我的灵魂,这是一件严重的事。"

水手低下头,在沉思着。

"你断送了我的灵魂,"老头继续说,"同时也就是断送你自己的灵魂。听着。我可怜你。你爱怎样办就怎样办。至于我,我刚才已经尽了我的责任,首先我救了你哥哥的性命,然后才夺去你哥哥的性命,现在我又在尽我的责任来挽救你的灵魂。你想一想。这是你自己的事。你在这时候听见那边的炮声吗?那边有人正在死亡,有些绝望的人正在垂死挣扎,有永远不能再见妻子的丈夫,有永远不能再见子女的父亲,也有些做弟弟的像你一样永远不能再见哥哥。这都是谁的错呢?是你哥哥的错。你相信上帝,对吗?那么,你知道上帝这时候心里非常难受;他难受是因为他的最虔诚的儿子,法国的国王,现在被关禁在塔堡①的塔楼

---

① 塔堡,在巴黎,本来是修道院,大革命时法王路易十六和其家人被监禁在这里。

里,法国国王像圣婴耶稣一样还是个小孩。上帝看了他的布列塔尼的教堂的情形,看了他的那些大教堂受到亵渎,他的福音书都被撕毁,他的许多修道院被侵占,他的教士们被杀害是非常难受的。我们坐了现在正在被击沉的这只船到这儿来,目的是为什么呢?我们来援救上帝。假使你的哥哥是一个忠臣,假使他忠实地尽了一个有才智而且有用的人的责任,大炮的祸事就不会发生,军舰不至于失掉战斗力,不至于走错航线,不至于遇见这支可诅咒的舰队,这时候我们已经到了法国,我们全体勇敢的战士和水手,手里拿着军刀,白百合花旗招展着,人数又多,又高兴,又快活,在法国登陆,我们去帮助旺代的正直的农民拯救法国,拯救王上,拯救上帝。这就是我们到这儿来的目的,也是我们本来要做的事。这也是只剩下我一个人时我要做的事。可是你不让我这样做。在这场反教的人和教士的斗争中,在这场弑君的人和王上的斗争中,在这场魔鬼和上帝的斗争中,你是站在魔鬼一边的。你的哥哥做了魔鬼的第一个助手,你做第二个。他开了头,你来结尾。你是帮助弑君的人反对皇家的,你是帮助反教的人反对教会的。你夺去上帝的最后希望。我是代表王上的,我死了,乡村就要继续焚烧,家庭继续哭泣,教士继续流血,布列塔尼继续受苦,王上仍然留在监狱里,耶稣基督继续受难。这一切是谁造成的呢?是你。好吧,这是你的事。我本来依靠你来做和这一切相反的事。我弄错了。啊,是的,一点不错,你办得很对,我杀了你的哥哥。你的哥哥曾经表现得很勇敢,我赏了他;他有罪,我罚了他。他没有尽他的责任,我尽了我的责任。我做过的事情,我会再做一次。而且我可以对注视着我们的奥瑞的大圣女亚纳发誓,在同样的情形下我会枪毙我的儿子,正如我枪毙你的哥哥一样。现在,你是主人。是的,我可怜你。你对你的舰长撒了谎。你是基督徒,却不信上帝;你是布列塔尼人,却没有荣誉感。人们相信你的忠心,才把我托付给你,你却用叛逆来回答这个信任;你答应人们保护我的生命,你却亲自把我害死。你知道你在这儿毁灭的是谁吗?是你自己。你从王上那里夺去我的生命,就是把你自己的永恒生命送给魔鬼。来,犯你的罪吧,这样很好。你把你在天堂的位子廉价出卖了。因为你,魔鬼会胜利;因为你,许多教堂会倒下来;因为你,异教徒们会继续把教堂的钟拿去熔化了来制造大炮,他们要拿拯救灵魂的东西来杀人。就在我同你说话的这一刹那间,曾经为你的洗礼而敲过的钟也许正在杀死你的母亲。来,帮助魔鬼吧。不要停止。对的,我把你的哥哥处死了,可是你要知道,我是上帝的工具。啊!你审判上帝的工具吗?你也要审判一下天上的雷电吗?可怜的人,你反而要受雷电的审判的。当心你要做的事。你知道我现在是得到上帝的恩宠的吗?你不知道。不管怎样,来吧。你爱怎样办就怎样办。你可以随意把我投到地狱里去,你自己也跟着我一起陷进去。我们两个人是否永劫不复都操在你的手里。在上帝面前要负责的是你。我们两人面对面地单独在这无边的海上。继续进行吧,把事情做完吧,完成你的工作吧。我已经老了,你还年轻,我是赤手空拳,你却带着武器;杀死我吧。"

老头站在那里用压倒波涛的嗓音说着这些话的时候,波浪的起伏使他一时沉没在阴暗里,一时出现在阳光中。水手的脸色发青了;大滴的汗珠从他的前额上淌下来;他像树叶一样哆嗦着;他有时吻一下他的念珠;老头说完以后,他扔掉手枪,跪了下来。

"发发慈悲吧,爵爷!宽恕我!"他叫道,"你说起话来就像我们的仁慈上帝。我错了。我的哥哥也错了。我愿意做一切事情为他赎罪。支使我吧。下命令吧。我一定服从。"

"我饶恕你。"老头说。

二 乡下人的记忆力抵得上船长的学问

舢板里的干粮并不是没有用的。

两个逃命的人被迫兜了许多大圈子,花了三十六小时才到达海岸。他们在海上过了一夜;那是很好的一个夜晚,可惜月光太亮了点,对逃亡的人很不利。

他们不得不先离开法国海岸,驶出大海,向泽西那边划去。

他们听见了正在沉没的军舰的最后的炮声,就像听见一只在森林里被猎人杀死的狮子最后的吼声一样。然后,静寂笼罩着海面。

这只克莱摩尔号军舰像复仇号军舰一样沉没了;可是光荣榜上没有它的名字。一个反叛祖国的人从来不能称为英雄。

阿尔马罗是一个令人惊异的水手。他的灵巧和智慧简直是奇迹;他在乱礁,波浪和敌人的侦察中临时找出一条航路来真是一种杰作。风已经缓和了,海也平静了。

阿尔马罗避开明基叶的尾礁,绕着群牛礁走,在那里躲避,目的是驶进北边一个在低潮时才出现的小海湾里休息几个钟头,然后他继续向南行驶,设法从格朗威勒和肖赛群岛偷渡过去,没有被肖赛的监视哨发觉,也没有被格朗威勒的监视哨发觉。他划进了圣米歇尔山海湾,这是很大胆的举动,因为这里离巡洋舰队驻扎的地方康加勒很近。

第二天傍晚时分,日落前约一小时,他把圣米歇尔山留在后面,驶到一个海滩上登陆,这个海滩经常阒无人迹,因为这里很危险,人会陷进沙里面去。

幸喜当时潮水很高。

阿尔马罗尽可能把小艇驶进去,试了试沙滩,觉得很结实,就把舢板靠在沙滩上,自己跳了下来。

老头跟着他跨过船舷,向周围仔细察看。

"爵爷,"阿尔马罗说,"我们是在库埃农河①的河口上。船的右边是博瓦尔,左边是雨依纳。我们前面的钟楼是阿德冯。"

老头弯下身子,从船里拿起一块饼干来放在衣袋里,对阿尔马罗说:

"把其余的拿着。"

阿尔马罗把剩下的肉和饼干都放进袋子里,把袋子搭在肩膀上。做完以后,他说:

"爵爷,是我带路呢,还是跟着你走?"

"不要你带路,也不要跟着我走。"

阿尔马罗很惊愕地望着老头。

老头继续说:

"阿尔马罗,我们要分手了。两个人在一起没有什么用处。一千个人才能在一起,否则就只能单独一个人。"

他停了一下,从一个衣袋里摸出一条绿色的打结的绶带

---

① 库埃农河,位于法国西北海岸,由圣米歇尔山海湾入海。

来,样子很像一种徽章,中间用金线绣着一朵百合花。他继续说:

"你识字吗?"

"不。"

"很好。一个识字的人反而麻烦。你的记性好吗?"

"好的。"

"很好。听着,阿尔马罗。你向右边走,我向左边走。我要向富耶尔那边走去,你要向巴祖热那边走去。留着你的袋子,因为这样你看起来才像一个庄稼人。把你的武器藏起来。到矮树篱笆里砍一根丫枝做棍子。现在裸麦长得很高,你要在麦田里爬着走。你要在围墙后面溜过去。你要跨过木栏以便从田野中间走过。远远地避开过路的人。不要走大路,不要过桥。不要走进篷托松。哦!你一定要渡过库埃农河。你用什么方法过去。"

"游泳。"

"很好。那里还有一处浅滩。你知道在哪儿吗?"

"在昂西和维尔-维埃尔之间。"

"很好。你真是个本地人。"

"可是天快黑了。爵爷在哪儿睡觉?"

"我会照顾我自己。你呢,你在哪儿睡觉?"

"有许多枯树洞可以睡觉。我在当水手以前本来是个庄稼人。"

"扔掉你的水手帽,它会暴露你的身份的。你可以在随便什么地方弄到一顶庄稼人的帽子。"

"哦!到处都可以弄到一顶风帽。我遇到的第一个渔夫就会把他的风帽卖给我。"

"很好。现在,听着。你熟悉那些森林吗?"

"所有的森林我都熟悉。"

"包括整个地区的森林吗?"

"从奴阿慕提叶到赖伐尔全部。"

"你连它们的名字都知道吗?"

"我熟悉这些森林,我知道它们的名字,我一切都知道。"

"你什么都不会忘记吗?"

"什么都不会。"

"很好。现在,注意。你每天能走多少里①?"

"十里,十五里,十八里。必要时二十里。"

"会有这种必要的。我现在对你说的话,你不要漏掉一个字。你要到圣奥班森林去。"

"靠近朗巴勒的吗?"

"对的。在圣里尔和普莱德里克之间的洼地的边沿上有一棵粗大的栗树。你到那里停下来。你不会看见任何人的。"

"这并不是说真的没有人在那里。我知道的。"

"你就打一个呼哨。② 你会吗?"

阿尔马罗鼓起双颊,转过去向着海,发出枭鸟的"胡——胡"声来。

这声音仿佛是从深沉的黑夜里发出来的。的确像枭鸣,而且也很凄惨。

～～～～～～～

① 这里指法国古里,每里约长 4444 米,以下译文所用的"里"都是指法国古里,不另加注。
② 旺代的叛乱农民经常模仿枭鸟的叫声来互相招呼或者警告敌人临近,会作这种叫声的就是自己人。

"好的,"老头说,"你是我们的人。"

他把绿绶带交给阿尔马罗。

"这就是我的统帅绶带。你拿着。到现在为止,还不能够让任何人知道我的名字,这是很重要的。可是这条绶带就够了。上面的百合花是皇后在塔堡监狱里亲手绣的。"

阿尔马罗跪下一只脚。他哆嗦着接过那条绣着百合花的绶带,把嘴唇凑上去;忽然又停下来,仿佛这样的一吻会使他害怕似的。

"我可以吗?"他问。

"可以的,既然你可以吻十字架。"

阿尔马罗吻了吻那朵百合花。

"起来。"老头说。

阿尔马罗站起来把绶带放在怀里。

老头继续说:

"仔细听我说。这就是我的口令:'起来叛变,绝不饶恕。'因此,在圣奥班森林的边界上你打呼哨。你一连打三次。到第三次你就会看见一个人从地里走出来。"

"从树洞下面走出来。我知道的。"

"这个人就是普朗舍诺,人家叫他做'国王的心'。你把这条绶带给他看。他就懂得了。然后你自己找路到阿斯蒂野树林去;你会找到一个诨名叫慕斯开东的跛子,他是从来不饶恕任何人的。你对他说我爱他,叫他发动他的所有教区行动起来。然后你到离普洛厄苗尔一里路的库哀朋树林里去。你做一次枭鸟的叫声,就有一个人从洞里钻出来;他是蒂奥先生,普罗厄苗尔的裁判官,他曾经是所谓立宪会议里的一分子,不过是属于好的一边。你叫他把库哀朋城堡武装起来,这城堡是属于逃亡的盖尔侯爵的。那地方有山坳,有小树林,有高低不平的地面,是一个好地方。蒂奥先生是一个正直和聪明的人。然后你到圣-乌昂-来-突瓦去,你把话告诉让·舒昂①,这人在我的心目中是一个真正的领袖。然后你再到安格罗斯城树林,你在那儿可以看见人家称他为圣马丁的吉泰尔,你叫他留心一个叫做库美尼尔的人,这人是古比·德·普雷芬老头的女婿,阿让唐地方的雅各宾党人的领袖。把这些都记住。我什么都不写下来,因为什么都不应该写。拉·卢亚利写了一张名单;结果坏了事。然后你再到红火森林,那个能够撑着一根长竿跳过山坳的米埃列特就在那里。"

"这种长竿叫做跳竿。"

"你会用吗?"

"难道我不是一个布列塔尼人,也不是一个庄稼人吗?跳竿就是我们的老朋友。有了它,我们的四肢仿佛都伸长了一样。"

"换句话说,有了它,敌人就变得矮小,路也变短了。真是好工具。"

"有一次,拿着我的跳竿,我曾经抵抗过三个拿着军刀的税警。"

"那是什么时候的事?"

"十年前的事。"

"在国王的统治下吗?"

"当然是啊。"

"那么你在国王的统治下打过仗了。"

---

① 让·舒昂,让·科特罗的别名,法国西部保王党农民军的著名领袖。

"当然是的。"

"打谁呀?"

"老实说,我不知道。我当时是个私盐贩子。"

"很好。"

"人家说,这就是反对盐税。反对盐税就是反对王上吗?"

"是的。不是。可是你也不必要懂得这些。"

"请爵爷宽恕我提了这么一个问题。"

"我们继续刚才的谈话吧。你认得拉·图尔格城堡吗?"

"我怎会不认得拉·图尔格城堡?我就是那里的人。"

"怎么?"

"当然了,因为我家就在巴利尼。"

"不错,拉·图尔格就在巴利尼附近。"

"问我认不认得拉·图尔格!这个圆形大城堡就是我的领主的祖传城堡!城堡里面新房子和旧房子中间隔着一扇大铁门,连大炮也打不开这扇铁门。新房子里藏着一本关于圣巴托罗缪①的有名的书,许多人为着好奇都去看这本书。草地里还有青蛙。我很小的时候和这些青蛙玩过。还有地道!我知道有这条地道。也许现在只有我还知道有这条地道了。"

"什么地道?我不知道你的意思是指什么。"

"那是从前,过去的时候,拉·图尔格被围的时候挖的。

~~~~~~~~~~~~
① 圣巴托罗缪,十二使徒之一,被活活地剥去全身皮肤,头向下倒钉在十字架上,殉道而死。一五七二年八月二十三日夜,法国天主教派对胡格诺教派(即新教徒)进行突然袭击,杀死三千余人,使法国宗教战争达到白热化状态,历史上称为"圣巴托罗缪之夜"。

里面的人可以从一条地下的通道逃到外面来,地道的出口是在森林里。"

"不错,这一类的地道在尤贝里埃尔城堡有一条,在胡诺德叶城堡有一条,在冈比翁堡垒也有一条;可是在拉·图尔格却没有。"

"有的,爵爷。爵爷所说的那几条地道我倒不知道。我只知道拉·图尔格的那条地道,因为我是本地人。而且除了我别人都不知道有这条地道。人们都不提起它。这是禁止的,因为这条地道在罗昂先生战争的时候曾经使用过。我的父亲知道这秘密,他把秘密告诉过我。我知道怎样走进去,怎样走出来。假使我在森林里,我能够走进堡垒里去,假使我在堡垒里,我能够走到森林外边来。没有人会看见我。等到敌人走进来,那里便会阒无一人。拉·图尔格就是这样子的。啊!我认识它。"

老头沉默了一阵。

"显然你弄错了;假使真有这样的秘密,我应该知道的。"

"爵爷,我确实知道。有一块石头会转的。"

"好呀!你们这些庄稼人就相信石头会转,石头会唱歌,石头会在晚上跑到附近的小溪里喝水。全是鬼话。"

"可是我的确把石头转动过呀,那块石头……"

"就像别的人曾经听见过石头唱歌一样。好兄弟,拉·图尔格是一座坚强可靠的城堡,容易防守;可是有谁如果把希望寄托在一条可以逃走的地道上,那他未免太天真了。"

"可是,爵爷……"

老头耸了耸肩膀。

"不要浪费时间。谈正经事吧。"

这种决断的口气阻住了阿尔马罗继续坚持下去。

老头接着说：

"我们继续谈下去。你从红火再到蒙雪维利叶树林去，贝纳迪斯蒂在那里，他是十二人委员会的领袖。他也是一个好领袖。他枪毙人的时候还为死者念祝福经文。打仗的时候不应该感情用事。从蒙雪维利叶你再到……"

他突然停下来。

"我把钱忘记了。"

他从衣袋里掏出一只钱袋和一只皮夹，放在阿尔马罗的手里。

"在这只皮夹里面有三万共和国纸币，大约相当于三利弗尔十苏的价值。我得告诉你这些纸币是假的，可是真的也不过值这一点点；在这只钱袋里，注意，有一百个金路易。我把我所有的都给了你。我在这儿再也不需要什么。何况最好是不要让人在我的身上找到钱。我现在继续说下去。你从蒙雪维利叶到昂特兰去，在那里你可以见到德·弗洛特先生；从昂特兰到尤贝里埃尔，你去见德·罗什科特先生；从尤贝里埃尔到奴阿里尔，你可以见到波杜恩院长。这一切你都能记住吗？"

"就像我记得'天主经'一样。"

"你到圣勃利思-昂-郭克勒去见杜布瓦-纪先生，你到筑有防御工事的小镇摩兰纳去见德·蒂尔潘先生，你到龚弟埃城堡去见塔尔蒙亲王。"

"一个亲王会跟我说话吗？"

"我不是在跟你说话吗？"

阿尔马罗脱下帽子。

"不管是谁,只要看见王后绣的这朵百合花,就会很好地接待你。不要忘记你要到许多有山岳党人①和样子丑陋的人的地方去。你要化化装。这是容易的。那些共和党人愚蠢到只要你有一件蓝制服,一顶三角帽和一只三色帽徽,就会让你到处通行无阻。现在既没有正规军,也没有制服,部队也没有番号;谁爱穿什么破衣服穿上就得了。你再到圣麦维去。你在那里可以见到戈利叶,人家管他叫大彼得。你再到柏尼军营去,那里的人都涂黑了脸。他们把沙粒放进枪里,装上两包火药,使枪声更响一点;他们做得很对。可是最要紧的是吩咐他们杀、杀、杀。你再到黑母牛营去,那是在夏尔尼树林中间的高地上的一座军营,然后再到裸麦营去,再到绿营去,再到蚂蚁营去。你再到大边沿去,这地方也称为上草原,那里住着一个寡妇,她的女儿就是绰号叫英国人的特列东的老婆。大边沿是在凯连那教区里。你要访问埃平纳-勒-舍弗洛、西野-勒-纪若模、巴伦尼,以及各个树林里所有的人。你会交上一些朋友,你派他们到上下曼纳的边境去;你到委吉教区去找让·特列东,到比农找不后悔,到朋桑找桑勃尔,到美庸塞尔找戈尔平兄弟,到圣让-雪-厄夫找小不怕。他的名字其实叫做布尔多瓦索。走遍了这些地方,到处都传达了'起来叛变,绝不饶恕'的口令以后,你可以在大军所在的地方参加大军,这支大军就是天主教保王军。你可以去见德·埃尔贝先生、德·莱斯居尔先生、德·拉·罗什雅克兰先生,还有那些到那时候还会活着的领袖。你把我的统帅绶带给他们看。他

---

① 山岳党人,法国大革命时革命最坚决的雅各宾党人在国民公会里坐在最后最高的座位上,因此得名。

们知道这是什么。你不过是一个水手,可是卡特利诺也不过是一个车夫。你替我把下面的话告诉他们:现在是打大仗和打小仗一齐结合起来的时候了。打大仗可以虚张声势,打小仗可以收实效。旺代的打仗方法很正当,让·舒昂他们的打仗很恶劣;可是在内战中,最恶劣的就是最好的。一场仗打得好不好,应该从它所造成的灾害的大小来判断。"

他停了一下。

"阿尔马罗,我把这一切都告诉你。你虽然不懂得这些字眼,可是你懂得事理。我看见你划船就对你有了信心;你不懂得几何学,但是你应付海的本事却很惊人。谁能够驾驶一只船就能够指挥一场战斗;从你应付海的本领看来,我可以断定你一定能够把我的命令执行得很好。我继续说下去。你要把我下面所说的话尽你的能力传达给各个领袖,即使只能传达大意也好:我认为在森林里作战比在平原上作战好;我不愿意把十万农民排成行列给蓝军的枪弹和卡诺先生①的大炮作目标;在一个月内我希望有五十万个凶手埋伏在森林里。共和政府军队就是我狩猎的目标。偷偷地打猎,就是我们的作战方法。我采用游击战术。好,这又是一个你弄不懂的字眼,没有关系;这一点你是懂得的:绝不饶恕! 到处布下埋伏!我要更多地采用让·舒昂的打仗方法,更少采用旺代的方法。你再加上一句说英国人帮助我们。我们要在两条战线上夹攻共和国。全欧洲都帮助我们。让我们把革命扑灭吧。国王们要联合各个王国对共和国作战,我们要联合所有的教区对共

---

① 卡诺(1753—1823),革命军将领,他用新编制改组了革命军队,采取革命新战术来打仗,挽救了危难中的祖国,被人民称为"胜利的组织者"。

和国作战。你把这些话都告诉他们。你懂了吗?"

"懂的。要使得到处都打仗和流血。"

"就是这样。"

"绝不饶恕。"

"一条命也不饶。不错。"

"我到处都要去。"

"你还得要小心。因为在这一带地方一个人是很容易死的。"

"我并不怕死。开始走第一步的人,也许脚上的鞋子就是他最后穿的一双。"

"你真是一个勇敢的人。"

"假使有人问我爵爷的名字呢?"

"现在还不应该知道我的名字。你可以说你不知道,这就是实话了。"

"我在什么地方可以再看见爵爷呀?"

"在我将来要去的地方。"

"我怎么会知道呢?"

"因为大家都会知道的。在八天以内大家都会谈起我,我要杀些敌人来示众,我要为王上和教会报仇,那时候你就知道他们谈论的是我了。"

"我懂了。"

"不要忘记任何一件事。"

"请你放心好了。"

"现在,去吧。愿上帝引导你。去吧。"

"你吩咐我的事情我全都要做到。我去。我说话。我服从。我发命令。"

79

"很好。"

"假使我成功……"

"我会把圣路易勋章赏给你。"

"跟我哥哥一样。假使我不成功,你也会把我枪毙。"

"跟你哥哥一样。"

"对,爵爷。"

老头低下头,仿佛沉溺在严肃的梦想中。等到他再抬起眼睛,他已经剩下单独一个人了。阿尔马罗已经变成逐渐消失在地平线那边的一个黑点了。

太阳刚刚落下去。

白头海鸥和黑头海鸥都飞回来;海留在外边。

空中充满着黑夜到来以前的那种纷扰和骚动。青蛙呱呱地叫着,鹬尖叫着从水泽里飞掠出来,海鸥、白嘴鸦、小鸟、乌鸦,它们在黄昏时喜欢发出噪声。海岸上的鸟也在此呼彼应;可是听不见一点人声。周围异常荒凉。海湾上看不见一片帆影,田野里找不到一个庄稼人。一望无际都是一片荒凉的平原。高大的沙蓟微微地颤动。黄昏时候的白色的天空把一大片苍白的亮光映射到海滩上。远处的昏暗的原野上的池塘,看起来好像一片片锡箔平放在地面上一样。风从海洋上吹过来。

第四卷 泰尔马克

一 沙墩顶上

老头等到阿尔马罗完全消失以后,才把他的航海斗篷紧紧裹住身体,开始向前走。他慢慢地一边走着,一边沉思。他向雨依纳那边走去,阿尔马罗却是向博瓦尔那边走去的。

他背后的海面上黑魆魆地矗立着一个庞大的三角形,那就是圣米舍尔山,山上有大教堂做王冠,有要塞做铠甲,还有东边的两座粗大的碉堡,一座是圆形的,一座是方形的,它们帮助这座山担负着教堂和村子的重载。这座山矗立在海洋上,就和金字塔矗立在沙漠上一样。

圣米舍尔山海湾的流沙不知不觉地移动它们的沙墩。那时候,在雨依纳和阿德冯之间有一个很高的沙墩,到了今天已经完全消失了。这个被春分或秋分的潮水一下子冲平了的沙墩有一个难得的特点:它存在的年代很长久而且在墩顶上有一块里程碑,那块里程碑是十二世纪时为着纪念在阿弗朗什召开的主教会议而树立的,会议的任务是向康朵培利大主教圣汤马斯①的谋杀者提出抗议。在这座沙墩的顶上可以望见这里一带,也可以辨别方向。

老头向这座沙墩走去,而且爬上沙墩。

等到他走到沙墩顶上,他背靠着那块里程碑坐了下来,里程碑的四个角落有四块界石,他就坐在其中一块上。他开始研究平摊在他脚下的那幅活的地图。他仿佛在一个熟悉的地方找寻一条路。这一大片广阔的原野在苍茫的暮色中显得很朦胧,惟一清晰的只有白色的天空底下的黑色的地平线。

沿地平线可以望见十一个村镇的鳞次栉比的屋顶;也分辨得出几里路以内的海岸一带所有的钟楼,这些钟楼都建造得很高,以便在必要时给在海上的人们作目标。

过了几分钟,老头仿佛在这幅半明半暗的地图上找到了他要找的东西;他的视线停留在平原和树林中间一块隐约可辨的有树木、墙壁和屋顶的地方,那是一个田庄;他满意地点了点头,仿佛一个人在心里对自己说:"就是这里。"他开始用手指在空中画一条越过矮树篱笆和田野的路线。他不时注视着在田庄的主要建筑物的屋顶上摇曳着的一件看不清形状的东西,他仿佛在自己问自己:"这是什么东西啊?"由于天色已晚,那件东西已分辨不出颜色而且有些模糊了;它不会是一个风标,因为它在飘扬着,可是也没有什么理由说它是一面旗子。

他很疲倦,他很自然地坐在那块界石上休息,他让自己沉溺在茫然的忘怀中,这种茫然的忘怀是最初一刻的休息经常

---

① 康朵培利大主教圣汤马斯,英王亨利二世的首相,由于维护僧侣的利益反对国王,被英王亨利二世杀害。

带给疲倦的人的。

一天中有一个时刻可以称为没有声音的时刻,那就是平静的、黄昏的时刻。他现在正处在这种时刻中。他享受着它;他望着,他听着。望些什么?听些什么?四周的静寂。即使凶暴的人也有忧郁的片刻。突然间,传过来一些说话的声音,这些声音并没有打破这静寂,反而使静寂显得更加突出。那是妇女的和孩子们的声音。在黑暗中有时会听见这种意想不到的愉快的叫声的。矮树丛遮住了那些说话的人,可是这一群人是在沙墩脚下走着,向平原和森林那边走去的。这些一直传到沉思着的老头耳边的明朗而清新的声音,离得那么近,使他每句话都听得清清楚楚。

一个女的声音说:

"我们快点走吧,佛莱莎。是朝这边吗?"

"不,朝那边。"

两个声音继续一问一答,一个声音很高,一个声音很低。

"我们现在住的那个田庄叫什么名字?"

"厄伯-昂-派若。"

"离开我们还很远吗?"

"还要足足地走一刻钟。"

"我们快点走到那边吃菜汤。"

"真的,我们迟了。"

"恐怕还得跑步。可是你的几个小东西够累了。我们只是两个女的,抱不动三个小家伙。你已经抱了一个,佛莱莎。真像一块铅那么重。你已经给这馋嘴的小妞子断了奶,可是你一直抱着她。这是坏习惯。叫她自己走吧。啊!糟极了,菜汤要冷了。"

"啊！你瞧你送给我的这双好鞋子！简直像是我定做的。"

"总比赤脚走路好些。"

"快点走呀，雷尼-让。"

"就是他叫我们迟了。他碰到所有的农家小姑娘都要跟她们说话。他在表现他的男人气概。"

"可不是吗，他快五岁了。"

"我问你，雷尼-让，你刚才为什么要跟村子里的那个小姑娘说话？"

一个男孩子的声音回答：

"因为她是我认识的。"

那个女的又说：

"怎么！你认识她？"

"是的，"小孩回答，"因为她今天早上已经给过我几只小虫。"

"真叫人不相信！"女的嚷起来，"我们到这里来不过三天，拳头那么大的一个小孩已经有了爱人了。"

声音愈来愈远。一切又恢复沉寂。

二 "虽有耳朵，却听不见"①

老头一动也不动。他没有深思，仅仅有一些幻想。笼罩着他的是平静、昏沉、安心和孤寂。沙墩上面天还很亮，可是

---

① 这句话出于《旧约·诗篇》，意思是说一个人在情感激动时，"虽有耳朵，却听不见"。

平原上差不多黑了,森林里已经完全是黑夜。月亮在东边升上来。淡蓝色的天顶上点缀着几颗星星。这个人的心里虽然充满激烈的思想,却沉溺在无限的不能形容的温和心情里。他觉得心内涌上了那种朦胧的黎明,涌上了希望,假如等待内战的爆发也可以使用希望这字眼的话。眼前这一刹那间,他觉得能够从这么凶恶的大海里逃出来,登上陆地,一切危险都不存在了。没有人知道他的名字,他是单独一个人,从敌人手里逃掉了,没有留下任何痕迹,因为海面上是不会保留任何痕迹的,他躲在这里,没有人知道他,甚至于不会怀疑他的存在。他觉得内心无限地安定。他差点儿就睡着了。

对于这个被各种麻烦的事累得身心疲惫的人,能够使眼前这平静的时刻增加一种奇妙的魅力的东西,就是天上和地下的同样深沉的静寂。

除了海风以外,听不见任何声音;而且风发出的也不过是一种继续不断的低音,他已经听惯了,几乎算不得是声音。

突然间他站了起来。

他的注意力骤然被唤醒了;他仔细察看地平线。有些什么东西特别吸引他的视线。

他注视着的,是前面在平原的尽头的科美赉钟楼。在那钟楼上的确发生了一件不平常的事情。

钟楼的轮廓很鲜明地显现出来;看得见高塔顶上罩着金字塔形的尖顶,在塔身和塔顶之间是方形的钟房;钟房四面敞开,没有遮檐,四面都望得见里面,那是布列塔尼当时流行的钟楼形式。

现在这钟房仿佛时而关着时而又打开一样;钟房的高大的窗口一会儿完全变成白色,一会儿完全变成黑色,当中间歇的时间很平均;从窗口望过去可以看得见对面的天空,一会儿又看不见了;一会儿是亮光,一会儿亮光又被遮没;这样连接着一下子打开,一下子关闭,就像铁锤打在铁砧上那么有规律。

科美赉钟楼矗立在老头前面,离开他大约有两里路远;他望了望右边的巴格-比冈钟楼,这钟楼也矗立在地平线上,它的钟房也像科美赉钟楼的钟房一样一开一闭。

他望了望左边的唐尼斯钟楼;唐尼斯钟楼的钟房也像巴格-比冈钟楼的钟房一样一开一闭。

他把地平线上所有的钟楼一个个都望了个遍,他的左面是古蒂斯钟楼,普利斯钟楼,克罗隆钟楼和十字-阿弗朗新钟楼;他的右面是库埃农支流钟楼,莫尔德利钟楼和巴钟楼;他的对面是篷托松钟楼。所有这些钟楼的钟房都在一会儿白一会儿黑地变化着。

这是什么意思?

这是表示所有这些钟都在摇荡。

这些钟一定是被人猛烈地摇动,才能这样一会儿出现,一会儿又不见了。

这到底是什么呢? 毫无疑问,这是警钟。

警钟在敲着,疯狂地敲着,到处都在敲着,所有的钟楼,所有的教区,所有的村子都在敲着。可是钟声却一点也听不见。

这是因为距离太远,钟声达不到这里,而且海风向相反的方向吹去,把地面上的声音都送到地平线以外去了。

这些发了疯似的钟在向四面八方发出警号,但四面八方却听不见一点声音;再也没有比这更叫人恐怖的了。

老头望着,听着。

他没有听见钟声,但他看见了钟声。看见钟声,这真是一种奇异的感觉!

这些钟对付的是谁呢?

警号是为谁而发的呢?

三 大号字的用处

一定有谁正被人追捕。

谁呢?

这个钢铁汉子浑身哆嗦起来。

这不可能是他。没有人能够猜得出他的到达。那些政治委员们绝不可能已经得到情报;他不过刚刚登陆。那只军舰分明已经沉没,而且没有一个人能够逃生。即使在军舰上,也只有布瓦斯贝特罗和拉·维尔维勒两个人知道他的名字。

那些钟楼继续凶猛地敲着钟。他仔细察看它们,机械地计算它们的数目,他的思潮激烈地起伏,一会儿这样猜测,一会儿又作另一样猜测,具有从绝对的安全到可怕的疑惑的那种变化。可是,这次警钟到底可以用各种不同的理由来加以解释,他终于反复说着下面的话来安定自己的心:"总之,没有人知道我到了这里,也没有人知道我的名字。"

一个轻微的声音在他背后的高处响了好一会。这声音有点像树叶摇动时的沙沙声。起先他并没有留意;可是那声音继续响着,简直可以说是固执地响着,他终于回过头来。的确是一片东西,不过不是一片树叶,是一张纸。风吹开了贴在里程碑上面的一张很大的告示;这张告示正好在他的头上,它才贴上不久,还是湿的,风趁这机会开始戏弄它,把它扯开来。

老头爬上沙墩的时候走的是另一边,所以没有看见这张告示。

他踏上他刚才坐着的那块界石,用手按着被风揭起的那片纸角;天空清朗,六月的黄昏是长的;沙墩底下已经昏暗,沙墩顶上却还很亮;告示的一部分是用大号字印的,亮光还足够使他看得清楚上面的字。他念道:

统一而不可分的法兰西共和国告示

瑟堡海岸军队人民代表马恩的普利尔宣布:在格朗威勒海岸潜行登陆的前侯爵朗特纳克,即自称为布列塔尼亲王的封特奈子爵,已受法律处分,应即通缉归案。——取其头来报者有重赏。——凡将该犯交出的,不论该犯死活,都可获得六万法郎奖金。——此项奖金不用纸币支付,乃用黄金支付。——瑟堡海岸军队即将派遣一个联队前往搜捕前侯爵朗特纳克。——各市镇均应全力协助。

格朗威勒市政府
一七九三年六月二日
马恩的普利尔(签名)

在这个签名下面还有另一个签名,不过字写得比较小得多,由于当时只剩下很少亮光,这个签名已经看不清楚了。

老头把帽子拉下来遮到眼际,把航海大衣交叉起来裹住下巴以下的身体,然后匆匆忙忙地走下沙墩。显然,再在这个光亮的丘顶上逗留已经没有这个必要了。

也许他在沙墩顶上已经逗留得太久;在这里一带现在只剩下沙墩顶上是惟一还看得清楚的地方。

他走到沙墩脚下而且进入了黑暗中以后,才放慢了脚步。

他沿着他刚才预先测定的那条走向田庄的路线走去,大概认为那边比较安全。

周围一片荒凉。这时候已经不再有过路的人了。

到了一处矮树丛后面,他停了下来,解开了斗篷,把羊皮短衣有毛的一面翻了出来,再把斗篷系在颈上,他的斗篷是一件缚着带子的破大衣,他开始向前走。

月色很好。

他走到了一个交叉路口,路口上矗立着一只古旧的石头十字架。十字架的基石上看得出有一块方形白色的东西,大概就是刚才他念过的告示一类的东西。他走到十字架前面。

"你到哪儿去?"一个声音问他。

他回过头来。

矮树篱笆那边有一个汉子,身材像他一样高,像他一样年老,像他一样的白头发,衣服比他的衣服更破烂。几乎跟他一模一样。

这汉子拄着一根长木棍。

汉子又问:

"请问你到哪儿去?"

"首先,我在什么地方?"他用一种近乎高傲的镇静态度回答。

汉子回答:

"你在唐尼斯领地,我是这儿的要饭的,你是这儿的领主。"

"我?"

"是的,你,朗特纳克侯爵先生。"

四 嘉义芒

朗特纳克侯爵——我们以后就用他的名字称呼他了——很严肃地回答：

"好。把我交出去吧。"

汉子继续说：

"我们两个都在自己的家乡里，你的家是那座堡邸，我的家在树丛里。"

"算了吧。干你的勾当吧。出卖我吧。"侯爵说。

汉子继续说：

"你想到厄伯-昂-派若田庄去，对吧？"

"是的。"

"不要到那边去。"

"为什么？"

"因为那些蓝的在那边。"

"在那边多久了？"

"三天了。"

"田庄和村子里的老百姓抵抗过吗？"

"没有。他们把所有的门都打开欢迎那些蓝的。"

"啊！"侯爵说。

汉子指着远远地露出在树尖上面的田庄的屋顶。

"你看见这屋顶吗，侯爵先生？"

"看见的。"

"你看见屋顶上有什么东西吗？"

"飘扬着的东西吗？"

"是的。"

"那是一面旗子。"

"三色旗。"汉子说。

那就是在沙墩顶上已经引起侯爵注意的东西。

"警钟不是在敲吗?"侯爵问。

"是的。"

"为了什么?"

"显然是为了你。"

"可是为什么听不见钟声?"

"因为风向相反的关系。"

汉子接着又说:

"你看见过通缉你的告示吗?"

"看见的。"

"他们在搜寻你。"

他向田庄那边望了一眼,加上一句:

"那里有一个联队。"

"共和政府的吗?"

"巴黎的。"

"很好,"侯爵说,"走吧。"

于是他向田庄那边走了一步。

汉子抓住他的臂膀。

"不要到那边去。"

"那么你要我到哪儿去?"

"到我家里去。"

侯爵望着那个叫花子。

"听我说,侯爵先生,我家里并不漂亮,可是很安全。一间比窑洞更低的小屋。地板是海草铺成的,天花板是丫枝和草搭成的。来吧,你到了田庄那边会被人家枪毙。你到了我的家里就可以安睡。你一定累极了;明天早上那些蓝军就要开走,那时候你要到什么地方都可以去了。"

侯爵仔细打量这汉子。

"你到底是哪一边的?"侯爵问,"你是共和党?还是保王党?"

"我是一个穷鬼。"

"既不是保王党,也不是共和党吗?"

"我相信两样都不是。"

"你拥护王上呢,还是反对王上?"

"我没有时间来管这种事。"

"你对现在发生的事情怎样看法?"

"我连饭也吃不饱。"

"可是你现在来救我呀。"

"我在告示上看见你已受法律处分。法律,这到底是什么东西?原来一个人是可以在法律以外的。① 我不懂。拿我来说,我在法律以内吗? 我不知道。饿得要死,这就是在法律以内吗?"

"你饿得要死有多少日子了?"

"我这一辈子从来没有吃饱过。"

"你要救我吗?"

"是的。"

---

① 法文说一个人在"法律以外"即他是犯了法的人,或受着法律处分的人。这汉子故意在内外二字上咬文嚼字。

"为什么?"

"因为我自己这样说:这里有一个比我更穷苦的人。我还有呼吸的权利,他连呼吸的权利也没有。"

"这话不错。你真的要救我了!"

"当然。我们是难兄难弟,爵爷。我乞求面包,你乞求性命。我们是一对乞丐。"

"可是你知道他们悬赏通缉我吗?"

"知道的。"

"你怎样知道的?"

"我看过告示。"

"你识字吗?"

"识的。我也会写。为什么我就该是一个粗人?"

"既然你识字,你又看过告示,你不知道把我交出去的人可以得到六万法郎的奖金吗?"

"我知道的。"

"付的不是纸币。"

"我知道,付的是黄金。"

"你知道六万法郎是很大的一笔钱吗?"

"我知道的。"

"你知道把我交出去的人马上可以发财吗?"

"对,还有呢?"

"发财!"

"这正是我所想的。看见你,我就对自己说:想想看!有谁把这个人交出去就可以得到六万法郎,就可以发财!我们赶快把他藏起来吧。"

侯爵跟着要饭的走了。

他们走进了一座密林。乞丐的洞穴就在那里。这个洞穴其实就是一棵高大的老橡树的空心,被他作为房间居住罢了。这个洞穴是在树根底下形成的,上面被橡树的丫枝遮盖着。那是一个昏暗、低洼、隐蔽而且看不见的地方。里面可以容纳两个人。

"我早就料到我可能有一位客人的。"要饭的说。

这种地下住所在布列塔尼并不像人们意想中那么稀少,乡下人把它叫做"加尼索"。这个名字也可以用来叫那些嵌在墙壁里的密室。

里面的家具是几只瓦罐子、一张用麦秆或者用洗干净而且晒干的海草铺成的破床、一张粗糙的布被单、几根灯芯,还有一个打火器,一些金雀花的枯枝当作引火物。

他们弯着身子,连走带爬地钻进了那间被粗大的树根很古怪地隔成几部分的房间,坐在用来做床的一堆干海草上。他们是从两条分开的树根中间走进来的,这两条分开的树根就算是门,从这空隙中间透进一些光线来。黑夜已经来临,可是眼光在黑暗中习惯了,最后总能够在黑暗中看出亮光来。月亮的反光把入口的地方添上一层朦胧的白色。在一个角落里有一瓶水,一块荞麦糕和一些栗子。

"我们用晚饭吧。"要饭的说。

他们分了栗子,侯爵拿出他的那块干面包来,他们咬着这块黑面包,轮流在同一个罐里喝水。

他们谈起话来。

侯爵开始问那汉子:

"那么不管有没有事情发生,对你都是一样吗?"

"差不多。你们是领主。这是你们的事情。"

"可是,眼前的事变……"

"那是在那上头发生的。"

要饭的加上一句:

"而且还有一些事情是在更上头的地方发生的,太阳出来了,月圆了或者缺了,这才是我关心的事情。"

他从罐里喝了一口水,说:"好清凉的水!"

他又说:

"你觉得这水怎样,爵爷?"

"你叫什么名字?"侯爵问。

"我叫泰尔马克,人家叫我做'嘉义芒'。"

"我知道。嘉义芒是这地方的方言。"

"意思是'叫花子'。人家也给我起个诨名叫'老头儿'。"

他继续说:

"四十年来人家一直叫我做'老头儿'。"

"四十年!可是你那时候年纪还轻啊。"

"我从来没有年轻过。你,侯爵先生,你却永远年轻。你有二十岁小伙子的腿力,你爬得上那座大沙墩;我,我开始走不动了,只走四分之一里路我就累了。可是我们的年纪却相同;只不过有钱人胜过我们一筹:他们每天都有得吃。吃能够保养身体。"

要饭的沉默了一阵,然后继续说:

"穷人,有钱人,这是一件可怕的事。这就是无数灾祸的来源。至少,我是这么想法。穷人想变成有钱人,有钱人不愿意变成穷人。我相信这就是问题的关键。我不管这些事。有什么事变也随他去。我既不拥护债主,也不拥护欠债的人。

我只知道有一笔债,这笔债正在偿还。如此而已。我也希望他们没有把国王杀掉,可是我很难说出我为什么有这样的想法。这样有人便会驳我:你总记得从前他们怎样无缘无故就把人吊在树上吧!对的,我亲眼看见一个有老婆和七个孩子的人,为着开枪错打了国王的一只鹿,就被吊死了。两边都有理由可说的。"

他又沉默了一阵,然后接着说:

"你明白,我对这些事不十分清楚,有些人来了,有些人去了,发生了一些事;至于我,我总在这里,总在星星照耀之下。"

泰尔马克又沉思了一阵,然后继续说:

"我懂得一点接骨术,也懂一点医理,我认识草药,我会利用植物来治病,乡下人看见我无缘无故地出神,以为我是一个巫师。因为我爱梦想,他们以为我会巫术。"

"你是这里的人吗?"侯爵问。

"我从来没有离开过这里。"

"你认得我吗?"

"当然认得。我最后一次看见你是两年以前你最后一次从这里经过的时候。你那时从这里到英国去。我刚才瞥见沙墩顶上有一个人。一个身材高大的人。身材高大的人是很少见的,布列塔尼是一个出矮子的地方。我仔细看了看,我看见过告示。我说了一声:'哦!'等到你走下沙墩的时候,月光照着,我认出了你。"

"可是我不认识你呀。"

"你看见过我,可是你并没有注意我。"

泰尔马克又加上一句:

"我倒看见过你。要饭的和过路人两者的眼光是不相同的。"

"我以前遇见过你吗?"

"常常遇见,因为我是你领地里的叫花子。我在你的堡邸前面的路边上要饭。你有时也给我一点钱;可是给的人是不看人的,受的人却仔细望人而且观察人。一个要饭的其实就是一个侦探。我虽然愁苦的时候多,我却尽力不做一个劣等的侦探。我伸出手来,你只看见我的手,你扔点钱到我的手上,我早上得到这点钱,晚上才不至于饿死。有时我一连二十四小时没有东西吃。有时一文钱就可以救一条命。你救过我的命,我要报答你。"

"的确,你在救我。"

"对的,我救你,爵爷。"

泰尔马克的声音变得严肃起来。

"可是有一个条件。"

"什么条件?"

"这个条件是你不要到这儿来做坏事。"

"我到这儿是来做好事的。"侯爵说。

"我们睡吧。"要饭的说。

他们并排躺在海草床上。要饭的马上就睡着了。侯爵虽然很疲倦,却沉思了一会,然后在黑暗中望了望要饭的,再躺下来。睡在那张床上其实就是睡在地上;他利用这机会把耳朵贴在地面上倾听。地底下有一种阴沉的嗡嗡声;我们知道声音是能够在地层深处传达的:他听见了钟声。

警钟继续敲着。

侯爵也睡着了。

五　郭文的签字

他醒过来的时候,天已经亮了。

那个要饭的已经站起来,不是站在洞穴里面,洞里不能容一个人站着,他站在外面门槛上。他拄着他的手杖。阳光射在他的脸上。

"爵爷,"泰尔马克说,"唐尼斯钟楼刚敲过早上四点钟。我听见了四下钟声;因此风向已经变了,现在吹的是陆地上的风。我听不见别的声音;所以警钟已经停了。厄伯-昂-派若田庄和村子里非常平静。那些蓝军正在睡觉或者已经走了。最危险的时刻已经过去;我们现在分手是最聪明的办法。现在是我该出去的时候了。"

他指着地平线上一处地方。

"我要到那边去。"

他又指着相反方向的一处地方。

"请你向这边走。"

要饭的举手向侯爵行了一个庄严的敬礼。

他指着晚餐吃剩的东西加上一句:

"假如你饿的话,你可以把这些栗子带走。"

过了一分钟,他就在树丛里消失了。

侯爵爬起来,向泰尔马克指给他的方向走去。

那时候正是古老的诺曼底土语称为"清晨雀噪"的迷人的时刻。山雀和麻雀在啁啁啾啾地叫着。侯爵沿着昨晚他们来时的小径走。他走出了密林,走到竖立着石十字架的交叉路口上。那张告示还在那里,白白的颜色,在朝阳底下仿佛很欢愉。他想起了昨晚因为光线太暗而且字迹纤细,告示下端还有几行字他看不清楚。他走到十字架的基石前面。的确,告示结束的地方,在马恩的普利尔签字的下面另外有两行小字:

"前侯爵朗特纳克一经验明确属本人,立即执行枪决。——联队指挥官兼远征军司令,郭文。"(签名)

"郭文!"侯爵说。

他停下来,深深地沉思,眼睛盯着那张告示。

"郭文!"他又说一遍。

他开始走了几步,又回过头去,望着那只十字架,再走回去把告示重新念一遍。

然后,他慢慢地走开。有谁如果在他身边,就可以听见他低声喃喃地说:"郭文!"

他在一些低洼的路上滑着走,田庄落在他的左边,在这些低洼的道路上看不见田庄的屋顶。他沿着一个陡峭的小丘的脚下走,小丘上长满了盛开着的金雀花,是称为"长刺"的那一种。小丘的顶是本地人叫做"脑壳"的一个尖尖的土堆。在小丘脚下视线马上就被树木遮住了。树叶仿佛沐浴在阳光里。整个自然界充满了清晨无限的喜悦。

突然间周围的景物可怕地变了样子。就像埋伏着的军队骤然扑了出来。一股由粗野的叫声和枪声合成的旋风猛烈地袭击沐浴在阳光中的田野和森林,田庄那边升起了一大股夹杂着火光的烟云,仿佛那个村子和那所田庄只是一束在燃烧中的麦秆。这种从平静变为狂暴的过程是来得那么突然而且那么可怕,有如黎明当中突然产生出一片黑暗,安详中骤然出现了恐怖。厄伯-昂-派若那边发生了战事。侯爵停了下来。

在这种情形下,任何人的好奇心都会胜过恐惧心;即使有死亡的危险,他也希望知道发生了什么事。他走上小丘,小丘脚下就是那条低洼的道路。在小丘上他会被人看见,但是他也看得见人。不到几分钟他就走到了最高处。他向四处张望。

的确,那边发生了枪战和大火。他听见呐喊的声音,他看见火光。田庄仿佛变成了不知什么灾祸的中心。到底是什么呢?厄伯-昂-派若被袭击了吗?被谁袭击呢?这是一场战斗吗?恐怕只是在执行军事惩罚吧?有一条革命法令命令蓝军惩罚那些反抗的乡村,蓝军时常用放火焚烧来惩罚不服从命令的田庄和村子;比方,没有依照法律的规定把树木砍倒,没有在密林里开辟道路让革命军的骑兵队通过,整个田庄和整个村子就要被蓝军烧掉。最近厄尔尼附近的布尔公教区就是这样被烧掉的。厄伯-昂-派若也受到了同样的待遇吗?很明显,在丛林里,在唐尼斯和厄伯-昂-派若的领地里并没有依照法律的规定开辟过任何军用的道路。难道现在就是执行惩罚吗?是不是占领了田庄的先头部队接到了命令呢?这支先头部队是不是那些号称为"地狱纵队"的远征军的一部分呢?

侯爵站在上面瞭望的那座小丘四面被一座荆棘丛生而且非常蛮荒的密林团团围住。这座密林的名字叫做厄伯-昂-派若小树林,可是实际上像一座森林那么大,一直伸展到田庄那边,里面就像布列塔尼所有的森林一样,隐藏着无数的纵横交错的洼地、小径和低洼的道路,这是共和政府军队时常丧身在里面的迷宫。

这一次执行惩罚——假定是执行惩罚的话——一定是很

凶暴的，因为时间很短。就像一切兽性的行为一样，很快就完成了。在残暴的内战中是容许这种野蛮的行为的。侯爵正在那里做着种种猜测，拿不定主意要走下来还是留在那里，一面听着，一面窥探的时候，那种毁灭的爆响停下来了，或者说得更恰当一点，分散开来了。侯爵发觉有一队热狂而活跃的军队散布在丛林里。在树丛下面很可怕地麋集着许多人。他们从田庄那边冲进了森林。进攻的鼓声到处响着。现在已经没有人开枪了，情形好像是在围猎；他们好像在搜索，追逐，缉捕；他们显然是在寻找什么人；周围的声音杂乱而低沉，那是一片混乱的愤怒和胜利的语声，是无数呐喊和咒骂造成的喧闹声，在这些声音里听不出什么。突然间，就像一股烟里出现了一个清晰的轮廓，在这喧闹声中很清楚地听得出一种喊声，这种喊声叫着一个人的名字，千百条嗓子喊着这个名字，侯爵很清楚地听见这喊声：

"朗特纳克！朗特纳克！朗特纳克侯爵！"

他们找寻的是他。

六 内战的种种变化

突然间，围绕着他的密林里同时在四面八方出现了无数长枪、刺刀和马刀，昏暗中还看得见一面三色旗，"朗特纳克！"的喊声在他的耳边响着，他脚下的荆棘和丫枝后面出现了无数凶暴的脸。

侯爵单独一个人站在山顶上，从树林里的每一个角落都可以看见他。他简直看不清楚那些喊着他的名字的人，可是他们每一个人都看见他。假使树林里有一千支枪，他站在那里就像一个枪靶。他只看清楚林子里有无数发光的眼睛盯在他身上。

他脱下帽子,把帽边翻上来,在一株金雀花上摘下一根干的长刺,从衣袋里摸出一只白色的帽徽,用刺把帽边和帽徽都别到帽身上,再把帽子戴到头上,卷起的帽边让人看见他的前额和帽徽,他然后抬高嗓音,对着整个森林说话:

"我就是你们要找的人。我是朗特纳克侯爵,封特奈子爵,布列塔尼亲王,皇家军队的陆军中将。快点动手。瞄准吧!开枪吧!"

他用两只手分开他的羊皮短衣,露出赤裸的胸膛。

他向下望,用眼睛去找寻瞄准着他的长枪,可是他看见的是无数的人跪在他的周围。

一阵雷鸣似的喊声响起来:"朗特纳克万岁!爵爷万岁!将军万岁!"

同时无数的帽子抛向空中,军刀狂喜地挥舞着,整个林子里举起无数木棍,木棍的尖端摇动着棕色的羊毛帽子。

围绕着他的,是一队旺代军队。

这一队人看见了他都跪下来。

传奇里说在古老的蒂伦若①森林里有一种古怪的生物,属于巨人的一种,有时比人高超,有时又不如人,罗马人认为他们是凶猛的野兽,日耳曼人认为他们是神的化身,因此,他们的命运到底是被人杀死或者被人崇拜,要看他们所遇见的人来决定。

---

① 蒂伦若,德国中部地名,在蒂伦若山脉东北面,山上遍布森林,即蒂伦若森林。

侯爵当时的感觉,就仿佛一个这种生物原来准备被人当作鬼怪,忽然被人当作天神时所感觉的那样。

所有这些闪耀着可怕的光芒的眼睛,都带着一种野性的爱盯住侯爵。

这一大群人手里拿着的武器是长枪、军刀、镰刀、鹤嘴锹、棍棒;他们戴的是大毡帽或者棕色的无边帽,都别着白帽徽,带着无数的念珠和护身符,穿着在膝部敞开的阔短裤、皮外套、皮护腿套,光着腿弯,头发很长,有几个神气很凶恶,可是全体的样子都很天真。

一个模样儿很漂亮的年轻人从跪着的人群中走出来,大踏步向侯爵所在的地方走上去。这个青年像别的农民一样,戴着毡帽,帽边卷了上去,别着白帽徽,身上穿着一件皮外套,可是他有一双洁白的手,穿着一件质地细致的衬衫,上衣外面套着一条白绸绶带,带下面挂着一把金柄的剑。

他走到山头上,把帽子扔在一边,解下绶带,屈一膝跪下,把绶带和剑献给侯爵,说:

"我们确实是在找你,我们把你找到了。这柄就是指挥剑。这些人现在都是你的了。我本来是他们的指挥官,我升了级,我成了你的兵士。请接受我们的敬礼,爵爷。请你下命令吧,将军。"

然后他做了一下手势,那几个抬着一枝三色旗的人就从林子里走出来。他们走上小丘,一直走到侯爵面前,把旗放在侯爵脚下。这就是侯爵刚才隐隐约约望见在树丛里的那面旗子。

"将军,"把剑和绶带献给他的那个青年说,"这面旗子是我们从占据厄伯-昂-派若田庄的蓝军手里夺过来的。爵爷,我叫做加娃。我曾经是拉·卢亚利侯爵的部下。"

"很好。"侯爵说。

于是他镇静而且严肃地系上了绶带。

然后他拔出剑来,把出鞘的剑在头上挥舞着:

"起来!"他说,"国王万岁!"

大家都站了起来。

于是树林的深处响起了狂热的、胜利的喊声:"国王万岁!我们的侯爵万岁!朗特纳克万岁!"

侯爵转过来向着加娃。

"你们一共多少人?"

"七千。"

他们一同走下小丘;当农民们在朗特纳克侯爵前面拨开金雀花,为他开道的时候,加娃继续说:

"爵爷,最简单也没有了。一句话就可以把这一切解释清楚。我们一直等待着的只不过是一点火星。共和政府的告示透露出你在这儿,就引起这一带的人暴动起来,提出拥护国王的口号。况且我们还得到格朗威勒市长的秘密通知,他是我们的人;奥里维埃院长就是他救的。昨晚我们敲了警钟。"

"为谁敲的?"

"为你。"

"啊!"侯爵说。

"我们现在都来了。"加娃说。

"你们一共七千人吗?"

"今天是七千。明天就会变成一万五千。我们这地方的生产率就是这样的。那次亨利·德·拉·罗什雅克兰先生动身去参加天主教军队的时候,我们也敲过警钟,结果一夜工夫依锡奈、科格、埃索勃来纳、奥比叶、圣奥班和奴哀尔六个教区给他送来了一万人。他们没有弹药,后来在一个石匠那里找到六十磅炸药,德·拉·罗什雅克兰先生就带着这些人和弹药出发了。我们知道你一定是在这森林里面,我们就来找你。"

"你们袭击过厄伯-昂-派若田庄里的蓝军吗?"

"风吹的方向使他们听不见警钟。他们并没有戒备;村子里的居民都是混蛋,居然很好地接待他们。今天早上我们包围了田庄,蓝军都在睡觉,我们很快就把事情解决了。我有一匹马,你肯俯允接受它吗,将军?"

"好的。"

一个农民牵过来一匹有战时装配的白马。侯爵并没有接受加娃的搀扶,自己上了马。

"乌拉!"农民们呼喊,这种英国式的欢呼在布列塔尼和诺曼底海岸一带非常流行,因为这里经常和海峡群岛通商往来。

加娃行了一个军礼,问:

"你的司令部要设在什么地方,爵爷?"

"先设在富耶尔森林里。"

"那是你的七个森林中的一个,侯爵先生。"

"还要一个神父。"

"我们已经有了一个。"

"谁?"

"厄尔勃利教堂的副本堂。"

"我认识他。他曾经渡海到过泽西岛。"

一个神父从队伍里走出来,说:

"到过三次。"

侯爵回过头来。

"你好。神父。你有不少的工作要做。"

"最好也没有了,侯爵先生。"

"有许多人要到你这儿来忏悔。当然是那些自愿的人。我们不强迫任何人。"

"侯爵先生,"神父说,"加斯东在盖梅尼地方强迫那些共和党人忏悔。"

"他是一个理发匠,"侯爵说,"死应该是自由的。"

走去传达几道命令的加娃回来了。

"将军,我等待你的命令。"

"首先,集合的地点是富耶尔森林。命令大家分散到那边集合。"

"这个命令已经下过了。"

"你不是告诉我厄伯-昂-派若的居民很好地接待那些蓝军吗?"

"是的,将军。"

"你把田庄烧了吗?"

"是的。"

"你把村子烧了吗?"

"没有。"

"烧掉它。"

"那些蓝军曾经设法抵抗;可是他们只有一百五十人,我们有七千人。"

"这些蓝军到底是哪一个部队的?"

"是桑泰尔的蓝军。"

"就是国王被杀头的时候命令敲起战鼓的那个家伙。那么这是一个巴黎联队吗?"

"是一个联队。"

"这个联队叫什么名字?"

"将军,他们的旗子上写着'红帽子联队'。"

"都是些凶猛的野兽。"

"对伤兵怎样处置?"

"杀掉。"

"对俘虏怎样处置?"

"枪毙掉。"

"有两个是女的。"

"也一样。"

"有三个小孩。"

"把他们带来。我们看看怎样处置他们。"

侯爵策马前进。

七 绝不宽大(巴黎公社的口号),
绝不饶恕(亲王们的口号)

这一切事情在唐尼斯附近发生的时候,那个叫花子正在向克罗隆那边走去。他深入山谷,在浓密的树阴下走着,正像他自己说过的一样,不但对一切大事不关心,就是对任何细小的事情也不关心,与其说他在沉思,毋宁说他在幻想,因为沉思的人有一个目标,幻想的人却没有,他流浪,漫游,休息,在这里那里采一些野生酸叶的嫩芽来吃,在泉边喝水,有时抬起头来谛听远处的闹声,然后又垂下头来沉醉在大自然的迷人的魔力里,让阳光晒他的破衣裳,也许他听见的是人声,可是他倾听的却是鸟儿的歌唱。

他老了,行动缓慢;他不能够走远;就像他自己对朗特纳克侯爵说过的,四分之一里路就使他疲倦了;他向十字-阿佛朗新那边兜了一个小圈子,回来的时候已经是傍晚时分了。

离开马西不远,他走着的那条小径把他一直带到一块没有树木的高地上,在那里他可以看得很远,可以看见从西边一直到海那边的整个地平线。

一股烟吸引了他的注意力。

没有什么东西比烟更柔和,也没有什么东西比烟更可怕的了。有和平的烟,也有罪恶的烟。一股烟的浓度和颜色的不同,也就是战争与和平、友爱和仇恨、款待和坟墓、生和死的全部分别。树丛里升起一股烟,可能意味着世界上最可爱的东西:家庭里的灶火,也可能意味着最可怕的东西:火灾;有时一个人的全部幸福或者全部不幸就寄托在这随风吹散的东西里。

泰尔马克凝视着的那股烟是令人不安的。

那股烟颜色乌黑,不时冲起红光,仿佛冒出烟来的那个物体只剩下火烬在时熄时旺,而且正在逐渐熄灭,烟是从厄伯-昂-派若那里冒出来的。

泰尔马克加紧脚步向那股烟走去。他已经很疲倦了,可是他想知道到底是怎么一回事。

他到了一个小丘的顶上,村子和田庄都紧靠着小丘。

田庄和村子都不见了。

一堆茅屋在燃烧着,这就是厄伯-昂-派若。

有一种东西燃烧起来比一座皇宫燃烧起来更令看见的人痛心,这种东西就是茅屋。一所着火的茅屋是悲惨的。那是穷苦的偏受到蹂躏,小小一条蚯蚓竟被兀鹰袭击,这种不合理的情形实足令人痛心。

假使我们相信《圣经》上的传说,凝视着火灾是可以使一个人变成一尊石像的;泰尔马克在这一刹那间正是一尊石像。他眼前的景象把他弄得呆若木鸡了。毁灭在静寂中完成。听不见一下喊声;在浓烟中也没有夹杂着人的叹息;这座火炉继续进行工作,把整整一座村子吞下去了,除了屋架的爆裂声和茅草的燃烧声以外,没有别的声音。有时浓烟散开,坍塌的屋顶使人看得见敞开着的房间,那些火团把它所有的红宝石的色彩都显示出来,房间里面是深红色,里面陈列着深红色的破衣服和赤色的破旧家具,泰尔马克被这场灾祸的可怕景象弄得昏眩了。

房子旁边的几棵栗树也着了火,在燃烧着。

他听着,希望听到人声、呼救声、叫喊声;可是除了火焰以外,没有什么动静;除了火灾以外,一切都是静静的。难道所有的人都逃光了吗?

厄伯-昂-派若那些活着和干着活的人们到哪儿去了呢?这一小簇人到底怎样了?

泰尔马克走下小丘。

在他面前摆着一个悲惨的、难以理解的景象。他呆着眼睛,不慌不忙地走过去。他像一个影子那样轻轻地向那堆废墟走过去;在这个像坟墓似的环境里,他觉得自己就是一个幽灵。

他走到本来是田庄的大门的地方,他向院子里望去,四面的围墙已经没有了,院子和围绕着它的村子已混成了一片。

他刚才看见的还不算什么。他只不过看见了一些凄惨的景象,现在令人毛骨悚然的景象才在他的眼前出现。

在院子中间有一大堆黑色的东西,一边被火光照着,一边被月光照着,模糊地显出轮廓来;这一大堆东西是人,这些人已经死了。

围绕着这一堆死尸的是一个微微地冒着烟的水坑;水坑上反映出火光,可是用不着火光也看得出它本是一片红色;原来那是一大摊血。

泰尔马克走近一点。他开始一个个检查躺在那里的人体;全数都是死尸。

月亮照耀着,火光也照耀着。

那些死尸是些兵士。他们全都赤着脚;他们的鞋子被人拿掉了;他们的武器也被人拿掉了;他们还穿在身上的制服是蓝色的;这里那里在一大堆残肢断体和头颅中间,可以看得出一些洞穿的帽子上面别着三色帽徽。他们是共和军。他们就是昨天晚上还活着的驻扎在厄伯-昂-派若的巴黎人。这些人都是被人处死的,从尸首排列的齐整上可以看出来,他们是被人从容地当场打死的。他们全都死了。一点喘息的声音也没有了。

泰尔马克检阅这些尸首,一个也不遗漏;所有的尸首满身都是弹痕。

那些枪杀他们的人,也许急于要到别的地方去,来不及埋葬他们。

他正要走开的时候,他的视线落到院子里的一垛矮墙角上,他看见墙角后面伸出四只脚来。

这四只脚上都穿着鞋子;这些脚比别的脚小一点。泰尔马克走过去。那是女人的脚。

墙背后并排躺着两个女的,也是被枪杀的。

泰尔马克向她们俯下身子。其中一个女的穿着制服;她的身边有一只破了的空水壶:她是一个随军女酒保。她的头上中了四弹。她已经死了。

泰尔马克察看另一个。这一个是乡下女人。她的脸色苍白,嘴巴张开。两只眼睛闭着。她的头上并没有任何伤痕。她的衣服破烂不堪,大概是因为平日辛劳地干活的缘故。她跌倒的时候衣服也裂开了,露出半裸的身躯。泰尔马克把她的衣服完全扯开,看见她的肩膀上被子弹打了一个圆形的伤痕;锁骨已经折断了。他望着她的苍白的乳房。

"一个母亲,还在喂奶的母亲。"他喃喃地说。

他摸了摸她。她并不冰冷。

除了锁骨骨折和肩膀上的伤痕以外,她没有别的伤。

他用手按在她的胸口上,觉得心脏还微微地跳动。她并没有死。

泰尔马克直起身子,用一种可怕的声音呼喊:

"这儿一个人也没有吗?"

"是你吗,嘉义芒!"一个声音回答,声音低得几乎听不见。

同时一个脑袋从废墟的一个洞里伸出来。

跟着另一间破房子里出现了一个面孔。

他们是两个藏起来的农民,惟一的还活着的两个人。

嘉义芒的熟悉的声音使他们安心,使他们从躲藏的地方走出来。

他们向泰尔马克走过来,两个人都还在猛烈地哆嗦着。

泰尔马克能够叫喊,可是说不出话来;一个人情绪特别激动的时候往往是这样的。

他用手把躺在他脚下的女人指给他们看。

"她还活着吗?"一个农民问。

泰尔马克点了点头。

"那一个也活着吗?"另一个农民问。

泰尔马克摇了摇头。

最先走出来的那个农民继续说:

"别的人全都死了,对吗?我看见这一切。我躲在我的地窖里。在这种时候一个没有家庭的人多么感谢上帝啊!我的房子烧掉了。耶稣救主啊!他们把所有的人都杀掉。这个女的是有小孩的。三个小孩。全都很小!孩子们叫着:'妈妈!'母亲叫着:'我的孩子!'他们杀掉母亲,把孩子带走。我看见这一切,我的上帝!我的上帝!我的上帝!那些杀人的都走了。他们满意了。他们带走了小孩,杀掉母亲。可是她并没有死,对吗,她没有死?我说,嘉义芒,你相信你能救活她吗?你要我们帮忙把她抬到你的窑洞里去吗?"

泰尔马克点头表示同意。

森林就和田庄接连。他们很快地拿树叶和羊齿草做了一个担架。他们把那个始终僵直不动的女人放在担架上面,开始抬着她在荆棘丛里走,两个农民一前一后地抬着担架,泰尔马克扶着女人的臂膀,摸着她的脉息。

一路走着,两个农民谈起话来,月光照着浑身染着血的女人的惨白的脸,他们就在两边你一句我一句地惊惶地叫喊。

"全都杀死了!"

"全都烧光了!"

"啊!我的天!现在的世界就是这样的吗?"

"这都是那个高大的老头要这样做的。"

"对了,是他在指挥。"

"执行枪毙的时候我没有看见他。他在那里吗?"

"不,他已经走了。可是还不是一样,反正都是依照他的命令做的。"

"那么,这一切都是他干的。"

"他说过:'杀掉!烧掉!绝不饶恕!'"

"他是一个侯爵。"

"当然,他就是我们这里的侯爵。"

"他已经有了一个什么名字了?"

"德·朗特纳克先生。"

泰尔马克抬起眼睛望着天空,在齿缝里喃喃地说:

"我要是早知道啊!"

第二部 在 巴 黎

第一卷　西穆尔登

一　那时候巴黎的街景

人们过着露天的生活：他们就在门口摆上桌子用餐；妇女们坐在教堂的石阶上一边制造纱布一边唱着《马赛曲》；蒙梭公园和卢森堡公园都做了练兵场；所有的十字路口上都有正在紧张地开工的兵器工场，他们就在路人的注视下制造长枪，路人都鼓掌欢呼；到处只听见人人在说："忍耐些。我们是在革命时期。"人们英勇地微笑。大家到戏院里看戏，正如伯罗奔尼撒战争①时期的雅典人一样；街角上到处看得见张贴着的广告：《蒂安威勒之围》《从火焰中救出的母亲》《无忧无虑者俱乐部》《让娜女教皇的大姐》《丘八哲学家》《乡村恋爱术》。德国人已经到了国门；谣言说普鲁士王已经在歌剧院里定下了包厢。一切都是骇人听闻的，可是没有一个人被吓倒。那个含义不明的嫌疑犯法令②（这是杜埃的梅兰③的罪

---

① 伯罗奔尼撒战争，纪元前四三一至前四〇四年的雅典和斯巴达的战争。
② 嫌疑犯法令，颁布于一七九三年九月十七日，范围极广泛，凡主张温和或虽不反对自由，但对自由无贡献者，都列入嫌疑犯，立时可加逮捕。
③ 杜埃的梅兰(1754—1838)，当时的法律家，负责制定嫌疑犯法令。

过)使得断头台的影子笼罩在每个人的头上。一个名叫舍朗的律师被人告发了,他穿着睡衣和便鞋,在窗口上吹笛子,等待人家来逮捕他。仿佛没有一个人是闲着的。所有的人都非常忙碌。每一顶帽子上都有一只帽徽。女人们说:"我们戴着红帽子很漂亮。"巴黎仿佛到处都在搬家。古董店里堆满了王冠、法冠、镶金的木质王杖、百合花徽,都是些王族府邸里的遗物。这就是被推翻了的专制政体的残余。人们还可以看见旧衣店里挂着一件件的法袍和法衣出售。在博舍龙村子里和在朗波诺的酒店里,有些人装扮得奇形怪状,他们穿着白色的法衣,挂着法带,骑在披着法袍的驴子上,叫人把酒店里的酒倒在大教堂的圣器里喝。在圣雅克街,有些赤着脚没有鞋子穿的修路工人拦住一个卖鞋货郎的小车子,大家凑起钱来买了十五双鞋子,拿到国民公会里去送给我们的兵士。到处都可以看见富兰克林、卢梭、布鲁图,还得加上马拉的半身像;在克罗西-派斯街上马拉的半身像下面,挂着一个镶有玻璃的黑木框子,框子里面是马拉攻击马鲁哀的演说词,里面引证了许多事实,旁边还加上两行说明:"这些详细的事实是西尔文·巴义的情妇供给我的,她是一个待我很好的爱国女志士。——马拉。"(签名)在皇宫广场上,喷水池的碑铭"喷出多少有用的东西!"被两大幅帆布水彩画遮住了,一幅画的是卡义叶·德·热威勒在国民大会上揭发亚勒城的破坏分子的秘密信号,另一幅画的是路易十六坐在御用马车上被国民军从瓦连纳带回来的情形,马车下面用绳子绑着一块木板,木板的两端各坐一名近卫兵,手上的枪都上了刺刀。较大的商店很少开门;卖杂货和卖玩具的车子由妇女们拖着到处兜售,车子上点着蜡烛,烛油滴下来落在货物上;一些露天商店的主持人是几个带着金黄色假发的还俗的修女;这个在摊子上补袜子的是一位伯爵夫人;那个女裁缝是一位侯爵夫人;布佛莱夫人①住在一间顶楼里,她从顶楼里可以望见她以前的大厦。小贩满街跑着叫卖《新闻报》。人家把那些用领带遮住下巴的人叫做"害颈疯的人"。街头的歌手愈来愈多。保王党的歌曲作家比图②被群众嘲骂,可是他倒是一个勇敢的人,他曾经入狱二十二次,因为他一说到"爱国精神"字样时就拍屁股,他被革命法庭传讯过;他看见自己的头有落地的危险时,他叫道:"可是犯罪的不是我的脑袋而是我的屁股呀!"这句话使法官们笑起来,因而救了他的性命。这个比图嘲笑那种喜欢取用希腊和拉丁名字的时髦风气;他的最得意的一首歌是关于一个鞋匠的,他给这个鞋匠取个拉丁名字叫居尤斯,给鞋匠的老婆取个名字叫居尤斯妲。人们拉着手围成大圈子跳着和唱着《加马诺勒》③;跳舞的人不叫做"男伴"和"女士",而叫做"公民"和"女公民"。人们在修道院的废墟里跳舞,祭台上点着灯,拱屋顶上有扎成十字架形的两根木棒,上面放着四支蜡烛,他们的脚下是坟墓。人们穿着蓝色的暴君的短衣。他们的衬衫上别着用白色、蓝色和红色宝石镶成的称为"自由帽"的别针。黎塞留街④被叫做"法律街";圣安东尼区⑤被

---

① 布佛莱夫人,布佛莱侯爵(1738—1815)的妻子,侯爵在大革命时逃到波兰。
② 比图(1767—1842),作曲家,保王党人,专门创作攻击革命的歌曲。
③ 《加马诺勒》,一七九三年间极为流行的一首革命歌曲,起源和作者都不详,群众很爱唱这首歌,特别是断头台执行死刑时,总用这首歌来伴奏。有时围成大圆圈,一边唱着这支歌,一边跳舞。
④ 黎塞留(1585—1642),红衣主教,法王路易十三的权臣。
⑤ 圣安东尼区,当时巴黎的贫民区,酝酿革命的地方。

叫做"光荣区";在巴士底广场上矗立着一座"自然之神"像。人们互相指点一些街上的有名人物,像夏特来,狄地埃,尼古拉和加尼叶-德洛内,他们以监视着木匠杜泼来的大门而出名;还有吴朗,每逢断头台杀人的日子他从来没有缺过一次席,他跟在死囚的车子后面走,他说这是"去参加红色弥撒";还有蒙弗兰贝,他是侯爵,也是革命法庭的陪审官,他自己取名为"八月十日"。人们望着军校学生游行,这些学生被国民公会的法令称为"战神学校的志士",人民叫他们做"罗伯斯比尔的侍臣"。人们读着费礼隆①的宣言,宣言里面揭发犯有"奸商行为"罪的嫌疑犯。保王党的"花花公子"们②麇集在市政府的门口,嘲笑那些非宗教式的世俗婚礼,③他们包围着走过的新郎和新娘,嘴里叫喊:"市政府里出来的新夫妇。"在残废军人院里圣者和国王的雕像都被戴上红帽子。人们在十字路口的界石上玩纸牌;纸牌也充满了革命气息,他们用"伟人"代替了"国王",用"自由"代替了"王后",用"平等"代替了"侍臣",用"法律"代替了"爱司"。人们耕种公园的土地;犁耙竟在推勒里公园里耕起地来。在这一切中,还掺杂着一种不屑于再活下去的情绪,尤其是在战败的一方更为显然;有

---

① 费礼隆(1754—1802),国民公会议员,行动激烈。他的父亲是一个著名的批评家。
② 花花公子,年轻的保王党分子穿着奇装异服,表示和无套裤汉——爱国人士——有别,因此得名。他们戴黑帽,上绣三色帽徽,着蓝背心、蓝领带、大反襟外衣,反襟是白色的,上绣蓝色及红色小花,黄裤、白袜、黄手套。左手拿着一只单眼镜,右手拿着一根用来和雅各宾党人殴打的短棒。嘴里经常说:"真叫人不相信!"因此他们的诨名也叫做"不相信"。
③ 当时反对宗教迷信,也反对宗教婚礼,因此世俗婚礼(即法律婚礼)盛行。

一个人写信给富基叶-丁委勒①说:"请大发慈悲使我不再活下去。下面是我的住址。"桑舍尼兹被捕了,因为他居然在皇宫大厦里高喊:"我们什么时候才能有土耳其式的革命?我希望有一个土耳其苏丹领导的共和国。"到处都是报纸。理发匠在公共场所替女人卷头发,理发店的老板却在高声念"政府公报";别的人在人堆中指手画脚地谈论杜布瓦-克朗西的《团结报》,或者《伯勒罗斯老爷的喇叭报》。有时理发店也兼做猪肉买卖,因此有时也可以看见火腿和猪肠挂在一个戴着金头发的洋娃娃旁边。商人们在大街上出卖"逃亡贵族的酒",一个商人挂出牌子宣称他有五十二种酒;别的商人出售罕见的竖琴形座钟和公爵夫人式沙发;一间理发店的招牌上写着:"我给教士刮脸,我给贵族梳头,我给第三等级理发。"人们到安如街(就是以前的皇妃街)一百七十三号的马丁那里算命。面包缺少,煤炭缺少,肥皂也缺少;人们可以看见街上走过从外省运来的一群群乳牛。在华利,小羊肉卖到十五法郎一磅。巴黎公社的命令规定每人每十天配给一磅肉。人们在商店的门口排队;其中有一个行列已经带上传奇的色彩,人们从小方街的一间杂货店门口一直排到蒙托居街的中部。人们把排队叫做"抓绳子",因为排队的人一个个都得用手抓住一条长长的绳子。在这种可怜的状态中,女人们是勇敢和温和的。她们整夜在那里等待轮到自己走进面包店。革命所使用的策略是成功的,它用两种危险的方法来解救这种普遍的危难:这两种方法就是发行纸币和限价政策;纸币是杠杆,限价是支点。这种庸医的草方挽救了法兰西。敌

---

① 富基叶-丁委勒(1746—1795),当时革命法庭的检察官。

人,不管是科布朗兹①方面的敌人或者伦敦方面的敌人,都在拿纸币来投机。来来往往兜售着香水、袜带和军人用的假发的姑娘们,也带做纸币的投机;在费维纳街的交易所里有些投机家穿着粘满污泥的靴子,头发很脏,戴着狐尾的皮帽子,还有瓦略街的投机家穿着光亮的皮靴,嘴里咬着牙签,头上戴着皮帽子,和这些姑娘们说起话来用不客气的称呼。人民追捕这些投机家,也追捕那些被保王党人称为"积极的公民"的小偷。不过当时偷窃也很少发生。人们穷得可怕,可是他们的正直诚实却是不屈不挠的。那些穷鬼和饿鬼很严肃地垂下眼睛从平等宫的那些珠宝商店的橱窗前面走过。安东区公所有一次搜索博马舍②的住宅,一个女人在花园里摘了一朵花,群众就打了她一下耳光。木柴卖到每束四百银法郎;在街上可以看见许多人在锯他们的木板床。冬天水管冻结,每两桶水要卖一个法郎;大家都去当担水夫。每个金路易值三千九百五十个法郎。坐一程马车要花六百法郎。坐了一天马车之后,就可以听见这样的对话:"车夫,我该你多少钱?""六千法郎。"一个卖菜的女人每天可以卖到两万法郎。一个要饭的说:"做做好事,救救我!我还差二百三十个法郎来付我的鞋钱。"在桥头上可以看见大卫雕刻的和绘画的巨大人像,就是被梅西埃辱骂为"庞大的怪木偶"的那些巨像。这些巨像描画出联邦主义和欧洲各国反革命同盟的失败。在这个民族中丝毫没有衰亡的迹象。有的是推翻了王朝的阴沉的愉快。到

---

① 科布朗兹,德国地名,近法国边境,大革命时逃亡贵族的结集地,他们组织了名为龚底军队的反革命保王军,以孔代亲王及法王之弟普洛文斯亲王为首。
② 博马舍(1732—1799),法国戏剧家,著有《费加罗的婚姻》等。

处涌现愿意献出自己的胸膛的志愿兵。每条街都产生一个联队。各区的旗帜你来我往,每面旗子有它自己的标语。卡必申区的旗子上面写着:"没有人能够打垮我们。"另一面旗子上面写着:"只有心灵的高尚,没有高贵的阶级。"所有的墙上都贴满了标语,大的、小的,白色的、黄色的、绿色的、红色的,铅印的、手写的,上面写着这句口号:"共和国万岁!"小孩子们咬音不准地唱着《沙依拉!》①。

这些小孩子们就是无限的前途。

后来,这座悲惨的城市变成了毫无理性的城市。巴黎的街道在热月②九日以前和以后有非常鲜明的两种不同的革命景象,圣茹斯特的巴黎让位给泰里昂的巴黎;③这是上帝安排的永远不断的对照,在西奈山之后,立刻出现了古蒂叶区。④

群众都疯狂了,这是可以看得出来的。这种情形人们在八十年前已经看见过了。人们从路易十四的统治下爬出来,正如从罗伯斯比尔的统治下爬出来一样,⑤都非常需要自由地呼吸;因此,这一世纪才以摄政政府来开头,却以执政政府

---

① 《沙依拉!》,大革命时流行的歌曲,群众集会时总唱这首歌。作曲者是贝古,作词者是拉德里。
② 热月,共和政府废除公历,制定新历法,每月分为三旬,每旬十日,从七月二十日到八月十八日为热月。
③ 圣茹斯特(1767—1794),公安委员会委员,罗伯斯比尔的最亲近的助手,一个聪明而意志坚定的人,他的理想是创造一个斯巴达式的共和国。泰里昂(1767—1820),雅各宾党人,国民公会议员,在热月九日带头推翻罗伯斯比尔,结果造成反革命政变(共和国二年热月九日,即一七九四年七月二十七日)。
④ 西奈山,根据《旧约》所载,是上帝把十诫授给摩西的地方。古蒂叶区,当时巴黎的酒馆妓院集中的处所。
⑤ 这时罗伯斯比尔已被反动派杀害。

而结束。两次恐怖统治过后出现了两个解放的时代。法兰西从清教的寺院逃出来,正如从专制君王的宫廷逃出来一样,是充满了一种民族解放的愉快的。

热月九日以后的巴黎是愉快的,不过这是一种疯狂的愉快。一种不健康的快活气氛淹没了一切。在死的狂热之后跟着来了生的狂热,过去的伟大消失了。一个类似特里马西翁的人,名叫葛利摩·德·拉·瑞尼尔,写了一本题名为《美食家年鉴》的书。人们在皇宫大厦的阁楼上进餐,有军乐伴奏,奏乐的女子乐队敲着铜鼓和吹着喇叭;轻快的两拍子舞曲开始流行;人们在美育饭店的香炉香气围绕中享受着东方式的盛宴。画家波兹把他的十六岁的天真而可爱的女儿画成"将上断头台的人"的样子,就是说,露出肩膀,穿着红衬衫。以前在教堂的废墟上跳的激烈的舞蹈,现在被卢吉礼陆凯、旺泽尔、莫迪和蒙当西叶的舞会代替了;以前是制造纱布的庄重的妇女,现在变成苏丹的王妃、野蛮人和美女了;以前兵士的粘着血污、泥泞和尘土的赤足,现在被妇女的戴着钻石的赤裸的脚代替了。同时,不诚实的行为也跟着无耻的行为再度出现了:上层出现了贪污的军需官,下层出现了小偷;大批扒手充斥巴黎市面,每个人都不得不防备着他的皮夹子。当时有一种流行的娱乐,就是到法院广场上去看坐高凳子的女贼,结果当局不得不把她们的裙子扎起来;小瘪三们在戏院的门口说着这样的话来兜揽顾客坐双人马车:"公民和女公民,这里有两个人的座位。"人们不再叫卖《老鞋匠报》和《人民之友》,人们叫卖《小丑来信》和《顽童请愿》;萨德侯爵[①]当上了旺多姆

---

① 萨德(1740—1814),法国作家,专门描写变态性欲。

广场的长矛区公所的主席。一切都突然反过来了；九二年的"自由之龙"又改名为"匕首骑士"复活了。同时在街头演唱的短剧里又出现了若克里斯类型的傻仆人①。所谓"妙不可言"的时髦女郎出现了，比"妙不可言"更高一级的还有所谓"不可思议"的时髦女郎；②人们用古怪的、杜撰的字眼来赌咒；人们从米拉波倒退到博贝士。③巴黎就这样子摆来摆去；它是文明的巨钟；它的钟摆轮流碰到德摩比勒和蛾摩拉两个极端。④九三年以后，革命进入了一种奇特的日蚀状态，本世纪仿佛忘记了结束它所开始了的事情，一种大吃大喝的狂热插了进来，占据了最重要的位置，把可怕的《启示录》里的景象推到后面去，把过度的幻象遮没，而且在经历过恐怖之后爆发了大笑；悲剧被丑化而消失了，地平线上升起一股狂欢的烟，隐隐约约地把丑恶的美杜萨⑤遮没了。

可是在我们所说的九三年中，巴黎的街道依然保持革命初期那种伟大的和雄壮的景象。巴黎的街头有它的演说家，像瓦尔来就是站在一架木棚车上到处游行向路人演讲的；巴

---

① 若克里斯，法国古代滑稽剧中的典型傻仆人。
② 这里均指执政政府时代的奇装异服的妇女。
③ 米拉波(1715—1789)，本来是贵族，后来做了第三等级的代表，出席立宪会议，是会议中最著名的演说家。曾经用一句著名的话拒绝国王解散会议的命令："回去对派你来的人说：我们是遵照人民的意志到这里来的，除了刺刀以外没有什么能够叫我们走出去！"但是后来他又叛变革命，和国王勾结。他的相貌奇丑，满脸麻子，富有演说天才。博贝士，一个著名的小丑。
④ 德摩比勒是一个著名的山隘，斯巴达人以三百个战士死守该隘抵挡波斯大军，卒至全部战死。蛾摩拉是《圣经》上记载的一个巴勒斯坦城市，以罪恶被天火焚毁。
⑤ 美杜萨，希腊神话的女怪，头发是蛇，眼光望人能把人变成石头。

黎的街头也有它的英雄,其中一个叫做"铁棒队长";巴黎的街头也有它的宠儿,像题名为《卢吉夫》的小册子的作者古弗洛。这些出名的人物中有些是坏蛋;也有些是有健全的品格的。在所有这些人中有一个是诚实而且不幸的,他就是西穆尔登。

二 西穆尔登

西穆尔登有一颗纯洁的良心,可是他的良心是忧郁的。他有一种易走极端的性格。他曾经做过教士,这是一件严重的事。一个人可以像天空一样有一种带阴暗的晴朗;随便什么事情都足以在他身上造成黑夜。教士生涯就在西穆尔登身上造成黑夜。曾经做过教士的,永远是一个教士。

在我们身上造成黑夜的,也可能留下一些星星给我们。西穆尔登满身都是道德和真诚,可是这些道德和真诚是在黑暗中发着光。

他的历史很简单。他曾经当过乡间的本堂神父,同时在一个贵族的家庭里当过家庭教师;后来他继承了一笔遗产,就脱离了这一切。

他尤其是一个固执的人。他运用默想就像我们运用铁钳一样;他认为他没有权利放弃一个思想,除非他已经想得非常透彻;他顽强地思索。他懂得全欧洲的语言,其他地方的语言也知道一些;他不停地读书,这样可以帮助他去忍受独身生活的苦恼,可是没有什么东西比这种制欲的生活更危险的了。

由于骄傲,由于偶然,或者由于灵魂的高尚,他一直遵守教士的戒律;可是他不能够保持他的信仰。科学毁灭了他的信仰；宗教的教养已经不能在他身上起任何作用。因此，他内省自己，他觉得自己仿佛被肢解了，既然他不能够完全摆脱自己身上教士的影子，他就努力尝试把自己创造成为一个新人，不过他所采用的方式是艰苦的。他没有家庭，他把祖国当作他的家庭；没有人肯嫁给他做妻子，他便和人类结了白首之盟。这种完满的结合是伟大的，可是实际上却是空虚。

他的父母是庄稼人，他们叫他当教士是想把他抬高到人民之上，可是他又回到人民里来了。

他怀着热情回到人民里来。他以一种惊人的慈爱关心受难的人们。他从教士变成了哲学家，又从哲学家变成了一个战士。路易十五还在世的时候西穆尔登已经模糊地觉得自己是拥护共和国的。哪一种共和国呢？也许是柏拉图的共和国，也许是德拉孔①的。

他被禁止恋爱，他就开始憎恨。他憎恨撒谎，憎恨专制政体，憎恨神权政体和他的教士的法衣；他憎恨现在，他高声叫唤将来；他对将来有预感，他早已窥见了将来，他猜出将来是惊人的、壮丽的；他懂得必须有一个结束人类的悲惨命运的将来，这个将来是一个像复仇者一样的解放者。他崇拜这个未来的巨变。

一七八九年，这个巨变果然来了，他也准备好了。西穆尔登很逻辑地投进这个大规模的人类命运的变革里，所谓"逻辑地"，就是说，照着他的性格，冷酷无情地。逻辑是不懂得慈悲的。他度过了那些伟大的革命年代，经历过革命的一切

---

① 德拉孔，纪元前七世纪时代雅典的立法官，制订极端严酷的法律，被称为用血写成的法律。

风暴,八九年巴士底狱陷落,人民苦难的结束;九〇年六月十九日封建制度的末日;九一年的瓦连纳事件①发生后,王政于是宣告终结;九二年共和国的诞生。他眼见革命站了起来,他并不害怕这个巨人;恰恰相反,这种万物的生长也给他增加了生命的活力,虽然他已经接近老年——他五十岁了,而且一个教士是比常人老得更快的——但他好像才开始发育。年复一年,他眼看着事变陆续发生,他也跟着事变成长起来。起先他曾经害怕革命会流产,他密切注意着革命,革命有了理由和权利,他坚决要求革命成功;革命愈来愈叫人畏惧,他才放下了心。他希望这个头戴未来的星星做的冠的弥涅尔瓦同时也是手执蛇发人面盾牌的帕拉斯。② 他希望她的神眼在必要时向魔鬼们射出地狱的冷光,用恐怖来回答魔鬼们的恐怖。

在这种心情之下他走进了九三年。

九三年是欧洲对法兰西的战争,又是法兰西对巴黎的战争。革命怎样呢?那是法兰西战胜欧洲,巴黎战胜法兰西。这就是九三年这个恐怖的时刻所以伟大的原因,它比本世纪的其余时刻更伟大。

没有更悲惨的了,欧洲进攻法兰西,法兰西进攻巴黎。这是具有史诗规模的悲剧。

九三年是一个紧张的年头。风暴在这时期达到了最猛烈最壮观的程度。西穆尔登在这里面觉得很称心。这个狂热、

---

① 瓦连纳事件,九一年路易十六偕其后化装潜逃,至瓦连纳地方被捉获,从此被监禁起来。
② 弥涅尔瓦,在古罗马神话中相当于雅典娜的庇护手艺的女神。帕拉斯,希腊神话中的战争女神,即雅典娜。这里的意思是说,革命既应当叫人爱,也应当叫人怕。

粗野而又光辉灿烂的环境正适合他的才智。这个人像只海鹰,内心有深沉的宁静,但外表上却喜欢冒险。某些凶猛而宁静的有翅的生物是为了狂风而诞生的。所谓充满风暴的灵魂那种东西是存在的。

他只有一种专门为可怜的人而发的同情心。他肯为那些受着令人惧怕的痛苦的人们牺牲。在这一点上,他无论什么事情都肯做,这就是他的善行。他救人的方式是奇特的,也是无上崇高的。他找寻脓疮来接吻。那些外表上令人作呕的善行其实是最难实行的;他就爱做这一类善行。有一天在市立医院里有一个濒死的病人,喉部被一个毒瘤窒息着,那个毒瘤是一个发恶臭的可怕的毒疮,也许是传染的,必须马上把脓挤干净。当时西穆尔登正在那里;他把嘴唇放在毒疮上,吮吸它,直到嘴里装满了才吐出来,这样他把脓吮空了,救了病人的性命。那时候他还穿着教士的法衣,有人对他说:"假使你给国王做了这样的事,你就能够当主教了。""我不会给国王做这样的事。"西穆尔登回答。这件事和他的回答使他在巴黎的贫民区里非常受人拥戴。

他的获得人心到了这样的程度,使得他能够随意指挥那些受苦的、哭泣的和威胁着要使用暴力的人们。在群众极端愤恨那些囤积居奇的人们的时期——这种愤恨是极端容易产生错误的——西穆尔登用一句话就阻止了群众抢劫圣尼古拉港口一只满载着肥皂的船,愤怒的群众在圣拉扎尔城门拦住了一些车辆的时候,也是他才使群众散开的。

在八月十日以后过了十天,也是他率领人民推倒历代君王的雕像。在倒下来的时候,那些铜像还压死了人。在旺多姆广场,一个名叫莱纳·魏奥莱的女人,在路易十四的雕像的脖子上套了一根绳子去拉它,结果雕像倒下来时便把她压死了。这尊路易十四的雕像已经立在这里一百年了;那是在一六九二年八月十二日立的,被拉倒的日期是一七九二年八月十二日。在协和广场,一个名叫根盖罗的人因为把那些毁坏雕像的人叫做"流氓",当场在路易十五的像座上被扑杀了。那个铜像也被捣成碎片。后来人们把碎铜制成铜币。只有一条臂膀保留下来;那是路易十五的铜像的右臂膀,路易十五是模仿罗马皇帝的姿势把这条臂膀伸开来的。由于西穆尔登的请求,人民派了一个代表团把这条臂膀送给一个曾经在巴士底狱被监禁过三十七年的名叫拉脱德的人,当拉脱德颈上戴着枷,腰上系着铁链,由于这个国王的命令而在监狱的底层活生生地等待死亡的时候,这个国王的铜像正在雄视着巴黎;当时谁能向他预言这座监狱会被攻毁,这座铜像会倒下来,他会从监牢里爬出来,君主政体会埋葬进去,而他这个囚徒会成为这只曾经在他的拘捕状上签过字的铜手的主人,这个泥塑的国王只会剩下一只铜臂膀呢?

西穆尔登就是内心有一种声音而自己听从这种声音的指挥的一类人。这类人仿佛时常心不在焉;不,他们是到处留心的。

西穆尔登什么都知道,同时什么都不懂。他有丰富的科学知识,可是人生的一切他却茫然无知。这就是他的耿直的原因。他的眼睛是掩蔽着的,就像荷马述说的忒弥斯①一样。他有像箭一样的盲目的准确性,只对准目标一直飞去。在革命中没有什么比直线更可怕的了。西穆尔登一往直前,这就

---

① 忒弥斯,希腊神话中司法律的女神。

注定了他的不幸。

西穆尔登相信,在社会的结构里,只有用极端的办法才能使社会巩固;这是那些以逻辑代替理性的人们特有的错误。他比国民公会更走极端;他比巴黎公社更走极端;他是属于主教宫社的。

这个社之所以称为主教宫,因为它的会议是在旧时主教宫邸的一所大厅里举行的。这个社与其说是一个社团,不如说是一个分子复杂的人群。在这个社里也像在巴黎公社一样,有一些沉默和意味深长的旁观者,他们正如加拉①所说的,每个人有几只口袋就有几支手枪。主教宫社是一个奇怪的乌合之众的团体,是对任何民族的人都一视同仁,同时又是纯粹巴黎人的团体,这两者是并不互相排斥的,因为巴黎就是各个民族心脏跳动的地方。平民的白热情绪就在这里表现。国民公会要和主教宫比起来就显得是冰冷了,巴黎公社要比起来,也不过略觉有点温热罢了。主教宫社是那些像火山一样炽热的革命团体中的一个;主教宫社包容一切,包容无知的人、愚昧的人、正直的人、抱有英雄主义的人、愤怒的人和警察。勃伦斯威克②也派了代理人在里面活动。这里有些人称得上是斯巴达人,也有些人是值得送去当苦工的。其中大部分却是激昂而诚实的人。吉隆特党曾经假借国民公会临时主席依斯纳的嘴说出下面一句可怕的话:"当心点,巴黎人。你

---

① 加拉(1749—1833),共和政府的司法部长,后来又任内政部长。
② 勃伦斯威克(1735—1806),普奥联军的总司令,他率领联军向法国革命势力进攻时曾发布宣言,恐吓巴黎人士说:敢于持武器反抗者将受严厉处罚,如果再侮辱法王,他将把巴黎毁灭。他的宣言激起法国人民的爱国心,促成八月十日的事变。

们的城将被毁灭,有一天人们会找不到巴黎的原址。"这句话就使主教宫社创立了。我们刚才说过的那些人,属于各种国籍的人,都觉得有以巴黎为中心而团结起来的必要。西穆尔登参加了这个团体。

这个团体反对那些反动分子。它是由于公众对暴力的需要而产生的,这种暴力的需要正是革命的可怕和神秘的一面。主教宫社由于拥有这种暴力而坚强,它立刻为自己规定了任务范围。在巴黎的动乱中,开炮的是巴黎公社,敲起警钟的却是主教宫社。

西穆尔登由于一贯的天真,相信凡是为着真理服务的都是公平的,这样就使他适宜于掌握那些激烈的主张。那些无赖觉得他是一个诚实的人,因而他们很满意。犯罪的人能够被一个有道德的人指挥就觉得减轻了自己的罪戾。一个有道德的人虽然妨碍他们,却讨他们欢喜。有许多人尊敬西穆尔登,像曾经在拆毁巴士底狱中渔利的建筑师巴路瓦,他把拆下来的石块卖掉赚了钱,他负责粉刷路易十六的囚室的时候,由于狂热,他在墙上绘满了铁条、铁链和颈枷;像圣安东尼郊区的可疑的演说家龚松,他所开出的受贿收据后来被人发现;像曾经在七月十七日向拉法耶特开过一枪的美国人富尼叶,据说是拉法耶特收买他来开枪的;像出身于卑舍特,做过仆人、街头卖艺者、小偷和间谍,然后又当上将军而且把大炮指向国民公会的亨利奥;还有拉·黎尼,他是以前沙特尔的代理主教,现在已经拿《杜歇尼老爹》代替了他的祈祷书。这些人都尊敬西穆尔登,有时只要那些最坏的人觉得这个可怕的公认为真诚的人停在他们前面,就能够阻止他们犯错误。圣茹斯特就是这样子使施奈德①怕他的。同时主教宫社里大部分成员都是些穷苦而激烈的人,他们都是善良的,他们相信西穆尔登而且追随他。西穆尔登有一个助手——或者说是他的副官,随你欢喜——就是另一个拥护共和政府的教士唐如,因为唐如身材高大,人民都爱戴他,把他叫做"六尺院长"。西穆尔登可以随意指挥那个被人称为"长矛将军"的勇敢的领袖,和那个称为"大尼古拉"的豪勇的特鲁松,特鲁松曾经想营救兰巴勒夫人②,他曾经挽着兰巴勒夫人的臂膀大踏步越过死尸堆,如果没有理发师夏洛的野蛮的恶作剧,这件事早已成功了。

巴黎公社监视着国民公会,主教宫社监视着巴黎公社。西穆尔登因秉性正直,憎恨阴谋,曾经不止一次破坏过巴祁主持的阴谋,巴祁就是被布农威勒称为"阴郁的人"的。在主教宫社里,西穆尔登和所有的人处在平等的地位。杜勃桑和莫摩罗都征询他的意见。他和居斯芒说西班牙文,和比育说意大利文,和亚瑟说英文,和比利拉说荷兰文,和一个亲王的私生子奥地利人普洛里说德文。他在这些不协调的空气中创造谅解。因此他的地位虽不显赫,却很重要。埃贝尔也怕他。

处在这样的时代和这许多悲惨的人群中,西穆尔登享有冷酷无情的人的威力。他是一个自认为不会犯错误的无可指摘的人。从来没有人看见他流过眼泪。他是道德的化身,是

---

① 施奈德,史泰斯堡市雅各宾党的领袖,以其行为残暴,一七九三年间被人向公安委员圣茹斯特告发,遂判死刑,一七九四年处死。

② 兰巴勒夫人,法后玛丽·安东纳特的密友,一七九二年九月普鲁士军队包围凡尔登,法国人民起来抵抗,同时开始把大批反革命分子处死。兰巴勒夫人亦被判处死刑。

不能近的,冰冷冷的。他是一个可怕的正直的人。

对于教士,在革命中是没有中间路线的。一个教士如果投入这种现行的非常事变里,不是为着最卑鄙的动机,就是为着最崇高的动机;他不能不是恶名昭彰的或者十分崇高的。西穆尔登是崇高的,可是这种崇高是和人隔绝的,是在悬崖峭壁上的崇高,是灰色的、不亲近人的崇高;他的崇高的周围被悬崖深谷包围着。凡是高山就有这种可怕的蛮荒的地带。

西穆尔登的外表像一个平常的人,衣着很随便,外表很穷酸。年轻时他曾经剃过顶,年老了他变成了秃顶。他所剩下的那点点头发已经斑白。他的前额很阔,目光锐利的人可以从这个前额上看出他的特征。西穆尔登说话的态度是粗暴的、严肃的,而且充满热情的,他的嗓音很短促,语调很坚决,他的嘴表现着忧郁和困苦;眼睛明亮而深沉,整个脸上有一种说不出的愤慨的神气。

这就是西穆尔登。

今天已经没有人知道他的名字了。历史上有的是这种可怕的无名英雄。

三 没有浸进冥河的一部分[①]

这样的一个人果真是一个人吗?一个为人类服务的人能够有所喜爱吗?他是不是过于理智以至于没有心肝呢?他这

---

① 根据希腊神话,在冥河里浸过的身体是刀枪不入的。希腊英雄阿基里斯被他的母亲提着脚跟浸进冥河里,变成刀枪不入身,但是没有浸进冥河的脚跟仍然可为刀枪所伤,是他的惟一的弱点,后来被帕里斯射中脚跟而死。

种广泛地爱一切的人和一切事物的情感,会不会专用来给某一个人呢?西穆尔登会爱吗?我们说:会的。

他年轻时曾经在一个差不多算是亲王的家庭里当过家庭教师,这个家庭的儿子和继承人就是他的学生,他爱这个学生。爱上一个孩子是非常容易的。对于一个孩子有什么是不能宽恕的呢?即使这孩子是个贵族,是个亲王,是个皇帝,人们仍然会宽恕他。他的天真的年龄使人忘记了他的阶级的罪恶;他的体质的软弱使人忽略了他的光辉的门第。他这么细小,使人原谅了他的身份的崇高。奴隶原谅他的小主人的身份。老黑奴崇拜自己带领的白种小孩。西穆尔登热爱他的学生。童年有一点是语言所不能够形容的,就是一个人可以把所有的爱情都倾注在它身上。可以说,西穆尔登身上的一切爱情都集中到这孩子身上;这个天真甜蜜的小东西变成了这个孤独的心的一种捕获物。他用一切的柔情来爱他,他像是他的父亲,他的兄弟,他的朋友,他的造物主。那孩子是他的儿子,不是肉体上的儿子,是精神上的儿子。他不是孩子的父亲,孩子不是他的创作;可是他是孩子的老师,孩子是他的成品。他把这个小贵族造成一个人。谁知道呢?也许是一个伟人。因为这是人人的梦想。他瞒着家庭——难道创造一个有智慧、有意志和正直的人还要得到家庭的允许吗?——把他自己所有的一切进步传授给年轻的子爵,他的学生;他把他的品行中的可怕毒素注射到他身上;他把他的信仰、他的意识、他的理想输送到他的血管里来;他把人民的灵魂放进这个贵族的脑子里。

精神像乳汁一样可以养育人的,智慧便是一只乳房。乳母哺乳和家庭教师灌输思想是相同的。有时家庭教师比父亲更像父亲,正如有时乳母比母亲更像母亲一样。

这种根深蒂固的精神上的亲子关系把西穆尔登和他的学生联结起来。只要看见这孩子,他的心就软了。

让我们加上一点说明:代替这孩子的父亲是很容易的;这孩子是个孤儿;他的父亲死了,他的母亲也死了;看管他的只有一个瞎眼的祖母和一个不在家的叔祖父。祖母死了;他的叔祖父是一家之长,是一个军人兼大领主,在宫廷里有差使,叔祖父逃出老家的古旧塔楼,住在凡尔赛,后来被派到军队里去了,于是把这个孤儿留在孤寂的碉堡里。因此,从各方面说来,这个家庭教师都可以算是父亲兼老师。

让我们再加上一点说明:西穆尔登是亲眼看见他的学生诞生的。这个从小就是孤儿的孩子曾经得过一场重病。在这死亡的威胁中,西穆尔登曾经日夜看顾他;开药方的是医生,真正救性命的是看护,西穆尔登救了这孩子的性命。他的学生不但从他那里得到教育、训练和科学知识,而且从他那里得到身体复原和健康;他的学生不仅从他那里学会了思想,而且从他手里得到了生命。我们通常热爱那些一切都得之于我们的人;西穆尔登热爱这孩子。

可是人生中常见的分离终于来了。西穆尔登的教育工作完成以后,就不得不离开这个已经长大成人的孩子。这种分离是多么无情、多么残酷啊!许多家庭多么简单地就辞退了把思想留给孩子的家庭教师和把心血留给孩子的乳母啊!西穆尔登拿了薪金,被辞退了,他走出了上层社会,回到下层社会里来;上等人和下等人之间的隔板又关上了。那个年轻的贵族生下来就是军官,一开始就当了上尉,出发到某一个军营里去了;这个身份低微的家庭教师,当时内心深处已经对自己的教士生涯有了背叛的意图,离开这个家庭以后就赶快回到所谓下级教士的行列里去了。西穆尔登和他的学生失去了联系。

革命来了;对于这个被他创造成一个人的学生的回忆,还活在他的心里,这个回忆被无数的公务遮没了,可是并没有消失。

塑成一个雕像,把生命赋给这个雕像,这是美丽的;创造一个有智慧的人,把真理灌输给他,这就更美丽。西穆尔登是创造一个灵魂的皮格马利翁①。

一个心灵可以有一个儿子。

这个学生,这个孩子,这个孤儿,就是他在这世界上惟一心爱的人。

可是,即使在这样的爱情中,一个像他那样的人的心,也会受到伤害吗?

我们等着瞧吧。

---

① 皮格马利翁,希腊神话中著名的雕刻家,他创造了一个象牙女像,名叫嘉拉底,他爱上了这个雕像。爱神维纳斯使雕像活起来,和皮格马利翁结了婚。

第二卷 孔雀街的一家酒馆

一 三个地狱里的判官

在孔雀街有一所被人称为咖啡馆的酒店。这所咖啡馆有一间后房,到了今天已经成为有历史意义的地方。有些过分有权势而且过分受人注意的人物不愿意在公众的地方交谈,有时就差不多秘密地在这所房间里聚会。一七九二年十月二十三日,山岳党和吉隆特党实行杯酒言欢,也就是在这个地方。加拉——虽然他在他的《回忆录》里并不承认有这件事——在那悲惨的一夜①,也是到这儿来听取情报的,当时,他把克拉维埃尔②安置在平安可靠的波那路以后,就在皇家桥停下马车来倾听警钟。

一七九三年六月二十八日,有三个人围着一张桌子在这间后房里聚谈。他们的椅子并没有挨在一起;他们每人坐在桌子的一边,还有一边空着。那时大约是晚上八点钟;街上还

---

① 那悲惨的一夜,指一七九二年八月九日到十日的夜间,人民敲起警钟,进攻王宫,拘捕国王,推翻帝制。
② 克拉维埃尔(1735—1793),曾继聂克为财政部长,在一七九三年自杀,以免上断头台。

很亮,可是后房里已经黑了,一盏在当时算是奢侈品的洋油灯挂在天花板下面,照亮着那张桌子。

三个人中的头一个,年轻、脸色苍白、态度严肃、嘴唇单薄、目光冷酷。他的脸颊上有一种神经质的痉挛,使他很难微笑。他的头发上扑着粉,手上戴着手套,衣服刷得很干净,扣着纽子。他的浅蓝色的衣服没有一条褶皱。他穿着一条黄布短裤,白袜子,高领,一条打褶的胸饰,有银扣的鞋子。另外两个人一个是巨人,另一个却是侏儒。身材高大的一个很潇洒地穿着一件深红色的宽大的呢衣服,领带没有打结,垂下来比胸饰还要低,露出颈项,上衣敞开,纽子脱落,穿着一对靴口露着毛的皮靴,头发蓬松直竖,虽然也看得出梳理过和装饰过的痕迹;他的假发里夹有马鬃。他的脸上有麻点,他的双眉间有一条愤怒的皱纹,嘴角上有一条善良的纹路,他的双唇很厚,牙齿很大,两只手像搬运工人的手,眼睛闪闪有光。身材矮小的那个是一个黄色皮肤的人,坐下来的样子仿佛有点畸形;他的头向后仰,眼睛布满血丝,脸上一片苍白色,肮脏和垂直的头发上系着一条手帕,他前额很低,只看出庞大而可怕的嘴。他穿着长裤,宽大的皮鞋,一件仿佛曾经是白色的缎子背心,背心上面罩着一件短衫,短衫的皱褶里显出一条坚硬的直线,使人猜出里面藏着一把匕首。

这三个人中第一个叫罗伯斯比尔,第二个叫丹东,第三个叫马拉。

房间里只有他们三个人。丹东的面前放着一只杯子和布满灰尘的一瓶酒,很像路德的啤酒杯;马拉的前面是一杯咖啡;罗伯斯比尔的面前是一些文件。

文件旁边放着一只笨重的铅墨水瓶,这种墨水瓶是圆形而有细道的,那些在本世纪初期做过小学生的都会记得它的样子。一支羽毛笔扔在墨水瓶旁边。文件上压着一颗大铜印,上面刻着"Palloy fecit"①字样,这颗印的样子完全是巴士底狱的小模型。

桌子中间摊开了一张法兰西地图。

房门口外边站着马拉的马弁劳朗·巴斯,他是鞋匠街十八号的经纪人,六月二十八日以后,过了大约十五天,七月十三日,拿一张椅子敲在一个名叫夏洛特·郭黛②的女人的头上的人就是他。现在这个女人还在加昂地方作着模糊的幻想。劳朗·巴斯是送《人民之友》③校样的人。这一天晚上,他的主人把他带到孔雀街的咖啡馆里,吩咐他把守着房门,马拉、丹东和罗伯斯比尔在里面谈话的时候不要让任何人进去,除非是公安委员会、巴黎公社或者主教宫社的人。

罗伯斯比尔不愿意拒绝圣茹斯特进来,丹东不愿意拒绝巴祁进来,马拉不愿意拒绝居斯芒进来。

会议已经开了很久了。讨论的内容是摊在桌子上的,罗伯斯比尔念过的那些文件。他们的声音已经开始高起来。一种愤怒的声音已经在他们三人中间响着。在门外有时听得见激烈的说话声。那时候国民公会已设立了公众旁听席,这种旁听的习惯似乎已逐渐形成一种旁听的权利;所以书记法布列西斯·巴里斯有权利从门的锁孔中偷看公安委员会所做的一切。顺便说一句,这种偷看并不是没有用的,因为在一七九

---

① 拉丁文"巴洛瓦的工作"。
② 夏洛特·郭黛,刺死马拉的凶手,拥护吉隆特党的人。
③ 《人民之友》,马拉主编的刊物。

四年三月三十日到三十一日夜间警告丹东的正是这个巴里斯。① 劳朗·巴斯把耳朵贴在后房的门上,后房里丹东、马拉和罗伯斯比尔正在聚谈。劳朗·巴斯服侍马拉,可是他是属于主教宫社的人。

二 在黑暗中大声疾呼

丹东站了起来,很快地把椅子向后一推。

"听着,"他叫道,"现在只有一件事是紧急的,那就是共和国的危难。我只知道一个任务:把法兰西从敌人手里解救出来。为了完成这个任务,一切手段都是正当的。一切!一切!一切!当我要应付各种各样的危险的时候,我就采取各种各样的方法;当我觉得什么都可怕的时候,我就一切都不顾了。我的思想是一只狮子。在革命中是不许有不彻底的办法,不许有虚伪矫饰的。复仇和正义的女神并不是一个矫饰的女子。让我们变成可怕的,同时也是有用的吧。难道一只象用脚踏下去的时候还要看看它踏的是什么吗?让我们粉碎敌人吧。"

罗伯斯比尔温和地回答:

"我非常同意。"

他又加上一句:

"问题在于断定敌人在什么地方。"

---

① 丹东于一七九四年四月五日被罗伯斯比尔送上断头台,死前几天丹东已经得到警告,可是他拒绝出走,他说:"难道一个人能够把祖国带在脚跟上逃到外国去吗?"

"在国外,我已经赶走他们了。"丹东说。

"在国内,我正在监视他们。"罗伯斯比尔说。

"我还要把他们赶走。"丹东又说。

"内部的敌人是不能赶走的。"

"那么我们怎么办?"

"我们消灭他们。"

"我同意。"丹东回答。

他又接着说:

"我告诉你敌人是在国外,罗伯斯比尔。"

"丹东,我告诉你敌人是在国内。"

"罗伯斯比尔,敌人正在边境。"

"丹东,敌人在旺代。"

"请你们镇静一点,"第三个声音说,"敌人到处都有;你们都完蛋了。"

说话的是马拉。

罗伯斯比尔望着马拉安静地回答:

"不要笼统地说话。我是有根据的。这里就是事实。"

"学究!"马拉咕噜着说。

罗伯斯比尔把手按着摊开在他面前的文件继续说:

"我刚才已经把马恩的普利尔的快信念给你们听。我也把耶朗布尔供给的情报告诉过你们。丹东,听着,外战不算什么,内战比什么都重要。外战不过等于一个人的肘部受了一点擦伤;内战是侵蚀肝脏的溃疡。从我刚才告诉你们的一切,可以得出这样一个结论:直到今天为止分散在几个领袖手中的旺代,现在正在团结起来。它从今以后就会有一个统一的领袖……"

"一个土匪头目。"丹东喃喃地说。

"这个人,"罗伯斯比尔继续说,"就是六月二日在篷托松附近登陆的人。你们已经看见过他是怎样的一个人。请注意他的登陆和我们的几个特派代表的被捕非常巧合,黄金海岸的普利尔和罗姆两个代表都在六月二日在贝约被嘉尔瓦多那个叛国的法院逮捕了,这件事和那人的登陆发生在同一天。"

"而且法院还把他们押解到康城堡垒。"丹东说。

罗伯斯比尔继续说:

"我继续把这些快信的内容扼要地说一说。森林战正在大规模地组织中。同时英国人正在准备登陆;旺代人和英国人其实是一家人。菲尼斯泰尔①的野蛮人和康华尔②的野蛮人说的是同一种语言。我已经把一封劫来的皮塞耶③的信给你们看过,信里说:'把两万件红军服分配给起义军队就可以引起十万人起来叛变。'等到农民的叛变准备成熟,英国人就要登陆了。这里就是整个计划。我们参考地图来看这个计划吧。"

罗伯斯比尔用手指指着地图,继续说:

"英国人可以在康加勒和奔坡之间选择一个登陆地点。克雷格④认为圣布利尔湾比较好,康沃利斯⑤认为圣卡斯特湾比较好。这是一些细节。卢瓦尔河的左岸有旺代的叛军守着,至于安舍尼和篷托松之间二十八里的平原地有四十个诺

---

① 菲尼斯泰尔,布列塔尼地名,意思是"大陆到此终止"。
② 康华尔,英国西南部半岛,与布列塔尼遥遥相对。
③ 皮塞耶(1755—1827),逃亡贵族,旺代叛变的组织者之一。
④ 克雷格,英国将军。
⑤ 康沃利斯(1744—1819),英国将军。

曼底的教区答应协助他们。他们将在普来林、依非尼厄和普来涅夫三个地点登陆,他们要从普来林向圣布利尔进发,从普来涅夫向朗巴勒进发;第二天,他们可以到达关禁着九百英国俘虏的狄南,同时他们可以占领圣若安和圣米恩,他们要把骑兵留在那里;第三天,他们分成两队前进,一队由圣若安向贝底挺进,另一队由狄南向贝舍拉挺进,贝舍拉是一座天然的要塞,他们将在那里建立两座炮台;第四天,他们就到雷恩了。雷恩是布列塔尼的咽喉。得到雷恩就可以得到整个布列塔尼。雷恩失陷以后,新堡和圣马洛都会相继失陷。在雷恩有一百万发炮弹和五十门野战炮……"

"都让他们抢去吧。"丹东喃喃地说。

罗伯斯比尔继续说:

"让我把话说完。他们要从雷恩分三路前进:一路向富耶尔,另一路向维特来,还有一路向雷东。桥梁虽然破坏,敌人可以使用浮桥和厚木板,这件正确的事实你们已经知道了,敌人还能够找到向导指点骑兵从什么地方过渡。从富耶尔他们直取阿弗朗什,从雷东威胁安舍尼,从维特来进占赖伐尔。南特要投降,布雷斯特也要投降。雷东打开了通到维莱那的道路,富耶尔打开了通到诺曼底的道路,维特来打开了通到巴黎的道路。在半个月之内,他们会拥有一支三十万人的匪军,整个布列塔尼就要属于法国国王了。"

"换句话说,就要属于英国国王了。"丹东说。

"不。属于法国国王。"

罗伯斯比尔又加上一句:

"属于法国国王那就更坏了。赶走外敌只要十五天就够了。推翻帝制却要一千八百年。"

丹东已经再坐下来,他把手肘搁在桌子上,两手支着头,沉思着。

"你们都看出这种危险了吧,"罗伯斯比尔说,"维特来给英国人打开了通到巴黎的道路。"

丹东抬起头来,把两只紧握着的大拳头向地图上捶下去,仿佛捶在铁砧上一样。

"罗伯斯比尔,难道凡尔登不是也曾经给普鲁士人打开通到巴黎的道路吗?"

"是的,怎么样?"

"就这样,我们把英国人赶出去,就像我们曾经把普鲁士人赶出去一样。"

丹东又站了起来。

罗伯斯比尔把他的冰冷的手放在丹东的滚热的拳头上。

"丹东,香槟省并不帮助普鲁士人,布列塔尼却帮助英国人。收复凡尔登,这是外战;收复维特来,却是内战。"

然后罗伯斯比尔用一种冷酷而低沉的音调喃喃地说:

"一个很严重的区别。"

他又接着说:

"坐下来吧,丹东,请你看地图,不必用拳头捶它。"

可是丹东一点儿也不放弃自己的想法。

"这真叫人受不了!"他嚷起来,"祸事在东边,你却认为在西边。罗伯斯比尔,我同意你的说法在大西洋那边有英国;可是比利牛斯山那边有西班牙,阿尔卑斯山那边有意大利,莱茵河那边有德国。还有俄国大熊在背后。罗伯斯比尔,危险是一个圈子,我们在圈子中间。国外有各国的同盟,国内有卖国贼。在南部,赛旺把法国的大门向西班牙国王打开了一半,在北部,迪穆里哀投降了敌人。何况即使在投降以前,他一直威胁着的是巴黎,而不是荷兰。奈文德涂抹掉热马普和瓦尔米的战绩。哲学家拉波·圣艾蒂安是一个卖国贼,就像他是一个新教徒一样,他和侍臣孟德斯基乌通信。陆军的大部分兵士都打死了。现在没有一个联队的人数超过四百人,勇敢的雨桥联队只剩下一百五十人;巴马尔军营放弃了;吉维只剩下五百袋面粉;我们的军队正在向朗多撤退;维尔姆塞正在追迫克雷贝尔;梅恩斯虽然英勇抵抗也终于陷落了,孔代的陷落却很可耻。瓦朗西纳也一样。可是瓦朗西纳的守将桑瑟和孔代的守将老费劳仍然不失为两个英雄,梅恩斯的守将缪尼叶也一样。可是其余的人都是卖国贼。达威勒在埃克斯-拉-沙伯勒背叛我们,慕东在布鲁塞尔背叛我们,瓦朗西在贝列达背叛我们,尼义在灵堡背叛我们,米朗达在马斯特里斯背叛我们;斯当热是卖国贼,拉奴是卖国贼,李果尼叶是卖国贼,孟努是卖国贼,狄庸是卖国贼。都是被迪穆里哀的可耻的金钱收买的。我们必须惩罚几个来儆戒其他。我很怀疑古斯丁的退却;我疑心古斯丁宁愿为了金钱的利益而占领法兰克福,而不愿意占领有用的科布朗兹。法兰克福能够缴纳四百万兵饷,对的。可是和粉碎逃亡贵族的巢穴相比,这又算得什么呢?这是卖国的行为,我要这样说。缪尼叶在六月十三日死了。克雷贝尔只剩下一个人。这时候布伦斯威克的力量增强了,向前挺进了。他把德国旗插在他所占领的每一片法国土地上。现在布朗特堡的边疆总督成了欧洲的最有权威的人,他把我们的省份一个个放进衣袋里;他会决定比利时的主权归谁所有的,你们等着瞧吧。简直可以说我们是在替柏林工作;假使这种情形继续下去,假使我们不设法整顿一下,那么法国大革命只能够使波茨坦得利,革命的惟一结果只是把腓特烈二世的小王国扩大,我们只是替普鲁士国王杀掉法国国王而已。"

于是丹东爆发出一阵使人害怕的笑声。

丹东的大笑使马拉微笑起来。

"你们各有所好:丹东,你,是普鲁士;罗伯斯比尔,你,是旺代。现在轮到我来提出我的意见了。你们没有看出真正的危险;真正的危险是咖啡馆和赌场。舒瓦瑟尔咖啡馆是属于雅各宾党的,巴丁咖啡馆是属于保王党的,约会咖啡馆攻击国民军,圣马丁门咖啡馆保护国民军,摄政咖啡馆反对布列索,科拉查咖啡馆拥护布列索,普洛各普咖啡馆崇拜狄德罗,法兰西剧院咖啡馆崇拜伏尔泰,在圆顶咖啡馆里人们撕毁共和国纸币,圣马索的几间咖啡馆正在发狂,马奴里咖啡馆里正在争辩面粉问题,在福依咖啡馆里是吵闹和打架,在彼龙咖啡馆里那些金融的黄蜂们正在嗡嗡地狂叫。这才是严重的事情。"

丹东不再笑了。马拉始终微笑着。侏儒的笑比巨人的笑更糟。

"你在开玩笑吗,马拉?"丹东咕噜着说。

马拉的屁股神经质地动了一动,他的这个动作是很出名的。他脸上的微笑已经消失了。

"啊!我认得你,丹东公民。是你在国民公会大庭广众之中叫我做'马拉这个人'的。听着。我原谅你。我们正处在一个愚昧的时代。啊!我开玩笑!的确,我到底是一个什么样的人?我检举过夏佐,我检举过彼雄,我检举过克圣,我检举过摩拉东,我检举过杜弗里区-瓦拉西,我检举过李冈尼叶,我检举过墨奴,我检举过班尼威勒,我检举过任桑尼,我检举过比隆,我检举过李东和桑朋;我做错了吗?我在卖国贼的身上嗅到他的阴谋,我认为最好是在犯人犯罪以前就检举他。我惯常总是把你们第二天要说的话提早一天说出来。我就是在立法会议上提出一整套刑事法规草案的人。到现在为止,我做过些什么?我要求训练各区公所使它们能够遵守革命的纪律,我曾经命令揭去三十二个纸箱的封条,我曾经讨回落在罗兰手里的珠宝,我曾经证实布列索和他的同党把空白的拘捕证交给治安委员会,我曾经指出林代的报告中略掉卡佩的罪行,我曾经投票赞成在二十四小时内把暴君处死,我曾经维护过摩公赛和共和两个联队,我曾经阻止朗诵那邦纳和马鲁哀的书信,我曾经为伤兵提出一个议案,我曾经命令取消六人委员会,我在孟斯事件中曾经预感到迪穆里哀的叛变,我曾经建议逮捕十万流亡贵族的亲属作为人质,抵消我们落在敌人手中的官员,我曾经提议把所有越过国境的政治委员宣布为卖国贼,我在马赛事变中曾经剥去罗兰集团的假面具,我曾经坚决主张悬赏缉拿平等之子公爵,我曾经为布索特辩护,我曾经指名点姓把依斯纳驱逐出议长席位,我曾经设法宣布巴黎人对国家有莫大的功劳;这就说明了为什么路委把我当作木偶,菲尼斯泰尔要求驱逐我,路敦城希望把我流放,亚眠城希望给我戴上嘴套,郭堡想我被捕,勒干特-比拉沃向国民公会建议宣布我是疯子。啊!丹东公民,假使你们不是要听取我的意见,为什么你们要叫我来参加你们的秘密会议呢?难道是我向你要求参加的吗?完全相反。我丝毫没有兴趣跟罗伯斯比尔和你一类的反革命分子做密谈。不过,这也应该在我的意料中的,你们没有了解我;你并不比罗伯斯比尔更了解我,罗伯斯比尔也并不比你更了解我。难道这儿就没有政治家吗？在政治上必须教你们从头学起，随便什么事情都要给你们详详细细地说明。我对你们说这些话的意思是：你们两个都弄错了。危险并不像罗伯斯比尔相信的一样在伦敦，也不像丹东相信的一样在柏林；危险就在巴黎。危险在不团结、不统一，在每个人有权爱干什么就干什么，拿你们两个来说，危险在精神的丧失，在意志的混乱……"

"混乱！"丹东插进来说，"假使不是你的话，是谁造成的？"

马拉并没有停顿。

"罗伯斯比尔、丹东，危险在这些咖啡馆，在这些赌场，在这些俱乐部，黑人俱乐部、联盟俱乐部、太太俱乐部，还有在克莱蒙-敦尼尔家族时代已经建立的公正俱乐部，这个俱乐部在一七九〇年曾经是皇党的俱乐部，那是克劳德·福谢牧师理想中的社交团体，还有新闻记者普鲁东创办的毡帽俱乐部，等等；你的雅各宾俱乐部，罗伯斯比尔，和你的方济各俱乐部，丹东，还没有算在内。① 危险在饥荒，饥荒使挑夫白林把巴露市场的面包商法朗沙·丹尼斯吊死在市政府的灯架下；危险

---

① 一七九一年的立宪会议制定了宪法，选出立法会议，议员分为三派：右派是斐扬党和吉隆特党，左派是雅各宾党，平原派为中间派，无确定政见。各派政党都组成俱乐部，占用从前的修道院为部址，占用雅各宾修道院的称为雅各宾俱乐部，占用斐扬修道院的称为斐扬俱乐部，占用方济各修道院的称为方济各俱乐部，吉隆特党因为是从吉隆特县选出来的议员，所以称为吉隆特党。最先成立的是雅各宾俱乐部（成立于一七八九年），组织分布全国，势力最大，以罗伯斯比尔为首领。一七九一年六月，其中右派分化出来，另组斐扬俱乐部，代表金融资产阶级、银行家、专卖商人和贵族地主。米拉波、拉法耶特、舍尼叶、普鲁东等属这派。方济各俱乐部成立于一七九〇年，代表小商人、工人等，以丹东为首领。

在法院,法院把吊死面包商丹尼斯的白林判了死刑。危险在不断贬值的纸币。在塔堡街有人掉了一张一百法郎的纸币在地上,一个过路的平民说:'这不值得我弯腰下去拾起来。'危险在投机商,在囤积居奇的人。把黑旗插在市政府上面,①这有什么用!你们逮捕了特朗克男爵,这样并不够。请你们为我绞死这个越狱惯犯吧。拉勃提西在热马普曾经挨过四十一刀,谢尼叶做他的向导,国民公会的主席给他戴上一顶槲叶冠,你们以为问题就解决了吗?这是一幕喜剧,一幕滑稽戏!啊!你们不看看巴黎!啊!危险就在眼前,你们却到远处去找!罗伯斯比尔,你的警察到底怎样为你服务的?因为你是到处派有暗探的,在公社里是贝扬,革命法庭里是哥菲那,治安委员会里是大卫,公安委员会里是库东。你瞧,我的消息很灵通。那么,请你们放明白点:危险是在你们的头顶上,在你们的脚底下;阴谋、阴谋,到处都有阴谋!路人在街上彼此阅读手里的报纸,互相点头示意;六千个没有身份证的人躲藏在地窖里、顶楼上,以及皇宫大厦的走廊里,他们当中有潜入国境的流亡贵族,保王党的'花花公子'和间谍特务分子;人们在面包店的门口排队;那些平民妇女站在门口的石阶上合着掌说:'我们什么时候才有和平呢?'你们躲在行政会议的大厅里,想和自己人在一起,不让外人进来,这是没有用的,你们在里面说的话人们都知道;而且,罗伯斯比尔,这一点我可以给你一个证明,你昨晚曾经对圣茹斯特说过这样的话:'巴巴鲁的肚子开始胖起来了,这对于他以后逃亡倒是一个累赘。'是的,到处都有危险,尤其是在中央,在巴黎。那些贵族在阴

---

① 插上黑旗,表示是不设防的和平机构(如医院等),以防止敌人的射击。

谋复辟,那些爱国人士在赤着脚走路,三月九日逮捕的那些贵族又放走了,那些本应到前线去拉大炮的骏马却在街上向我们的身上溅污泥,一块四磅重的面包要值到三个法郎十二苏,戏院里上演些淫秽的戏剧,并且罗伯斯比尔不久就要送丹东上断头台。"

"呸!"丹东说。

罗伯斯比尔聚精会神地注视着地图。

"我们所需要的,"马拉突然叫道,"是一个独裁者。罗伯斯比尔,你知道我希望有一个独裁者。"

罗伯斯比尔抬起头。

"我知道,马拉,不是你就是我。"

"不是我就是你。"马拉说。

丹东在齿缝里咕噜着说:

"独裁,试试看!"

马拉看见丹东皱起了眉头。

"这样,"马拉继续说,"让我们作最后一次的努力吧。让我们取得一个统一的意见吧。现在的情势是值得我们这样做的。我们在五月三十一日不是已经得到过统一的意见吗?整个问题比吉隆特党的问题更严重,吉隆特党的问题不过是一个枝节问题罢了。你们所说的也有对的地方,不过真实的情形,整个真实情形,真正的真实情形,还是我说的。在南方是封建主义;在西方是保王党;在巴黎是国民公会和巴黎公社的决斗;在前线上是吉斯丁的撤退和迪穆里哀的投敌。这一切到底是什么呢?是分崩离析。我们需要什么呢?团结和统一。这才是我们的救星。不过我们得赶快着手。巴黎必须掌握革命的领导权。假使我们稍为迟一点,明天,旺代军队就可能到达奥里昂,普鲁士人就可能到达巴黎。丹东,我同意你这一点;罗伯斯比尔,这一点我向你让步。好。那么,结论是:独裁。让我们采取独裁的办法。我们三个人代表革命。我们是刻耳柏洛斯①的三个头。这三个头中一个是说话的,那就是你,罗伯斯比尔;另一个怒吼,那就是你,丹东……"

"还有一个咬,"丹东说,"那就是你,马拉。"

"三个头都咬。"罗伯斯比尔说。

沉默了一阵。然后这种充满了阴暗的打击的谈话又开始了。

"听着,马拉,人们在结合之前是需要互相了解的。你怎么晓得我昨晚对圣茹斯特所说的话?"

"那是我的事,罗伯斯比尔。"

"马拉!"

"我的责任是使我多知道一点事情,获得情报是我自己的事。"

"马拉!"

"我喜欢多知道一些事情。"

"马拉!"

"罗伯斯比尔,我知道你对圣茹斯特说些什么,就像我知道丹东对拉克劳瓦说些什么一样;也像我知道弟亚丁码头上发生些什么和拉布列夫旅馆里发生些什么一样,这所旅馆是外国侨民中的漂亮姑娘们集会的地方;也像我知道在干纳斯附近的蒂勒房子里发生些什么一样,这所房子是前邮政局长瓦梅朗叶的,以前摩里和加扎里斯常到那里去,以后是谢耶斯

---

① 刻耳柏洛斯,希腊神话中看守地狱大门的三头怪犬。

和韦尼奥到那里去,现在,有人每星期去一次。"

说到"有人"的时候,马拉望着丹东。

丹东叫起来:

"假使我有一点儿权力……那就很可怕了。"

马拉继续说:

"我知道你说些什么,罗伯斯比尔,就像我知道塔堡的监狱里发生些什么事情一样,那时候他们把路易十六喂得肥肥的,只在九月一个月里,就让那条公狼,那条母狼和那些小狼吃掉八十六篮桃子。而这时候人民却在饿肚子。我知道这件事,就像我知道罗兰躲在哈普路的一间和后院子相通的房子里一样;也像我知道七月十四的六百支长矛是奥里昂公爵的锁匠福尔制造的一样;也像我知道在西勒里的情妇圣希拉尔的家里进行些什么事情:在举行跳舞会的日子里,西勒里老头就亲自用铅粉摩擦涅夫·地·马杜林路的黄色沙龙;布索和凯圣在那里吃饭。沙拉丁在二十七日也在那里吃过饭,跟谁在一起吃,罗伯斯比尔?跟你的朋友拉苏西。"

"废话,"罗伯斯比尔喃喃地说,"拉苏西不是我的朋友。"

他又若有所思地加上一句:

"现在在伦敦有十八家伪造共和政府纸币的工厂。"

马拉用平静的声音继续说下去,声音里带着使人害怕的那种微微的颤抖:

"你们都是一些大人物。对的,我一切都知道,即使是圣茹斯特所说的'国家机密'……"

马拉把国家机密这几个字说得特别重,一面望着罗伯斯比尔继续说:

"勒巴请大卫到你家里吃饭,由他的未婚妻也就是你的未来的弟媳妇伊丽莎白·杜泼来亲自烧菜的那几天,我知道你们在饭桌上说了些什么话,罗伯斯比尔。我是人民的巨眼,我躲在我的地窖的深处注视着一切。对的,我看见,对的,我听见,对的,我知道。一些微小的东西就能使你满足。你崇拜你自己。罗伯斯比尔叫他的德·夏拉勃尔太太来欣赏他,这位太太是德·夏拉勃尔侯爵的女儿,达米昂受刑的那天晚上,这位侯爵正和路易十五玩着纸牌。对的,有人昂头阔视。圣茹斯特套着一条领带。勒让德尔的衣着很时髦,新上衣,白背心,还有使人忘掉他的围裙的胸饰。罗伯斯比尔梦想将来的历史会对他在立宪会议里穿着一件橄榄色长礼服和在国民公会里穿着天蓝色短礼服的事实感兴趣。他把自己的画像挂满了他的房间的墙壁……"

罗伯斯比尔用一种比马拉的声音更冷静的声音插进来说:

"你呢,马拉,你的画像在所有的阴沟里都挂满了。"

他们继续用这种语气谈话,语气的迟滞使相互间的驳斥和攻击更显得猛烈,而且在威吓之外更加上了一种讽刺。

"罗伯斯比尔,你曾经把那些想推翻王朝的人们称为'人类的堂·吉诃德'。"

"你呢,马拉,八月四日以后,你在五五九期的《人民之友》上——啊,我记得这个期数是有用的——曾经提出要把贵族的称号还给贵族们。你曾经说:'一个公爵始终是一个公爵'。"

"罗伯斯比尔,在十二月七日的会议里,你曾经为罗兰老婆①辩护而攻击委亚。"

---

① 罗兰夫人(1754—1793),政治上倾向吉隆特党,被山岳党送上断头台,丈夫罗兰也跟着自杀。

"正如你在雅各宾俱乐部里被人攻击时我的兄弟为你辩护一样,马拉。可是这能证明什么呢?什么也不能证明。"

"罗伯斯比尔,我们都知道在蒂伊勒里宫的厕所里,你曾经对加拉说:'我对革命厌倦了'。"

"马拉,就在这儿,在这所酒馆里,你在十月二十九日曾经拥抱过巴巴鲁①。"

"罗伯斯比尔,你曾经对布索说:'共和国,这是什么东西?'"

"马拉,就是在这所酒馆里你曾经请过三个马赛人一起吃午饭。"

"罗伯斯比尔,你曾经叫市场上的一个壮汉拿着一根棒子卫护你。"

"你呢,马拉,八月十日的前夕,你曾经叫布索帮助你打扮成骑师的样子逃到马赛去。"

"在九月审判时,你躲了起来,罗伯斯比尔。"

"你呢,马拉,你却显露你自己。"

"罗伯斯比尔,你曾经把红帽子扔到地上。"

"对的,因为一个叛徒戴过这顶红帽子。凡是迪穆里哀穿戴的,就玷污了罗伯斯比尔。"

"罗伯斯比尔,你在夏多威尔的军队经过的时候曾经拒绝用面纱遮盖住路易十六的头。"

"我做的比用面纱遮盖他的头更好,我把他的头砍掉了。"

---

① 巴巴鲁(1767—1794),吉隆特派议员;这里所说的事实,即本卷开头所说的山岳党和吉隆特党在这个咖啡馆实行杯酒言欢的事实。

丹东插进来说话了,可是那等于火上加油。

"罗伯斯比尔,马拉,"他说,"请安静一点。"

马拉不高兴自己的名字被提在后面。他转过身来。

"丹东干涉些什么?"他说。

丹东跳起来。

"我干涉些什么？我干涉的是这样的事情:我们不应该互相残杀;两个为人民服务的人不应该互相斗争;外战已经够受了,内战也够受的了,我们再也不能同室操戈了;我是使革命成功的人,我不愿意人家破坏革命。我干涉的就是这件事。"

马拉并没有抬高声音来回答他。

"你最好还是说清楚自己的问题。"

"我的问题!"丹东叫起来,"去问亚干那的峡道吧,去问解放了的香槟省吧,去问被征服的比利时吧,去问我指挥的那些军队吧,我曾经四次拿我的胸膛去迎接枪林弹雨！去问革命广场吧,去问正月二十一日的断头台吧,去问被推翻了的王座吧,去问这个断头台寡妇吧……"

马拉打断了丹东的话头。

"断头台不是寡妇,是一个处女;人们睡在她的身上,可是不能叫她生孩子。"

"你懂什么?"丹东反驳,"我要叫她生孩子,我。"

"我们等着瞧吧。"马拉说。

于是他微笑起来。

丹东看见了他的微笑。

"马拉,"他叫道,"你是个躲躲藏藏的人,我是个正大光明的人。我憎恨爬虫的生活。叫我做一个小甲虫是不行的。

你住在地窖里;我住在街道上。你不跟任何人来往;我呢,随便哪一个过路人都可以看见我而且跟我谈话。"

"好个漂亮的小伙子,你愿意到我住的高楼上去吗?"马拉喃喃地说。

于是他的笑容消失了,他又用坚决的语气说:

"丹东,蒙莫林代表国王借口说补偿你在夏德烈当律师的薪金,给了你三万三千埃居①现金,请你交代交代这件事吧。"

"七月十四日②我也参加的。"丹东傲慢地说。

"还有那个家具仓库呢?皇冠上的钻石呢?"

"十月六日③我也有份。"

"你的心腹拉克劳瓦在比利时的贪污盗窃行为呢?"

"六月二十日④我也有份的。"

"你贷给蒙当西叶的款子呢?"

"把国王从瓦连纳抓回来的时候是我鼓动群众的。"

"还有你供给金钱叫人建筑起来的歌剧院的大厅呢?"

"我武装了巴黎的各个区公所。"

"还有司法部的十万法郎的秘密基金呢?"

"八月十日是我造成的。"

---

① 埃居(écu),法国旧币名,每个约值五法郎。
② 七月十四日,即一七八九年七月十四日,巴黎革命人士攻陷巴士底狱。
③ 十月六日,即一七八九年十月六日,巴黎正闹饥荒,路易十六躲在凡尔赛宫,调集军队,意图镇压革命。十月五日晚,几千妇女带着武器向凡尔赛进发,"去向国王讨面包"。六日晨,巴黎人民攻入凡尔赛宫,强迫国王迁回巴黎,从此以后,路易十六和外界隔绝,完全处在人民掌握中。
④ 六月二十日,即一七九二年六月二十日,是网球场宣誓的一周年纪念日,巴黎人民举行大示威,向国王请愿,要求国王收回解散吉隆特党内阁的命令。

"还有国民代表大会的两百万秘密经费,你拿了四分之一的事情呢?"

"我阻止了挺进的敌人,我挡住了同盟国各个国王的前进的道路。"

"婊子!"马拉说。

丹东站起来,样子非常可怕。

"是的,"他叫道,"我是个婊子,我出卖了我的肉体,可是我拯救了世界。"

罗伯斯比尔又开始咬他的指甲。他既不能大笑,也不能微笑。丹东那种轰雷似的大笑,马拉那种毒刺似的微笑,他都做不到。

丹东又说:

"我像海洋一样;我有潮涨的时候,也有潮落的时候;在潮落的时候人家看见我的浅滩,在潮涨的时候人家就看见我的波浪。"

"你的泡沫。"马拉说。

"我的风暴。"丹东说。

马拉跟着丹东同时站了起来。他也发作了。这条蛇突然一下子变成了一条龙。

"啊!"他叫道,"啊!罗伯斯比尔!啊!丹东!你们不愿意听我的话!好,我告诉你们,你们完蛋了。你们的政策只能得到无法前进一步的结果;你们再也没有出路了;你们做的事是给自己关上了每一扇门,只剩下通向坟墓的门。"

"这就是我们伟大的地方。"丹东说。

他耸了耸肩膀。

马拉继续说:

"丹东,你小心点。韦尼奥也有一张大嘴、一副厚嘴唇和两股愤怒的眉毛。韦尼奥也像米拉波和你一样是个麻子,可是阻止不了五月三十一日事件①的发生。啊!你耸肩膀。有时耸肩膀会使脑袋掉下来的。丹东,我告诉你,你的粗大的嗓音,你的松弛的领带,你的软长靴,你的小宴会,你的宽大的衣袋,这些东西都和路易小姑娘有关。"

路易小姑娘是马拉对断头台的昵称。

他继续说:

"至于你,罗伯斯比尔,你是一个温和派,可是这对于你并没有什么用。去吧,去给你的头发洒点粉,梳梳它,刷刷你的衣服,扮个花花公子吧,弄件衣服穿,把自己装的神气一点,把头发卷成波浪的形式;但即使这样,你仍然免不了要走赴刑场。读布伦斯威克的宣言吧,你仍然要受到弑君者达米昂一样的待遇;你现在打扮得漂亮,将来仍然免不了四马分尸。"

"科布朗兹的应声虫!"罗伯斯比尔在齿缝里说。

"罗伯斯比尔,我不是任何人的应声虫,我是大众的呼声。啊!你们还年轻。丹东,你几岁?三十四岁。罗伯斯比尔,你几岁?三十三岁。我呢,我一直就活着,我是多年来受苦的人类的代表,我已经活了六千年。"

"这倒是真的,"丹东回答,"六千年来该隐②隐藏在仇恨里,就像一只癞蛤蟆隐藏在岩石里一样,岩石裂开了,该隐跳了出来,混在人们中间,那就是马拉。"

～～～～～～～～

① 五月三十一日事件,指一七九三年五月三十一日吉隆特党垮台事件,韦尼奥为吉隆特党中之重要人物。
② 该隐,根据《旧约》,他是亚当和夏娃的长子,由于妒忌而杀死自己的弟弟。

159

"丹东!"马拉叫喊。他的眼睛里流露出苍白色的光芒。

"怎么样?"丹东说。

这三个可怕的人物就这样谈着话。

这是一场雷电的吵架。

三 最深处的神经的颤动

谈话中断了片刻;这三个巨人在这一刹那间各想各的心事。

狮子面对着龙是感觉不安的。罗伯斯比尔的脸色变得非常苍白,丹东满脸通红。他们两个都在战栗着。丹东眼睛里的凶猛光芒已经消失了;这个能使可怕的人也感觉害怕的人,脸上又恢复了平静,恢复了一种富有威严的平静。

丹东觉得自己打败了,可是他不愿意投降。他说:

"马拉高喊着独裁和统一,可是他只有一种能力,破坏团结的能力。"

罗伯斯比尔放松了他的薄嘴唇,加上一句:

"我倒同意安那加西斯·克路次的意见;我说:罗兰不行,马拉也不行。"

"至于我,"马拉回答,"我说:丹东不行,罗伯斯比尔也不行。"

他紧紧地盯住他们两个,又加上一句:

"让我给你一个忠告,丹东。你在恋爱,你想再结一次婚,我劝你不要再谈政治,放聪明一点。"

然后,他向着门后退一步,准备走出去,他向他们行了一个不祥的告别礼:

"永别了,先生们。"

丹东和罗伯斯比尔打了一个寒战。

这时候房间的深处响起了一个声音,说:

"你错了,马拉。"

三个人都转过身来。刚才马拉发脾气的时候,他们没有注意到有一个人从后边的门进来了。

"是你吗,西穆尔登公民,"马拉说,"你好。"

那个人的确是西穆尔登。

"我说你错了,马拉。"他重复一句。

马拉的脸色变成绿色了,这就是他的脸色泛白的方式。

西穆尔登继续说:

"你是有用的,可是罗伯斯比尔和丹东是必要的。为什么要威胁他们呢?团结,团结,公民们!人民希望我们团结。"

他的到来产生了一盆冷水的效果,就像一个家庭正在口角的时候进来了一个陌生人,即使不能彻底解决纷争,至少在表面上使得大家平静下来了。

西穆尔登向桌子走过去。

丹东和罗伯斯比尔认识他。他们经常在国民公会的公众旁听席上看见这个虽不显赫却极有权力而且为人民所敬重的人。可是形式主义的罗伯斯比尔仍然问:

"公民,你是怎样进来的?"

"他是属于主教宫社的。"马拉回答,他的声音里流露出一种恭顺的语气。

马拉轻视国民公会,领导着公社,却惧怕主教宫社。

这是一条规律。

米拉波觉得罗伯斯比尔在不可知的深处阴谋活动,罗伯斯比尔觉得马拉在阴谋活动,马拉觉得埃贝尔在阴谋活动,埃贝尔觉得巴布夫①在阴谋活动。只有地底下平静的时候,政治家才能前进;可是即使在一个最伟大的革命家的脚下,也依然有一条阴暗的隧道;最勇敢的革命家假使觉得他们所掀起的运动,忽然在他们的脚底下有所变动的时候,也会不安地停下来的。

伟大革命家的天才和能力就在于他们能够分清那种由于贪婪而进行的活动和那种由于主义而掀起的运动,他们能够协助后者去打倒前者。

丹东看出马拉的屈服。

"啊!西穆尔登公民在这里并不是多余的。"他说。

于是他向西穆尔登伸出手来。

"来呀,"丹东说,"让我们把情势解释给西穆尔登公民听吧。他来得正是时候。我代表山岳党,罗伯斯比尔代表公安委员会,马拉代表公社,西穆尔登代表主教宫社。他来给我们决定到底谁对。"

"好的,"西穆尔登严肃而简单地回答,"到底是怎么一回事?"

"是关于旺代问题。"罗伯斯比尔回答。

"旺代!"西穆尔登说。

他继续说:

"这是很大的威胁。假如革命失败,那一定是由于旺代

---

① 巴布夫(1760—1797),主张废除土地私有,实行共产主义,集合少数雅各宾党人密谋推翻执政府,事败被捕处死。他是第一个企图用武装起义和革命专政去实现共产主义的人。

的缘故。一个旺代比十个德国更可怕。为了使法兰西生存，必须消灭旺代。"

这几句话使他博得了罗伯斯比尔的同情。

可是罗伯斯比尔仍然提出这个问题：

"你以前不是当过牧师的吗？"

他的教士的神气逃不过罗伯斯比尔的眼睛。他从他的外表看出他的内心隐藏着的东西。

西穆尔登回答：

"是的，公民。"

"这有什么关系？"丹东叫道，"好的教士比其他的人更好。在革命的年代，教士熔化成为公民，就像教堂的钟熔化成为铜币和大炮一样。唐如是教士，陶奴是教士。谭马·林得是埃弗莱的主教。罗伯斯比尔，你自己在国民公会里和马西尔肩并肩地坐在一起，他是波维的主教。大主教代理伏沃是八月十日的暴动委员会的一分子。夏波是教士。热勒方丈是发起网球场宣誓的人；宣布国民代表大会的权力高于国王的是奥德朗长老；要求立法会议取消路易十六的王座的天帏的是古德长老；提出废止王权的是格里哥尔长老。"

"支持他的，"马拉冷笑道，"是小丑科乐-德布瓦。他们两个人完成了这件工作，那个教士推翻了王位，那个丑角把国王扔到地上。"

"我们还是谈旺代的问题吧。"罗伯斯比尔说。

"那么，"西穆尔登问，"到底是怎么一回事？旺代怎样了？"

罗伯斯比尔回答：

"这样。旺代有了一个领袖。旺代就要变成非常可怕的了。"

"谁是这位领袖,罗伯斯比尔公民?"

"他就是一个自命为布列塔尼亲王的前侯爵朗特纳克。"

西穆尔登动了一动。

"我认识他,"他说,"我曾经在他的家乡当过教士。"

他想了想,又说:

"他在未作军人以前是一个好色之徒。"

"就像比隆从前曾经姓劳仁一样。"丹东说。

西穆尔登沉思地继续说:

"是的,他以前是一个花天酒地的人。他一定很厉害。"

"简直可怕,"罗伯斯比尔说,"他焚烧村庄,杀死伤兵,屠杀俘虏,枪毙妇女。"

"妇女?"

"是的。他所杀的妇女中有一个是三个孩子的母亲。这三个孩子不知到哪里去了。不过,他的确是一个军事领袖。他懂得战争。"

"不错,这是真的,"西穆尔登回答,"他参加过汉诺威战争,兵士们说:'表面上是黎塞留,实际上是朗特纳克。'真正的将军是朗特纳克。你可以跟你的同事杜索尔谈谈他。"

罗伯斯比尔沉思了片刻,然后继续和西穆尔登谈下去。

"现在,西穆尔登公民,这个人就在旺代。"

"什么时候来的?"

"来了三个星期了。"

"应该宣布他是一个罪犯。"

"已经做了。"

"应该悬赏缉拿他。"

"已经做了。"

"应该重赏能够抓到他的人。"

"已经做了。"

"赏金不是纸币。"

"已经做了。"

"是金币。"

"已经做了。"

"应该送他上断头台。"

"就要这样做。"

"谁去做呢?"

"你。"

"我?"

"是的,公安委员会要派你做全权代表。"

"我接受。"西穆尔登说。

罗伯斯比尔对人的选择很迅速;这是一个真正政治家特有的能力。他从堆在他面前的卷宗夹中拿出一张白纸来,白纸的上端印着一行字:"统一而不可分的法兰西共和国。——公安委员会。"

西穆尔登继续说:

"是的,我接受。恐怖必须用恐怖来还击。朗特纳克很凶暴,我也要这样。我要和这个人打一场你死我活的战争。我将要从这个人手里救出共和国,假如上帝允许的话。"

他顿了一顿,又继续说:

"我是教士;不管怎样,我相信上帝。"

"上帝已经过时了。"丹东说。

"我相信上帝。"西穆尔登泰然自若地说。

罗伯斯比尔阴险地点了点头表示同意。

西穆尔登又说：

"派我到什么人那里当代表？"

罗伯斯比尔回答：

"派到率领远征军进剿朗特纳克的司令官那里。不过我得警告你，这个司令官是一个贵族。"

丹东嚷起来：

"这又是一件我认为无关重要的事。一个贵族又怎么样？贵族就和教士一样。一个好的贵族是了不起的。贵族的身份其实只是一种偏见；可是我们不应该顾到一面就忘了另一面，不应该反对或者拥护。罗伯斯比尔，难道圣茹斯特不是一个贵族吗？他的全名是佛罗拉·德·圣茹斯特！安那卡西斯·克路次是一个男爵。我们的朋友查理·赫斯对方济各俱乐部的会议没有缺过一次席，可是他是一个亲王，是赫斯-卢森堡执政领主的兄弟。蒙多，马拉的好朋友，是蒙多侯爵。革命法庭里有一个陪审官是教士，叫威拉特，另一个陪审官是一个贵族，叫勒莱，是蒙弗拉拔的侯爵。他们两个都是可靠的。"

"你忘记了，"罗伯斯比尔加上一句，"革命法庭的首席陪审官……"

"安东耐勒吗？"

"是安东耐勒侯爵。"罗伯斯比尔说。

丹东继续说：

"唐比尔是一个贵族，他最近当着孔代的面为共和国而牺牲了性命，波尔佩尔也是一个贵族，他情愿自杀而不愿意让普鲁士人打进凡尔登。"

"可是,"马拉咕噜着说,"那天龚度舍说:'革勒克兄弟是贵族。'丹东却向龚度舍嚷道:'所有的贵族都是卖国贼,从米拉波起一直到你。'"

西穆尔登的严肃的声音又说话了。

"丹东公民,罗伯斯比尔公民,你们这样放心也许是对的,可是人民不放心,人民不放心并没有错。派一个教士去监视一个贵族的时候,责任是加倍的,这个教士必须是一个刚直不屈的人。"

"当然了。"罗伯斯比尔说。

西穆尔登加上一句:

"还要有铁石心肠。"

罗伯斯比尔说:

"说得不错,西穆尔登公民。你负责监视的是一个年轻人。你是他的长辈,你的年纪比他大一倍。你必须指导他,可是也要很好地照顾他。据说他很有军事天才,各方面的报告都这么说。他所率领的那支军队是从莱茵部队中分出来向旺代进发的。他从边境回来,他在边境上是以富于智慧和勇敢出名的。他指挥远征军指挥得十分好。这半个月来,他已经打败了这个年老的朗特纳克侯爵。他压制他,强迫他向后退。最后他一定会迫他退到海边,而且把他推到海里去的。朗特纳克有老将的狡猾,他有年轻将领的勇敢。这个年轻人已经有人仇视他和妒忌他了。副将莱谢勒就妒忌他。"

"这个莱谢勒,"丹东插进来说,"他想当总司令;可是他没有什么值得升官的地方,他只会说一句俏皮话,他说他的名字的意思是'梯子',夏烈特的意思是'马车',上马车必须要梯子,所以只有他能够打败夏烈特。其实,夏烈特会打败他。"

"而且他不能容忍打败朗特纳克的是别人而不是他自己。"罗伯斯比尔继续说,"旺代战事的不幸处就在我们内部的不和。我们的兵士都是英雄,但指挥他们的人都很坏。双朋不过是一个轻骑兵队长,他吹着喇叭,奏着《沙依拉》,进入索慕城;他占领了索慕城。他本来可以继续前进占领舍莱,可是他没有接到命令,只好停了下来。旺代的指挥官们必须重新调整一下了。他们把据点分散,他们使武力支离破碎;一支分散的军队是瘫痪了的军队,就像一块岩石被磨成细粉一样。在巴拉美军营里,只剩下一些帐篷,兵士都看不见了。在特来基叶和狄南之间,有一百个毫无用处的小兵站,其实可以合成一个师团,保卫整个海岸。莱谢勒得到巴林的支持,借口说要保护南海岸,把军队从北海岸撤回,其实就是替英国人打开了法国的大门。朗特纳克的计划是鼓动五十万农民起来叛变,同时叫英国人在法国登陆。可是远征军的年轻指挥官没有接到莱谢勒的命令就用剑抵住朗特纳克的腰部,驱逐他、打败他;莱谢勒既是这个年轻指挥官的上级,就告发了年轻指挥官。对于这位年轻人现在有不同的意见。莱谢勒想枪毙他。马恩的普利尔想把他提升为副将。"

"我觉得,"西穆尔登说,"这个年轻人是很有本领的。"

"可是他有一个缺点!"

插进来说话的是马拉。

"什么缺点?"西穆尔登问。

"宽大。"马拉回答。

马拉接着说:

"他在打仗的时候很坚强,可是事后就很软弱。他对敌人宽大,他饶恕人,他待人慈悲,他保护那些修女和'小尼姑',他营救贵族的老婆和女儿,他释放俘虏,他给教士自由。"

"这是严重的缺点。"西穆尔登喃喃地说。

"是罪恶。"马拉说。

"有时候是的。"丹东说。

"常常是的。"罗伯斯比尔说。

"几乎永远是的。"马拉说。

"在对付祖国的敌人的时候,就永远是一种罪恶。"西穆尔登说。

马拉转过来对着西穆尔登。

"假如一个共和党的领袖放走了一个保王党的领袖,你对这个共和党的领袖怎么办?"

"我同意莱谢勒的意见,把他枪毙。"

"或者送他上断头台。"马拉说。

"随便选一种。"西穆尔登说。

丹东笑起来。

"我两种都喜欢。"

"你必然可以得到其中的一种。"马拉咕噜着说。

他的眼光离开了丹东回到西穆尔登身上。

"那么,西穆尔登公民,假如一个共和党的领袖走错了一步的话,你要砍下他的头来吗?"

"在二十四小时之内。"

"那么,"马拉回答,"我同意罗伯斯比尔的意见,我们要派西穆尔登公民作为公安委员会的代表,到海岸部队的远征军司令部里做政治委员。这个司令官已经有了一个什么样的名字?"

罗伯斯比尔回答:

"他是一个旧贵族。"

他开始翻阅文件。

"我们叫一个教士去监视一个贵族,"丹东说,"我不相信单独一个教士;我也不相信单独一个贵族。教士和贵族在一起的时候,我就不怕了;一个监视另一个就行了。"

西穆尔登的眉毛上带着的那种愤懑的表情更加明显了;可是他大概认为丹东这句话在事实上是正确的,他没有回过头来望丹东,他只抬高了他的严肃的声音。

"假如委托给我的那个共和党领袖走错了一步,我也要判处他死刑。"

罗伯斯比尔眼睛望着文件,说:

"这就是他的名字。西穆尔登公民,你享有全权去监视的那个司令官以前是一个子爵。他的名字叫郭文。"

西穆尔登变了脸色。

"郭文!"他叫起来。

马拉看见西穆尔登变了脸色。

"郭文子爵!"西穆尔登重复一句。

"不错。"罗伯斯比尔说。

"怎么样?"马拉说,眼睛盯着西穆尔登。

谈话停顿了片刻。马拉继续说:

"西穆尔登公民,依照你自己提出的条件,你愿意到郭文司令官那里当政治委员吗?决定了吗?"

"决定了。"西穆尔登说。

他的脸色愈来愈苍白了。

罗伯斯比尔拿起身边的羽毛笔,在那张头上印有"公安委员会"的白纸上,用他的正楷字体慢慢地写了四行字,签了名,把纸和笔交给丹东;丹东也签了名;马拉也跟着丹东签了名,他的眼睛始终没有离开西穆尔登的苍白的脸。

罗伯斯比尔拿起那张纸,写上日期,把纸交给西穆尔登,西穆尔登念道:

共和国二年

公安委员会令:派西穆尔登公民为本会全权代表,至海岸部队远征军司令部郭文公民处为政治委员。

罗伯斯比尔　丹东　马拉

签名下面写着:

一七九三年六月二十八日

当时称为民历的革命历法还没有正式公布施行,一直到一七九三年十月五日,经过罗姆的提议,国民公会才正式采用革命历法。

西穆尔登在读着的时候,马拉一直望着他。

马拉低声地,仿佛自言自语地说:

"这一切还得要有国民公会的一道命令或者公安委员会的一个特别决议来肯定一下。还有些事情要做呢。"

"西穆尔登公民,"罗伯斯比尔问,"你住在哪儿?"

"商业法院。"

"咦,我也住在那儿,"丹东说,"你是我的邻居了。"

罗伯斯比尔说:

"现在一分钟也不能耽搁。明天,你就要接到公安委员会全体委员签名的正式委派令。这是批准你的使命,尤其是介绍你给别的代表们,像菲力波,马恩的普利尔,勒康特尔,亚尔基叶和别的人等等,使他们承认你的权力。我们知道你的为人。你的权力是没有限制的。你可以把郭文提升为将军,或者把他送上断头台。明天三点钟你就可以接到你的委派令。你什么时候动身?"

"四点。"西穆尔登说。

于是他们分散了。

马拉回到家里以后,通知西蒙纳·埃弗拉说他明天要到国民公会里去。

第三卷 国民公会

一 国民公会

1

我们走到最高峰。

这里就是国民公会。

在这座高峰面前,我们的视线被吸引住了。

在人类的政治生活中从来没有出现过更崇高的东西。

世界上有喜马拉雅山,也有国民公会。

国民公会也许是历史的绝顶。

在国民公会还活着的时候——作为一个会议它是有生命的,人们不了解它是什么。被同时代人所忽视,这正是它的伟大之处;人们过分害怕,来不及感到惊奇。一切伟大的东西都有一种神圣的威力。欣赏平凡的东西和小山是容易的;可是那些过于崇高的东西,不管是一个天才或者一座高山,不管是一个议会或者一件杰作,在离得太近去看的时候,是会使人惊骇的。一切高峰仿佛都是过分夸张的东西。爬上去是使人疲乏的。人们在爬上断崖绝壁的时候会喘不过气来,在下斜坡的时候会滑跌,在走崎岖不平的、幽美的山地时会受伤,喷着浪花的山洪表示那里有悬崖深谷,浓密的云层表示里面有高的山峰;向高处爬和跌下来同样是使人心惊胆战的。因此惊骇的感觉超过了钦佩的心情。人们产生了这种古怪的感觉:厌恶伟大的事物。人们看见深渊,却看不见崇高的境界;人们看见鬼怪,却看不见非凡的人物。最初人们就是这样去评价国民公会的。国民公会本来是给巨鹰欣赏的,却被人用近视的眼光来衡量了。

到了今天,国民公会已经有相当的距离了,因此法国大革命的庞大的侧影,像一幅高高悬在天空中的画一样,轮廓是格外鲜明了。

2

七月十四日法国解放了。

八月十日粉碎了王朝。

九月二十一日建立了共和国。①

九月二十一日是秋分,是平衡。天上有 Libra②。地上有天秤。照罗姆的说法,共和国是在平等和正义的旗帜下宣布成立的,并且是有一个星座出现来预示过的。

国民公会是人民权力的化身。国民公会翻开了伟大的新的一页,展开了一个像今天这样的将来。

---

① 国民公会成立于一七九二年九月二十一日,当即宣布法国为共和国。
② 拉丁文:天秤星。九月至十月间出现。

一切思想必须有具体的外形,任何原则都该有固定的地位;一座教堂就是四壁之中装着一个上帝,每一种教义都得有一间庙宇。国民公会成立以后,第一个要解决的问题就是把国民公会安置在什么地方。

起初是在马奈热大厅①,后来在蒂伊勒里宫。人们在宫里竖立了一个框架,加上布景,那是大卫画的一大幅灰色画,对称地排列了长椅子,有一个方形的主席台,有平行的柱子,有像三角砧一样的座子,有直线形的长栏,有蜂窝似的长方形的厢座(就是经常挤满了群众的所谓公众旁听席),有罗马式的戏幕,有希腊式的帷幔,国民公会就被安置在这些直角和直线的当中;风暴便是从这个几何图形中爆发出来的。主席台上画的红帽徽却是灰色而不是红色。保王党们在开始的时候总是嘲笑这顶灰色的红帽子,嘲笑这所人工装饰的大厅,这所用厚纸板砌成的大建筑物,这所纸糊的圣殿,这所用烂泥和唾沫筑成的万神庙。这一切一定很快就消失掉! 柱子是用木桶的板搭成的,穹隆是用薄板做的,浮雕是油灰糊的,雕像的座子是枞木造的,雕像是石膏的,大理石是画成的,墙壁是帆布的;可是就在这个临时的场所里,法兰西做出了不朽的事业。

国民公会搬进马奈热大厅里开会的时候,马奈热大厅的墙壁上贴满了标语,在国王被人民从瓦连纳押解回来的时候,这种标语布满了巴黎全城。其中一条这样写着:"国王回来了。向他欢呼的要受棒打,侮辱他的要受绞刑。"另一条写着:"安静。不要脱帽。他就要从他的审判者的面前经过。"

---

① 马奈热大厅,巴黎有名建筑之一,大革命初期立宪会议和立法会议的会址都在这里,后来拿破仑执政时下令把这座大厅拆毁。

又一条写着:"国王曾经在长时期内对准我们人民开火。现在该轮到人民向他开火了。"又一条写着:"法律!法律!"国民公会就是在这几垛墙壁里面审判路易十六。

国民公会是在一七九三年五月十日搬到蒂伊勒里宫去的,这个宫当时被称为国民宫,里面的会议大厅占据了钟楼(当时被称为统一楼)和马尔桑楼(当时被称为自由楼)之间的全部地方。花神楼当时被称为平等楼。会议大厅是由一座让·比朗①式的大楼梯走上去的。会议大厅的楼下是一种长形大厅的警卫室,里面堆满了长枪和行军床,那是属于在国民公会周围守卫的军队的,这些军队使用各种武器的都有。公会还有一个仪仗队,被称为"国民公会近卫军"。

一条三色彩带把国民公会所在的那座宫殿和人民来来往往的那所公园②隔开。

3

会议大厅的样子到底怎样,让我们继续说完吧。这个可怕的地方一切都是饶有兴趣的。

一走进去,第一件触目的东西是坐落在两个宽大窗户之间的一个高大的自由神像。

四十二米长,十米宽,十一米高,就是这屋子的大小,这里曾经是国王的舞台,现在变成了革命的舞台。威加兰尼为侍臣们建造的那所富丽堂皇的大厅,由于新添了一个粗糙的平

---

① 让·比朗(1515—1578),法国著名建筑家。
② 即蒂伊勒里宫公园。

台,已经变得不能辨认了。这个平台在九三年要用来支持人民的重压,因为那些公众旁听席就是设在这个平台上面的。有一个值得一提的细节,就是这个平台只有一根柱子支持着。这柱子是一个巨大的整体,有十米高直贯屋顶。即使那些雕像石柱,也很难像这根柱子一样支持这么大的重量的。多少年以来它一直支持着革命的巨大的压力。它支持过喝彩、狂热、咒骂、吵闹、骚动、愤怒的无比混乱、暴动,等等。它并没有倒塌下来。国民公会以后,它又为元老院服务过。雾月十八日以后才把它调换了。

后来佩尔西叶①用许多大理石柱子代替了这根木支柱,可是大理石柱子还不及它经久。

建筑师的设计观念有时是很古怪的。建筑李伏里街的建筑师采用的是弹道式;建筑卡尔斯卢的建筑师采用的是扇子式;国民公会在一七九三年五月十日开始用来做会场的那座大厅的建筑师却仿佛是根据一只庞大无比的抽屉来设计的,这座大厅又长、又高、又平。长方形的一条长边上筑有一个半圆形的看台,那就是代表们的座席,那里并没有桌子和写字台,开会时写过许多记录的加朗-古隆是在膝头上写的;代表座位的对面是主席台;主席台的前端放着勒倍勒蒂叶-圣法若②的半身像;主席台的后面是主席的交椅。

半身像的头比主席台的边缘稍微高出一点;因此后来这像就被人移开了。

半圆形的看台一共有十九排半圆地排列着的座位,后面

---

① 佩尔西叶(1764—1838),法国建筑家。
② 勒倍勒蒂叶-圣法若(1760—1793),国民公会议员,投票赞成判处路易十六死刑,第二天被自己的卫兵巴里斯刺死。

的一排总比前面的一排高。座位的尾端一直伸展到会议大厅的两边壁角。

下面,在主席台脚下的半圆形里,是传达员的位子。

在主席台的一边,在一只黑色的木框里,贴了一张九尺高的公告,公告分为上下两页,中缝绘的是一条类似王杖的东西,上面写着的就是《人权宣言》;主席台的另一边是空着的,后来也用同样的黑木框装着共和国二年的宪法,宪法也分为上下两页,两页中间,则绘的是一柄利剑。主席台的上面,在演讲者的头上有三面微微地颤动着的巨大三色旗,这三面大旗是从一个分成两间、经常挤满了群众的深大厢座里伸出来的,三面旗子几乎平放着,搁在一个台座上面,台座上写着两个大字:法律。台座后面矗立着一枝高大的罗马仪仗钺,仿佛是言论自由的守卫者。靠墙竖立着许多庞大的雕像,面向着议员们。主席的右边是利库尔戈斯①,左边是梭伦②;山岳党座位的上面是柏拉图。

这些雕像的座子是些朴素的方形木块,搁在一条巨大的长栏上,这条长栏围绕着整个大厅,把群众和会场隔开。群众就把肘肱靠在这条长栏上。

装着《人权宣言》的那个黑木框,一直抵到长栏上,损害了雕像的排列,这就是破坏了那条直线,因此使得夏波咕噜着对瓦狄叶说:"真难看。"

雕像的头上交错戴着橡叶冠和桂冠。一块绿色的帷幔,上面用更深的绿色绘着许多同样的桂冠,从围绕着会场的长

---

① 利库尔戈斯,纪元前九世纪时斯巴达的立法者。
② 梭伦,纪元前七世纪时雅典的立法者。

栏上垂下来,完全遮掩住会场所占据的底层的墙壁,帷幔上有许多笔直的大褶纹。这块帷幔上面的墙壁是白色的、冰冷冷的。墙壁上开辟出两层公众旁听席,既没有曲线,也没有雕饰;仿佛一刀削成似的。这两层旁听席下面一层是方形的,上面一层是圆形的。因为维特鲁夫的影响还存在,依照规律,曲额缘是应该放在角额缘上面的。大厅的两条长边上各有十个旁听席,两端各有两个庞大的包厢;一共是二十四个旁听席,里面挤满了群众。

下面一层的旁听者们常常越过界线,挤拥在这建筑物的一切突出的地方。上面一层的旁听席里很牢固地装着一条铁条,高度和普通栏杆相同,用来做栏杆,保护上面一层的旁听者,使他们不至于被那些从楼梯上上来的群众挤跌下去。可是有一次终于有一个人被挤跌到会场里去了,他偏斜地跌落在波维主教马西尔身上,因而没有跌死,他说:"嘿!原来主教也还有点用处哩!"

国民公会的大厅可以容纳二千人,在动乱的日子里,可以容纳三千人。

国民公会有两种会议,一种在白天,一种在晚上。

主席座椅的靠背是半圆形的,有镀金的钉子。他的桌子是被四个有翅膀的怪物承托着的,这四个怪物一共只有一只脚,简直可以说它们是从《启示录》里走出来参加革命的。它们仿佛是从以西结①的车子上解下来给桑松②拉囚车的。

议长的桌子上有一只巨大的手铃,几乎大得像一口钟一

---

① 以西结,纪元前六世纪时希伯来的先知,他的预言书里充满了幻想。
② 桑松(1740—1793),执行路易十六死刑的刽子手。

样,还有一只很大的铜墨水瓶,和一本用羊皮纸包装的对开簿子,那就是会议记录簿。

常常有新斩下来的人头挂在长矛的尖端上,把血滴到这张桌子上。

主席台是由一个九级的阶梯上下的。每一级都很高、很陡、很难上去。有一天冉桑尼上去的时候几乎跌了一跤。"这是断头台的梯子!"他说。"你得学会走上去呀!"加利叶向他喊道。

在大厅的角落里,或者墙壁上显得太空虚的地方,建筑师安置了一些罗马仪仗钺作为装饰品,斧头露在外面。

主席台的左右两边,有些台座载着两副十二尺高的灯柱,柱的顶端有四对灯。每一个旁听厢都有这样的一副灯柱。这些灯柱的座子上雕刻着被人民称为"断头台的项圈"的环。

会场的座位几乎高到旁听席的围栏上;议员们可以跟旁听席里的群众谈话。

旁听席的出入口通向错综复杂的走廊,有时这里充满了粗野的闹声。

这所宫殿往往容纳不下国民公会的人群,他们涌到邻近的龙格威大楼和康尼大楼里去。如果白拉福爵士在一封信里所说的话可靠的话,那么八月十日以后皇室的家具就是搬到康尼大楼里来了。当时竟要两个月时间才能搬空蒂伊勒里宫。

各种委员会都在会议厅附近:平等楼里有立法委员会、农业委员会、商业委员会;自由楼里有航海、殖民、财政、纸币、救国等委员会;统一楼里有军事委员会。

公安委员会和救国委员会之间有一条昏暗的走廊直接相

通,走廊里在白天和晚上都要开着一盏路灯来照明,各党各派的密探都在这里进进出出。人们在这里说话声音很低。

国民公会的法庭换过好几次地方。通常总是在主席的右边。

在大厅的两端,在封闭住半圆形剧场的左右两边的垂直板壁和墙壁之间,剩下两条又深又窄的甬道,甬道上开了两扇昏暗的方形的门。人们就从这里进出。

议员们直接从一扇门进入大厅,这扇门面对着斐扬修道院的露台。

这所大厅白天只有暗淡的光线从灰白的窗户里射进来,黄昏时候惨淡的灯光一点也不明亮,使得大厅里经常带着一种夜色。这种半明半暗增加了晚上的昏暗;因此灯光下的会议非常阴森。大家互相看不见;从大厅的这一端到另一端,从右边到左边,一堆堆辨认不清的面孔在互相辱骂。人们遇见的时候也认不出对方的面孔。有一天,来纳罗向主席台奔过去的时候,在下台的通路里撞在一个人身上。"对不起,罗伯斯比尔。"他说。"你当我是谁?"一个粗暴的声音问。"对不起,马拉。"来纳罗回答。

在下面,主席的左右两边各有一个保留的厢座;说来也怪,在国民公会里也有享受特权的旁听者。这两个厢座是惟一的有帷幔的厢座。在轩缘的中央有两股金流苏吊起帷幔。公众旁听席上是没有装饰的。

整个会场的布置是威严的、朴素的、整齐的。在粗犷中包含正确;也可以说这是整个革命的缩影。后来艺术家们称为"收获月式建筑物",国民公会的大厅就是一个最完善的标本。这种建筑是庞大的,也是脆弱的。当时的建筑师以为对称就是美。文艺复兴时代的风格到了路易十五朝代已经登峰造极,过此以后,便逐渐往相反的方向发展了。人们往往使高贵沦为平庸,使纯洁变成讨厌。矫揉造作的作风在建筑学中也存在着。在十八世纪初年,艺术曾经采用过丰富多彩的形式和颜色,但这时期又转入谨严的境界,只限于采用直线。这一类的进步结果使艺术丑化了。艺术成为一副骷髅,就是这种现象所造成的。这就是理智和约束产生出来的缺点;建筑的风格受到过分的拘束而变得瘦削了。

即使撇开一切政治情绪,只看这里的建筑,这所大厅就能使人发抖。人们依稀地想起旧时的剧院,想起那些有花环装饰的厢座、天蓝色和红色的天花板、有许多小片玻璃的烛灯、发着钻石光彩的大烛台、五色缤纷的彩布、戏幕和帷幔上无数的爱神和仙女,整整一首画出来的、雕刻出来的、镀金的、帝王式的、优雅的恋歌,这首恋歌用它的微笑来照耀着这个严肃的地方,可是现在人们在这个大厅里到处只看见生硬的直线角度,像钢铁一样冷酷和锋利;这真有点像是布歇①被大卫②送上断头台处死了。

4

谁看见开会的情形就不再想到会场本身了。人们看戏的时候是不会再想到戏院的。再也没有更畸形和更崇高的景象了。这里有一群群的英雄,也有一队队的懦夫。有荒山上的

---

① 布歇(1703—1770),法国画家及雕刻家,擅长艺术装饰,风格有点放浪。
② 大卫(1748—1825),拿破仑的画师,大革命时期在共和政府中负责艺术事业,是当时艺术界的独裁者,风格严酷。

野兽,也有沼泽里的爬虫。他们麇集在这里,互相撞碰、互相挑衅、互相恐吓,他们在这里斗争着和生活着,到了今天,这些战斗者们已经成为鬼魂了。

把这些巨人一一列举出来。

右边有吉隆特党,是一队思想家;左边有山岳党,是一群体育家。这一边,有接收了巴士底狱的钥匙的布列索;有马赛人最服从的巴巴鲁;有克威利干,他的手下有驻扎在圣马索郊区里的布雷斯特兵团;有冉桑尼,他曾经确立了议员高于将军的原则;有不幸的葛德,一天晚上皇后在蒂伊勒里宫里曾经把睡着的皇太子指给他看,葛德吻了这孩子的前额,却使孩子的父亲的头落下来;有沙勒,他毫无根据地检举山岳党和奥地利人有密切的关系;有西勒里,他是右派的跛子,正如库东是左派的跛子一样;有劳斯·迪佩雷,一个新闻记者称他为"罪人",他请那个新闻记者吃饭,对他说:"我知道所谓'罪人'不过是指想法和我们不同的人。"有拉波·圣艾蒂安,他在他的一七九〇年的历书的第一页上写着:"革命已经结束了。"有纪纳德,他是推翻路易十六的人之一;有冉森教派的信徒加缪,他起草过一七九〇年七月十二日的命令,①他相信巴里斯祭司的奇迹,他每天晚上匍匐在一个七尺高的基督像前面,这个基督像是钉在他的房间的墙上的;有教士福歇,他和加米尔·德慕林发动了七月十四的事变;有依斯纳,他由于说"巴黎将被毁灭"而犯了罪,因为那时候布伦斯威克正在说:"巴黎要被烧掉。"有雅各·

---

① 一七九〇年七月十二日的法令宣布天主教僧侣脱离教皇而独立,凡效忠于宪法者有选举权。这条法令造成教会的分裂。拥护革命的教士称为"宣誓教士"。

杜邦,他是第一个叫喊"我是无神论者"的人,罗伯斯比尔回答他说:"无神论是贵族的。"有朗伊奈,他是一个严酷、敏锐和豪勇的布列塔尼人;有德古,他是波耶-风弗烈德的同生共死的朋友;有来贝奎,他是巴巴鲁的剑子手;来贝奎提出了辞职,因为罗伯斯比尔还没有被人送上断头台;有李肃,他极力反对区公所的永久存在;有拉苏西,他曾经说过这样一句充满杀机的名言:"感恩的民族是不幸的!"可是他在断头台脚下的时候,他不得不自相矛盾了,因为那时候他向山岳党们说出过这样一句傲慢的话:"我们死,因为人民睡着了,你们将要死,因为人民就要醒过来。"有毕洛多,他使国民公会代表的不可侵犯的特权取消了,这样一来,他就在不自觉间成为断头台那把刀的冶炼者,而且为他自己竖立了断头台;有查理·维列特,他拿这样一句抗议的话来庇护自己的良心:"我不愿意在刀锋的胁迫下投票。"有路委,他是《浮布拉骑士的恋爱史》一书的作者,他后来的归宿是在皇宫大厦里开书店,叫罗多伊斯加给他坐柜台;有麦西叶,《巴黎风光》的作者,他曾经叫道:"所有的国王的脖子上都感觉到有正月二十一日那天①。"有马力克,他所忧虑的是"那个拥护旧国界的党派";有新闻记者卡拉,他在断头台的脚下对剑子手说:"我很讨厌死。我很想看看以后的结局。"有维野,他自称为梅因-罗埃尔第二兵团的近卫兵,当他受到公众旁听席的威胁的时候,他叫道:"我要求,只要公众旁听席咕噜一声,我们全体马上退席,而且要拿着军刀向凡尔赛进发!"有布索,他后来的命运是死于饥荒;有瓦拉舍,他注定

---

① 指一七九三年正月二十一日,路易十六夫妇上断头台的日子。

要死于自己的匕首之下；有龚度舍，他后来死在皇后堡（后改称"平等堡"），是被他自己口袋里的荷拉斯所出卖的；有佩蒂翁，他的命运是在一七九二年受群众崇拜，在一七九四年却为群狼所噬。另外还有许多别的人，像庞狄古朗、马波兹、李顿、圣马丁，《尤维那诗集》的译者、曾经参加过汉奴威战役的杜索；还有布瓦洛、拔特朗、李斯特-波威、勒萨日、戈麦尔、加颠、门威埃尔、杜白朗地埃、拉加士、安弟甫，他们的首领是另一个巴拿夫①，名字叫做韦尼奥。

另一边，有路易·德·圣茹斯特，他脸色苍白，前额低沉，体态端整，有神秘的眼睛，深沉的忧郁的表情，年纪是二十三岁；有德国人称他作"火鬼"的狄昂威勒的米林；有杜埃的米林，他是《嫌疑犯法令》的罪恶滔天的作者；有苏白兰尼，在牧月一日，巴黎的人民要推举他做将军；有当过教士的勒彭，他的洒过圣水的手上拿着一柄军刀；有毕育-瓦伦纳，他预见了将来的官制：没有法官，只有仲裁员；有法布-德格朗丁，共和国历法是他的可贵的发明，正如《马赛曲》是鲁热·德·利尔的崇高的灵感的产物一样，可是他们两个都没有过第二次的作品；有玛纽埃尔，他是巴黎公社的检察官，他说："死掉一个国王并不能算少掉一个人。"有古荣，他曾经进入过特利斯城、新城和斯比勒，看见过普鲁士军队窜逃；有由律师而变为将军的拉克劳瓦，他在八月十日的前六天获得圣路易骑士称号；有费理隆-泰西特，他是费理隆-左伊勒的儿子；有鲁尔，

---

① 巴拿夫（1761—1793），立宪会议中的著名演说家，起初拥护民主，自从路易十六逃亡被捕，从瓦连纳带回巴黎以后，巴拿夫即与路易十六阴谋推翻革命，卒上断头台。

他是秘密橱①的铁面无私的搜索者,他的命中注定要参加伟大的共和国的自杀,而他自己也注定要在共和国灭亡那天自杀;有富歇,他有魔鬼的灵魂和死尸的面貌;有广布拉,他是杜歇纳老爹的朋友,曾经对纪育丁说:"你是属于斐扬俱乐部的,可是你的女儿是属于雅各宾俱乐部的。"②有雅各,他对那些抱怨囚犯没有衣服穿的人说:"监狱就是一件石头衣服。"有亚伏格,他是发掘过圣丹尼的坟墓的可怕人物;有奥斯林,他是专门放逐人的,家里却藏着一个被放逐的人——夏里夫人;有邦塔波勒,他当主席的时候,总向旁听席做暗号,叫他们喝彩或者叫骂;有新闻记者罗贝尔,他是凯拉里奥小姐的丈夫,这位小姐曾经这样写过:"罗伯斯比尔和马拉都不到我家里;罗伯斯比尔如果愿意的话,随时可以来,马拉永远不来。"有加朗-库隆,当西班牙干预路易十六的审讯的时候,他曾经自负地要求议会不要贬低身价去诵读一个国王为另一个国王请命而写的信;有格雷古瓦,他起先是配得上当原始礼拜堂的主教的,可是后来在拿破仑称帝期间,他却由共和党的格雷古瓦变成格雷古瓦伯爵了;有阿马,他说:"整个地球都判决路易十六有罪。那么向谁去上诉呢?向行星们。"有卢耶,他在正月二十一日那天反对在新桥鸣炮,他说:"一个国王的头落下来的时候不应该比一个平常人的头落下来时弄出更多的声音。"有谢尼叶,他是安德烈的兄弟;有瓦狄叶,他是把手枪放在演讲台上的

---

① 秘密橱,路易十六开在墙壁内的橱,经告发后,发现其中藏有和外国勾结的许多秘密文件。
② 纪育丁(1738—1814),发明断头台的医生,"纪育丁的女儿"就是断头台的别名。

人之一;有塔尼,他曾经对莫摩罗说:"我希望马拉和罗伯斯比尔在我家里吃饭的时候互相拥抱。""你住在什么地方?""在查朗东①"。"如果是在别的地方,我倒要奇怪了。"莫摩罗这样回答他;有勒让德尔,他是法国革命的屠夫,就像普赖德是英国革命的屠夫一样,他对朗伊奈叫喊:"过来,让我把你干掉!"朗伊奈回答:"首先,得下命令断定我是一头牛。"有高乐·德布瓦,他是一个阴惨的丑角,脸上戴着古代的那种有两只嘴巴的假面具,同时能说是和否,一只嘴赞扬另一只嘴斥责的东西,在南特攻击加利叶,在里昂把夏里叶捧为天神,把罗伯斯比尔送上断头台,把马拉送入万神庙;有任尼西尔,他主张把所有佩着"殉难者路易十六"纪念章的人都判处死刑;有里昂纳·布东,他是小学教师,他曾经把自己的房子送给尤拉山的老人。有水手陶普生,有律师顾比育,有商人罗朗·勒康特尔,有医生杜咸,有雕刻师施让,有画家大卫,有王公若瑟夫·平等。还有别的许多人:像勒康特-毕拉伏,他曾经建议下令宣布马拉在"神经错乱状态"中;像罗拔·林德,他是那只令人害怕的大章鱼——公安委员会的创造者,它有两万一千只被称为革命委员会的手臂布满法兰西全境;还有勒波夫,在《伪爱国者的圣诞节》一书中吉里-杜普来曾经写了这样一句诗来嘲笑他:

  勒波夫看见勒让德尔就发出哞声。②

有汤马斯·潘恩,他是一个软心肠的美国人;有安那卡西斯·

---

① 查朗东,即疯人院。
② 勒波夫(Lebœuf)原文拆开来的意思是"牛",勒让德尔(Legendre)在革命爆发时叫屠夫,所以说:"牛看见了屠夫就发出哞声。"

克路次,他是一个德国男爵、百万富翁、无神论者,属埃贝尔派,为人很天真;有廉洁的勒巴,他是杜泼来的朋友;有罗维尔,他是那些罕有的为凶恶而凶恶的人之一,因为为艺术而艺术的原则比一般人所相信的更广泛地存在着;有夏理叶,他要人家对贵族也用"您"字称呼;有泰里昂,他是一个多愁善感而凶恶的人,他是为了爱的缘故才发动热月九日的事变;有刚巴塞来,他是律师,后来做了王公;有加利叶,他是律师,后来变成老虎;有拉普朗西,他有一天叫道:"我要求给警炮以优先权。"有杜里奥,他主张革命法庭的陪审员要高声投票;有布尔东·德·勒瓦斯,他激起双朋和他决斗,他检举过潘恩,他自己被埃贝尔检举;有法岳,他建议"派一支放火军队"到旺代去;有塔伏,他在四月十三日几乎做了吉隆特党和山岳党的调停人;有魏尼叶,他建议吉隆特党和山岳党的领袖都要去当小兵;有卢贝,他把自己关在梅因斯里;有布包特,他在占领索慕的时候,骑着的马被打死了;有甘拔多,他率领瑟堡海岸的军队;有雅尔-潘委利叶,他率领洛西尔海岸的军队;有勒加邦狄叶,他指挥康加勒的舰队;有罗拔约,拉城的埋伏正在等着他;有马恩的普利尔,他在军营中还佩着他从前的骑兵队长的肩章;有勒瓦素·德·拉萨特,他用一句话就使圣亚芒联队的指挥官塞朗决心战死。还有拉委松、摩尔、伯纳·德·圣特、查理·李察、勒基尼奥,这一群人的首领是人家叫做丹东的另一个米拉波。

有一个人矗立在这两派之外,而且使这两派的人都敬畏他,这个人就是罗伯斯比尔。

5

恐怖和畏惧蜷伏在下面,恐怖可能是崇高的,畏惧是卑鄙的。在热情的下面,英雄主义的下面,忘我精神的下面,愤怒的下面,还有隐姓埋名的阴暗的一群。坐在议会的低下的地方称为平原派。一切能浮在表面的东西都在这里;那些怀疑的人、踌躇的人、退缩的人、延迟的人、窥探的人,等等,每个人都害怕某一个人。山岳党人是经过挑选的,吉隆特党人也是经过挑选的,只有平原派是普通群众。西埃耶斯就是整个平原派的典型和缩影。

西埃耶斯是一个由深思熟虑而变为头脑空虚的人。他在第三等级上停下来,没有上升到人民的地步。有些心灵是天生要停在中途的。西埃耶斯叫罗伯斯比尔做老虎,罗伯斯比尔却叫他做老鼠。这位形而上学者所达到的不是智慧,而是谨慎。他是革命的侍臣,而不是革命的仆人。他拿起一柄铁铲,和人民一起到校场干活,跟亚历山大·德·布哈奈坐在同一辆车子上。他劝人使用精力,可是他自己从来不使用精力。他对吉隆特党说:"拿出你们党的大炮来。"有些思想家是斗士,例如龚度舍和韦尼奥斗争,或者像加米尔·德穆兰和丹东斗争。也有一些思想家只想能够活着,这些思想家和西埃耶斯是同一类的。

最上等的酒在酿酒桶里也不免有酒糟。所以平原派的下面,不免有沼泽派。他们是一潭透露出利己主义来的令人厌恶的潴水。胆怯的人们在这里发抖,无言地等待命运的支配,真是再没有比他们更卑贱的人了。他们做了一切卑鄙的事,但没有一个人感到羞耻;他们把愤怒隐藏着,表面服从而骨子里实行反叛。他们的恐惧是虚伪的;他们勇于表现自己的怯懦;他们赞成吉隆特党却拥护山岳党;关键在他们身上;他们总是倒向胜利的一边:他们把路易十六出卖给韦尼奥,把韦尼奥出卖给丹东,把丹东出卖给罗伯斯比尔,把罗伯斯比尔出卖给泰里昂。马拉活着的时候他们诋毁他,马拉死后他们把他当作天神。他们什么都拥护,直到他们把原来拥护的推翻为止。他们赋有一种本能,就是对一切动摇的东西来一个决定性的推倒。从他们看来,动摇就是背叛他们自己,因为他们是专门为地位坚固的人服务的。他们人数众多,他们有力量,他们就是恐怖。卑鄙无耻的勇敢就是从这里来的。

五月三十一日、芽月十一日、热月九日的事变就是从这里来的;这些悲剧由巨人开始,被侏儒结束。

6

在这些充满了热情的人群中,也混杂着充满了梦幻的人物。这里有一切类型的乌托邦,有容许断头台存在的好战类型,有主张废除死刑的和平类型;他们在王座前面是一个鬼,在人民面前是一个天神。一方面有好战的心灵,另一方面有深思熟虑的心灵。前者的脑子里想着战争,后者想着和平;卡诺想建立十四支大军,让·戴勃里却想建立一个全世界的民主联邦。在这些激烈的雄辩中,在这些叫喊和咒骂的声音中,也有一些富有意义的沉默。拉卡那保持着沉默,在他的脑子里却孕育着国民的公共教育;朗特那保持沉默,但初级小学是他想出来的;勒波保持沉默,但他却在梦想把哲学提高到宗教的地位。还有别的一些人在想着一些枝节问题,问题比较小却更实用。纪东-摩伏在研究改良医院的卫生条件,麦尔在研究废除劳役地租,让-朋-圣安德烈在研究废除民事监禁和人身拘留,罗姆在研究夏甫的建议,杜波哀在计划整理档案,哥朗-费斯迭在研究创办解剖学会和自然博物馆的问题,纪若玛在研究内河航运和埃斯各河的堤坝问题;正月二十一日,正当国王的头在革命广场落下来的时候,代表瓦兹地方的议员贝查跑去参观在圣拉扎路的一间破房子里找到的一幅鲁宾的画。艺术家、演说家、预言家、像丹东一样的巨人、像克路次一样的孩子般的人、角力家、哲学家,所有这些人都向着同一个目标走去,这个目标就是进步。没有什么能够打乱他们的一致的步伐。国民公会的伟大之处就在于它要找出一般人称为不可能的事物中有多少真实性。在它的两个极端中,一端有罗伯斯比尔,眼睛盯着法律;另一端有龚度舍,眼睛盯着责任。

龚度舍是一个富有理想和明智的人;罗伯斯比尔是一个实际行动的人。有时,在那些已经腐朽的社会的最后危机中,行动就意味着歼灭。一切革命都有两面斜坡,上升的一面和下降的一面,这两面斜坡上又可以一级一级地分成季节,包括从结冰的季节到开花的季节。这些斜坡上的每一块地段都会产生出一些适合它的气候的人物,从生活在阳光底下的人物,到生活在雷电下面的人物都有。

7

人们互相指点着左边走廊上的最隐秘的地方,罗伯斯比尔曾经在这里对克拉维哀的朋友格拉低声耳语过这样一句可怕的话:"克拉维哀在他呼吸过的地方都要策动一下阴谋。"同时也是在这个既便于密谈又便于半高声地发怒的角落里,法布·德格朗丁曾经和罗姆吵嘴,责备罗姆不该把他的日历改得走了样,把热月改为暑月。人们也互相指点着代表上加龙省的七个议员挤在一起坐过的那个角落,这七个议员是第一批被召唤来宣布他们对处置路易十六的意见的,他们一个接着一个地回答。米耶回答:"死刑。"台尔马:"死刑。"普洛让:"死刑。"加来:"死刑。"埃拉:"死刑。"尤利昂:"死刑。"代沙西:"死刑。"这永远是充满人类全部历史的循环现象,自从人类有了法律,这种现象就一直使法庭的墙壁发出了坟墓的回音。人们用手指指点着那些乱哄哄地混杂在一起的人们,这个悲剧性的投票就是从这些人们的嘈杂的声音里发出来的。巴格尼说:"死刑。一个国王的惟一用处就是死。"米育说:"今天,如果世间还没有死刑,就要把它创造出来。"年老的拉弗龙·杜·特卢叶说:"快点处死!"顾比育叫道:"立刻送上断头台。迟了就要加重死罪。"西埃耶斯简单地说了这两个阴森森的字:"死刑。"杜利奥反对布索的由人民作最后审判的建议:"什么!基层议会吗!这样,全国就会有四万四千个法庭!这案子还有个完吗?路易十六的头发白了脑袋还落不下来。"奥古斯丁-朋·罗伯斯比尔跟着他的哥哥叫道:"我不懂得那种扼杀人民而宽恕暴君的所谓人道。死刑!主张缓刑就是把最后审判权交给暴君而不是交给人民。"补足贝纳丁·德·圣比埃尔的空缺的福西德瓦说:"我素来憎恨叫人流血,但是一个国王的血并不是人血。死刑。"让-朋-圣安德烈说:"暴君不死,人民永远没有自由。"拉维恭德里提出这样一个公式:"只要暴君还能够呼吸,自由就要窒息。死刑。"夏多纳夫-蓝敦叫道:"把最后一个路易处死!"纪亚丹表示他的愿望:"把他带到被推翻的栅栏去处死!"所谓"被推翻的栅栏"就是保护王座的栅栏。代里叶说:"让我们铸一尊大炮去攻打敌人,大炮的口径要照路易十六的头颅的大小。"另外有一些宽容的人:让第说:"我赞成终身禁闭。制造一个查理第一,就是制造一个克伦威尔。"①邦加说:"流放。我想看见世间第一个被迫自己去干活谋生的皇帝。"亚尔布说:"充军。叫这个活鬼到各国去过流浪生活。"桑家果米说:"监禁。让卡佩②像一个稻草人似的活着。"夏容说:"让他活着。我不愿意制造一个死人来让罗马奉为圣人。"这些说话从那些严厉的嘴唇里落下来,而且相继飘散在历史中的时候,公众旁听席上有些露出肩膀和戴着首饰的妇女们在计算票数,她们手里拿着一张名单,每投一票就用别针刺一下。

凡是发生过悲剧的地方,恐怖和怜悯就留在那里。

只要在国民公会存在的时期,无论什么时候去看国民公会,就是重新看见最后一个卡佩的审判;正月二十一日的传奇性事件似乎和国民公会的一切行动混合起来了。这个可怕的议会充满了致命的气息,这些气息吹过那燃烧了十八个世纪的古老的专制火炬,把这火炬吹熄了;议会对这个国王的审判,就是对过去所有的国王作决定性的审判,这次审判仿佛是

---

① 十七世纪初英国克伦威尔将英王查理第一判处死刑,但自己也作了国王。让第的意思,如判路易十六死刑,结果无非制造另一专制帝王,所以主张来一个终身监禁。
② 卡佩,八月十日以后人民给与路易十六的外号,意思是穿连风帽大衣的人。意在说明他失去王冠后,也不过是一个普通老百姓而已。

议会向过去的时代发动伟大的战争的起点。无论参加国民公会的哪一次会议,都可以看见路易十六的断头台的影子在晃动。参观的人互相述说凯圣的辞职、罗兰的辞职,雨色弗尔地方的议员杜夏兑卧病在床,快要死了,却叫人抬他到议会里来,投票赞成让国王活着,他的举动使马拉大笑起来;参观者也用眼睛找寻一个今天已经为历史所遗忘了的代表,这位代表经过这次连续三十七小时的会议以后,过分疲倦,靠着椅背睡着了,轮到他投票的时候传达员唤醒了他,他半睁开眼睛说了一句:"死刑!"又睡着了。

他们判决路易十六死刑的时候,罗伯斯比尔还有十八个月可活,丹东十五个月,韦尼奥九个月,马拉五个月和三星期,勒倍勒蒂叶-圣法若只有一天。人类嘴里的气息多么短促和可怕啊!

8

国民公会里有一个向人民敞开的窗户,这就是那些公众旁听席,等到这只窗户不够用的时候,人民就打开大门,街上的人就涌进议会里来了。这种群众走进议会的景象是历史上最令人惊奇的景象之一。通常,这种侵入是友爱的。这是街头巷尾的人群和居高位者的亲昵。但是这种群众的友爱是可怕的,因为这些群众曾经有一天在三小时内就夺取了残废军人院的许多大炮和四万支步枪。① 每一分钟总有一些游行的队伍打断了会议的进行;他们是些准许进入法庭的代表,请愿的人、致敬的人、献礼的人。圣安东尼区的荣誉长矛进来了,

---

① 残废军人院里面设有军器博物馆。

捧这支长矛的是一些妇女。有些英国人捐献了二万双鞋子给我们的赤脚的兵士穿。"阿尔奴公民,"《公报》上写着,"是奥宾南地方的本堂神父,特隆姆联队的指挥官,他要求到前线去,并且要求保留他的教士职位。"各区的代表来了,扛着担架,上面载着盆子、祭碟、圣餐杯、圣体盒、大堆的金银和镀金的银等等,这些衣衫褴褛的群众却把这样贵重的东西献给祖国,他们所要求的报酬只是准许他们在国民公会里跳一次加马诺勒舞。夏纳、纳尔朋和瓦里哀到这里来唱一些诗歌向山岳党致敬。白山区公所送来一座勒倍勒蒂叶的半身像,一个女人给议长戴上了一顶红帽子,议长拥抱了她。"迈耶区公所的女公民们"把鲜花向"立法者们"投掷;"祖国的学生们"由乐队带头来了,他们感谢国民公会"给这世纪带来了繁荣";法兰西近卫军区公所的妇女们来献玫瑰花;桑埃里舍区公所的妇女们来献一顶橡叶冠;塔堡区公所的妇女们到主席台前发誓"只和真正的共和党人结合";莫里哀区公所献上一枚富兰克林纪念章,后来议会下令把这枚纪念章挂在自由神像的冠上;育婴堂里的弃儿被宣称为共和国的子女,他们穿着国家制服列队游行;九二年区公所的姑娘们穿着白色的长袍来了,第二天《公报》上记载着:"议长从青春美丽而天真无邪的人手里接受了献花。"演讲的议员都向群众致敬,有时他们还夸奖群众,他们对群众说:"你是不会错的,你是无可指责的,你是崇高的。"人民也有些孩子气,他们喜欢这些夸奖。有时也有闹事的人群进入议会,可是他们进来的时候是愤怒的,出去的时候却很安静,有如罗纳河流过日内瓦湖,注入的时候是泥浊的,流出来的时候却是澄清碧绿的。

有时群众也不十分安静,于是亨利奥就叫人把铸造炮弹的铁架栏也拿到蒂伊勒里宫的门前来。

9

这个从革命产生出来的议会,自身也在那里创造文明。它是一个大熔炉,同时也是一个小铁炉。在这只酿酒桶里虽然沸腾着恐怖,也酝酿着进步。从这些混乱的暗影中,从这些骚动而奔腾着的云层中,射出符合神的意旨的灿烂的光芒。这些光芒留在地平线上,在人民的天空上永远可以看得见,这些光芒就是正义、信仰自由、仁慈、理性、真理和爱。国民公会宣布了这个伟大的真理:"一个公民的自由是以另一个公民的自由为界限的。"这句话概括了整个人类社会性的原理。它宣布贫穷应受尊敬;它宣布残疾应受尊敬,从而使盲人和聋哑人成为受国家监护的人;母性应受尊敬,从而使未婚的母亲得到安慰而且地位得到提高;儿童应受尊敬,从而使孤儿被国家收养为子女;无罪的人应受尊敬,从而使被释放的嫌疑犯得到国家的赔偿。它谴责贩卖黑奴的行为;它废除了奴隶制度。它宣布公民间有互相扶助的责任。它颁行了义务教育制。它建立了国家的教育系统,巴黎有师范学校,各省府里有中心学校,区里有初级小学。它创立了工艺陈列馆和博物院。它统一了法典,统一了度量衡,用十进位制统一了计算单位。它建立了法兰西的财政制度,把群众的信用代替了专制政府长期的破产。它在交通方面创办了电报,给老年人创办了国家补助的救济院,给病人创办了清洁卫生的医院,给教育创办了高等理工学校,给科学创办了气象局,给人类智慧创办了研究院。它是属于一个国家的,同时也是属于全世界的。国民公会所颁布的一万一千二百一十条法令中,三分之一是有关政治的,三分之二是有关全人类的。它宣布普遍的道德是社会的基础,普遍的良心是法律的基础。所有这一切:奴隶制度的废除,博爱精神的提倡,人道的保障,人类良心的矫正,劳动法规修改为劳动权利使劳动成为人的帮助而不是人的负担,国家财富的集中,儿童的教育和扶助,文学和科学的提倡,使这一切的高峰都放射出光明;还有对一切苦难的补助、一切原则的公布,等等,都是国民公会完成的。可是国民公会在进行这一切的时候,肚子里却藏着一条毒蛇——旺代,肩头上还有一大群老虎——各国的国王。

10

这里是无限广大的地方。一切类型的人,非人道的、超人的都在这里。这是一个互相敌对的史诗式的集团。纪育丁避开大卫,巴兹尔侮辱夏波,葛德嘲笑圣茹斯特,韦尼奥轻视丹东,路委攻击罗伯斯比尔,布索检举平等,双朋诋毁巴祁,所有的人都憎恶马拉。而且还有多少名字要记载下来啊!阿芒威勒的诨名叫"红帽子",因为他出席议会时总戴上一顶腓力基小帽,他是罗伯斯比尔的朋友,他想"在路易十六之后把罗伯斯比尔也送上断头台",因为他爱好均衡;马西尔是好主教拉慕列特的同僚,相貌和拉慕列特长得一模一样,这位主教由于造成了一个接吻而名留后世;①勒哈代・杜・莫比昂侮辱布列塔尼的

---

① 拉慕列特主教于一七九二年七月七日在立法会议中发表诚恳动人的演说,要求左右党派合作,当时各党派都受到了感动,在一时冲动之下互相拥抱接吻,拉慕列特和其他一些议员就立刻组成代表团去告诉国王,谁知当天晚上各个党派又决裂了,因此"拉慕列特的接吻"就传为笑柄。

教士们；巴莱尔是掌握多数的人，路易十六受审时是他担任主席，他对巴麦拉的关系，正如路委对罗多伊斯加的关系一样；奥拉多瓦会的会员多奴说："让我们争取时间。"杜博-克朗舍是马拉弯下身来凑在他的耳朵上说话的人；还有夏多奈夫侯爵、拉克罗，和听见亨利奥叫喊"炮手们，准备开炮！"就向后退的哀洛·德·舍歇勒；尤里昂把山岳党比为德摩比勒；格蒙希望专为妇女们保留一个公众旁听席；拉洛瓦把会议的敬礼给予到国民公会里来脱下僧帽戴上红帽子的戈倍尔主教；勒公特叫道："敬礼是给愿意还俗的人的吗？"费劳在历史上留下这样一个问题："勃斯-当格拉是向头颅致敬，就是说向牺牲者致敬呢，还是向长矛，就是说向那些杀人者致敬呢？"后来勃斯-当格拉果然向费劳的头颅致敬；杜泼拉两兄弟一个是山岳党，一个是吉隆特党，两人互相仇恨，就像谢尼叶两兄弟一样。

这些令人晕眩的话就是在这个讲坛上说的，有时连说的人也不知道，它竟然具有革命的预言的力量，由于这些话的缘故，客观事实好像一个人一样突然不高兴和激动起来，仿佛它们误会了刚才听来的那些话似的；实际上发生的事情好像对这些说出来的话感到愤怒，祸事突然来了，来势非常猛烈，仿佛它是被人类的说话激怒了的似的。就像在山里发出一下声音就能惹起雪崩一样。一句多余的话可能引起崩溃。假使没有说过话，事变可能不发生。有时简直可以说事件是一个易怒的人。

就这样子，演说者的一句话偶然被人误解，就使伊丽莎白夫人[①]的头颅落下来。

[①] 伊丽莎白夫人，路易十六的亲妹。路易十六死后，她担任抚养他的孩子。于一七九四年被革命法庭判处死刑。

在国民公会里说话,随便放纵也是合法的。

在争论中威吓的说话满场乱飞,你来我往,就像火灾中的火星一样。白狄翁说:"罗伯斯比尔,回到事实上来。"罗伯斯比尔说:"事实,就是你,白狄翁。我会回到事实上来的,你等着瞧吧。"一个声音说:"处死马拉!"马拉说:"马拉一死,巴黎就不再存在,巴黎消灭,共和国也就灭亡了。"毕育-瓦连纳站起来说:"我们希望……"巴莱尔打断了他:"你像一个国王那样说话。"有一天,菲力波说:"有一个议员拔出刀来对付我。"奥杜恩说:"议长,请你叫刺客遵守秩序。"议长说:"等一等。"巴尼说:"议长,我请你维持秩序,我。"有时人们也猛烈地哄笑起来。勒康特尔说:"相德布的教士控诉他的主教福歇禁止他结婚。"一个声音说:"我不懂有几个情妇的福歇为什么要阻止别的人娶妻。"另外一个声音说:"教士,娶个老婆吧!"旁听的群众也参加谈话,他们对议员们很亲昵地你我称呼。有一天议员路昂浦走上讲坛。他的一边屁股比另一边大得多。一个旁听的人对他嚷道:"把那一边向右边转过来呀,你不是有一边'脸颊'是大卫式的吗!"这就是人民在国民公会里随随便便的样子。可是有一次,在一七九三年四月十一日的骚乱中,议长也下令逮捕过旁听席上一个扰乱秩序的人。

有一天,布那洛蒂老头在会议里作证,罗伯斯比尔发言,说了两个钟头的话,眼睛一直望着丹东,有时盯住他,这是很严重的,有时斜视着他,这情形更坏。罗伯斯比尔瞄准对象发动闪电似的攻击。到结束的时候,他很愤慨地爆发出一大堆充满不祥字眼的话:"我们认识那些阴谋家,我们认识那些行贿的人和受贿的人,我们认识那些卖国贼;他们就在这个议会里。他们在听我们说话,我们看见他们而且我们的眼睛一直没有离开他们。让他们望着头顶上吧，他们会看见头顶上有法律之剑。让他们望着自己的良心吧，他们会看见良心里有自己的丑行。希望他们当心点。"罗伯斯比尔说完以后，丹东把脸向着天花板，眼睛半闭着，一条臂膀垂在椅背上，身子向后一躺，只听见他低声吟道：

  卡代·罗素的演说词，
  最短的一次才不算长。①

大家互相咒骂："阴谋家！""杀人犯！""阴险小人！""叛徒！""温和派！"他们在布鲁图的半身像前面互相检举。他们互相殴打、咒骂、挑战；彼此怒目而视；挥舞着拳头，微露出手枪，半抽出匕首。讲坛上冒着无边怒火。有几个人说起话来仿佛他们已经靠在断头台上。无数受了惊吓的或者令人害怕的人头像潮水似的一起一落。有山岳党、吉隆特党、斐扬党、温和派、恐怖派、雅各宾党、鞋匠党；还有十八个"弑君"教士。

所有这些人们啊！像烟似的向四面八方吹散了。

11

这是一些被风支配的心灵。

可是这种风是不可思议的风。

当上国民公会的议员，就等于是海洋里的一片波浪。即使他们中间最伟大的人物也是如此。动力是从天上来的。国民公会里有一个意志，这个意志是全体共有的，不是任何个人

---

① 卡代·罗素，一种滑稽民歌中的主人翁。这两句诗可以说是废话，也可以说就是一种滑稽。

所独有的,这个意志就是一种思想,一种无法抑制和无法衡量的思想,它在天空上面的暗影中呼吸。我们叫它做革命。这个思想像潮似的掀起来的时候,有的被打倒,有的站立起来;它把这一个带到浪花的顶上,把另一个撞击到礁石的上头。这个思想知道自己要走到哪儿去,前面的一切漩涡都要受它的推动。说革命是人类造成的,就等于说潮汐是波浪造成的一样错误。

革命是"不可知神"的行动。渴想将来的人称革命为好事,留恋过去的人称革命为坏事,可是不管怎样总得承认那造成它的力量。它仿佛是各种巨大的事件和伟大人物的共同的作品,其实它只是各种事件演变的结果。事件在消费,人们在替它偿付费用。事件在发命令,人们只签个名字。七月十四日是加米尔·德慕林签的名,八月十日是丹东签的名,九月二日是马拉签的名,九月二十一日是格雷古瓦签的名,正月二十一日是罗伯斯比尔签的名;可是德慕林、丹东、马拉、格雷古瓦和罗伯斯比尔只不过是些书记而已。这些伟大文件的巨大而可怕的编辑有一个名字,叫做上帝,也有一个面具,叫做命运。罗伯斯比尔相信上帝。这是确实的!

革命是社会固有现象的一种形式上的表现,这种表现从各方面压迫我们,使我们不得不把它叫做"需要"。

在这个幸福和痛苦神秘地交错着的事物前面,站着历史的"为什么?"的疑问。

回答"因为",这是一点什么也不知道的人的回答,也是什么都知道的人的回答。

在这些摧残文明又使文明复兴的巨变前面,人们是否可以判断某一细节的是与非,那是很难一定的。由一件事的结果去谴责或者赞美人们,差不多等于根据总数去谴责或者赞美细数。要发生的事情总要发生的,要爆发的风暴总要爆发的。永远晴朗的天空是不会受这些北风的影响的。在革命之上存在着真理和正义,正如暴风雨之上仍然有布满繁星的天空一样。

12

这个无法衡量的国民公会就是这样子的;它是同时被各种黑暗势力攻击的人类的堡垒,是被包围的观念的营火,是心灵在悬崖的山坡上所作的巨大的露营。历史上没有什么比得上这一个团体,他们同时是议会也是群众,是秘密会议室也是十字街头,是庄严的处所也是公共广场,是法庭也是被告。

国民公会始终被风吹得屈折;可是这风是从人民的嘴里吹出来的,同时也是上帝的气息。

到了今天,八十个年头过去了,任何一个人,不论他是历史家也好,哲学家也好,每次国民公会在他的脑子里出现的时候,这个人就要停下来默想。对这一连串阴影的伟大行列是不可能不予以深切注意的。

二 在幕后的马拉

在孔雀街会谈以后的第二天,马拉就像他对西蒙纳·埃佛拉所说过的一样,到国民公会里来了。

国民公会里有一个马拉派的侯爵,名叫路易·德·蒙多,他就是后来把一个上面有马拉的半身像的时钟送给国民公会的人。

马拉走进来的时候,夏波刚走到蒙多身边。

"喂,遗老……"他说。

蒙多抬起眼睛。

"为什么你叫我做遗老?"

"因为你是遗老呀。"

"我?"

"你从前是个侯爵。"

"我从来不是侯爵。"

"呸!"

"我的父亲是个兵士,我的祖父是个织工。"

"你在胡扯些什么呀,蒙多?"

"我不叫做蒙多。"

"那么你叫什么名字?"

"我叫马里朋。"

"老实说,"夏波说,"这对于我都是一样的。"

他又在牙缝里加上一句:

"现在谁都不肯承认自己是侯爵。"

马拉在左边的走廊里停下来,望着蒙多和夏波。

马拉每次走进来,总引起一阵嘈杂的议论声;不过这声音离他很远。在他身边的人都不做声。马拉并不理会这些。他看不起这种"池沼里的蛙叫"。

下面几排椅子比较阴暗,在那里有康贝·德·罗依、普里奈勒、魏拉(他是主教,后来当上法兰西学院的院士)、布特鲁、白蒂、白来夏、庞纳、帝波多、瓦得卢斯,他们互相指点着马拉。

"看!马拉!"

"他难道没有生病吗?"

"他是生着病,你看他穿的是睡衣。"

"穿睡衣吗?"

"天啊,真的!"

"他真是随便极了!"

"他竟敢这样子跑到国民公会里来!"

"既然那一天他能够戴着桂冠到这儿来,他当然也能够穿着睡衣到这儿来了!"

"黄铜色的脸,灰绿色的牙齿。"

"他的睡衣像是新的。"

"什么料子做的?"

"绸的。"

"有条纹的。"

"看看这件睡衣的绲边。"

"是兽皮绲边的。"

"老虎皮。"

"不,貂皮。"

"是假货。"

"他还穿着袜子!"

"真是怪事。"

"还有带扣子的鞋子。"

"银扣子!"

"这是连流氓也不肯饶恕他的。"

其他座位上的人们假装没有看见马拉。他们在谈论别的事情。桑朵纳走近杜索尔。

"杜索尔,你知道吗?"

"知道什么?"

"前伯爵特·白里安纳。"

"就是和前公爵魏勒华一起关在拉·霍斯监狱的那一位吗?"

"是的。"

"他们两个我都认识,怎么样?"

"他们怕得那么厉害,竟对所有狱卒的红帽子行敬礼,有一天,他们甚至于拒绝玩纸牌,因为人们给他们的那一副纸牌是有国王和王后的。①"

"后来怎样?"

"他们昨天上了断头台。"

"两个都上了吗?"

"两个都上了。"

"总括一句,他们在监狱里的表现怎样?"

"像懦夫一样。"

"他们在断头台上的表现呢?"

"像勇士一样。"

于是杜索尔感叹地叫道:

"死比活更容易。"

巴莱尔在读一篇报告;关于旺代的报告。九百个兵士带着大炮已经从莫比昂出发去援救南特。来东已经受农民军队的威胁。宾波夫曾受袭击。一队海防舰队正在曼特林游弋以

---

① 按大革命时代的纸牌,"国王""王后"已废弃不用,而改用"自由""平等"来代替了。

防止登陆。从英格朗起一直到摩尔,整个卢瓦尔河的左岸布满了保王党的炮台。普尼克已经被三千农民军占领。他们喊着:"英国人万岁!"巴莱尔读着桑泰尔给国民议会的一封信,这封信是这样结束的:"七千农民军曾经进攻瓦纳。我们已经把他们击退,并且俘获大炮四门……"

"俘虏有多少?"一个人插进来问。

巴莱尔继续读下去……信尾附白:"我们没有俘虏,因为我们不再捉俘虏了。"①

马拉始终一动也不动地站在那里,没有听别人的谈话,仿佛在思索着一个严重的问题。

他的手上拿着一张纸,而且用手指揉弄着,如果有谁把这张纸展开,就能够读到上面的几行字,这几行字是莫摩罗的笔迹,大概是回答马拉所提出的问题:

"——对于特派委员的绝对权力毫无办法应付,尤其是对公安委员会的委员。尽管任尼西尔在五月六日的会议上大嚷着'每一个委员的权力比一个国王更大',这对于减低他们的权力并没有发生什么效力。他们掌握生死大权。马萨德在昂耶、特鲁拉在圣亚芒、尼庸在马舍将军处、巴林在萨布军队里、米里耶在尼约军队里,都有绝对的大权。雅各宾俱乐部甚至于任命巴林为旅长。环境可以原谅一切。一个公安委员会的特派代表可以控制一个总司令。"

马拉把那张纸揉成一团,放进衣袋里,慢慢地向蒙多和夏波走去,他们在继续谈话,没有看见马拉走进来。

夏波说:

---

① 见《公报》第十九期,第八十一页。——原注

"马里朋或者蒙多,你听我说:我刚从公安委员会出来。"

"他们在干些什么?"

"他们派一个教士去监视一个贵族。"

"啊!"

"像你一样的一个贵族……"

"我不是贵族。"蒙多说。

"派一个教士……"

"像你一样。"

"我不是教士。"夏波说。

他们两个都大笑起来。

"把这件奇闻说清楚点吧。"蒙多说。

"是这么一回事。一个名叫西穆尔登的教士被派做全权代表到一个名叫郭文的子爵那里去;这个子爵在率领海岸部队的远征军。问题是如何防止这个贵族舞弊和这个教士叛变。"

"这很简单,"蒙多回答,"只要把死神拉进来就行了。"

"我就是为这件事来的。"马拉说。

他们抬起了头。

"你好,马拉,"夏波说,"你很少参加我们的会议。"

"我的医生叫我常常洗澡。"马拉回答。

"不要相信洗澡,"夏波说,"辛尼加①就是在洗澡的时候死的。"

马拉微笑了:

---

① 辛尼加,约生于纪元前二年,罗马哲学家,暴君尼罗的师傅,公元六十六年被尼罗强迫他放血而死。所以下文马拉说:"这儿没有尼罗。"

"夏波,这儿没有尼罗。"

"可是这儿有你。"一个粗暴的声音说。

那是丹东经过,他向自己的座位走去。

马拉没有回过头来。

他把头俯下来,摆在蒙多和夏波的脸中间。

"你们听着。我是为了一个重要的事情来的。我们三个人中任何一个应该在今天向国民公会提出一项法令草案。"

"我不行,"蒙多说,"人家不听我的,因为我是侯爵。"

"我也不行,"夏波说,"人家不听我的,我是方济各会修士。"

"我呢,"马拉说,"人家也不听我的,因为我是马拉。"

他们沉默了一阵。

要向怀着心事的马拉提出问题是不妥当的。可是蒙多依然冒险问了一句:

"马拉,你要提出的是什么法案?"

"法案的内容是:任何军事领袖如果纵放一名俘获的叛军便要被处死刑。"

夏波插进来说:

"这个命令已经有了。是四月底通过的。"

"可是和没有一样,"马拉说,"在整个旺代,到处都有人纵放俘虏;藏匿俘虏也没有受到处罚。"

"马拉,这是因为这道命令已经失效了。"

"夏波,必须使这道命令重新生效。"

"当然。"

"因此就要在国民公会上发言。"

"马拉,国民公会是不必要的,公安委员会就够了。"

"我们的目的是可以达到的,"蒙多说,"只要公安委员会把这道命令在旺代的各个市镇里张贴,而且弄出两三个榜样来示众。"

"拿几个大人物来做榜样,"夏波说,"拿几个将军来开刀。"

马拉喃喃地说:"的确,这样就够了。"

"马拉,"夏波又说,"你亲自到公安委员会去说。"

马拉紧紧地盯住他,这是很难受的,连夏波也觉得不快。

"夏波,"他说,"公安委员会就是罗伯斯比尔的家。我不到罗伯斯比尔的家里。"

"我去。"蒙多说。

"好的。"马拉说。

第二天,公安委员会向各方面发出一道命令,指示各地应把关于包庇放纵俘获的匪徒和叛军逃走者均处极刑的命令张贴在旺代的一切城镇和乡村里,而且必须严格执行。

这道命令不过是第一步。国民公会比这更进一步。几个月以后,在共和国二年雾月十一日(即一七九三年十一月),由于赖伐尔城开门容纳逃亡的旺代叛军,国民公会命令:凡是收留叛军的城市一概予以破坏及毁灭。

在欧洲各国国王方面,也联合在布伦斯威克公爵的檄文(这是受了逃亡贵族的怂恿,由奥里昂公爵的总管李农侯爵起草而成的)内宣布:"凡身带武器之法国人一经执获即行枪决,如敢动国王一根毫毛,巴黎即将被铲平。"

这是野蛮对付兽性。

第三部　在旺代

第一卷 旺 代

一 森 林

那时候布列塔尼有七个可怕的森林。旺代战争是僧侣的叛变。这个叛变的助手就是森林。黑色的东西①在互相帮助。

布列塔尼的七个黑森林是:坐落在道尔和阿弗朗什之间的富耶尔森林;周围有七法里的普兰西森林;布满了山洞和溪流的奔朋森林,这座森林从拜农那边几乎没法走进去,在公可纳那边却有一个容易走的退路,公可纳是在保王党控制下的一个镇;还有连纳森林,在那里可以听见共和军控制下的教区的警钟声,这些教区在城市附近总是很多的,就是在这所森林里比热失掉弗加的踪迹;马舍古森林,夏烈特是这森林里的一只野兽;格那西森林,它是属于拉·特里穆瓦依、郭文和罗昂家族的;博罗舍良德森林,它是属于仙人的。

布列塔尼有一个贵族具有"七森林领主"的头衔,他就是封特奈子爵,布列塔尼亲王。

---

① 指穿黑袍的教士和黑森林。

因为布列塔尼亲王是实际存在的,他和法兰西亲王有所不同。罗昂家族世世代代都有布列塔尼亲王。加尼埃·德·圣特在共和国二年雪月十五日给国民公会的报告中曾经这样描述塔尔蒙采地①的亲王:"这个土匪们的卡佩是曼纳和诺曼底的最高主宰。"

一七九二年到一八〇〇年间布列塔尼森林的历史是可以自成一段的,这段历史像传奇一样和旺代的规模巨大的事变掺和起来。

历史有真实性,传奇也有真实性。传奇的真实和历史的真实在性质上是不同的。传奇的真实是在虚构中去反映现实。但,历史和传奇却有相同的目标:利用暂时的人来描绘永久的人。

要彻底了解旺代只有用传奇来补足历史;了解全面需要历史,了解细节需要传奇。

我们说,为旺代是值得这样做的。旺代是神奇的地方。

这一场"无知者的战争"多么愚蠢而又多么壮丽,是可憎的也是崇高的,它蹂躏了法兰西也使法兰西感觉骄傲。旺代是一个创伤,但这个创伤也是法兰西的光荣。

人类社会在某些时候是有它的谜的,对于智者这些谜变成光明,对于无知者这些谜变成黑暗、暴力和野蛮。哲学家迟疑着不敢谴责。他要考虑这些问题所产生的混乱。这些问题像天上的云一样,在经过的时候总要在地上投下暗影。

如果想了解旺代,必须想象这样两种对抗势力:一边是法国大革命,另一边是布列塔尼的农民。一边是无与伦比的巨

---

① 塔尔蒙采地,布列塔尼亲王的采地。

大事变,这事变就是摧毁旧事物的狂风骤雨,文明的怒潮过度的猛烈进步,无法衡量和无法了解的改革,另一边是这样一个严肃而古怪的野蛮人,这个人眼睛亮、头发长,喝兽奶和吃栗子过活,从来不越出自己的茅屋、篱笆和沟渠以外。他能够根据钟声分辨出邻近的每一个乡村,只有在口渴的时候才使用水,背上披着皮短衣,上面有丝线的阿拉伯式刺绣,虽然没有教养,却穿绣花衣裳,在衣服上刺花,正如他的祖先克尔特人在脸上刺花一样;他把主人的刽子手当做主人一样来尊敬,说的是一种死的语言,这样就是把他自己的思想装在坟墓里;他驱赶牛群、磨快镰刀,在黑麦田里刈去杂草,在茅屋中捏制荞麦饼;他第一尊敬他的犁,其次尊敬他的祖母;他相信圣母和白衣女,崇拜圣坛,也崇拜矗立在旷野里的一块神秘的巨石;在平原上他是个农夫,在海岸上他是个渔人,在丛林里他是个违法的猎户;他爱他的国王、他的领主、他的教士和他的虱子;时常在广大而荒凉的海滩上沉思,好几个钟头一动也不动,忧郁地倾听着海洋的呼啸。

我们不禁要问:一个盲人能够接受这样的亮光吗?

二 居 民

这些农民有两种依靠:养活他的土地和隐藏他的森林。

我们很难想象出布列塔尼森林的真实情形;这些森林就是城市。没有什么能比这些纵横交错的荆棘和枝叶更顽钝、更沉寂和更野蛮的了,这些广大的荆棘丛是些固定不动和静寂的巢穴;没有任何荒野在外表上比这里更阴森和更死气沉沉的了。假如我们能够突然一下子用闪电的速度把树林都砍光,就可以骤然看见在这黑暗中有一大群人。

这里有许多圆而狭的井,上面用石头盖子和树枝掩蔽着。井的进口,起先是直的,随后便横过来了,在地底下逐渐扩大成为漏斗形状,一直通到一些阴暗的房间里,这就是冈比士①在埃及发现过的地穴,韦斯特曼在布列塔尼也发现了,不过前者是在沙漠里,后者是在森林里;埃及的地穴里只有死人,布列塔尼的地穴里住着活人。米斯东森林里有一处最荒野的林中空地称为"大都市",那里的地下贯穿着无数走道和密室,神秘的人群在那里出没。另外一片林中空地,地面上同样荒凉,地底下同样住满了人,被称为"王家广场"。

这种地下生活在布列塔尼是从不可记忆的年代就开始了的。在任何时期,都有人为了逃避另一些人而躲在这里。因此才有这些在树根底下挖出来的爬虫洞穴。这些洞穴的起源是"德落伊"②时代就有了的,这些地窖中有几个简直和大石台③一样古老。传奇中的冤鬼,历史上的怪物,都曾经在这片阴暗的土地上经过,像条塔特斯、恺撒、俄哀尔、尼奥曼纳,英国的乔弗来、铁阿仑冈、皮埃尔·摩克莱、法国的布来瓦家族、英国的芒特福家族、国王们和公爵们、布列塔尼的九位男爵、"大时代"的法官们、和仑纳的伯爵们争吵的南特的伯爵们、拦路的强盗、土匪、散兵游勇、来纳二世、罗昂子爵、国王的管家们,还有那个在德·塞维尼夫人的窗下把农民吊在树枝上

---

① 冈比士(前530—前522在位),波斯国王,曾征服埃及,以残暴著名。
② 德落伊,高卢人和布列塔尼人的教士的称号,并无教堂,集合在森林里举行宗教仪式。
③ 大石台,古代的石碑,由两块直立的石头上面横放一块构成,可能是墓地。

的"好好公爵"萧尔纳,十五世纪有领主们的大屠杀,十六和十七世纪有宗教战争,十八世纪有三万只狗训练出来专门咬人;在这种可怖的蹂躏之下,居民决定采取躲藏起来的办法。轮流着,穴居野人逃避克尔特人,克尔特人逃避罗马人,布列塔尼人逃避诺尔曼人,新教徒逃避天主教徒,走私者逃避税吏,他们起先躲在森林里,后来又躲到地底下去。这是野兽们的办法。这里是专制政府征服各个民族的地方。两千年以来,暴政在征服、封建制度、宗教、捐税等各种方式之下追迫这个可怜和惶惑的布列塔尼,这是一种无情的围猎,除了方式有些改换外,这种围猎从来没有停止过。于是居民隐藏到地底下去了。

正当人心蕴藏着恐怖——也可以说是愤怒,树林里准备好洞穴的时候,法国大革命爆发,共和政府出现了。布列塔尼自认为受了一种暴力解放的压迫,起来叛变了。这是奴隶的习惯性的错觉。

三 居民和森林的同谋

布列塔尼的悲惨的森林又重新扮演过去的角色,又做了这次叛变的帮手和同谋,正如它们过去对别的叛变所做过的一样。

这种森林的地底下四通八达,壕沟、斗室和廊道构成一种古怪的道路网,活像一支巨大的珊瑚。这些不见天日的斗室每一间可以容纳五六个人。惟一的困难是在里面呼吸。我们据有一些惊人的数字,可以使你了解这个大规模的农民叛变有着怎样强有力的组织。在塔尔蒙亲王的避难所意勒-爱-

魏兰纳省的伯特森林里,听不见一点声息,看不见人的踪迹,却隐藏着弗加和他所率领的六千人;在莫比昂省的墨拉森林里,看不见一个人,却有八千人在那里。可是伯特和墨拉这两个森林还不能计算在布列塔尼的大森林之内。假使有人踏上这些森林,那是很可怕的。这些外表上很和善的丛林,里面却布满潜伏在地下迷宫里的战士,可以说这些丛林是一些庞大的隐蔽着的海绵,受了革命这个巨足的践踏,就把内战像水一样喷射出来。

看不见的兵团在暗中窥探着。神不知鬼不觉的军队在共和军的脚底下蛇行着,它们突然从地底下钻出来,又钻进去;一下子跳出无数的人,忽然又全数消失。他们赋有无处不在和四散开来的本领,一会儿像天崩地裂般出现,一会儿像微尘似的消失;他们是有缩身术的巨人,作起战来是巨人,隐藏的时候就变成侏儒。他们是具有土拨鼠的特性的巨豹。

不但有广大的森林,而且也有小片的树林。正如城市的附近还有乡村一样,森林之下还有丛林。森林和森林之间被散布在各处的迷宫似的小树林连接起来。这里的古老堡垒就是要塞,小村落就是军营,田庄是埋伏所和陷阱构成的地带,田地的周围横贯着壕沟,排列着树木,所有这些都是一个罗网的网眼,共和军陷入的就是这个罗网。

以上的一切构成了旺代的林原地带。

其中一个树林叫做密斯东树林,林子的中央有一个水池,这个树林是让·舒昂的产业;惹纳树林是泰耶费的产业;"门框"树林是古治-勒-布里昂的产业;夏尔尼树林是"私生子"古蒂惹的产业,他是外号叫"圣保罗宗徒"的黑母牛军营的首领;壁果树林是神秘的雅克先生的产业,这位先生准备在尤华代尔的地道中进行一种神秘的活动；还有沙罗树林，毕慕斯和"小太子"在这里被新堡的卫成部队袭击的时候，曾经冲进共和军的队伍里拦腰把一些近卫兵抱住俘虏过来；幸福树林曾经目睹龙-费耶兵营的败北；奥尔纳树林可以守望着伦纳和赖伐尔之间的公路；拉·格拉维勒树林是特里穆瓦依家族的一个亲王在一场滚球戏中赢得来的；北海岸的罗治树林曾经由查理·德·波赫弟继伯纳·德·威勒涅夫之后统治着；巴格那树林在封特奈附近，拉斯居曾经在这里向夏尔博挑战，夏尔博虽然以一敌五，却接受了挑战；拉·杜隆代树林过去曾经是阿伦·勒·拉杜鲁和"秃头"查理的儿子赫利斯布争执的地方；克洛克鲁树林的位置在郭克罗削掉俘虏头发的那个旷野的边缘；十字战树林曾经目睹过银腿对莫里哀尔和莫里哀尔对银腿互相所作的莫名其妙的侮辱；索德烈树林，我们在卷首已经看见过一队巴黎联队在这里进行搜索。另外还有许多别的树林。

在这些大森林和小树林中，有几个不但有地下村庄——这些村庄围绕着领袖居住的地穴排列着，还有真正的地面上的小村落，那是隐藏在树底下的矮茅屋所构成的，数目那么多，有时竟布满了整个森林。这些村落常常因为冒烟而被人发觉。密斯东树林有两个这样的村落很有名，一个是在烈当附近的罗里哀尔，另一个是在圣杜恩-烈-杜瓦那边的称为波街的一排小屋。

女人住在茅屋里，男人住在地窖里。他们在这次战争中尽量利用那些神秘地道和克尔特人的古老壕沟。躲在地下的人是要人送食物的。有些人被遗忘了就饿死在里面。不过饿死的人都是些笨伯，他们不会打开洞口的盖子。通常这些用藓苔和丫枝造成的盖子伪装得很巧妙,在外边草地上是没法子看出来的,在里边打开和关闭却都很容易。这些洞穴是很小心地挖成的,挖出来的泥要倒到附近的池沼里去。洞里的墙壁和地底都用凤尾草和藓苔铺垫。他们把这种屋子叫做"包厢"。除了缺乏阳光、火、面包和空气之外,人在里面还相当舒服。

毫无戒备地爬出地洞回到外面的世界里来,或者在不适当的时机从地底下钻出来,都是很严重的事情。他们出来的时候可能发现自己正在一支前进着的军队的腿下。这些树林是可怕的,它们是产生两种效果的陷阱。蓝军不敢进来,白军不敢出去。

四 他们的地下生活

住在这些兽穴里的人们觉得很无聊。有时他们在夜里冒着一切危险钻出地洞,跑到附近的原野上来跳舞。他们也用念经来消磨时间。布杜瓦素说过:"让·舒昂整天叫我们数着念珠念经。"

日尔伯节日到来的时候,简直不可能阻止下曼纳的人们出来参加这个节日。他们中间有几个很会转念头。外号叫"半片山"的丹尼化装成一个妇女跑到赖伐尔去看滑稽戏,然后又回到洞里来。

他们也会突然间跑出来送死,离开了地牢,走进了坟墓。

有时他们移开地洞的盖子,倾听远处是否有战事;他们用耳朵追随着战事的进展。共和军的枪声很有规律,保王军的枪声很是杂乱,这些枪声就给了他们一个指导:假使一齐发射的枪声骤然停止,这就表示保王军失利了;假使不规则的枪声继续响着而且渐渐去远,这就表示保王军胜利了。白军总是要追击;蓝军从来不追,因为这整片土地都是和他们敌对的。

这些地下战士对外界的事情消息非常灵通。他们的通讯方法是最迅速最神秘不过的了。他们拆掉一切桥梁,毁掉所有的车子,可是他们有办法互通消息而且及时发出一切警告。从森林到森林,从村舍到村舍,从田庄到田庄,从茅屋到茅屋,从小树丛到小树丛,都建立了通讯驿站。

一个满脸愚蠢的农民走了过去,他的空心的手杖里就藏着密信。

一个前立宪会议的议员白悌度专门供给他们一种可以在整个布列塔尼通行无阻的共和政府的护照,样式是最新式的,姓名栏留着空白,这个奸细有一大捆这样的护照。要想破获这种案件是不可能的。比热说过:[①]"他们的秘密让四十万以上的人们知道,可是这四十万以上的人们用宗教的热诚来保守这些秘密。"

在这一块南以沙伯到杜亚一线为界,东以杜亚到索慕一线和杜埃河为界,北以卢瓦尔河为界,西以大海为界的四方形地区中,仿佛有一个共同的神经系统,这片土地上的任何一处颤动,不能不使整个区域感到震动。在转瞬间消息就从奴阿慕提叶传到吕宋来,路埃军营就可以知道十字-摩连诺军营在做什么。仿佛天上的飞鸟在给他们传递消息。共和国三年刈月七日,荷士曾经这样写过:"我们简直相信他们是有电报的。"

---

① 见《比热》第二卷第三十五页。——原注

他们分成许多部落,就像在苏格兰一样。每个教区都有一个队长。我的父亲参加过这次战争,所以我能够说得很详细。

五　他们的战时生活

他们中间有许多人只有长矛。好的猎枪却很多。没有比林原里的违法猎户和罗卢的走私者更好的枪手了。他们是些奇特的、凶猛的和勇敢的战士。招募三十万大军的命令使六百个村庄的警钟都响起来。同时大火在各个角落里烧了起来。勃都和安如是在同一天里骚动起来的。我们附带说一句:最初的吼声早在一七九二年七月八日、八月十日事件的前一个月,已经在克巴德原野上响起来了。阿伦·瑞德来,一个今天已被遗忘了的人,就是拉罗什雅克兰和让·舒昂的先驱。保王党用死刑来威胁所有健康的人参加军队。他们征用驾车的牲口、车辆和粮食。一下子沙比诺就有了三千兵士,卡特利诺有一万,斯托弗雷有两万,夏烈特控制了奴瓦慕弟叶。舍波子爵在上安如发动叛变,第尔斯骑士在魏兰与罗亚尔之间,特列斯当-勒米在下曼纳,理发匠加斯东在纪米尼,白尼叶院长在其余各地,都在发动叛变。要煽动这些群众只要很小的一件事就够了。他们在圣坛的柜子里放进一只大黑猫,一个誓忠于宪法的教士——他们把他叫做"宣誓教士"——在做弥撒的时候黑猫突然跳出来,"这就是魔鬼!"农民们叫起来,于是整个区就叛变起来了。① 忏悔室里喷出火的气息。他们有

---

① 宣誓教士是拥护共和政府的,农民属保王党,因此农民不相信这些教士,而且和他们捣蛋,乘机叛变。

一根十五尺长的棍子用来攻打蓝军和跳过洼地,称为"跳竿",这是用来打仗和逃命的武器。在农民军攻打共和军的方形阵,混战最剧烈的时候,如果他们在战场上遇见一个十字架或者一个圣堂,他们全体就跪下来在枪林弹雨下面念经;念完一串念珠以后,那些还活着的人就站起来向敌人冲过去。他们是怎样的巨人啊!真可叹!他们一边跑,一边装子弹,那是他们的特殊本领。人们对他们说什么他们就相信什么;教士们把另一些教士的脖子用细麻绳勒红了,然后叫农民们看,对他们说:"这些人是在断头台上死了然后复活的。"他们富有骑士的气质;他们敬重共和军的旗手费斯克,因为他被砍死的时候还紧握着旗子不放。这些农民很会嘲笑人,他们把那些结过婚的共和派神父叫做"脱下法衣着长裤的人"。起初他们害怕大炮;后来他们拿着木棍扑过去把大炮夺了过来。他们最初俘获的是一尊漂亮的青铜炮,他们给这尊大炮取了个名字叫"传教士";后来又夺取了一尊天主教战争时代就有了的大炮,炮身上刻着黎塞留的家徽和圣母的头像,他们把这尊大炮叫做"玛丽-雅纳"。他们失掉封特奈的时候,也失掉了玛丽-雅纳,为了保卫这尊大炮,六百个农民曾经毫不畏缩地在大炮的周围倒下了;以后他们又夺回封特奈,为的是要夺回玛丽-雅纳,他们举着百合花旗把大炮带回来,炮身上铺满了鲜花,他们叫过路的妇女去吻大炮。可是只有两尊大炮实在太少了。斯托弗雷夺取了玛丽-雅纳;卡特利诺嫉妒他,就从冰-昂-摩士出发袭击雅来,夺取了第三尊大炮;弗勒斯特攻打圣弗罗伦,夺取了第四尊大炮。另外两个队长苏伯和圣坡的办法更妙;他们砍下树干装成大炮,用假人做炮手,带着这样的一个炮队,虽然他们自己也大胆地嘲笑着,却把蓝军吓退到马拉伊去了。那是他们的全盛时代。后来夏尔波打败拉·马松涅的时候,农民们曾经在这不光荣的战场上遗留下三十二尊刻有英国国徽的大炮。那时候英国人用金钱帮助法国的亲王们,正如一七九四年五月十日南第亚所写的:"英国人送钱给爵爷,因为人家对庇特①说这样做很对。"麦连耐在三月三十一日的一个报告里说:"叛军的口号是'英国人万岁!'"农民们经常因为抢劫而延误时间。这些虔诚的信徒竟是些强盗。野蛮人也有缺点。就是为着这些缺点后来文明才征服了他们。比热在他的书里第二卷第 187 页里说:"我曾数度使普来朗镇免受洗劫。"后来在 434 页他又叙述自己避免进入蒙霍城:"我迂回着走,为的是使雅各宾党人的家宅免遭抢劫。"他们抢劫了索来;他们洗劫了夏朗。他们没有攻进格朗威勒,他们劫掠了上帝城。他们把那些加入蓝军的乡下人叫做"雅各宾贱民",而且杀害这些人比杀害别的敌人更多。他们像兵士一样喜欢流血,像强盗一样喜欢屠杀。枪毙那些"胖子",就是说那些市民,是他们的一件快事;他们把这叫做"开斋"。在封特奈,他们的一个神父巴布丁曾经一刀就砍倒一个老头。在圣日耳曼-绥-依勒,②他们的一个队长——是个贵族——一枪就杀死镇里的检察官,而且拿了他的表。在马西谷,他们有计划地每天杀死三十个蓝军,这样一直继续了五个星期;每一串三十人称为一串"念珠"。他们把这一串人排列在挖好的墓穴前面,然后枪毙他们;有时有些牺牲者是活着倒到墓穴里去的,他们也同样地被埋掉了。我们

---

① 庇特(1759—1806),当时的英国大臣,法国大革命势不两立的敌人。
② 见《比热》第二卷第三十五页。——原注

又看见了这种暴行。当地的区长汝伯两只手被锯掉了。他们特别制造了一种锋利的手铐给蓝军俘虏戴用。他们在公共广场一面虐杀蓝军,一面吹奏狩猎凯歌。夏烈特的签字是"博爱;夏烈特骑士",他像马拉一样拿一条手巾扎在额上当作帽子,他放火烧掉坡尼克城,把居民烧死在屋子里。在那时候,加利叶是个恐怖人物。因此恐怖正在回答恐怖。布列塔尼的叛军打扮得几乎像希腊叛军一样,他们穿着短衣,背着长枪,打着绑腿,穿着跟希腊人的裤子一样宽大的裤子;其中年富力壮的很像克利夫特人。亨利·德·拉罗什雅克兰在二十一岁的时候就拿着一根木棍和两支手枪去参加这次战争。旺代的军力共有一百五十四师。他们经常进行正规的围攻;他们曾经把布勒叙尔包围了三天。在纪念耶稣殉难的一个星期五,一万农民曾经用赤热的炮弹轰击沙布城。他们曾经在一天之内毁灭了从蒙蒂尼到古拔委尔之间的十四个共和军的军营。在杜亚的高城墙上,拉罗什雅克兰和一个小伙子曾经有这样的雄壮的对话:"加尔!""有。""到这儿来,让我爬上你的肩膀。""爬吧。""你的枪。""拿去。"于是拉罗什雅克兰跳进城里,这座曾经被杜盖克林①包围的堡垒没有用云梯就被占领了。他们宁可要一筒弹药,而不要一块金路易。他们走到看不见家乡的钟楼的时候就要哭起来。逃走对于他们仿佛是很自然的事;在这种场合领袖们就叫喊:"扔掉木鞋,留着长枪!"军火缺乏的时候,他们数着念珠念经,冲到共和军的炮队里去抢他们弹药箱里的火药;到了后来代尔巴就向英国人要火药了。如果敌人迫近了,他们当中有伤兵,他们就把伤兵

---

① 杜盖克林,中世纪时最有名的战士之一。

藏在高大的麦田里,或者在野生的羊齿科植物里,等到战役过后再回来找他们。他们没有制服。他们的衣服是破破烂烂的。农民也好,贵族也好,拿到什么就穿什么。罗野·慕连涅穿戴着从拉·弗来西戏院的藏衣室里抢来的一条头巾和一件骑兵的短外衣;特·波委利叶骑士穿的是一件律师的长袍,头上的羊毛小帽上面又加上一顶女人帽。每个人都有佩带和白腰带;官阶是用绶带的结来分别的。斯多弗雷有一个红结;拉罗什雅克兰有一个黑结;温普芬套着康城无套裤汉的袖章,他是半个吉隆特党,而且从来不离开诺曼底。他们的队伍里有女人:德·莱斯居尔夫人,她后来成为拉罗什雅克兰夫人;德丽丝·德·摩莲,她是拉·卢亚利的情妇,她曾经烧掉过各教区领袖的名单;拉罗西富各夫人,年轻貌美,她曾经手里拿着军刀,把农民集合在比-卢梭城堡的高大碉楼的脚下;还有那个号称为亚丹骑士的安东纳德·亚丹,在她被俘以后,她的无比英勇使得共和军执行枪毙的时候,为了尊敬她,仍然让她站着。这个史诗的时代是残酷的。每个人都疯狂了。德·莱斯居尔夫人故意让她的马践踏那些丧失战斗力躺在地上的共和军;她说他们已经死了,其实也许只是受了伤。有时男人会变节投敌,女人却从来没有过。法兰西剧院的弗勒丽小姐虽然从拉·卢亚利那里投到马拉那里去,却是为了爱情的缘故。队长们往往和士兵们一样无知;德·沙比诺先生就不识字,连最普通的字都要拼错。各个领袖之间存在着敌意;沼泽地的队长们高喊:"打倒上江人!"他们的骑兵很少,而且很难组成队伍。比热写道:"一个欣然把他的两个儿子给我的人,如果我问他讨一匹马,他就会板起面孔来。"跳竿、叉子、镰刀、新的和旧的枪、猎刀、铲子、镶铁和带钉的木棍,就是他们的武器；有些头上还挂着用两根死人骨头做成的十字架。他们冲向敌人的时候高声叫喊，突然从四面八方跳出来，从树林里、山坡上、树丛里、低洼的道路上跳出来，他们向四面分散，就是说，围成新月形，残杀、歼灭，像闪电似的进行袭击以后就跑掉。当他们经过一座共和军的市镇时，他们砍倒"自由树"，把它烧掉，而且在周围围成圆圈跳舞。他们的一切行动都带有夜行的性质。旺代人的规律是：永远要出人意外。他们常常默不作声地走十五法里路，连一寸草都不会受到惊动。黄昏时，领袖们召开阵地会议决定第二天早上要袭击的共和军据点之后，他们装好子弹，喃喃地祷告，脱掉木鞋，排成长行穿过树林，赤着脚在灌木丛里和薛苔上走过，没有一点声音，没有一个人说话，连呼吸的声音也没有。是一群猫在黑暗中行走。

六 土地的灵魂附在人的身上

叛变的旺代如果把男的、女的和儿童都算上的话，估计人数绝不少于五十万。杜芬·德·拉卢亚利宣布的数字就是五十万名战士。

联邦主义者帮助他们；吉隆特党也做他们的同谋。拉·罗热尔派遣三万人到林原地区去。八个省结成同盟，五个在布列塔尼，三个在诺曼底。和康城结成兄弟同盟的埃弗来城在叛军中有两个代表：一个是它的市长萧蒙，一个是乡绅加登巴。在康城有布索、哥沙和巴巴鲁，在慕林有布列索，在里昂有沙桑，在尼姆有拉波·圣埃丁，在布列塔尼有米扬和杜沙代，所有这些人都鼓着嘴来吹这只火炉。

有两个旺代:大的一个从事森林战,小的一个从事丛林战;这个细小的差别就把夏烈特和让·舒昂分别开来。小旺代是正直的,大旺代是腐化的;小的要好得多。夏烈特被封为侯爵,皇军中将,并且获得了圣路易大十字勋章;让·舒昂却始终是让·舒昂。夏烈特和土匪相差无几,让·舒昂却像一个游侠。

至于朋桑、莱斯居尔、拉罗什雅克兰这些伟大的领袖们,他们都弄错了。天主教大军的努力目标是一个愚蠢的妄想,失败是必然的。试想农民的队伍怎能进攻巴黎,乡村的联盟怎能围攻先烈祠,一些像狗叫似的颂歌和圣歌怎能压倒《马赛曲》,一队村夫怎能冲破一队智慧的大军?勒芒和沙文尼两次战役就粉碎了这个迷梦。旺代是不可能越过卢瓦尔河的。它能够做一切,只是不能跨过这一步。内战不能使人获得任何成就。越过莱茵河才显出恺撒的威名和拿破仑的伟大;越过卢瓦尔河只使拉罗什雅克兰葬送了性命。

旺代的真实力量只能表现在旺代的本土上;在这里这股力量是不能损伤的,不可捉摸的。旺代人在自己的家乡里是走私贩、庄稼人、兵士、牧人、违法猎户、游击队员、饲养牛羊的人、敲钟人、农民、侦探、杀人犯、圣器看守人、树林里的野兽。

拉罗什雅克兰不过是一个阿基利斯,让·舒昂却是一个普洛透斯①。

旺代的叛变失败了。别的叛变却是成功的,例如瑞士的叛变。像瑞士那种山上的叛变和旺代这种森林的叛变有

---

① 普洛透斯,预言之神。

这样的分别:大约由于环境的影响,前者是为理想而战,后者只是为偏见而战;前者在天空飞翔,后者在地下爬行;前者是为人道而战,后者是为自绝于人而战;前者争取的是自由,后者争取的是割据;前者保卫州郡,后者保卫教区。"自治州!自治州!"摩拉①的英雄们叫喊。前者要应付悬崖深谷,后者要应付沼泽泥潭;前者是在激流和飞溅的泡沫中生长的,后者是在藏着瘟疫的一潭潭潴水里生长的;前者的头顶上是蔚蓝的天空,后者的头顶上是树丛;前者在高峰顶上,后者在暗影中。

从高山所得到的教育和从低地所得到的教育是完全不同的。

一座山是一个城堡,森林却是一个埋伏所;前者教人勇敢,后者教人险诈。古人把诸神归于高山,把萨堤洛斯(生着羊角及羊蹄的半人半兽神)归于森林。萨堤洛斯是野蛮的,一半是人,一半是兽。自由的国家有亚平宁山、阿尔卑斯山、比利牛斯山和奥林波斯山。帕那斯也是一座高山。白山是威廉·退尔的巨大的助手;印度的诗篇里充满着神灵和黑夜作激烈战斗的故事,从其中和在其上可以窥见喜马拉雅山。希腊、西班牙、意大利、瑞士的象征是高山;西莫利、日耳曼或者布列塔尼的象征是森林。森林是野蛮的。

地形可以影响人们的许多行为。它是人类的同谋者,它所起的作用比我们所想象的更大。当我们看到某些野景时,我们很想宽恕人类而归罪于宇宙;我们觉得这是大自然对人类的一种无声的挑战。旷野有时对良心是有害的,尤其是对

---

① 摩拉,瑞士地名,一四七六年瑞士人在这里战胜无畏的查理。

不十分能辨别是非的良心;良心可能是伟大的,这样就产生了苏格拉底和耶稣,也可能是狭小的,这样就造成了阿特柔斯①和犹大。狭小的良心很快就成为爬虫;幽暗的森林,充满荆棘的树丛,树枝下的沼泽,就是它命定的经常出入的地方;它在那里无形中受到邪恶的浸染。视觉的幻象、不可解释的海市蜃楼、时间或者地点所产生的不安,把人们投入这种半宗教、半野蛮的恐怖中,这种恐怖在平时产生了迷信,在乱世就产生了残暴。这些幻觉持着火炬,照亮了杀人的道路。当强盗是头脑昏迷的。神秘的大自然有两种作用,它使智者目眩,使野蛮人目盲。当一个人无知,旷野里又充满了幻象时,一切都将成为不可思议;因此人们的内心便有了无数深渊。某些岩石、某些山涧、某些小树林、黄昏时枝叶间的某些可怕的空隙,迫使人们去做一些疯狂和残暴的举动。我们简直可以说有些处所本来就是邪恶的地方。

贝农和普来朗之间的那些阴暗小山,曾经目睹过多少悲惨的景象啊!

广阔的地平线引导心灵产生整体思想;受限制的地平线使人产生局部观念。这种观念有时会使伟大的心灵仅有渺小的气魄;让·舒昂就是一个例证。

整体思想被局部的观念所仇视,这就是进步的斗争。

乡土、国家,这两个词儿就包括了整个旺代战争;这是地方观念和整体观念的斗争,农民和爱国者的斗争。

---

① 阿特柔斯,根据希腊传说,是一个狠心的国王,憎恨他的弟弟,把他弟弟的两个儿子杀了,拿他们的肉来请他的弟弟吃。

七　旺代断送了布列塔尼的光荣

布列塔尼自古以来就是一个叛徒。两千年来它的每次叛变都是对的，但这最后一次它却错了。不过，无论是反对革命或者反对帝制，反对特派委员或者反对贵族王公，反对共和政府纸币或者反对盐税，也不论是什么人在领导战争——尼古拉·拉宾也好，弗朗索瓦·德·拉奴也好，普鲁维奥上尉和拉·加纳西夫人也好，斯托弗雷、郭克罗和勒桑特里·德·比埃勒威也好；德·罗昂先生也好，德·拉罗什雅克兰先生也好——不论他们是拥护国王，或者反对国王，归根结底布列塔尼所进行的总是同样的战争，是地方反对中央的战争。

这些古老省份是一个池塘；池里的死水最不愿意流动，吹过的风没有使它苏醒过来，反而激怒了它。菲尼斯泰尔的确是含有深意的地名，法兰西大陆到这里终止，给予人们的田野到了尽头，子孙万代的前进停止了。"立定！"海洋向大陆这样叫喊，野蛮向文明这样叫喊。每一次全国的中心巴黎发出一次压力的时候，无论是来自王室的或者来自共和政府的，无论是拥护暴君的或者是维护自由的，都是一件新奇的东西，布列塔尼立刻准备反抗。"不要骚扰我们。你们要把我们怎么样？"于是沼泽拿起了叉子，森林拿起了马枪。所有我们的一切尝试，我们在立法和教育方面的倡议、我们的百科全书、我们的哲学、我们的天才、我们的光荣，这一切到了这个野人的前面都失败了；巴祖滋的警钟威胁着法国革命，富城的旷野起来反抗我们的群情愤激的公众广场，奥-德-泼雷的钟声向卢浮的钟楼宣战了。

这是可怕的愚昧。

旺代的叛变是一场不幸的误会。

这是一场规模巨大的遭遇战,巨人和巨人之间的争执,无限伟大的叛变,叛变的作用只是要在历史上留下一个名字:旺代。这个名字是光辉的也是黑暗的:为了逃亡的人而自杀,为了利己主义而尽忠,整天把无限的英勇献给懦夫;没有计算,没有战略,没有战术,没有计划,没有目的,没有领袖,没有责任感;显示出意志竟会无能到什么程度;既豪侠又野蛮;荒谬到了极点,企图筑起一道黑暗的屏障来挡住光明。这是愚昧无知对真理、正义、法律、理智和解放作了一次愚蠢而又傲慢的长期抵抗;它造成了八年的恐怖、十四省的蹂躏、田园的荒芜、收成的毁败、村庄的焚毁、都市的摧残、住宅的劫掠、妇孺的屠杀;它像火种插进茅屋,利刃插入心胸;它是文明的恐怖,也是庇特先生的希望。这就是这场战争的真相,这是不自觉的弑亲的尝试。

总之,旺代战争证明了必须从四面八方打破布列塔尼的古老暗影,而且要把一切光明之箭同时射进这个丛林,由这一点看来,旺代也为进步服务过了。灾害会用一种阴惨的方法来把事情安排好的。

第二卷 三个小孩

一 比内战更进一步

一七九二年的夏天很多雨水；一七九三年的夏天却很炎热。由于内战的关系，布列塔尼简直已经没有留下一条可以走的道路了。可是因为夏天天气的美好，所以还能够旅行。最好的道路的泥土是干燥的。

七月里一个晴朗的日子，黄昏时分，日落后一小时左右，一个从阿弗朗什那边来的骑马的汉子在一家名叫十字-勃朗沙的小客店门口停下来，这家客店开设在篷托松镇的入口，前几年还可以看到那招牌上写着"出售上等苹果酒"字样。这一天整天都很炎热，这时候却起了风。

这位旅客披着一件宽大的斗篷，连马的屁股也被斗篷盖着。他戴着一顶宽大的帽子，上面有三色帽徽，这是相当大胆的举动，因为在这个到处都有矮树篱笆和枪击的地方，一个三色帽徽就是一个靶子。斗篷系在颈上，两边分开，使他的双手能自由动作，斗篷里面隐约可以看见一条三色的腰带，两支手枪柄在腰带上露出来。斗篷下面露出一柄挂着的军刀。

听见马儿停下来的声音，店主人开了门出来，手里拿着一盏提灯。这时正是白天和黑夜交界的时候;公路上还很亮,屋子里已经很黑了。

店主人望着那只三色帽徽。

"公民,"他说,"你在这儿歇宿吗?"

"不。"

"那么你要到哪儿去?"

"到道尔去。"

"如果这样的话,请你回到阿弗朗什去,或者就在篷托松住下吧。"

"为什么?"

"因为道尔在打仗。"

"啊!"骑马的汉子说。

他接着又说:

"拿些燕麦来喂我的马。"

店主人把马槽拿来,倒了一袋燕麦下去,解下马勒,马儿一边喷气一边吃起来。

他们继续谈话。

"公民,这匹马是征用的吗?"

"不。"

"是你的吗?"

"是的。我花了钱买的。"

"你从哪儿来的?"

"巴黎。"

"不是直接从巴黎来的吧?"

"不是。"

"我想也不会,公路都隔断了。可是驿车仍然通行。"

"只通到阿朗松。我就坐到那里。"

"啊!不要多久全法国就不会再有驿车了。因为马儿找不到。一匹只值三百法郎的马要卖到六百法郎,饲料更贵得吓人。我曾经当过驿站长,现在却开起小食店来了。本来有一千三百一十三个驿站长,现在已经有两百个辞职不干。公民,你乘驿车是照新价目吗?"

"是的,是照五月一日起的新价目。"

"马车每站二十苏,双轮小马车每站十二苏,货车每站五苏。你是在阿朗松买的这匹马吗?"

"是的。"

"你今天骑着马走了一整天吗?"

"天一亮就开始走的。"

"昨天呢?"

"前天也是这样。"

"我明白了。你是经过登弗隆和莫尔坦来的。"

"也经过阿弗朗什。"

"听我的劝告,公民,休息休息吧。你一定累了,你的马儿确实累了。"

"马儿有疲倦的权利,人并没有。"

店主人再度注视旅客。旅客的脸庄重、冷静而严厉,周围披着灰白的头发。

店主人向公路上望了一眼,一望无际的公路上没有一个人影。他说:

"你就这样子一个人旅行吗?"

"我有一队卫队。"

"在哪儿?"

"就是我的军刀和我的两支手枪。"

店主人去拿了一桶水来给马儿喝,马儿喝着水的时候,他打量着那旅客,心里想:"不管怎样,他的神气很像一个教士。"

骑马的汉子问:

"你说道尔在打仗吗?"

"是的。这时候大概又开始了。"

"谁跟谁打?"

"一个贵族打另一个贵族。"

"你说什么?"

"我说一个拥护共和政府的旧贵族正在跟一个拥护国王的旧贵族打仗。"

"可是现在已经没有国王了。"

"还有一个小的。奇怪的是,这两个旧贵族是亲戚。"

骑马的汉子很注意地倾听。店主人继续说:

"一个年纪轻,另一个年纪老。是侄孙跟叔祖打仗。叔祖是保王党,侄孙是爱国志士。叔祖指挥白军,侄孙指挥蓝军。啊!他们决不放过对方的。这是一场你死我活的战争。"

"你死我活?"

"是的,公民。对了,你想看看他们相互间的敬礼吗?这里有一张那个老头子设法在各处张贴的告示,所有的房子和所有的树上都贴遍了,连我的门上也给贴上了一张。"

店主人把灯凑近一张贴在一扇门上的方形告示,由于告示上的字很大,骑马的汉子不必下马也能看见:

  德·朗特纳克侯爵敬告其侄孙郭文子爵阁下:如侯

爵侥幸能将子爵阁下俘获,侯爵将以温和态度将子爵阁下枪决。

"这里,"店主人继续说,"有他的答礼。"

他转过身来,把灯照亮了另一扇门上的另一张告示,这张告示和第一张告示正好相对。旅客读道:

  郭文警告朗特纳克:如捉获朗特纳克,即行枪决。

"昨天,"店主人说,"第一张告示贴在我的门上,今天早上就来了这第二张。连等也没有等回答就来了。"

旅客仿佛自言自语地低声说了下面的话,店主人虽然听见了却不十分懂得:

"对的,这不但是一个国家里的战争,也是家庭里的战争。必须这样,这样做是对的。要使人民恢复伟大的青春必须付出这样的代价。"

于是旅客把手举到帽边,眼睛盯着第二张告示,行了一个礼。

店主人继续说:

"你瞧,公民,就是这么一回事。我们在城里和大市镇里的人是赞成革命的,住在乡间的人反对革命;这就是说在城里的是法兰西人,在乡下的是布列塔尼人。这是城里人跟乡下人的战争。他们把我们叫做胖子,我们把他们叫做乡下佬。贵族和教士都帮他们。"

"不是所有的贵族和教士。"骑马的汉子打断他。

"当然不是,公民,我们这里就有一个子爵在跟侯爵打仗。"

他又对自己说:

"而且我确信我在跟一个教士说话。"

骑马的汉子继续说:

"这两个人谁占上风?"

"到目前为止,子爵占上风。可是他还得努力。这老头很顽强。他们俩都是属于这儿的贵族郭文家族的。这个家族有两支:大支的家长是德·朗特纳克侯爵,小支的家长是郭文子爵。今天这两支打了起来。从来没见过一棵树的树枝会打起来,人却有这种现象。这个德·朗特纳克侯爵在布列塔尼是极有权势的;在农民们的心目中,他就是一个亲王。他登陆的当天就有八千人投了他;一星期内就有三百个教区揭竿而起。假使他能够在海岸上找到一个据点,英国人早就登陆了。幸而有郭文在这里,郭文是他的侄孙,这真是非常巧合的怪事。郭文当了共和军的司令官,他击退了他的叔祖。同时命运又使朗特纳克在到达的时候屠杀了一批俘虏,枪决了两个女人,其中一个女人有三个孩子,这三个孩子是被一个巴黎联队领养的。这样一来这支联队就变得非常凶猛。联队的名字叫红帽子联队。他们的人数已经剩下不多,可是剩下来的都是些愤怒的刺刀。他们已经合并到郭文司令的部队里。没有人能够抵抗他们。他们要给两个女的报仇并且把三个孩子夺回来。谁也不知道这老头怎样处置这三个孩子,这就是激怒这些巴黎近卫兵的原因。假使没有三个孩子这件事,这场战事也许不会像现在这样子。子爵是一个善良老实的年轻小伙子。那老头却是一个可怕的侯爵。农民们把这场战事叫做圣米歇尔和魔鬼贝尔邪布之战。你也许知道圣米歇尔是本地的一个天神。海湾前面海中央的一座山就用的是他的名字。据说他打倒了魔鬼,而且把魔鬼埋葬在这里附近的另一座山下,那座山叫做贝连坟。"

"对的,"骑马的汉子喃喃地说,"东巴贝连尼,就是贝连纽斯的坟墓,是贝鲁斯的,是贝尔的,是贝里亚的,是贝尔邪布的。"

"我知道你是很清楚的。"

店主人又暗地里对自己说:

"毫无疑问,他懂得拉丁文,他是一个教士。"

于是他又说:

"不错,公民,在农民的心目中,那个战争又开始了。毫无疑问,他们认为圣米歇尔就是保王党的将军,贝尔邪布就是共和党的司令官;可是如果真的有魔鬼的话,那一定是朗特纳克,真的有天神的话,一定是郭文。你不要什么东西吗,公民?"

"我带着水壶和一块面包。可是你没有告诉我道尔的战事进行得怎样了。"

"事情是这样的。郭文率领着海岸远征军。朗特纳克的目的是发动全面的叛变,用下诺曼底来支持下布列塔尼,打开大门给庇特,以两万英军和二十万农民军来援助旺代大军。郭文打破了这个计划。他守住海岸,他把朗特纳克赶进内地,把英军驱逐到海里。朗特纳克曾经占领这里,郭文把他逐走了;他从他手里夺回朋多波;他把他从阿弗朗什逐走,把他赶出了上帝城,他阻止他到达格朗威勒。他正在计划强迫他退入富耶尔森林,在那里包围他。一切都进行得很顺利。昨天郭文带着他的军队到了这里。突然间警报来了。那个老头很狡猾,他突然移转阵地;有人通报说他向道尔进军。假使他占据了道尔,假使他在道尔山上安置了炮台——因为他有大炮——那么海岸上就有了一个给英国人登陆的据点,一切就完了。因此在这间不容发的时候,郭文——他是一个聪明人——自己考虑了一下,不请示,也不等待命令,就吹起了进军的号角,架起大炮,集合队伍,拔出军刀,向前进发,在朗特纳克向道尔进攻的时候,郭文向朗特纳克进攻。这两个布列塔尼人要在道尔会战。这将是一场好战。他们现在已经打起来了。"

"这里到道尔要多少时候?"

"带着辎重的军队至少要走三个钟头;可是他们已经打起来了。"

旅客侧起耳朵听了听,说:

"真的,我好像听见了炮声。"

店主人也听了听。

"是的,公民。还有枪声。他们在连续射击。你得在这里过夜。到那边去不会有好处的。"

"我不能停留。我一定要继续赶路。"

"你错了。我不知道你有什么要事,可是这样太冒险,除非是有关你在这世界上最宝贵的……"

"的确是这样的事。"骑马的汉子回答。

"……像有关你的儿子一类的事……"

"差不多。"骑马的汉子说。

店主人抬起头来,暗地里对自己说:

"可是这位公民在我看来是一个教士啊。"

他想了一想,又说:

"不管怎样,一个教士也可以有孩子的。"

"替我装上马勒,"旅客说,"我要付你多少钱?"

他付了钱。

店主人把马槽和水桶放在墙边,再回到旅客面前。

"你既然决定要走,请听我的忠告。很明显,你是到圣马洛去。那么,不要从道尔走。有两条路可走:一条是经过道尔,另一条是沿着海岸走。两条路差不多远近。沿着海岸的那条路经过圣乔治·德·布洛海尼、舍累爱、意瑞-勒-委威叶。这样道尔就在你的南边,刚加勒在你的北边。公民,在这条街的尽头,你会遇见两条分叉的路:左边的一条是到道尔的,右边的一条是到圣乔治·德·布洛海尼的。请注意听我的话,如果你要经过道尔,你就会陷入屠杀中。因此不要走左边那条路,要走右边的那条。"

"谢谢。"旅客说。

于是他刺马前进。

天已全黑,他走进了黑暗中。

店主人再也看不见他了。

旅客到了街的尽头,遇见了交叉路口,他听见店主人的声音远远地向他叫喊:

"走右边的一条!"

他走了左边的一条。

二 道 尔

教堂的产权登录簿上说:道尔是在布列塔尼的一个西班牙式的法国城市,其实道尔不是一个城市,只是一条街,一条古老的峨特式大街,左右两边排列着有柱子的房屋,排列得很不整齐,到处有突出街面的房屋,仿佛是这条街的海岬和海角,不过这条街仍然很宽阔。城里的其余部分只不过是些小巷,这些小巷以这条大街为直径,交织成一个网,条条小巷都通到这条大街,仿佛许多小溪注入大河。这座城没有城门和城墙,四面敞开着,前面又受制于居高临下的道尔山,因此这座城是经不住围攻的,可是这条街却能抵抗围攻。那些在五十年前还能看到的突出街面的房屋,加上街道两旁有柱子的两条走廊,形成一个非常坚固的阵地,可以抵抗最凶猛的进攻。每一座房子实际上就是一座堡垒,并且还要攻陷一座才能夺取另一座。年代久远的市场坐落在这条街的中部。

十字-勃朗沙的店主人说的话是对的,正当他说话的时候,整个道尔陷入了大混战。一场夜战突然在城里爆发,一边是早上开到的白军,另一边是黄昏时候突然来袭的蓝军。两边的军力并不相等,白军有六千人,蓝军只有一千五百人,可是双方的顽强却相等。最值得注意的是,倒是那一千五百人来攻打这六千人。

一边是一群乌合之众,另一边却是一支军队。一边是六千个农民,皮衣上挂着耶稣圣心,圆帽子上扎着白带,臂章上有基督教徒徽号,腰带上挂着念珠,他们的武器中叉子比军刀和没有刺刀的火枪更多,他们用绳子拉曳大炮,配备很坏,训练不足,武器不全,可是非常激昂。另一边是一千五百名兵士,戴着有三色徽章的三角形帽子,穿着有长裾和大反襟的衣服,有交叉的肩带,有铜柄的军刀,有插着长刺刀的枪,他们受过训练,队伍齐整,他们既柔顺又凶猛,像懂得发号施令的人那样懂得服从,他们也是志愿军,可是他们是为祖国而战的志愿军,不过他们穿的是破破烂烂的衣服,脚上也没有鞋子。站在保王军一边的是些游侠的农民,站在革命一边的是些赤着脚的英雄。这两支军队各有一个领袖作为它们的灵魂,保王军的领袖是一个老头子,共和军的领袖是一个年轻人。一个是朗特纳克,另一个是郭文。

大革命中除了产生一些年轻的巨人像丹东、圣茹斯特和罗伯斯比尔之外,还产生一些像荷士和马索①一类的完美的青年。郭文就是其中之一。

郭文的年龄是三十岁,他有大力士的外貌、预言家的严肃的目光、孩子般的欢笑。他不吸烟,不喝酒,不咒骂。在战争中他还带着化妆用品,他很留心他的指甲、他的牙齿和他的栗色的美发;在行军休息时,他拿起他的满布弹眼的上尉制服,抖掉上面的一层白色灰尘。他常常不顾死活地冲入枪林弹雨中,可是他从来没有受过伤。他的非常温和的声音在发号施令时能够很适当地变得粗暴有力。他能够以身作则地在地上过夜,在北风中,在下雨或者落雪的天气中裹着斗篷,把他的可爱的脑袋枕在石头上过夜。他是一个英雄,也是一个天真的人。手里握着军刀可以改变他的面目。他有女性的柔弱风度,可是在战争中他却变得非常可怕。

此外他还是一个思想家和哲学家、一个年轻的圣人;看见他的人把他比作亚西比德②,听过他的谈吐的人把他比作苏格拉底。

在法国大革命这种可以创造英雄的伟大时势中,这个年轻人立刻就成了一名军事领袖。

---

① 马索(1769—1796),富有军事天才的共和国将领,在旺代有显赫的战绩。
② 亚西比德(前450—前404),雅典名将。苏格拉底的弟子,天赋聪明,但德性恶劣,爱慕虚荣。

由他亲手组成的师团,像罗马的军团一样,是很完备的一支小军队,里面有步兵和骑兵,有侦察兵、开道兵、工兵、架桥兵;罗马军团有弩炮,他的军队有大炮。一共有三门装架得很好的大炮,使师团的力量增强而又易于运用。

朗特纳克也是一个军事领袖,但比郭文更厉害。他更深思熟虑而且更大胆。真正的年老英雄往往比年轻的英雄更冷酷,因为他们离开生命的黎明已经很远;也更大胆,因为他们离死亡很近。他们会失去什么?简直没有什么。因此朗特纳克的作战是大胆的,同时也是巧妙的。不过总的说来,在这个老头和年轻人的顽强的搏斗中,几乎总是郭文占上风。这多半是由于运气的关系,没有别的什么原因。一切幸运,连战争这种可怕的幸运,都是属于年轻人的。胜利本身有点像个女性。

朗特纳克对郭文极感愤怒;首先因为郭文打败他,其次因为郭文是他的亲属。"他为什么要去参加雅各宾党?这个郭文!这个小坏蛋!"郭文也是他的继承人,因为侯爵没有子女,侄孙就差不多等于是他的孙儿!"啊!"这位半祖父说,"如果我逮住他,我一定要把他当作一条狗似的杀掉!"

此外,共和政府把朗特纳克侯爵引为心腹之患也的确不是没有理由的。他一登陆就使人震动。他的名字像火药的导火线一样燃遍了整个旺代叛变地区,朗特纳克马上成为一个核心。在这种性质的叛变中,每个人互相忌妒,各人有各人的森林或者山谷,突然来了一个更高级的统帅,就能把分散而且地位相等的领袖们集合起来。几乎所有森林里的领袖都投了朗特纳克,而且不论远近的人都服从他。

只有一个人脱离了他,那人就是最初投他的加娃。为什么？因为加娃曾经是别人的心腹。加娃知悉旧式内战的一切秘密，而且采用了旧式内战的一切策略，朗特纳克的到来却是要把这一切废弃而且要用别的东西来代替。谁也不愿意接收一个别人的心腹；拉·卢亚利的鞋子朗特纳克穿起来不合适。因此加娃离开了他去投了朋桑。

作为军事家，朗特纳克是属于腓特烈二世一派的；他想把正规战和游击战结合起来。他既不想有像天主教保王军那样庞大的一队乌合之众，这群乌合之众只有被歼灭的命运，也不想有分散在丛林和小树林里的游击队伍，这种队伍能够使敌人疲于奔命，可是不能够歼灭敌人。游击战争不会有结果，或者得到很坏的结果；往往开始时是攻打共和政府，结果却是抢劫一辆公共马车。朗特纳克对布列塔尼战事的看法，既不像拉罗什雅克兰一样全部要在平原作战，也不像让·舒昂一样全部要在森林作战；既不要旺代的战法，也不要舒昂的游击战。他要的是真正的战争；他要利用农民，可是还要靠正规军来支持农民。为战略的缘故他需要这些游击队，为战术的缘故他需要正规军。他发觉这些农民军能够迅速集合，迅速分散，是用来进攻、埋伏和袭击的最好的工具；可是他觉得这种军队流动性太大，在他的手里好像水一样。他想在这种浮动而混乱的战争中创立一个坚实的据点；他想用正规军来配合森林里的蛮军，让正规军成为支配农民军的轴心。这是深思远虑而且可怕的办法，这个办法如果成功，旺代就会成为牢不可破的了。

可是到哪儿去找正规军呢？到哪儿去找兵士呢？到哪儿去找许多联队呢？到哪儿去找一支现成的军队呢？到英国去找。这样朗特纳克就一心一意地要引英国人登陆。党派的自尊心也埋没了;白色的徽章遮住他的眼睛,使他看不见红色的制度。朗特纳克只有一个念头:在沿海夺取一个据点,把这个据点献给庇特。因此,看见道尔没有守兵他就扑了过来,他得到道尔就可以得到道尔山,得到道尔山就可以得到海岸。

这个地点的确是选择得很好。道尔山上架起大炮来一边可以扫荡弗雷斯诺瓦,另一边可以扫荡圣勃雷赖德,又可以使康加勒的巡洋舰队不敢迫近,因而从拉-舒-库哀农到圣米落瓦-德-翁德之间的全部海岸都可以登陆。

为着实现这个决定性的计划,朗特纳克带来了六千多人和他所有的大炮,这六千多人是他手下的农民军的精锐,他的大炮包括十门可以放射十六磅重炮弹的长炮,一门可以放射八磅重炮弹的小炮和一门可以放射四磅重的炮弹的野炮。他想在道尔山上建立起一座坚强的炮台,他根据的原则是:十门炮发出一千颗炮弹比五门炮发出一千五百颗炮弹效力要大得多。

成功似乎是十拿九稳的。他有六千人。在阿弗朗什方面他只要防范郭文的一千五百人,在狄南方面只要防范莱谢勒。莱谢勒固然有二万五千人,可是他离道尔有二十里路。朗特纳克因此很放心,莱谢勒方面,遥远的距离抵消了人数的优势,郭文方面,人数少抵消了距离近。再,莱谢勒是一个笨伯,后来他竟让他的二万五千人在十字战原野上被人歼灭,然后用自杀来赎他的罪。

因此朗特纳克是十分安全的。他的进兵道尔既突然又残暴。朗特纳克侯爵一向享有残暴的名声,大家都知道他是毫无怜悯心的。没有人敢抵抗他。受惊的百姓都躲在屋子里坚守不出。六千名旺代农民军以乡下人特有的纷乱秩序进占了城市，简直像在赶集，没有军需官，没有指定的住所，胡乱地扎营，在露天烧饭，分散到各个教堂里去，放下枪，拿起了念珠。朗特纳克匆匆忙忙地带着几个炮队军官去勘察道尔山，把队伍交给古治-勒-布里昂率领，这个人是他的阵地军曹。

这位古治·勒·布里昂在历史上曾经留下一点小名声。他有两个诨名，一个叫做"杀蓝魔王"，因为他经常屠杀爱国志士，另一个叫做"伊曼纽斯"，因为他有些形容不出的令人恐怖的地方。"伊曼纽斯"是下诺曼底的一个古老的字，从"伊曼尼斯"一字演变而来，意思是令人恐怖的超人的丑陋，差不多是人世间所找不出的，像魔鬼、恶煞、妖怪之类。一本手写的古籍里曾经这样写着："余以双目得见伊曼纽斯。"到了今天，林原里的老人们已经不知道古治-勒-布里昂是谁，也不知道"杀蓝魔王"是什么意思，可是他们还模糊地记得"伊曼纽斯"。"伊曼纽斯"已经和当地的种种迷信结合起来。在特雷摩料和布廉莫加两个村子里人们到现在还谈论着"伊曼纽斯"，因为古治-勒-布里昂曾经在这里留下他的可怕的脚印。在旺代，别的人是粗野的，古治-勒-布里昂却是野蛮的。他简直是一个野蛮的酋长，浑身刺花，刺的是十字和百合花；脸上流露出丑恶的而且几乎是非人的光彩，他的灵魂和别人的灵魂丝毫不相同。在战争中他有非人的勇敢，战争过后更凶暴。他有一颗阴险的心，肯作一切牺牲，也爱好一切激烈疯狂的举动。他也会推理吗？会的，不过他的推理像蛇的爬行一样，是弯弯曲曲的。他从英雄主义开始，最后到达屠杀。我们没法子知道他的一切决定从哪儿来，这些决定由于古怪可怕，有时也显得伟大。一切意想不到的恐怖行为他都能够做出来。他的残暴是史诗式的。

所以他才有了这个丑怪的诨名:"伊曼纽斯"。

朗特纳克侯爵很信任他的残暴。

伊曼纽斯极端残暴固然是事实,可是在战略和战策上他却不那么高明,也许侯爵任命他做阵地军曹是错误的。不过侯爵仍然把他留下来,叫他代替自己执行职务而且照料一切。

古治-勒-布里昂只是一个武夫,不是一个好军人,叫他去扼杀整个部落的人他能够胜任,叫他保卫一座城市却不十分合适。不过他仍然派出了卫兵站岗。

黄昏时分,朗特纳克侯爵勘察了装置炮台的地点以后,向道尔城回来,突然间,他听到了炮声。他向前张望。大街上升起一股红烟。这是对方的偷袭、侵入和进攻;城里已经开了火。

他虽然是一个很难得受惊的人,这时也吓呆了。他绝对没有预料到这样的事。这到底是谁呢?显然不会是郭文。不会有人向四倍于自己的兵力进攻的。难道是莱谢勒吗?那么他要怎样迅速地行军啊!不像是莱谢勒,不可能是郭文。

朗特纳克催马前进;在路上他遇见逃难的百姓;他向他们询问,他们都吓疯了。他们嚷着:"蓝军!蓝军!"等到他到达的时候,情形已经很糟。

下面就是事情的经过。

三 小军队大战役

我们刚才说过,农民军到达道尔以后,就分散到城里各处,每个人高兴干什么就干什么,这是在"友谊地服从"的原则下一般的情形,所谓"友谊地服从"是旺代派人士经常挂在口头的一句话。这样的服从能够造就英雄,可是不能够制造兵士。他们把大炮和辎重藏在古老市场的拱门下面,他们疲倦了,他们吃着、喝着、数着念珠念经,乱七八糟地躺在大街上,与其说是守卫着这条大街,不如说是把这条大街给堵塞住了。黑夜降临以后,他们大部分都已入睡,头都枕在包袱上,有些人身边还躺着他们的老婆,因为农妇们时常跟随着她们的丈夫;在旺代,怀孕的妇女是给军中当间谍的。那时是七月里一个温和的夜晚,星星在深蓝色的天空上闪耀。这队露营的人简直像一群商旅在途中休息,而不像是部队在扎营,这时全队的人都平静地在休憩着。突然间,那些还没有闭上眼睛的人在薄明的光线下看见大街的入口处有三门大炮对准他们。

那是郭文的大炮。他偷袭了守卫的岗哨,进了城,率领他的队伍占据着大街的入口。

一个农民立起来叫喊:"那边是谁?"同时放了一枪;一声炮响回答了他。接着爆发了一阵猛烈的枪声。所有在昏沉沉地睡觉的人们都惊跳起来。这是很可怕的一下打击。他们在星光下睡觉,却在连珠炮弹下醒过来。

最初的一刹那间是可怕的。没有什么比一群惊惶失措的群众更可怜的了。他们抢着去拿武器。他们叫喊着,奔跑着,有许多倒了下来。这些被袭击的坚强汉子不知道自己在做些什么,他们自己互相枪击。有些吓昏了的人从屋子里跑出来,又跑进屋子,又跑出来,不知所措地在战斗中乱窜。一家人在互相呼喊。这是一场悲惨的战斗,连妇女和小孩也卷在里面。呼啸着的炮弹拖着长长的光芒划破黑暗。枪弹从每个黑暗的角落里放射出来。到处都是浓烟和纷乱。辎重车和炮车纠缠在一起，更加重了纷乱的程度。马儿也惊跳起来。人们践踏在受伤的人身上。地下到处是呻吟声。这些人惊惶，那些人吓昏了。兵士和军官互相找寻。在这一切中，有些人还抱着阴沉的冷漠态度。一个女的靠着一垛墙坐着，给她的婴孩哺乳，她的丈夫一条腿断了，也背靠着墙，一面流血，一面镇静地给马枪装上子弹，向前面黑暗中放枪。有些人卧倒在地上，把枪放在马车的车轮中间开放。不时爆发出一阵喧闹的喊声。大炮的巨响淹没了一切。这是非常可怕的。

当时的情形有点像伐树；所有的树都倒下来，一棵倒在另一棵身上。躲藏着的郭文给敌人以致命的扫射，自己却牺牲得很少。

可是在紊乱中仍然很勇猛的农民最后也一致防守起来；他们退到市场里面，这个市场是一个宽阔的昏暗的堡垒，也是一个石头柱子的林子。他们在这里又找到了立足点；一切和树林相像的东西都能够恢复他们的信心。伊曼纽斯尽了他的能力去代替朗特纳克执行职务。他们有大炮，可是使郭文感到极端惊讶的，是他们没有利用这些大炮。那是因为炮队的军官们都跟随朗特纳克去勘察道尔山，剩下的弟兄们不知怎样使用这些长筒炮和小炮；他们用密集的枪弹来回答蓝军的炮轰。农民们用一齐射击来回答敌人的连珠炮弹。现在有了掩蔽的倒是他们。他们把二轮马车、垃圾车、辎重、市场里所有的木桶都堆起来，临时筑成一道很高的防御工事，中间留下一些空洞作为枪眼，马枪就从这些枪眼里伸出来。他们从这些枪眼里给敌人以致命的扫射。这一切很快就完成了。只有一刻钟时间市场就变成了一道牢不可破的防线。

这对于郭文倒是很严重的一件事。这个市场突然变成了一座城堡,那是意想不到的。农民们躲在里面,兵力又集中,又坚强。郭文的偷袭固然成功,可是他没有能够使敌人溃走。他下了马。他把双手交叉在胸前,一只手握着军刀,站在照亮炮队的火炬的亮光下,很注意地望着前面的一片黑暗。

在亮光的照耀下,他的高大身材使躲在市场里面的人们很清楚地看见他。他已经成了他们的目标,他自己却没有想到这一点。

市场里面放射出来雨点似的子弹落在沉思着的郭文的身边。

可是他有大炮来对抗这些马枪。炮弹总是得到最后胜利的。谁有炮队谁就能够胜利。只要很好地运用他的炮队,他必然可以占上风。

骤然间从充满黑暗的市场里射出一道闪电似的光芒来,一种轰雷似的声音响了一下,一颗炮弹打过来,洞穿了郭文头上的一所房子。

防守的一边用大炮来回答大炮了。

这是怎么一回事?情势有了新的发展。现在大炮不限于一边独有了。

第二颗炮弹紧跟着头一颗飞过来,打进郭文身边的墙上。第三颗炮弹把他的帽子打落在地上。

这些炮弹都是大口径炮弹。是一门可以发射十六磅重弹口径的炮在放射。

"他们在向你瞄准,司令员。"炮手们叫道。

于是他们把火炬弄熄。沉思着的郭文把帽子拾起来。

的确有人在瞄准郭文,那是朗特纳克。

侯爵刚从后面走到防御工事里面。

伊曼纽斯奔过去迎接他。

"爵爷,我们受到了意外袭击。"

"被谁袭击?"

"我不知道。"

"到狄南的路还通吗?"

"我想是通的。"

"必须立刻撤退。"

"已经开始撤退了。有许多人已经逃了。"

"不能够逃,要撤退。你们为什么不使用大炮?"

"我们吓昏了,而且炮队军官又不在这里。"

"让我来。"

"爵爷,我已经尽可能把辎重、妇女和一切用不着的东西送往富耶尔森林。那三个小俘虏怎么办?"

"啊!那三个小孩吗?"

"是的。"

"他们是我们的人质。把他们带到拉·图尔格去。"

说完了这些话,侯爵就向防御工事走去。领袖一来,一切就不同了。这道防御工事对于运用大炮是不合适的,只容得下两门大炮;侯爵架起了两门十六磅重弹口径的大炮,装好炮眼。当他在一门大炮上面俯下身子从炮眼里视察敌人的炮队时,他望见了郭文。

"是他!"侯爵叫道。

于是他亲自拿了炮帚和炮杵,装上炮弹,插好准星,瞄准。

他三次瞄准郭文都没有打中。第三次只打掉了他的帽子。

"真笨!"朗特纳克喃喃地说,"稍为低一点,我就打中他的脑袋了。"

突然间火炬熄灭,他的面前只有一片黑暗。

"好。"他说。

他转过身来对那些农民炮手叫喊:

"装炮弹!"

郭文方面紧张的程度并未减轻。情势越加严重了。这场战役正在展开新的局面。防守方面也在用大炮来攻击他了。谁能预言他们不会反守为攻呢?他的敌人除去死掉的和逃掉的以外,至少还有五千人,而他只有一千二百人可用。假如敌人发觉共和军人数的劣势又怎样呢?那时候双方原来扮演的角色一定会对调一下。进攻的人会被人进攻。只要防御工事里面的人冲杀出来,共和军就可能完全失败。

怎么办呢?他不能够从正面向敌人进攻;打硬仗根本是梦想,一千二百人不可能击败五千人。一下子攻破敌人既不可能,等下去又很危险,必须把战事结束。可是怎样结束呢?

郭文是这一带的人,他熟悉这城市;他知道在旺代军据为防地的古老市场背后有许多纵横交错的狭窄弯曲的小巷。

他转过来向着他的副官盖桑,这位副官就是勇敢的盖桑大尉,后来由于扫荡了让·舒昂的出生地共塞斯森林和在塞纳水堤上抵挡叛军,使布尔奴夫不致陷落而享有盛名。

"盖桑,"他说,"我把指挥权交给你。尽可能地使用全部火力。用连珠炮弹来打破敌人的防御工事。替我牵制住前面这些敌人。"

"我懂了。"盖桑说。

"把整个队伍集中起来,装好子弹,准备进攻。"

他又凑到盖桑耳边说了几句。

"照办。"盖桑说。

郭文继续说:

"我们的鼓手都准备好了吗?"

"准备好了。"

"我们一共有九个鼓手。你留下两个,七个跟我来。"

七个鼓手一声不响地走到郭文前面排成一行。

这时候郭文叫喊:

"红帽子联队到我这儿来!"

十二个人——其中一个是曹长——从大队中走出来。

"我要的是整个联队。"郭文说。

"我们就是整个联队。"曹长回答。

"你们只有十二个人!"

"我们只剩下十二个。"

"好。"郭文说。

这位曹长就是那个好心而粗鲁的军人拉杜,他曾经在索德烈树林以整个联队的名义收养了他们遇见的那三个孩子。

我们记得,他们在厄伯-昂-派若只有一个小队的人被消灭,拉杜侥幸不在其中。

近边有一辆装着草料的马车;郭文指着马车对曹长说:

"曹长,命令你的兵士搓些草绳来缠在枪支上,使枪支互相撞碰时不致发出响声。"

一分钟过后,命令已经在沉默和黑暗中执行完毕。

"已经照办了。"曹长说。

"兵士们,把鞋子脱下来。"郭文继续说。

"我们没有鞋子。"曹长回答。

连鼓手在内,他们一共有十九个人;郭文是第二十个。

他喝叫道：

"排成单行。跟我来。鼓手在我后面,联队在最后。曹长,你指挥联队。"

他带头率领着这一行人,在双方继续炮轰中,这二十个人像影子一样向前溜着,走进了寂静无人的小巷中。

他们这样走了一些时候,沿着房子像蛇似的蜿蜒前进。整个城市像死去一样;市民都蜷缩在地窖里。没有一扇门不闩上,没有一扇护窗板不关上。到处都没有亮光。

这里是静寂的,大街上却响着猛烈的爆裂声;炮战在继续;共和军的炮台和保王军的防御工事发狂似的互相喷射着炮弹。

这样弯弯曲曲地走了二十分钟,在黑暗中仍然能够很有把握地前进的郭文走到了一条小巷的尽头,这条小巷和大街接连,不过这时他们是在市场的后边。

位置改变了。在这一边并没有防御工事,那是建筑防御工事的人永远忽略的一件事。市场是四面敞开的,可以从柱子之间走进去。柱子旁边停着几辆准备撤退的辎重马车。郭文和他的十九名兵士面对着五千旺代军,不过他们是在旺代军的背后,不是在前面。

郭文低声和曹长说了几句话;兵士们把缠在枪上的草绳解下来;十二个近卫兵在小巷的街角后面排成阵势,七个鼓手高举着鼓棒等待命令。

大炮的发放是有间歇的。突然间,在炮声间歇的时候郭文举起他的军刀,用一种仿佛在静寂中吹起喇叭似的声音叫喊：

"两百人在右边,两百人在左边,其余的人在中间!"

十二支枪一齐放,七个鼓手敲起进攻的鼓号。

于是郭文喊出蓝军惯用的可怕的口号:

"上刺刀!冲锋!"

效果是惊人的。

全体农民军都以为有人从背后袭击他们,并且相信后面又来了一支新的军队。同时在大街的入口处盖桑率领的队伍听见了鼓声就开始行动,也敲起进攻的鼓号,飞似的向防御工事冲过来。农民们发觉他们被人前后夹攻了。恐怖总是夸大的,在恐怖中听见手枪会以为是炮声,一切喊声都像鬼叫,听见狗吠会以为是狮子吼。外加一般农民容易受惊就像茅屋容易着火,也像着火的茅屋很快就变成火灾一样,受惊的农民很快就变成溃兵。于是一种难以形容的逃窜现象就出现了。

不到几分钟,整个市场都空了,受惊的农民四散逃窜,军官们毫无办法。伊曼纽斯无济于事地杀死两三个逃兵,到处只听见"逃命啊!"的喊声。整个队伍以风卷残云的速度从城里的街道上逃出去,就像从筛孔里漏下一般,走到田野上才四散奔逃。

有的逃向新堡,有的逃向布勒格,有的逃向昂特林。

朗特纳克侯爵眼看着这一场溃败。他亲手把大炮眼孔堵塞以后,才慢慢地冷静地作最后一个撤退的人,他对自己说:

"毫无疑问农民军是不行的,我们必须要有英国人。"

四　这是第二次了

这场战事是大获全胜。

郭文转过来对红帽子联队的兵士们说:

"你们只有十二个人,可是你们抵得上一千个人。"

统帅的一句夸奖,就是那时候的一枚十字勋章。

盖桑奉了郭文的命令到城外去追赶逃兵,俘获了很多。

他们点起火炬搜索全城。

来不及逃走的都投降了。大街上点着了许多火罐子来照明。街上布满了死尸和伤兵。一场战事总要费些气力才能结束,这里那里还有几群已临绝境的兵士在继续抵抗,直到被包围以后他们才放下武器。

在敌人溃败的无比纷乱中,郭文注意到一个勇猛的汉子,他像天神似的敏捷和坚强,掩护着别人逃走,自己却不撤退。这个农民威风凛凛地使用他的马枪,用枪身来射击,用枪柄来猛击,竟至把枪柄也敲断了;现在他一只手握着手枪,另一只手拿着军刀。没有人敢走近他。突然间郭文看见这汉子摇晃起来,而且把背靠在大街的一根柱子上。他受伤了。可是他的手上始终握着军刀和手枪。郭文把刀挟在腋下向他走过去。

"投降吧。"他说。

汉子紧紧地盯住他。汉子身上的伤口在流血,血从他的衣服下面流出来,在他脚下聚成了一摊。

"你已经是我的俘虏了。"郭文又说。

汉子仍然不开口。

"你叫什么名字?"

汉子回答:

"我叫做黑影里跳舞。"

"你是一个勇士。"郭文说。

他伸出手来要和汉子握手。

汉子回答：

"国王万岁！"

他奋起剩下来的一点气力，同时举起双手，一只手向郭文的心胸开了一枪，一只手向郭文的脑袋一刀砍过去。

他这样做快得像只老虎，可是另外有一个人比他更快。那人是一个刚到达的骑马的人，他在那里已经有几分钟，可是没有人注意他。这人看见那个旺代党人举起了军刀和手枪，就冲到他和郭文中间。假使没有这个骑马的人，郭文早就死了。那一下枪打中了那匹马，军刀砍到骑马的人的头上，两个都倒了下来。这一切都发生在仅够叫喊一声的短促时间里。

那个旺代党人也气衰力竭地倒在石路上。

军刀正好砍在骑马的人的脸上；他倒在地上，失去了知觉。那匹马已经打死了。

郭文走近来。

"这人是谁？"他说。

他仔细打量他。血从他的伤口里涌出来，流满一脸，仿佛给他戴上了一只红色面具。没法子看清楚他是谁，只看见他的头发是灰白色的。

"这人救了我的性命，"郭文继续说，"这里有人认识他吗？"

"报告司令，"一个兵士说，"这人是几分钟以前进城的。我看见他到达。他是从通到篷托松的公路上来的。"

部队的外科军医带着药箱急急忙忙地奔过来。受伤的人还没有恢复知觉。医生察看了伤口以后说：

"只不过是一下刀伤。算不了什么。可以再缝起来的。过了八天他就没事了。这一刀可砍得真准。"

受伤的人披着斗篷,系着一条三色腰带,有两支手枪和一把军刀。他被抬到担架上。他们解开他的衣服。有人提了一桶清水来,医生洗干净他的伤口。他的脸逐渐显现。郭文非常注意地凝视着他。

"他的身上有什么文件吗?"郭文问。

医生摸了摸旁边的一只衣袋,从里面抽出一只皮夹,递给郭文。

这时候受伤的人被冷水刺激醒过来了。他的眼皮微微地动着。

郭文在皮夹里面搜索;他找到了一张折成四折的纸,他把这张纸打开,念道:

"公安委员会令:派西穆尔登公民……"

他叫起来:

"西穆尔登!"

这下喊声使那个受伤的人张开了眼睛。

郭文完全发狂了。

"西穆尔登!是你!你救我的性命,这是第二次了!"

西穆尔登望着郭文。他的流着血的脸上流露出难以形容的快乐的光辉。

郭文在他身边跪下来叫道:

"我的恩师!"

"你的父亲。"西穆尔登说。

五　一滴冷水

他们已经有好多年没有见面,可是他们的心从来没有分开过,他们彼此立刻认出来,仿佛他们只是昨天才分离似的。

道尔的市政府临时被改为野战医院。西穆尔登被抬到一间小房间的床上,这间小房间的隔壁就是大客厅,那是放置伤兵的普通病房。医生把他的伤口缝好,停止他们两人的互诉衷情,而且认为必须让西穆尔登睡一觉。郭文这方面也有无数的事情等待他去处理,这些事情都是胜利者必须操心和必须负起责任去处理的。房间里只剩下西穆尔登一个人,可是他睡不着;他身上有两种寒热:伤口所引起的寒热和快乐所引起的寒热。

他睡不着,可是他又觉得自己并不是醒着。这是可能的吗?他的梦想实现了。西穆尔登是一个不相信运气的人,可是他中了头奖。他又找到了郭文。他离开他的时候,他还是一个小孩子,他再度遇见他的时候,他已经是一个成人了;他看见他现在是一个伟大、勇猛、人人畏惧的人了。他看见他获得胜利,为人民的事业获得胜利。郭文是革命在旺代的柱石,而把这根柱石献给共和国的是他,西穆尔登。这个胜利者是他的学生。这个学生将来也许能够进入共和政府的先烈祠,他在这个学生的年轻的脸庞上所看见的,是他,是西穆尔登的思想在闪耀放光;他的门徒,他的精神上的儿子,现在已经是一个英雄,在不久的将来就会举世闻名。西穆尔登仿佛又一次看见自己的灵魂化成伟人。他刚才亲眼看见郭文怎样作战;他就像亲眼看见阿基利斯作战的喀戎①教士和半人半马怪物有一种奇异的类似,因为教士也只有半个身体是人。

这次事件中的种种巧合,再加上他的伤口引起的不眠,使

---

① 喀戎,希腊神话里的半人半马的怪物,阿基利斯的老师。

西穆尔登的内心充满了一种神秘的陶醉感觉。一个年轻人的命运,正跨上了光明灿烂的前途,尤其加深他的快慰的,是他自己对这个命运有绝对左右的权利;假如他刚才看见的那种战绩再有一次,那么西穆尔登只要说一句话,共和政府就会把一支军队信托给郭文。看见别人事事都能成功时所引起的惊异,是再眩惑人不过了。那是每个人都有他的军事梦想的时代,每个人都想一手提拔出一个将军的时代:丹东想提拔韦斯特曼,马拉想提拔罗西诺,埃贝尔想提拔隆辛;可是罗伯斯比尔却想把这些人都废除不用。为什么不用郭文呢?西穆尔登自己对自己说;于是他开始梦想。无限的可能性展开在他面前;他从一种假定想到另一种假定;所有的障碍都消失了;一个人只要踏上了这种梯子就不会再停下来,他可以毫无限制地上升,他开始的时候是一个普通人,到达的时候就变成一个显要人物。一个伟大的将军只是军队的统帅,一个伟大的军事领袖同时也是一个富有理想的领袖;西穆尔登梦想郭文是一个伟大的军事领袖。梦想是走得很快的,他仿佛已经看见郭文在海洋上追逐英国人,在莱茵河上讨伐北方的那些国王,在比利牛斯山上击退西班牙人,在阿尔卑斯山上打着号召罗马人起来的信号。西穆尔登是有双重人格的,他是一个温和的人,也是一个阴郁的人;现在这两方面都满足了。因为他的理想人物是一个铁石心肠的人,所以他看见郭文是崇高的,就以为郭文也是严酷的。西穆尔登以为任何事情在建设以前,首先必须破坏,因此他对自己说:现在的确不是一个温情的时代。郭文一定会"及格"的,"及格"是当时流行的用语。西穆尔登想象着郭文用脚踏破黑暗,郭文披着光明的铠甲,前额闪着流星的光芒,展开想象中的正义、理性和进步的大翅膀,手里拿着一把剑,既是一个天使,也是一个毁灭一切的凶神。

正当他的梦想达到最高峰,差不多出神入化的时候,他听见从半开着的门外传过来的隔壁大病房里的谈话声;他认出那是郭文的声音,这个声音虽然分别多年,始终还在他的耳朵里响着,而且从成人的声音里,他又听出过去那个孩子的声音。他听着。一阵脚步声。几个兵士说:

"报告司令,这个人就是向你开枪的人。他趁没有人看见他的时候爬到一个地窖里去。我们把他找到了。这就是他。"

于是西穆尔登就听见郭文和那个俘虏一问一答:

"你受伤了吗?"

"我还结实得能够接受你的枪毙。"

"把这个人放在病床上。包扎他的伤口,照料他,治好他。"

"我愿意死。"

"你要活着。你代表国王要杀死我;我代表共和政府宽恕你。"

西穆尔登的前额上掠过一层暗影。他像突然从梦中惊醒一样,他带着一种阴惨的沮丧喃喃地说:

"的确,他是一个软心肠的人。"

六 胸部创伤治好了,心上还在流血

西穆尔登的刀伤是很快就能治好的;可是另外一个地方有人受的伤比西穆尔登更严重。那就是被枪决了,又被乞丐泰尔马克从厄伯-昂-派若田庄的大血泊里救出来的那个女人。

　　米歇尔·佛莱莎的伤势比泰尔马克所想象的更要重些：她的胸膛上端的伤口通到肩胛骨上的伤口；一粒子弹打碎了她的锁骨，同时另一粒子弹穿透她的肩膀。可是因为肺部没有受伤，她是可以复原的。泰尔马克是一个"哲学家"，这是农民的用语，意思是说他懂一点医道，一点外科，也懂一点巫术。他把这个受伤的女人带到他的兽穴里来，放在他的海草床上，用那些称为"草药"的神妙东西来医治她，她居然活过来了。

　　锁骨合拢了，胸膛和肩膀上的两个洞也收了口；过了几个星期，她已经复原了。

　　一天早上，她扶着泰尔马克，已经能够走出洞口；她走到沐浴在阳光中的树下坐下来。关于她的事泰尔马克知道得很少，胸部受伤是不能够多说话的，在复原以前的那种半死状态中，她几乎没有说过几句话。每次她想开口，泰尔马克总阻止她；可是她有一个固执的梦想，泰尔马克从她的眼睛里看出来许多痛楚的思想在阴沉地一隐一现。这天早上她很强健，几乎能够单独行走；一个医生就像一个父亲一样，泰尔马克以愉快的心情望着她。这个善良的老头微笑起来了。他对她说：

　　"好了，我们能够站起来。我们没有伤了。"

　　"在心里还有。"她说。

　　她接着又说：

　　"那么，你一点也不知道他们在哪儿吗？"

　　"谁呀？"泰尔马克问。

　　"我的几个孩子。"

　　她所用的"那么"两个字代表无数的思想；意思是说："既

然你不跟我谈起他们,既然这许多日子里你在我身边而没有向我开口,既然我每次想打破沉默你总阻止我,既然你好像怕我提起这件事,那么,关于他们的消息,你一定没有什么可以告诉我的了。"在高热度中,在昏迷状态中,在她的呓语中,她常常叫唤她的孩子,她看得很清楚老头没有回答她,因为人在昏狂状态中也能够注意周围情形的。

事实上泰尔马克的确不知道要对她说些什么才好。告诉一个母亲说她的孩子不知去向,并不是一件容易的事。而且他知道些什么呢?什么也不知道。他只知道一个母亲被人枪毙,他在地上找到了这个母亲,他把她救回来的时候,她已经跟一具死尸差不多,这具死尸有三个孩子,朗特纳克侯爵枪决了母亲以后,就把孩子们带走。他所知道的到此为止。孩子们怎样了呢?甚至于他们还活着吗?他曾打听过,他知道两个是男孩子,一个是刚断了奶的小女孩。别的他都不知道。关于这三个不幸的孩子的命运,他也对自己提出了一连串的疑问,可是他一个也回答不出来。他问过许多当地的居民,他们只是摇摇头。朗特纳克先生是一个大家不愿意谈起的人。

他们不愿意谈起朗特纳克,也不愿意跟泰尔马克谈话。农民们有一种特有的疑心病。他们不喜欢泰尔马克。叫花子泰尔马克是一个令人不安的人物。他为什么经常注视着天空呢?他一连几个钟头动也不动,他到底在干什么?到底在想些什么?的确,他是古怪的。在这个战火连天、到处骚动、到处大火的地方,所有的人只有一个任务——破坏,只有一种工作——屠杀,在这里任何人只要能够,都可以烧掉一所房子,杀掉一家人,屠杀一个兵营,掠劫一个乡村,在这里每个人只想着互相埋伏狙击,互相引诱对方落入陷阱,互相杀戮,而这个孤独的人却被大自然吸引住,仿佛完全沉溺在大自然的无限和平中,采集药草和植物,只研究花、鸟和星星,这显然是个危险的人物。可见得他已经失掉理智;他从来不躲在树丛后面狙击别人,他从来不对任何人放枪。因此,周围的人对他产生了一种畏惧。

"那个人是个疯子。"过路的人们这么说。

泰尔马克不但是一个孤独的人,还是一个人人躲避的人。

没有人对他提出任何问题,人们也很少回答他的问题。因此他没有能够像他所希望那样打听到很多消息。战争已经散布到别的地方,人们到更远的地方打仗去了,朗特纳克侯爵已经从地平线上消失,以当时泰尔马克的精神状态说来,除非战争直接影响了他,否则他是不会觉察有战争这回事的。

听见"我的孩子"这句回答以后,泰尔马克收敛了笑容,做母亲的开始沉思起来。她的心情怎样呢?她仿佛落在深渊的底层。突然间她望着泰尔马克,用近乎愤怒的声调又叫了一声:

"我的孩子!"

泰尔马克像个罪人似的低下头来。

他在想着朗特纳克侯爵,这位侯爵肯定不会在想他,而且也许根本想不起还有他这个人。他知道这是事实,他自己对自己说:"一个贵族,有危险的时候是认识你的;一脱离了危险就不再认识你了。"

于是他又自己问自己:"那么我为什么要救这个贵族呢?"

他自己回答:"因为他是一个人。"

这时候他沉思了一阵,然后心里又想:

"我能肯定这么说吗?"

于是他又重复说一遍他那句沉痛的话:"要是我早知道啊!"

这一个偶然的遭遇在他心上成为一种负担,因为他在自己所做的事情中看见了一个谜。他沉痛地默想着。一个好行为也可能是一个坏行为。谁救了狼就害了羊。谁替兀鹰医好翅膀就要为它的利爪负责。

他觉得自己的确有罪。这位母亲的无意识的愤怒是有理由的。

不过,救了这个母亲也减轻了他的因为救了侯爵而引起的内疚。

可是孩子们呢?

母亲也在思索。他们两人的思想沿着相同的路径偕行着,虽然都没有开口,也许在冥想的黑暗境界中已经互相碰头了。

她的眼睛的深处是一片黑暗,这时候这双眼睛又盯住泰尔马克。

"不过这样下去可不行。"她说。

"不要说话!"泰尔马克说,一面把手指放在嘴唇上。

她继续说:

"你救错了我,我生你的气。我情愿死掉,因为这样我一定可以看见他们。我会知道他们在哪儿。他们虽然看不见我,我却可以在他们身边。死人是一定有能力保佑活人的。"

他抓住她的臂膀,摸了摸她的脉搏。

"冷静点,你又在发烧了。"

她用一种近乎粗暴的态度问他:

"我什么时候才可以离开这里?"

"离开这里?"

"是的。走路。"

"没有日期,假如你不讲道理的话。明天就可以,假如懂一点道理的话。"

"什么叫做懂道理?"

"就是把一切信托给上帝。"

"上帝!他把我的孩子弄到哪儿去了?"

她仿佛又昏乱起来。她的声音变得非常温柔。

"你要懂得,"她对他说,"我不能够这样子呆下去。你从来没有过孩子,我却有过。这就是我们当中不同的地方。一个人对自己不知道的事是无法下判断的。你从来没有过孩子,对吗?"

"对的。"泰尔马克回答。

"我呢,除了他们,我就没有别的。没有我的孩子们,我还能够活着吗?我真希望有谁来解释给我听为什么我的孩子不见了。我知道,既然我不懂,那就一定发生了什么事情。他们杀掉我的丈夫,他们枪毙我,可是都一样,我还是不懂。"

"好了,"泰尔马克说,"你又发烧了。别再说话了。"

她望着他,沉默下来。

她比泰尔马克所希望的还更听话了。她常常蹲在一棵老树脚下呆呆地度过好几个钟头。她在思索,而且一声也不响。对于那些深深地受过痛苦的可怕袭击的简单心灵,沉默往往就是一个避难所。她仿佛放弃了弄懂一切的企图。在一定程度之下,绝望的人对于绝望往往是不能理解的。

泰尔马克很感动地仔细观察她。面对着这样的痛苦,这位老人有了一些女人的思想。"哦,对了,"他对自己说,"她的嘴没有说话,可是她的眼睛在说话,我看得很清楚她只转着一个念头。她曾经是一个母亲,现在已经不是了!她曾经是一个哺乳的母亲,现在也不是了!她不能这样听天由命。她在想念那个最小的女孩,不久以前她还在给她奶吃。她在想她,在想她,在想她。的确,觉得一个红色的小嘴从你身内吮出你的灵魂,拿你的生命去造成她的生命,这该是多么可爱的一件事。"

他也沉默起来了,他懂得对于这样重大的痛苦,说话是无用的。只想着一个念头而不作声,这是可怕的。怎样才能使一个有固执念头的母亲服从理智呢?母性是顽强的,你不能够跟它争辩。一个母亲之所以崇高,就因为她有点像野兽。母性的本能是兽性的,也是崇高的。一个母亲不再是一个女人,她是一头雌兽。

她的孩子就是她的幼兽。

因此,在一个母亲身上是有些东西没有理性的,同时也有些东西超出于一般理性之上的。每个母亲都有一种鉴别力。宇宙的无限伟大的神秘意志在她的灵魂里引导着她。她是盲目的,也是有真知灼见的。

现在泰尔马克想使这个可怜的女人说话了;可是他没有成功。有一次,他对她说:

"可惜我年纪大,我走不动了。我还没有走完一段路之前,我的气力早用完了。只要走一刻钟,我的两条腿就走不动了,我不得不停下来;不是这样的话,我倒很愿意陪着你。不过也许我不能够陪你倒是一件好事。我对你不但没有帮助,反而会增加困难。在这里,人们还让我待下去;可是蓝军见了我会疑心我是农民,农民见了我又会疑心我是巫师。"

他等待她回答。她却连眼皮也不抬一抬。

有了固执的念头,结果不是发疯,就是做出一些英勇的行为。可是一个可怜的农妇能够做出些什么英勇的行为呢?什么也不会。她只能够做一个母亲,如此而已。她一天天愈来愈陷入她的梦想里。泰尔马克在观察她。

他设法找点事情给她做;他给她带来针、线和一只顶针。她真的开始缝纫了,这使那位可怜的"嘉义芒"觉得很高兴;她沉思,可是她也工作,这就是健康的征象;她的气力在慢慢地恢复;她补好她的内衣、她的衣服、她的鞋子。但是她的眼睛依然暗淡无光。一边缝纫,她一边低声唱着不知名的歌曲。她喃喃地叫唤一些名字,大概就是孩子们的名字,声音低得使泰尔马克听不清楚。她常常在工作中停下来谛听小鸟的叫声,仿佛它们给她带来了什么消息。她常常观察天气。她的嘴唇动着。她低声地自言自语。她制了一只袋,在袋里装满了栗子。一天早上,泰尔马克看见她开始走了,她的眼光漫无目标地盯住森林的深处。

"你到哪里去?"他问她。

她回答:

"我去找他们。"

他并没有设法留她。

七 真理的两极

继续进行着内战的几个星期过去以后,富耶尔地区里的人们不谈别的,只谈到两个人,这两个人的性格完全相反,但是却在做着同一件工作,就是肩并肩地为伟大的革命战争而作战。

野蛮的旺代战争还在继续进行,可是旺代在败退。尤其是在依勒-哀-维连那那一面;由于这位年轻的指挥官在道尔很及时地用一千五百个勇敢的爱国志士击败了六千个勇敢的保王军,那里的叛变虽然不能说是已经完全扑灭,至少应该说是势力已经非常削弱而且非常有限了。那次胜仗以后接着又打了几次胜仗,从这一连串的胜利中,产生了一种新的形势。

局面有了转变,但是突然出现了一种奇特的复杂情况。

在整个旺代地区,共和政府占了上风,这是毫无疑问的;可是到底是哪一个共和政府呢? 在逐渐形成的胜利形势中,出现了两个不同形式的共和政府,一个是恐怖的共和政府,另一个是宽大的共和政府,一个想用严厉来取胜,另一个却想用温和来取胜,哪一个会占优势呢? 这两个不同形式的共和政府,一个采取妥协态度,另一个采取绝不妥协态度,是由两个人分别代表着,这两个人各有各的威望和权力,一个是军事指挥官,另一个是政治委员,这两个人谁会占优势呢? 这两个人中,政治委员有强有力的后盾,他来的时候就带着巴黎公社给桑泰尔联队的森严的口令:"不要宽大,不要饶恕!"他还有使一切都服从他的国民公会的指令,里面记载着:"任何人如将俘获之叛军领袖释放或使其脱逃者均处死刑。"公安委员会授他以全权,并且命令官兵都服从他,命令上的签名是:"罗伯斯比尔、丹东、马拉。"另一个是个军人,他只有一种力量——怜悯。

他只有臂膀才是打击敌人使用的,他的心就使用来宽恕敌人了。他是胜利者,他相信胜利者是有权利饶恕战败者的。

这样一来,他们两人中间就产生了潜伏着的,可是很深的矛盾。他们两人各自驾着不同的云层,两个都在镇压叛变,但是各自掌握着不同的雷电,一个手里是胜利,另一个手里是恐怖。

整个林原区里人们只谈着他们两个;尤其使那些注视着他们的人担心的是:这两个人虽然绝对相反,却同时紧密地联合在一起。这两个对头是一对朋友。从来没有别的情感比联系着这两颗心的同情更高尚和更深厚的了;这个凶猛的人救了那个柔弱的人的性命,并且因此而在脸上挂着刀痕。这两个人一个是死亡的化身,一个是生命的化身;一个是恐怖的本体,一个是和平的本体。可是他们互相爱着。这是很奇怪的一个问题。我们试设想一下俄瑞斯忒斯是仁慈的,皮拉德斯是残酷的;①又设想一下阿里曼会成为阿胡拉的兄弟,②就能了解这是怎样的一个奇怪问题了。

再要说明的是:这两个人中被称为"凶猛"的那个同时也是一个最富有博爱精神的人;他为伤兵包扎,他照料病人,他日日夜夜都在野战医院和普通医院里服务,他同情那些赤足的孩子们,他自己什么都不要,把一切都施舍给穷人。打仗的时候,他也参加;他走在队伍的最前头,而且到战斗最激烈的地方去,他是有武装的,因为他的腰带上有一把军刀和两支手枪,他也是没有武装的,因为从来没有人看见他拔出军刀或者

---

① 俄瑞斯忒斯,希腊英雄阿伽门农的儿子,和皮拉德斯最要好。俄瑞斯忒斯知道他的母亲和奸夫一起谋杀掉阿伽门农,就和妹妹同谋把母亲杀死,为父亲报仇。后来他把妹妹嫁给皮拉德斯。
② 阿里曼,拜火教的恶神。阿胡拉,拜火教的善神。最后善神战胜了恶神。

摸一下他的手枪。他冒着枪林弹雨,可是并不还击。人们说他以前是个教士。

这两个人一个是郭文,一个是西穆尔登。

这两个人中间存在着友情,可是这两个不同的原则中间却存在着仇恨;这种情形仿佛是一颗心切成两半,各人分了一半。事实上郭文的确接受了西穆尔登的半颗心,不过那是温柔的半颗。郭文仿佛得到了白色的半颗心,西穆尔登留下来的是可以称为黑色的半颗心。这样一来他们在亲密中间就有了不和。这场暗中进行的战争是不会不爆发的。一天早上这场斗争开始了。

西穆尔登对郭文说:

"我们目前的情况怎样?"

郭文回答:

"你知道得和我一样清楚。我把朗特纳克匪帮打得七零八落。他只剩下几个人跟着他。现在他退到富耶尔森林里去了。在八天之内,我就要把他包围。"

"再过十五天呢?"

"他就要成为我的俘虏。"

"以后呢?"

"你看见过我的告示吗?"

"看过的。怎样?"

"我要把他枪毙。"

"又发慈悲心了。应该送他上断头台。"

"我这方面,"郭文说,"是赞成军法枪毙的。"

"至于我,"西穆尔登回驳,"我是赞成革命办法送上断头台的。"

他盯着郭文的脸继续说:

"你为什么要释放圣马克-勒-勃朗修道院的修女们?"

"我不跟女人打仗。"郭文回答。

"这些女人是仇恨人民的。只要有了仇恨,一个女人就抵得上十个男人。你为什么不肯把在卢维尼俘获的一整队狂热的老教士送到革命法庭去?"

"我不跟老头儿打仗。"

"一个老教士比一个年轻的教士更坏。白发苍苍的人来宣传叛变就更加危险。人们是相信鸡皮鹤发的人的。不要有不正确的慈悲心,郭文。弑君的人才是解放者。请你注意塔堡的碉楼。"

"塔堡的碉楼。如果可能的话,我要把王太子从那里释放出来。我不跟小孩子打仗。"

西穆尔登的眼光变得很严厉。

"郭文,你要知道你必须跟女人打仗,如果这个女人的名字叫玛丽-安东纳特①;也必须跟老头儿打仗,如果这个老头儿的名字叫做教皇庇护六世;也必须跟小孩子打仗,如果这个小孩的名字叫路易·卡佩。"

"我的老师,我不是一个政治家。"

"当心不要做一个危险的人物。攻打哥舍兵站时,叛徒让·特利东一败涂地,只剩下他自己一个人拿着军刀向你的整个队伍冲过来,你叫喊:'队伍向两旁分开,让他过去!'这是为什么呢?"

~~~~~~~~~~

① 玛丽-安东纳特,路易十六的王后,法国人民最痛恨的"奥地利女人"(她本来是奥地利公主)。

"因为我们不应该用一千五百人去杀一个人。"

"在盖野特利·大斯蒂野,你看见你的兵士要杀死那个受了伤在地上爬着的旺代党人若瑟夫·贝吉叶的时候,你叫喊:'向前冲!这是我的事!'结果你朝天放枪,这是为什么呢?"

"因为我们不应该杀死一个趴在地上的人。"

"你错了。这两个人今天都是敌军的领袖;若瑟夫·贝吉叶就是大胡子,让·特利东就是银腿。你救了这两个人,就给共和国增加了两个敌人。"

"我当然希望给共和国增加些朋友,而不是敌人。"

"你在朗代安打胜仗以后,为什么不下令枪毙那三百个农民俘虏?"

"因为朋桑赦免过共和军俘虏,我希望人家说共和政府也赦免保王军俘虏。"

"那么你如果俘获了朗特纳克,你也会赦免他吗?"

"不。"

"为什么?你不是已经赦免过三百个农民吗?"

"这些农民是无知的;朗特纳克却很清楚他做的是什么事。"

"可是朗特纳克是你的亲戚呀。"

"法兰西才是我的尊长。"

"朗特纳克是一个老头儿。"

"朗特纳克是外人。朗特纳克没有年龄。朗特纳克召唤英国人进来。朗特纳克就是侵略。朗特纳克是祖国的叛徒。我和他两人的决斗最后不是他死,就是我死。"

"郭文,记住你这句话。"

"当然。"

两个人互相注视着,沉默了一阵。

郭文继续说:

"我们现在过着的九三年,将来在历史上是一个流血的年头。"

"当心点!"西穆尔登叫道,"我们担负着可怕的责任。不要谴责不应该谴责的。从什么时候起疾病变成了医生的错处呢?对的,这个伟大年头的特征就是不能仁慈。为什么?因为这是伟大的革命的年头。我们现在过着的这个年头就是革命的化身。革命有一个敌人,这个敌人就是旧社会,革命对这个敌人是毫不仁慈的;同样地外科医生的敌人是毒疮,他对于毒疮也是毫不仁慈的。革命要从国王身上来根绝帝制,要从贵族身上来消灭贵族政治,要从军人身上来铲除暴政,要从教士身上来破除迷信,要从法官身上来消灭野蛮,总之,要从一切暴君的身上来消灭一切暴政。这个手术是可怕的,革命的手很有把握地进行这个手术。至于有多少健康的肉要牺牲掉,你可以去问问布尔哈夫①,看他的意见怎样。割治哪一种毒瘤不要流一点血呢?扑灭哪一种火灾不要拆毁附近的建筑来阻止火势蔓延呢?这些可怕的必要牺牲就是成功本身的条件。一个外科医生就像一个屠夫;一个医病的人从外表看来很像一个刽子手。革命就献身于这种无可避免的工作。革命要肢解身体,可是挽救了性命。怎么!你竟然为毒菌求赦吗!你希望革命对有毒的东西仁慈吗!革命不会听你的。革命抓住过去,要把过去歼灭。革命在文明身上割开一道很深的伤口,人类的健康就要从这个伤口里生长出来。你痛苦吗?这

---

① 布尔哈夫(1666—1738),荷兰医生,医术名闻全欧。

是毫无疑问的。这个痛苦要延长多久呢？要有施行手术所需要的时间那么久。以后你就能活下去。革命在为世界开刀。因此才有这次流血——九三年。"

"外科医生是冷静的，"郭文说，"而我所看见的人却是激烈的。"

"革命，"西穆尔登回驳，"需要一些凶猛的工作者做帮手。革命拒绝一切发抖的手。革命只信任铁石心肠的人。丹东是可怕的，罗伯斯比尔是坚决不屈的，圣茹斯特是绝不屈服的，马拉是怀恨的。请注意，郭文。这几个名字是必需的。对于我们，他们和军队一样重要。他们能够使欧洲陷于恐怖。"

"也许使将来也陷于恐怖。"郭文说。

他停了下来，很快地又接着说：

"而且，我的老师，你错了，我并没有谴责任何人。在我看来，革命的真正观点就是毫无责任。没有人是无辜的，也没有人是有罪的。路易十六是一只被投到狮子堆里的羊。他想逃走，他想逃命，他设法防卫自己；假使他能够的话，他一定会咬人。可是一个人不是愿意变成狮子就能成为狮子的。他的软弱的意志被视为犯罪。这只愤怒的羊露出了牙齿。'奸贼！'狮子们叫喊。于是它们就把它吃掉。吃完以后，它们又自相残杀起来。"

"羊是一头兽。"

"狮子们呢？它们又是什么呢？"

这个反问使西穆尔登沉思起来。然后他抬起头来回答：

"这些狮子就是良心。这些狮子就是观念。这些狮子就是主义。"

"它们造成恐怖政治。"

"终有一天,革命会证明这种恐怖政治是正确的。"

"只怕这种恐怖政治会损害革命的名誉。"

郭文继续说:

"自由,平等,博爱,这就是和平和协调的信条。为什么要给它们一个怕人的外表?我们的目的是什么?我们的目的是建立一个包括各个民族在内的世界共和国。那么,我们就不要使他们害怕。恐吓有什么用呢?恐吓不能吸引各个民族,正如稻草人不能引诱鸟雀一样。做好事不能使用坏的手段。我们推翻帝制不是要用断头台来代替它。杀掉国王,但是让人民活着。打掉一切王冠,但是要保护人头。革命是和谐,不是恐怖。仁慈观念被残暴的人们使用错了。'恕'字在我看来是人类语言中最美的一个字。我只在自己冒着流血危险的时候才使别人流血。此外,我只知道怎样打仗,我不过是一介武夫。但是如果一个人不能够宽恕,那么胜利也就不值得争取了。在打仗的时候,我们必须做我们敌人的敌人,胜利以后,我们就要做他们的兄弟。"

"当心点!"西穆尔登第三次重复说,"郭文,你对于我比一个儿子更重要,当心点!"

他又带着沉思的样子继续说:

"在我们所处的时代中,仁慈可能成为卖国的一种形式。"

听见这两个人谈话,简直好像是听见剑和斧在对话。

八 痛 苦

这时候,母亲在找寻她的孩子。

她一直向前走。她怎样生活的？这是不可能回答的问题。她自己也不知道。她日日夜夜地走；她乞食，她吃草根，她躺在地上，她在露天睡觉，在荆棘丛中，在星光底下睡觉，有时甚至在风雨中歇宿。

她从一个村子流浪到另一个村子，从一个田庄流浪到另一个田庄，到处打听消息。她在人家的门槛上停下来。她的衣服已经破破烂烂。有时人家接待她，有时人家赶走她。她不能到人家的屋里去的时候，她就到树林里去。

她不认识这一带地方，除了西斯各依纳田庄和阿舍教区以外，她什么都不懂。她没有固定的路线，她往往回过来，把走过的路重新走一遍，走了许多冤枉路。她有时沿着石路走，有时跟着车轮的痕迹前进，有时顺着林间的小径走。在这个漫无目标的流浪生活中，她的破破烂烂的衣服已经完全损坏了。起初她是穿着鞋子走路的，后来赤着脚，最后两只脚都流血了。

她穿过火线，穿过枪林弹雨，可是什么也听不见，什么也看不见，也不躲避什么，只是找寻她的孩子。因为到处都起来叛变，宪兵也没有了，市长也没有了，什么机关都没有了。她遇见的只是些过路人。

她跟他们谈话。她问：

"你在什么地方看见过三个小孩子吗？"

过路人抬起头来。

"两个男孩子，一个女孩子。"她说。

她继续说：

"雷尼-让，胖亚伦，小乔治特？你没有看见过他们吗？"

她又继续说：

"大的一个四岁半,最小的女孩只有二十个月。"

她又加上一句:

"你知道他们在哪儿吗?人家把他们从我这里抢走了。"

对方只是望着她,如此而已。

她看见人家听不懂,她就说:

"因为他们是我的孩子。所以我要问。"

过路人继续走路。于是她停下来,不再说什么,只是用指甲抓自己的胸口。

可是有一天,一个农民听她说话了。这个好心人开始思索起来。

"慢着,"他说,"三个小孩子吗?"

"是的。"

"两个男孩子?……"

"一个女孩子。"

"你要找的就是他们吗?"

"是的。"

"我听人家说有一个贵族俘虏了三个小孩子,现在他还带着他们。"

"这人在哪儿?"她叫起来,"他们在哪儿?"

农民回答:

"你到拉·图尔格去吧。"

"是不是我在那里可以找到我的孩子?"

"也许可以找到。"

"你说的是?……"

"拉·图尔格。"

"拉·图尔格是什么东西?"

"是一个地方。"

"是一个村子？一个堡邸？还是一个田庄？"

"我从来没有去过。"

"远不远？"

"并不近。"

"在哪一边？"

"在富耶尔森林那边。"

"怎样走法？"

"你现在是在望驿特,"农民说,"你左边绕过厄尔尼,右边绕过郭舍勒,你要经过洛桑,穿过勒卢。"

农民用手指着西方。

"一直向前走,朝着太阳落山的方向。"

农民的手还没有放下来,她已经开步走了。

农民向她叫喊：

"当心点。那边在打仗哩。"

她并没有回过头来回答他,只是继续向前走。

九　一座外省的巴士底

1　拉·图尔格

四十年前,一个旅客如果从连若利那边走进富耶尔森林,从巴利尼那边走出去,他就会在这座深厚的森林的边沿上遇到一座可怕的建筑物。在丛林的出口处,他会突然看见拉·图尔格矗立在他面前。

这个拉·图尔格不是活着的,而是死了的。那是龟裂的、洞穿的、损毁的、崩坏的拉·图尔格。废墟是一座建筑物的幽灵,就像鬼是人的幽灵一样。再也没有比拉·图尔格更阴惨的景象了。呈现在旅客眼前的,是一个圆形的高塔,孤零零地矗立在树林的一个角落里,好像一个剪径的强盗。这座笔直的高塔,建筑在一团矗立的岩石上,外表看来几乎像一座罗马式的建筑物,一方面因为它很坚固而且很合规格,另一方面因为在这座坚强的建筑物身上,既保留着权势的遗迹,也有衰落的象征。说它是罗马式的也有点符合事实,因为它是属于五世纪到十二世纪期间的建筑物。它在第九世纪开始建筑,到十二世纪第三次十字军东征以后完成。它的窗口上的装饰的形状,就说明了它的年龄。如果走近这座建筑物,从岩石上爬上去,就可以看见一个墙洞,如果冒险从洞口走进去,就到了里面,里面是空的。有点像走进了一只直立在地上的石喇叭的内部。从顶到底,没有任何隔板;没有屋顶,没有天花板,没有地板,只有一些拆掉的穹隆和烟囱的痕迹,还有一些炮眼;在不同的高度上还有突出的花岗石墙角和几条横梁,表明原来分层的地方;横梁上堆满夜鸟的粪;庞大的夹墙在底部有十五尺厚,顶部有十二尺厚,这里那里有许多裂缝和洞眼,过去曾经是门,从这些裂缝和洞眼望进去,可以看见建筑在夹墙的阴暗内部的楼梯。过路人如果在黄昏的时候走进来,就可以听见枭鸟、怪鸥、苍鹭、夜鹰的叫声,可以看见脚下有荆棘、石头、爬虫,头顶上有一个黑色的圆洞,那就是塔顶,样子仿佛是一个大井口,穿过洞口可以望见天上的星星。

依照当地的传统,这座塔在最高几层筑有一些秘密的门,就像犹太国王皇陵里面的门一样,这些门是用大块石头造的,沿着轴心转动,可以打开,可以关上,关上以后就成为墙上的一部分;这种建筑式样和尖拱形穹隆是十字军从东方带回来的。这些门关上以后,就没法子识别出来,因为它们和墙上的石块完全混成一片。直到今天在叙利亚的安的·黎巴嫩山上的神秘城市里还可以看见这种门,这些神秘城市是逃过了提啤尔时代十二城被埋的劫运遗留下来的。

2 墙 洞

可以走进废墟的那个墙洞是一个地雷的爆破口。一个内行的人如果熟悉厄拉、沙地和巴刚的话,就看得出这个地雷设计得很巧妙。火药库是僧帽形的,它的容积大小和它要爆破的塔楼的坚固程度正好相当。它至少曾经装载过一百公斤的火药。通到火药库的沟道是弯弯曲曲的,这比直的要好些;地雷爆破以后破裂的岩石中露出火药管来,火药管有合用的直径像一只鸡蛋那么大小。地雷在墙上爆破了一个很深的裂口,围攻的人可以从裂口里走进来。这座碉堡很显然地曾经在不同的时期中抵抗过多次正式的围攻,墙上满布炮弹的痕迹。这些炮弹分属于不同的时代;每一种炮弹都有一种特殊的、在城墙上留下痕迹的方法,但是一切炮弹都曾经在这座碉堡上留下伤痕,从十四世纪的石弹到十八世纪的铁弹都有。

从墙洞走进去所到达的地方就是以前碉堡的楼下。墙洞对面的墙上有一个小门,就是地窖的入口,地窖是在岩石上凿出来的,一直通到屋基里面,伸延到碉堡的地下。

这个地窖有四分之三堵塞了,在一八三五年才为贝尔尼的考古学家奥古斯特·勒·泼利伏斯先生所清除。

3 地　牢

这个地窖就是地牢。每一座碉堡都有一个。这个地牢和同时代的许多地牢一样，分为上下两层。上面一层就是从墙上的小门走进去的，那是一间相当宽阔的拱形房间，和碉堡的楼下平行。房间的墙上有两条垂直的平行沟痕，从一边墙上经过拱形屋顶一直到达另一边墙上，拱形屋顶上的沟痕尤其深，样子仿佛是两条车轮的痕迹。事实上这的确是两条车轮的痕迹。这两条沟痕是被两只车轮碾磨出来的。早先封建时代，就在这所房间里施行裂尸刑，在这里所用的方法比四马分尸的方法安静些。这里安装了两只非常坚固和非常巨大的车轮，一直碰到墙壁和拱形屋顶。受刑者的一只臂膀和一条腿被绑在一只车轮上，另一只臂膀和另一条腿绑在另一只车轮上，把两只车轮向相反方向转动，受刑者就被撕裂了。这是需要很大力量的；因此车轮擦过石壁时，就在上面刻出沟槽来。直到今天，还可以在维安丁看见一间这样的行刑室。

这间房间的下面一层才是真正的地牢。没有门可以走进去，只有一个洞可以进去。受刑者被脱得精光，腋下系着一根绳子，从上面房间的石块地面上所开的一个气窗吊到下面房间里去。假使他还能够活着的话，就从这个洞口扔食物给他。直到今天，还可以在布依荣看见一个这样的洞口。

风从这个洞口吹进来。下面的一层是在碉堡的地下挖成的，与其说是一间房间，不如说是一口井。地下有水，刺骨的寒风满房间吹着。这风使下面一层的囚徒冻死，却使上面一层的囚徒活着。因为有了这风,上层的地牢里才能够呼吸。上层里的囚徒终日在拱形顶下摸索着,只有这个洞口才可以通气。不过,谁从洞口走进去,或者跌下去,就不能够再走出来。因此囚徒在黑暗中必须小心。只要一失足,上层的囚徒就会变成下层的囚徒。这一点对囚徒是有重大关系的。如果他要活着,这个洞口就是死路;如果他觉得厌烦,这个洞口就是出路。上面一层是地牢,下面一层是坟墓。这两层结构和当时社会的情形相似。

这就是我们的祖先称为"地牢"的东西。这种东西已经不再存在,这名字在我们听来也不再有什么意义了。幸而有了大革命,我们听见这个名字可以不再怎样关心了。

四十年前,这个墙洞是高塔的惟一的入口,在高塔外面,墙洞的上方,可以看见一个比其余的枪眼更大些的炮眼,炮眼上挂着一块已经脱落和洞穿的铁丝网。

4 桥上小堡

墙洞的对面,有一座和碉堡相连的石桥,桥下的三个桥拱还没有受到多少损坏。桥上曾经载过一所房屋,现在这所房屋只剩下一些圆柱的干材。这所房屋显然是被火焚毁的,还剩下焦黑的骨架,阳光从骨架的空隙中透进来,骨架矗立在碉堡旁边,就像一副骨骼立在一个鬼怪旁边一样。

到了今天,这废墟已经完全拆毁,一点痕迹也不再留下了。经过多少世纪和多少帝王建筑起来的东西,只要一个农民在一天之内就可以把它拆毁。

拉·图尔格是农民叫出来的简称,原来的名字是拉·图尔-郭文（意思是郭文碉堡），就像拉·尤标勒原名是拉·尤标利埃，一个驼背的农民军领袖的名字宾松-勒-度原来是宾松-勒-度杜一样。

拉·图尔格在四十年前是一座废墟，今天只是一个暗影，在一七九三年却是一座堡垒。那是郭文家族的古老城堡，用来防守富耶尔森林西边的入口，到了今天，这座森林本身连一个小林子都算不上了。

这座城堡是建筑在一团巨大的青石岩上面的，这些青石岩在梅恩尼和狄南之间很多，分布在丛林和灌木丛中，到处都是，仿佛许多巨人头顶着石块投到那里一般。

这座塔就是整个堡垒；塔下是岩石，岩石脚下有一股水，在正月里这股水变成洪流，在六月里却干涸了。

这座堡垒虽然简单到这样地步，但是在中世纪却差不多是一座牢不可破的要塞。只有那座桥减弱了它的力量。中世纪时的郭文家族在建筑这座堡垒时是没有桥的。当时是利用一座摇摇晃晃的小桥通到堡垒里去，这座小桥只要一斧头就可以砍断。郭文家族还在做着子爵的时候，这座小桥很讨他们欢喜，他们认为很满意；可是等到他们做了侯爵而且离开这个岩洞到宫廷里去的时候，他们就在那股洪流上面建筑了一座有三个桥拱的桥，他们使平原上的人可以接近他们，正如他们使自己能够接近国王一样。十七世纪的侯爵和十八世纪的侯爵夫人们不再坚持要他们的堡垒是牢不可破的了。模仿凡尔赛代替了他们的继承祖先的传统。

高塔的对面，在西边，有一块相当高的高地，高地的两端伸到平地上去；高地几乎和高塔连接，当中只隔开一个山坳，坳底的一条水道是库埃农河的支流。连接高地和城堡的桥是高高地架在桥墩上的,在这些桥墩上又建造了一座芒刹派①的建筑物,就像在舍农索②一样;这座建筑物比高塔更适于居住。可是当时的习俗还很严;贵族们还保持住居碉堡的习惯,碉堡里的房间简直像土牢。桥上的建筑物其实是一座小城堡,里面有一条长走廊是入口,称为守卫室;守卫室是楼下,楼上是一间书房,书房上面是一间谷仓。窗户是长形的,装着小块的波希米亚玻璃,窗和窗之间有壁柱,墙上刻有浮雕;一共三层。底下一层放着戟和火枪;当中的一层是书;最高的一层是一袋袋的燕麦。这一切有点野蛮,同时也很高贵。

旁边的高塔是粗糙的。

高塔以它的整个阴森森的高度控制着桥上那座娇媚的建筑物。从这个建筑物的露台上就可以用火力把桥炸毁。

这两座建筑物,一个是粗糙的,另一个是精致的,与其说它们互相接近,不如说它们互相冲突。这两种建筑式样是互不调和的;虽然两个半圆仿佛一定相同,可是没有什么比一个罗马式半圆拱和一个古典式半圆拱更不相同的了。这座和森林很相称的高塔,和那座配得上凡尔赛宫的桥却成为很不相称的邻居。只要设想一下阿伦·巴贝-度特和路易十四挽着臂膀就得了。这两个人在一起是令人恐怖的。这两个陛下混合起来就产生了一种说不出的残暴。

从军事观点看来,我们可以说:这座桥差不多把高塔出卖了。它美化了碉堡,却解除了碉堡的武装;碉堡得到了装饰品,却失去了威力。这座桥使它和高地平行。碉堡面对森林

---

① 芒刹(1598—1666),法国名建筑师。
② 舍农索,地名,在法国中部都尔城附近,该地有一座文艺复兴时代的建筑宏伟的堡垒。

的一边始终是牢不可破的,但是现在面对平原的一边却是可以攻破的了。以前它控制高地,现在高地在控制它。占据高地的敌人很快就可以成为这座桥的主人。书房和仓库都帮助围攻者向城堡进攻。书房和仓库有一点是相同的:就是书和稻草都是易燃物。对于一个要用火攻的围攻者,烧掉荷马的著作或者烧掉一束稻草,只要烧得着,就没有什么分别。法国人烧掉海德尔堡的图书馆,就是对德国人证明这一点;德国人烧掉斯特拉斯堡的图书馆,也对法国人证明了这一点。因此在这座城堡旁边加上一座桥,就是战略上的错误;可是在十七世纪戈尔拔和卢瓦当政时,郭文家族的亲王们,就像罗昂家族和拉·特里穆瓦依家族的亲王们一样,是绝不相信有一天他们会被人围攻的。不过,这座桥的建筑者们也采取了一些慎重的措施。首先,他们预见到有起火的可能,在水道下流一边的三个窗户下,他们把一部坚固的救命梯子横挂在一些铁钩上,这些铁钩在半世纪以前还可以看到,梯子的长度有桥上建筑物的底下两层那么高,这个高度已经超过普通的三层楼高度;第二,他们也预见到敌人的进攻,他们用一只沉重的矮铁门把桥和堡垒阻开,这只门是弓形的,用一把大钥匙锁着,钥匙藏在一个只有主人才知道的地方,这扇门一关上就可以抵得住撞城槌的冲击,几乎连炮弹也不怕。

要走过这条桥才可以到达这扇门,要经过这扇门才可以走进高塔。别的入口是没有的。

5 铁 门

桥上小堡的第三层,由于被桥墩抬高了,因此和高塔的第三层高低颇为匀称。为了更安全起见,铁门就装在这样的高度上。

在桥的这边,铁门开向书房,在高塔那边,铁门开向一间拱形的大厅,大厅的中间有柱子。我们说过,这间大厅就是塔楼的第三层,形状是圆的,和高塔一样;长形的枪眼俯视田野,光线就从枪眼里透进来。粗糙的墙上毫无装饰,没有什么东西遮掩石块,不过石块却砌得很整齐。通过一条螺旋形的楼梯才可以到达大厅,这条楼梯是建筑在墙壁里面的,在墙壁有十五尺厚的情形下,这样做法非常简单。在中世纪时代,占领一座城是要一条街一条街地夺取的,占领一条街要一所房子一所房子地夺取,占领一所房子要一间一间房间地夺取。围攻一座城堡要一层一层地夺取。从这一方面看来,拉·图尔格建筑得很精巧,是坚牢难破的。从一层走上另一层,要经过一条难走的螺旋形楼梯,楼梯上的门都是倾斜的,没有一个人那么高,必须低下头才能进去;而把头低下就有被砍掉的危险,因为每一扇门后面都有防守者在等着进攻者。

在这间有柱子的圆形大厅下面,有两间相同的房间,一间是二楼,另一间是楼下;大厅的上面有三间房间;在这些一共六层的房间上面,一个石头的盖子盖在高塔顶上,那就是露台,要经过一个狭窄的守望台才能走进去。

装铁门的时候,要把那十五尺厚的墙壁凿开,铁门就装在墙壁的正当中,墙壁把铁门嵌在一条很长的穹窿里,因此门一关上,在高塔这边也好,在桥那边也好,铁门都是在一条六尺或七尺深的长廊下面;门一开,两边的长廊就连成一个,变成一个拱形的入口。

在桥那边的长廊里,厚墙上开了一扇低矮的小门,通向一条圣吉尔式的楼梯,①沿着楼梯走去可以到达图书室下面二楼的廊下;这对于围攻者又是一个难关。桥上小堡在接近高地那边只是一堵笔直的墙,桥的尽头在那里。一扇低矮的门上装了一座吊桥,小堡通过吊桥可以和高地相通。由于高地的高度,吊桥放下来时永远是倾斜的,由吊桥可以通到称为守卫室的长廊。围攻者夺取这条长廊以后,要想到达铁门,必须用强力夺取那条通到三楼的圣吉尔式楼梯。

6 图 书 室

图书室是一间长形的屋子,长和阔与桥相当,只有一扇门,就是那扇铁门。另外有一扇伪装的自动关闭门,外面挂着一块绿绒布,只消一推就可以推开,是用来在里面掩蔽住高塔的拱形入口的。图书室的墙壁从顶到底,从天花板到地板,都装着玻璃橱,都是十七世纪最精巧的细木工出品。六扇高大的窗户使图书室充满了亮光,每边三扇,每一个桥拱上一扇。通过这些窗户,可以在外面高地的顶上望见屋子里面。窗与窗之间摆着六只橡木刻花架子,架子上放着六个大理石胸像,这六个人是:比桑斯的黑摩罗斯、希腊语法家雅典尼、苏衣达斯、嘉沙本、法国国王克洛维和他的司法大臣安那加路斯,附带说一句,安那加路斯说不上是个司法大臣,正如克洛维说不上是个国王一样。

这个图书室里有些普通的书。其中一本是很负盛名的。

---

① 这种楼梯的阶级是腾空的。

那是一本旧的四开本有铜版刻像的书,书名用很大的字母写着《圣巴托罗缪》,下面的小标题是:"圣巴托罗缪所述的福音,前附基督教哲学家潘东纳斯的论文,论述这章福音是不是杜撰的,圣巴托罗缪是否就是那塔那爱。"这本书被视为珍本,放在图书室中间的一张斜面书架上。上一世纪中,好奇的人们往往到这里来参观这本书。

7 仓 房

仓房和图书室一样,也是像桥一样长形的,其实只是屋顶木架的下部。这样就构成一间大房间,堆满了草料,光线从六扇屋顶窗里射进来。房间里没有什么装饰品,只是在门上刻了一个圣伯纳贝的像,下面有一行拉丁文诗:

Barnabus sanctus falcem jubet ire per herbam①

就这样,一座高大宽阔的六层的高塔,这里那里开了一些枪眼,惟一的出入口是一扇通到桥上小堡的铁门,桥上小堡被一座吊桥阻断;高塔的后面是森林;高塔的前面是一块荆棘高地,比桥高些,比高塔低些;桥底下,在高塔和高地之间,是一个深而狭的山坳,里面满是荆棘,冬天是一条急流,春天是一条小溪,夏天就成了一条多石的沟渠,这就是被称为拉·图尔格的郭文堡垒。

---

① 拉丁文:圣伯纳贝使镰刀割草。

一〇 人　质

七月过去了,八月来了,一阵英勇而凶暴的气息扫过法兰西,两个幽灵刚从地平线上消失,一个是马拉,腹部插着匕首,一个是断了头的夏绿蒂·郭黛①,一切都带着可怕的性质。至于旺代,在大规模战斗上被打败了,它就退缩到小的战斗上去了,但我们已经说过,小的战斗反而是更可怕的战斗;这场战争现在已经变成分散在各个树林里面的非常广泛的斗争。称为天主教保王军的大军队已经开始惨败;梅恩斯的驻军已经奉令调到旺代来;八千名旺代兵在安舍尼阵亡;旺代军被逐出南特,被逐出孟太居,从杜阿被驱走,在奴阿慕提叶被追赶,在索列、莫旦尼和索慕吃了败仗;他们退出柏特尼,他们放弃了克利松;他们在夏提翁站不住脚;他们在圣希黎尔失掉一面军旗;他们在玻尼克、沙布尔、封特奈、杜埃、水塔、庞德塞等地被击溃;他们在吕宋吃败仗,在夏丹尼瑞依败退,在罗西-苏-云溃走。可是,一方面,他们在威胁拉·罗西勒,另一方面,在格恩西的海面上有一队由克莱格将军率领的英国舰队,载着几个联队的英军,里面混杂着许多优秀的法国海军军官,正在等待朗特纳克侯爵的信号以便开始登陆。这样登陆的结果可能使保王党的叛变反败为胜。庇特其实是国家的罪人;在政治上有叛国罪正如武器里有匕首一样。庇特用匕首刺进我们的国家,同时也背叛了他自己的国家,因为使自己的国家蒙受耻辱就是出卖自己的国家;英国在他的统治下也由他亲手发

---

① 夏绿蒂·郭黛,行刺马拉的女子。

动了一次不义的战争。英国派遣间谍、走私作弊、说谎。它收买一切坏人,包括违法猎户和伪造证件者;它堕落到使用一切无论大小的使人仇恨的手段。它令人垄断油脂,使每磅油脂值到五个法郎;在里勒的一个英国人身上搜出一封信,是庇特在旺代的特务普利让写给他的,信上说:"我请你不要舍不得钱。我们希望暗杀能够谨慎地进行。化装的教士和女人最适宜担任这项工作。请你汇六万法郎到鲁昂,汇五万法郎到康城。"这封信在八月一日由巴莱尔①在国民公会里宣读出来。对于这些不义的行为,巴林用野蛮的行动来报复,后来加利叶②也用残暴的行动来答复。麦次的共和党人和南方的共和党人都请求向叛逆进军。一道指令命令组织二十四个工兵连去焚烧林原里的矮树丛和棘篱。这是闻所未闻的危机。一个点上的战争只是在另一个点上的战争已经开始时才告结束。"绝不宽大! 不要俘虏!"两方面都这样喊着。历史被盖上一层可怕的暗影。

就在这个八月里,拉·图尔格被包围了。

一天傍晚时分,星星正在三伏天的静寂的黄昏中升起,森林里没有一片叶子摇摆,平原上没有一根草颤动的时候,一阵号角声在黄昏的静寂中响起来。这阵号角声是从碉堡的顶上发出来的。

下面一阵喇叭声回答了这个号角声。

碉堡上面是一个带着武器的人;下面黑暗中有一支军队。

在黑暗中模糊地可以看出来郭文堡垒的周围有无数的黑

---

① 巴莱尔(1755—1841),国民公会议员,公安委员会委员。
② 加利叶(1756—1794),国民公会议员,在南特用最残暴的行动来对付敌人。

影。这些黑影就是露营的军队。在森林的树阴下和高地的荆棘丛中开始有了火光,这些明亮的火光在这里那里刺破了黑暗,仿佛地上也想和天上一样布满星星。可是这是战争的阴郁的星星!高地那边的露营一直伸展到平原上,森林那边一直深入到丛林里。拉·图尔格被封锁住了。

围攻方面的军营散布面积的广阔,表明那是一支人数众多的军队。

军队紧紧地包围着城堡,从高塔这边一直到岩石那边,从桥这边一直到山坳那边。

号角第二次吹起来,喇叭声跟着也响了第二次。

号角在询问,喇叭在回答。

高塔上的号角在询问军营:"我们能跟你们说话吗?"军营的喇叭回答:"可以。"

在那时候,国民公会不承认旺代党人是交战团体,下令禁止和这些"盗匪"交换军事使节,因此部队就尽可能用其他办法来代替国际公法准许在国际战争中使用,而禁止在内战中使用的各种交涉办法。在这种场合,农民的号角和军队的喇叭之间就有了一定的默契。第一次响声只是一个开始,第二次才提出这个问题:你们愿意听我们说话吗?如果第二次号角声响了以后,喇叭不做声,就是拒绝;如果喇叭回答,就是同意。这样就意味着休战几分钟。

喇叭既然回答了第二次,碉堡上面的人就开始说话,大家听见他这样说:

"听我说话的人们,我是古治-勒-布里昂,绰号叫做'杀蓝魔王',因为我歼灭过你们很多的人,我有另一个绰号叫做'伊曼纽斯',因为我还要杀你们,比我以前杀过的更多。我在进攻格朗威勒一役中被一柄军刀把我握着枪柄的一只手指砍掉,你们在赖伐尔把我的父亲、母亲和我的十八岁的妹妹雅克玲送上断头台。我就是这样一个人。

"我同你们说话,是代表郭文·德·朗特纳克侯爵老爷,封特奈子爵,布列塔尼亲王,七森林的领主,我的主人。

"首先,你们要知道,侯爵老爷在走进这所碉堡被你们包围以前,已经把进行战争的任务分派给他的副官,七个将领:他把布勒斯特公路和厄尔尼公路之间的地带交给德利叶尔;把罗埃和赖伐尔之间的地带交给特来东;把上曼纳的边界交给绰号'削铁'的雅基;把龚第叶堡交给绰号'大彼埃尔'的戈利叶;把克拉翁交给勒公特;把富耶尔交给杜博-居先生;把整个梅恩纳交给洛桑波先生。因此你们即使夺得这所碉堡,战争也没有完结,即使侯爵老爷死了,属于上帝和国王的旺代也不会死亡。

"你们要知道,我所以说这些,是为了警告你们。侯爵老爷在这里,就在我的身边。他的说话借着我的嘴说出来。你们围攻的人,安静一点。

"下面我所说的,对于你们是很重要的:

"不要忘记你们对我们进行的战争是不义的。我们居住在自己的家乡,我们为它忠勇地作战,我们在上帝的意旨下又朴素又纯洁,就像露水下的草一样。共和国向我们进攻;它扰乱我们的乡村,焚烧我们的房屋和收获,轰炸我们的田庄,我们的妇女和孩子不得不在冬莺还唱着歌的时候赤着脚逃到树林里去。

"你们在这里听我说话的人,你们把我们赶到森林里,你们把我们包围在这所碉堡里;你们把归附我们的人杀掉或者驱散;你们有大炮;你们除了自己的兵力以外,还加上莫尔坦、巴朗东、帝若尔、朗地威、厄弗朗、登提尼厄、维特来等地的驻军,因此你们是以四千五百人来攻打我们,我们是十九个人在防卫自己。

"我们有粮食,有军火。

"你们已经埋了地雷,而且把我们的岩石炸去一块,把我们的墙也炸去一角。

"这样一来,碉堡的脚下就有了一个洞,这个洞是一个缺口,你们可以从这个缺口走进来,虽然这个洞不是露天的,而且始终坚固和屹立着的碉堡还压在它上面。

"现在你们准备进攻了。

"我们呢,首先有侯爵老爷,他是布列塔尼亲王,朗特纳克圣马利亚修道院的在家院长,雅纳王后曾经在这所修道院里创始了每日一次的弥撒;其次,这座碉堡还有其余的保卫者,他们是:土尔摩院长,他在军队里绰号大诚心,我的同志基奴瓦育,他是绿营的将领,我的同志冬天唱,他是燕麦营的将领,我的同志小风笛,他是蚂蚁营的将领,还有我,我是农民,生长在莫里昂特小河流过的达昂镇,我们全体有一件事要对你们说。

"在碉堡下面的人们,听着。

"我们手上有三个俘虏,是三个小孩。这三个小孩曾经被你们的一个联队收养,因此他们是属于你们的。我们建议把这三个孩子还给你们。

"不过有一个条件。

"那就是让我们安全地离开这里。

"你们好好听着,假使你们拒绝,你们只能够从两方面进攻,或者从树林那边由墙上的洞口进攻,或者从高地那边由桥上进攻。桥上的建筑物一共有三层:在底下的一层,我伊曼纽斯,现在同你们说话的人,已经把六大桶柏油和一百捆干柴放在里面;在最高的一层,堆放着干草;在中间的一层,放着书和纸。接连碉堡和桥的铁门已经关上,钥匙在侯爵老爷身上;我在门下面弄了一个洞,从洞里穿过一根硫黄引线,一端装在柏油桶里,另一端通到碉堡里我的手够得到的地方,我随时可以把火线点起来。如果你们不放我们出去,我们就把三个小孩放在桥上建筑物的第二层里面,就是在有硫黄引线和柏油桶的一层和放着干草的一层之间,用铁门把他们关上。如果你们从桥上进攻,那么放火焚烧这座建筑物的就是你们;如果你们从墙上的洞口进攻,放火的就是我们;如果你们同时从洞口和桥上进攻,那么放火的就同时是你们和我们。总之,不管怎么样,三个孩子都要烧死。

"现在,你们或者接受,或者拒绝。

"如果你们接受,我们就走出去。

"如果你们拒绝,三个孩子就会烧死。

"我的话完了。"

在碉堡上面说话的人现在沉默了。

下面一个声音喊道:

"我们拒绝。"

这个声音是干脆而严厉的。另外一个声音不那么严厉,可是很坚决,在旁边加上一句:

"我们限你们二十四小时内无条件投降。"

沉默了一阵,那个声音又说:

"明天,就在这时候,如果你们还没有投降,我们就要进攻了。"

第一个声音又说：

"那时候就绝不饶命。"

碉堡顶上另一个声音回答了这个粗暴的声音。在城垛之间出现了一个高大的身形，向下伛着，在星光下可以认出这个身形上面的朗特纳克的可怕的面影，他的视线落在黑暗中，仿佛在找什么人，他喊道：

"啊，是你，教士！"

"不错，是我，奸贼！"下面那个粗暴的声音回答。

一一 像古时代的那种恐怖

那个满含敌意的声音的确是西穆尔登的声音；那个比较年轻而且比较和缓的声音是郭文的。

朗特纳克认出来是西穆尔登，他并没有弄错。

我们知道，在短短的几个星期中，西穆尔登在这一带流着内战鲜血的地域里已经很出名，再也没有比他的恶名更阴惨不祥的了；人家说：巴黎有马拉，里昂有夏里叶，旺代有西穆尔登。过去人们对西穆尔登院长神父的敬意已经全部丧失；那就是教士转变了立场的结果。西穆尔登造成恐怖。那些严厉的人是不幸的；看见他们的行为，人们谴责他们，有谁如果能够看见他们的良心，也许就会宽恕他们。一个李古格如果不加说明，仿佛就是一个提贝尔①。不管怎样，朗特纳克侯爵和

---

① 李古格，纪元前九世纪斯巴达的立法者，制订平分土地、义务教育、严格的军纪和社会纪律等法律，促进了斯巴达的强盛。提贝尔(14—37)，罗马皇帝，由于性格多疑而极端残暴。

西穆尔登院长神父这两个人在仇恨的天平上重量是相等的,保王党人对西穆尔登的咒骂,抵得上共和党人对朗特纳克的憎恨。这两个人的每一个在对方看来都是恶魔;结果就产生了这样一个奇异的现象,一方面马恩的普利尔在格朗威勒出了赏格要取朗特纳克的头颅,另一方面夏烈特在奴阿慕提叶也出了赏格要取西穆尔登的头颅。

我们必须说,侯爵和教士这两个人,在一定程度上可以说是一个人。内战的铜面具有两个侧面,一个朝着过去,另一个向着将来,可是两个都是同样悲惨的。朗特纳克就是第一个侧面,西穆尔登是第二个;不过在朗特纳克的苦笑中充满了暗影和暮气,在西穆尔登的不幸的额角上却透露着朝阳的光辉。

这时候,被包围的拉·图尔格可以有一个短期的休息。

我们刚才说过,由于郭文的干涉,双方同意了一个二十四小时的休战。

伊曼纽斯的消息果然很正确,由于西穆尔登的征集,郭文手下现在的确有了四千五百人,有些是国民军,有些是第一线部队,他用这些兵力把朗特纳克围困在碉堡里面,而且他安置了十二门大炮,六门在森林边沿,掩蔽着,对准碉堡,六门没有伪装,在高地上,对准那条桥。他也使用地雷在碉堡脚上炸了一个缺口。

因此,二十四小时的休战届满后,战争将在下述条件下进行:

高地和森林里有四千五百人。

碉堡里有十九个人。

历史可以在犯人的档案里找到这十九个被包围者的名字。我们也许会读到这段历史。

这四千五百人差不多构成一支军队,为着便于指挥,西穆尔登想把郭文提升为参将。郭文拒绝了,他说:"等朗特纳克拿获以后再说。我现在还没有一点功劳。"

低级官阶享有大的指挥权是共和政府原有的惯例。后来拿破仑就是炮队指挥官兼意大利远征军的总指挥。

郭文堡垒的命运是奇特的;一个郭文族人在进攻,另一个郭文族人在防守。这样一来在进攻方面就有相当的顾忌,可是在防守方面却没有,因为朗特纳克先生是一个不惜牺牲一切的人,而且他过去一向住在凡尔赛,对于拉·图尔格丝毫没有什么盲目的崇拜,他对这座碉堡几乎没有什么认识。他到这里来是为了在里面避难,因为他找不到别的避难所,如此而已;他会毫无顾虑地把碉堡摧毁。郭文对这碉堡倒有更多的敬意。

堡垒的弱点在那条桥;可是桥上的图书室里放着郭文家族的家谱。如果从这一边进攻,桥的焚毁是无可避免的;在郭文看来,把家谱烧掉,就等于攻打自己的祖先。拉·图尔格是郭文家族的堡邸;他们在布列塔尼的采邑都以这座堡垒为领袖,正如法国所有的藩领都以卢浮堡垒为领袖一样。郭文族人的家庭回忆集中在这里;他自己就在这里生长;人生的曲折命运使他在成年以后进攻这座可敬的堡垒,他在童年时代却曾经受过这座堡垒的保护。他能够对这座堡垒这么不敬,以至于要把它化为灰烬吗?也许郭文自己的摇篮还放在图书室上面谷仓的一个角落里。某些回忆常常可以使感情激动。郭文面对着这座世代相传的家族古堡,感动起来了。因此他就不从桥这边进攻。他只是截断这边的出路,使一切脱逃都不可能,用一队炮队监视住那条桥,他选定了从另一边进攻。这样一来碉堡脚下才受到地雷的轰炸,而且被挖了地道。

西穆尔登让他这样做,但是他又责备自己不该如此,因为他的严酷性格使他看见了这座哥特式建筑的遗骸就皱起眉头,他对敌人没有怜悯,他对建筑物更不愿意有怜悯。保存一座城堡,就是宽大的开始。宽大正是郭文的弱点;我们知道西穆尔登正在监视着郭文,阻止他的这个缺点的发展,在西穆尔登的眼中,这是个致命的缺点。可是他自己呢,虽然他只是带着愤怒才肯承认,其实他再见到拉·图尔格的时候,内心的确是战栗起来的。他看见了那间图书室,里面还放着他最初教郭文读的那些书,他感到心软下来了;他曾经在邻近的巴利尼村当神父;他,西穆尔登,曾经在桥上小堡的顶楼上住过;就是在图书室里,他曾经把小郭文放在膝上教他读字母;就是在这四堵古旧的墙里,他眼看着他的心爱的学生,他的灵魂上的儿子,长大起来,身体长大了,智慧增长了。这所图书室,这座小城堡,这些装满了他对这孩子的祝福的墙垣,他会摧毁它们,烧掉它们吗?他要保存它们,虽然他这样做心里并不是没有后悔的。

他让郭文从另一边开始围攻。拉·图尔格有一边是野蛮的,就是那座碉堡,也有一边是文明的,就是那所图书室。西穆尔登准许郭文只从野蛮的一边炸开一个缺口。

此外,一个郭文族人在进攻,另一个郭文族人在防守,使这座古堡在法国大革命热火朝天的时代,又恢复了封建老习惯。全部中世纪的历史,就是亲族战争的历史;厄提渥克和波里尼西一类的人不只存在于希腊,[①]也存在于中世纪,哈姆雷

[①] 厄提渥克和波里尼西是两兄弟,为争夺王位而发生战争,波里尼西召集外国军队助战。

特在爱尔舍奈所做的事,就是奥烈斯特在阿尔哥所做的事。

一二　准备救护工作

整个晚上,双方都在进行准备工作。

我们刚才听见的阴郁的谈判一结束,郭文的头一件事就是召见他的副官。

盖桑是一个稍为值得我们认识一下的人,他是一个二流人物,忠实、勇敢、平庸,适宜做兵士,不适宜当领袖,在只需要服从而不需要理解的范围内是很聪明的,从来不心软,绝不会有任何形式的腐化,既不会为了金钱而丧失良心,也不会为了慈悲而泯灭正义。在他的灵魂和他的心里有两个灯罩:纪律和命令,就像一匹马的两只眼睛上有眼罩一样,他向着两眼所能看到的地方前进。他的步伐是笔直的,可是他的路是狭窄的。

此外,他是一个可靠的人;在指挥的时候很严格,在服从的时候很正确。

郭文很激动地和盖桑说话:

"盖桑,一把梯子。"

"报告司令,我们没有。"

"我们必须有一把。"

"用来爬墙吗?"

"不。用来救人。"

盖桑想了想后回答:

"我懂了。可是要符合你的需要,这梯子一定要很长。"

"至少要三层楼那么高。"

"对的,司令,差不多要那么长。"

"还要超过这个高度,因为我们要确实有成功的把握。"

"当然。"

"你们为什么一把梯子也没有?"

"报告司令,你认为从高地那边攻打堡垒不妥当,你只封锁了那一边;你不想从桥上进攻,你要从碉堡方面进攻。因此我们只忙着预备地雷,没有想到云梯。所以我们没有梯子。"

"马上造起来。"

"一把三层楼那么高的梯子不是临时可以造起来的。"

"把短梯子一把一把地接起来。"

"也得要有短梯子。"

"去找来。"

"找不到。到处乡下人都把梯子毁了,就像他们拆毁马车和弄断桥梁一样。"

"这倒是真的,他们想使共和国陷于瘫痪状态。"

"他们要使我们没有车子运输,既不能渡河,也不能爬墙。"

"不管怎样,我必须要有一把梯子。"

"报告司令,我在想办法,在富耶尔附近的雅凡尼有一家很大的木作场。在那里可能找到一把梯子。"

"那么赶快去办,一分钟也不要耽搁。"

"你什么时候要用梯子?"

"明天,最迟要在这个时候。"

"我派一名专差骑着马用最快的速度到雅凡尼去。他要带着征用的命令。雅凡尼有一个骑兵站,可以派兵护送。明天日落以前梯子就可以到达这儿。"

"很好,这样就够了,"郭文说,"快点办。去吧。"

过了十分钟,盖桑又走回来对郭文说:

"报告司令,专差已经动身到雅凡尼去了。"

郭文走上高地,在那里停留了很久,眼睛凝视着山坳对面的桥堡。桥上小城堡的三角形高墙面对着山坳的断崖,墙上除了那扇低矮的门以外,没有别的入口,那扇低矮的门却被拉起的吊桥封锁住。要从高地走到桥墩脚下,必须沿着断崖爬下去,如果抓住一丛丛灌木,爬下去并不是不可能的。不过到了坳底以后,进攻的人就暴露了自己,可能受到这三层楼投下来的弹雨的攻击。郭文终于坚信按照目前包围的形势,真正进攻的地方是碉堡脚下的缺口。

他采取了一切方法防止敌人的脱逃;他把包围圈缩得很紧;他把各个联队布置得像铁环似的互相扣着,没有任何人可以从当中穿过。郭文和西穆尔登分担着围攻的工作;郭文把森林那边留给自己,把高地那边交给西穆尔登。他们商量好,盖桑协助郭文从缺口那边进攻时,西穆尔登把没有伪装的大炮的火线都点着,监视着桥和山坳。

一三 侯爵在做些什么

外边在准备进攻的时候,里面在准备抵抗。

一座碉堡也被叫做木桶,这两者不无相似之处,有时一座碉堡被地雷炸了一下,就像一只木桶被锥子钻了一下一样。墙上有了缺口,木桶上有了一个洞。这就是拉·图尔格当时的遭遇。

两三担炸药的猛烈爆炸力把那堵坚强的墙给炸透了。这个洞口从碉堡的脚下开始,穿过墙壁的最厚部分,在堡垒的底下一层造成了一个歪歪斜斜的拱门。外面围攻的人们为了使这个洞口便于进攻,已经用大炮来把洞口扩大和改好了。

缺口通进去的底下一层是一个圆形的大厅,里面完全是空的,中央有一根柱子支持着圆顶的拱心石。这间大厅是整个碉堡里最大的一间,它的直径不下四十法尺。碉堡的每一层都有和这间相同的大厅,不过比较小一点,各个枪眼后面都有一个小房间。底下一层没有枪眼,没有气窗,没有天窗;里面的光线和空气正好和坟墓里面一样。

土牢的那扇大半用铁、小半用木料造成的门,就装在底下一层。另外一扇门开出去就是楼梯,可以通到楼上各层。所有的楼梯都是建筑在墙里面的。

围攻的人们利用他们炸开的缺口进攻,可能占领这间低矮的大厅。得到了这间大厅,他们还有整整一座碉堡要占领。

在这间低矮的大厅里从来没有人能够呼吸。没有一个人能够在这里度过二十四小时而不闷死。现在,幸亏有了这个缺口,人在里面才能够活着。

因此,被围攻的人并没有封闭这个缺口。

何况封上又有什么用?大炮可以再把它打开。

他们在墙上钉了一个铁的火炬架,插了一支火炬在上面,照亮了这间屋子。

现在,怎样防御呢?

把墙上的洞堵起来是容易的,但是没有用处。筑一个退障倒更有用些。退障是一个有凹角的防御工事,是一种有橡木的栅栏,可以用来集中火力射击敌人,让缺口的外边仍然开着,里边却封闭起来。他们并不缺少材料;他们筑了一个退障,上面留些缝隙使枪身可以通过。退障的凹角靠在中央柱子上;两翼直抵两边的墙壁。造好以后,他们在适当的地点埋下了地雷。

侯爵指挥一切。他同时是鼓动者,指挥者,引导者和主人,他是一个了不起的人。

朗特纳克是十八世纪的那种军人,他们在八十岁的高龄还救护了一些城市。他有点像那位阿尔拔伯爵,这位伯爵在几乎百岁的高龄还把波兰国王从里加驱逐出去。

"拿出勇气来,朋友们!"侯爵说,"本世纪的初期,一七一三年查理十二①曾经在奔德被包围在一所房子里,他率领着三百个瑞典人抵抗两万土耳其人。"

他们堵塞了下面两层,在各个厅间布置了防御工事,在房间里作好枪眼,用木槌把木梁的一端钉在门上,像弓形的支柱般把门抵住;只有那条通到各层楼去的螺旋楼梯没有布置任何工事,因为他们必须用这条楼梯上下,如果堵塞住这条楼梯,连自己也被阻挡住。任何要塞的防御工事总是有弱点的。

永远不疲倦的侯爵,像个年轻人那么强壮,抬木梁、运石头,以身作则地亲自动手工作,他指挥人、帮助人,和大家同心协力,和这群凶猛的人一起欢笑,可是他始终保持贵族的身份,高傲、亲昵、风雅、粗野。

他不容许任何人反叛他。他常常说:"如果你们中间有一半人反叛我,我就叫另一半人枪毙你们,我还要和剩下的人一起防守这地方。"这些事情就是一个领袖能够使底下人崇拜他的地方。

----

① 查理十二,瑞典国王,以武功著名。

305

一四　伊曼纽斯在做些什么

侯爵在忙着布置缺口处和碉堡内的防御工事的时候,伊曼纽斯也在桥上忙着。包围一开始,那条横挂在三层楼窗口外面的救命梯就由侯爵下令卸下来,由伊曼纽斯放在图书室里。郭文所要的梯子,也许就是用来代替这部梯子的。称为守卫室的阁楼的窗户,都用三重嵌在石壁里的铁条拦住,没有人能够从窗户里进出。

图书室的窗户没有铁条,但是这些窗户都很高。

伊曼纽斯叫三个人跟着他,这三个人和他一样,都是什么都能干,什么都肯干的。他们是:绰号叫"金丫枝"的瓦斯那和木矛枪两兄弟。伊曼纽斯拿着一盏不透光的灯,打开铁门,仔仔细细地把桥上小城堡的上下三层检查一遍。"金丫枝"瓦斯那和伊曼纽斯一样怀着深仇,他有一个兄弟是被共和军打死的。

伊曼纽斯检查了堆满干草和麦秆的上面一层,又检查底下一层,他叫人带来几个火盆,跟柏油桶堆在一起;他又叫人把柴束紧放在柏油桶边上,他再检查一下硫黄引线是否完好,引线的一端在桥上,另一端在碉堡里。他在桶底和木柴底下的地面上泼上一层柏油,把硫黄引线浸在油里;然后他叫人把雷尼-让、胖亚伦、小乔治在里面熟睡着的三个摇篮搬到图书室里,正好在有柏油的底下一层和有干草的最高一层之间。他们轻手轻脚地搬摇篮,免得把孩子们弄醒。

这三只摇篮是乡间的一种简单的小摇篮,是一种放在地上的很矮的柳条篮,小孩可以不要大人帮助就能够爬出来。

在每一只摇篮旁边,伊曼纽斯叫人放了一碟汤和一只木匙。从铁钩上卸下来的救命梯放在地板上,靠着墙;伊曼纽斯叫人把这三只摇篮一只接一只地在梯子对面的墙边排列起来。然后他又想到空气流通可能有用,就把图书室的六个大窗户全都打开。那是一个夏天的晚上,天色蔚蓝,气候暖和。

他派木矛枪两兄弟去打开上下两层的窗户。他注意到房子东面墙上有一株很大的干枯了的老常春藤,颜色像火绒,从上到下布满了桥的一边,围绕着上下三层的窗户。他想这株常春藤留着也没有什么害处。伊曼纽斯向各处又望了一眼;然后四个人走出了小城堡回到碉堡里去。伊曼纽斯把那扇沉重的铁门锁上,仔细地察看那把可怕的大锁,又看看那条硫黄引线,满意地点了点头,这条引线从他所挖的洞钻过,从此以后就成为碉堡和桥之间惟一的联系。引线从圆形大厅开始,从铁门底下穿过,进入圆拱下面,达到桥上建筑物底下一层的楼梯,沿着螺旋形的楼梯弯弯曲曲地爬上去,在阁楼的地板上爬过,一直到达干柴堆下面的一摊柏油里。伊曼纽斯计算过,在碉堡里面点着这条引线,要一刻钟工夫才能使图书室里的那摊柏油着火。这一切都布置好,一切都察看好以后,他把铁门的钥匙交给朗特纳克侯爵,侯爵把钥匙放在衣袋里。

监视敌人的一举一动是很重要的。伊曼纽斯腰带上挂着一只牧童用的号角,跑到碉堡顶上露台的瞭望台里站着当哨兵。他一边望着森林,一边望着高地,他的身边,在瞭望台的天窗的窗沿上,放着一只火药箱、一只装满了子弹的布袋,还装着一些被他撕破的旧报纸,他一面监视敌人,一面在制造弹药筒。

太阳升起来,照亮了森林里的八个联队,他们身上挂着军刀,背上挂着弹药盒,长枪上上了刺刀,完全准备好进攻;高地上有一排大炮,旁边有弹药箱、火药包,和若干箱霰弹;在堡垒里面,十九个人在拿着阔口枪、火枪和手枪在装子弹,他们同时也给一些小炮装弹药;还有三个小孩在摇篮里睡觉。

第三卷 圣巴托罗缪的屠杀

圣巴托罗缪的屠杀

1

孩子们醒过来了。

最先醒的是那个小女孩。

孩子们的醒觉就像花的开放一样;这些清新的心灵仿佛发散出来的一股幽香。

只有二十个月的乔治特,是三个孩子中最小的一个,五月里她还在吃奶,现在她把小脑袋抬起来,坐在摇篮里,望着自己的脚,开始咿咿呀呀地说起话来。

一线晨光落在她的摇篮上;很难说得出到底最像玫瑰色的是乔治特的脚呢,还是清晨的阳光。

其余两个仍然睡着;男的总睡得深沉些。乔治特很快活,很平静,咿咿呀呀地叫着。

雷尼-让的头发是棕色的,胖亚伦的头发是栗色的,乔治特的头发是金色的。这些不同的头发颜色,在儿童时代是和岁数相适应的,以后就会发生变化。雷尼-让的神气好像一个小小的大力士;他是向下扑着睡的,两只小拳头放在眼睛上。胖亚伦的两条腿跌到小床外面来。

三个小孩都穿着破衣服;红帽子联队给他们的衣服都已经成为碎片;他们身上穿的已经说不上是一件衬衫。两个男孩子几乎等于全裸,乔治特裹着一块破布,这块破布曾经是一条裙子,现在连一件短衬也说不上了。谁照料这些孩子呢?这真难说。没有母亲。那些粗野的农民军战士把他们从一个森林拖到另一个森林,把他们自己的一份汤分给他们喝。如此而已。孩子们就尽自己的能力活下去。所有的人都是他们的主人,却没有一个是他们的父亲。可是孩子们的破衣服上充满了光辉。他们是非常可爱的。

乔治特在叽叽喳喳地叫着。

小孩的咿呀,就是鸟儿的唱歌。他们唱的是同一种赞美歌。这种赞美歌是不清晰的、断断续续的,却充满了深沉的意义。孩子和鸟儿不同的地方,是孩子的面前还有人生的悲惨的命运。因此,听见孩子唱歌的人,就会感到忧郁,这种忧郁和唱歌的孩子的欢乐混在一起。在人世间所能听到的最崇高的赞美歌,就是从孩子的嘴里发出来的人类灵魂的喃喃的话语。这种只是出自本能的把思想表达出来的模糊的低吟,包含着一种对永恒正义的不自觉的呼吁;也许这是迈进人生门槛以前的一个抗议。这个抗议是谦卑的,也是刺心的;这个无知的小生命对着宇宙微笑,使得宇宙万物要对这个软弱而赤手空拳的小生命的将来命运负责。假使这个小生命将来遭受不幸,那就是宇宙对他的背信。

孩子的咿呀声,既是语言,又不是语言;不是音符,却是诗歌;不是字母,却是话语。这种喃喃学语是在天上开始的,到了人世间也不会终结;那是诞生以前就开始的,现在还在继续,是连续不断的。这种含糊的话语包括孩子过去做天使时所说过的话,和他成年以后所要说的话。摇篮有"昨天",正如坟墓也有"明天"。这个明天和这个昨天的双重神秘在这种不可解的孩子歌声里混合起来了;没有什么别的东西比这个鲜花似的灵魂里的巨大暗影更能证明上帝、永恒、责任和命运的二元了。

乔治特咿咿呀呀所说的话并没有使她自己感觉哀愁,因为她的整个可爱的脸儿本身就是微笑。她的嘴在微笑,她的眼睛在微笑,她的颊窝在微笑。她的笑容流露出对清晨的神秘的欢迎。亮光是能够使人产生信心的。天色蔚蓝,天气暖和、晴朗。这个脆弱的小生命什么也不知道,什么也不认识,什么也不懂得,只是懒洋洋地沉溺在梦幻里,可是她并没有思索什么,在这样的自然环境里,周围有这些正直的树、诚实的绿草地、纯洁而和平的原野,在雏鸟声、溪水声、昆虫声、树叶声中,天空上还有无限清白的太阳在灿烂地照耀着,在这样的环境里,她觉得自己是安全的。

乔治特醒后,已经有四岁多的老大雷尼-让也醒过来了。他站起来,雄赳赳地跨出摇篮,看见了那盘汤,觉得这是很自然的事,就坐在地上喝起汤来。

乔治特的唱歌声并没有惊醒胖亚伦,可是汤匙碰击盘子的声音却使他突然翻过身来,张开了眼睛。胖亚伦就是三岁的那个。他看见了自己的盘子,他只消一伸手就可以够到,他并没有走出摇篮就把汤盘拿起来,放在膝盖上,握住汤匙,像雷尼-让一样喝起汤来。

乔治特没有听见他们,她的抑扬的歌声仿佛为她的沉思做催眠的伴奏。她的睁得大大的眼睛向上望着,这双眼睛是神圣的;一个孩子的头上无论有什么样的天花板或者穹隆,在他的眼睛里反映出来的总是天堂。

雷尼-让喝完以后,用汤匙刮了刮盆底,叹了一口气,神气俨然地说:"我喝完我的汤了。"

这句话把乔治特从梦想中惊醒。

"当,当。"她说。

她看见雷尼-让吃完了,胖亚伦在吃着,她也拿起身边的那盘汤开始喝起来,经常把汤匙送到耳朵边,而没有送到嘴里。

有时她竟舍弃文明,用手指吃起来。

胖亚伦像他哥哥一样刮过盘底以后,就去找他的哥哥,在他的哥哥后面奔跑。

2

突然间,外间碉堡下面树林那边响起了一阵喇叭声,吹的是一种高傲而严厉的军号。碉堡顶上一下号角声回答了下面的喇叭声。

这一次是喇叭在呼唤,号角在回答。

喇叭吹了第二次,号角跟着也吹了第二次。

于是树林边上一个遥远却很真切的声音清楚地喊起话来:

"匪军!投降吧!如果日落时你们还不无条件投降,我们就开始进攻了。"

一个像雷鸣似的声音在碉堡的露台上回答：

"攻吧。"

下面的声音继续说：

"开始进攻前半个钟头，我们先放一下大炮作为最后的警告。"

上面的声音重复说：

"放吧。"

这些喊声并没有传到孩子们那边，但是喇叭声和号角声很响亮，传得很远，乔治特听见第一下喇叭声时就抬起头，停止吃汤，听见号角声，她就把汤匙放在盘子里；听到第二次喇叭声的时候，她举起了右手食指，照着喇叭声的抑扬把食指反复放下又举起，一直到第二次号角声的时候还继续这样做；号角声和喇叭声都停止后，她仍然举着手指，仿佛在沉思，低声喃喃地说："音要。"

我们猜想她要说的是："音乐。"

两个大孩子雷尼-让和胖亚伦并没有注意到号角声和喇叭声，他们被另外一件东西吸引住：一只小甲虫正在从图书室的地板上走过。

胖亚伦发现了这只小甲虫，叫起来：

"一只虫。"

雷尼-让奔过来。

胖亚伦继续说：

"会刺人的。"

"别弄死它。"雷尼-让说。

于是两个孩子开始注视着这位过客。

这时候乔治特已经把汤喝完；她到处张望，找她的两个哥哥。雷尼-让和胖亚伦在一个破窗户的框子里面蹲着,很严肃地在观察那只小甲虫;他们额角碰着额角,头发混在一起;他们屏住呼吸,津津有味地凝视着那只小虫,那只小虫停了下来,不再走动,仿佛对他们的欣赏不十分高兴。

乔治特看见她的两个哥哥在看什么东西,很想知道到底是什么。走到他们那边不是一件容易的事,可是她仍然尝试一下。这段路程有许许多多的困难,地上堆着许多东西,有翻倒的矮凳,破纸堆,拆散了的空木匣、箱子,还有一堆堆各种各样的东西,简直是一群礁石,必须绕道走过;乔治特要冒这个险。她的第一件工作是走出摇篮;然后她走进了礁石堆中,弯弯曲曲地在海峡里穿来穿去,推开一张矮凳,在两只箱子当中爬过,越过一堆破纸,从一边爬上去,从另一边滚下来,很温和地把她的可怜的小身体裸露出来,最后终于走到水手们称为"自由海面"的地方,就是说,她到了一处相当宽阔的地板上,既没有什么障碍,也不再有什么危险;这时她就向前冲,越过这块等于全室的阔度的地面,她用四肢爬着,像猫一样迅速,走到窗户附近,这里她遇到了一个更可怕的障碍,那架顺着墙根横放着的长梯子正好到达这里,梯子的顶端稍为越过窗框一点,这梯子就在乔治特和她哥哥之间形成了一个海岬,她必须绕过去;她停下来思索;等到她心里的自言自语结束以后,她拿定了主意;她坚决地用她的玫瑰色小手抓住梯子的一条横木,梯子既是横着靠墙的,梯子的横木就不是横的而是直立的了;她试着站起来,又跌下去;她再试一次;她第二次又告失败;第三次她才成功了;于是她笔直地站着,挨次扶着梯子的一条条横木沿着梯子走过去;走到梯子的尽头,扶手没有了,她摇晃了一下,可是她用两只小手抓住梯子的粗大的竖木,又立起来,绕过海岬,望着雷尼-让和胖亚伦,她笑了。

3

这时候,雷尼-让对自己观察甲虫的结果感觉满意了,他抬起头来说:

"这是一只母的。"

乔治特的笑声使雷尼-让笑起来,雷尼-让的笑声使胖亚伦也笑了。

乔治特完成了和她的哥哥们会合,他们三个坐在地板上,像召开一个小型的座谈会。

可是那只甲虫不见了。

它趁着乔治特笑的时候爬进地板的洞洞里去了。

小甲虫消失以后,跟着又发生了新的事件。

首先是有一群燕子飞过。

燕子窝大概就在屋檐下。那些燕子就在窗户近边飞着,好像有一点儿害怕这些孩子的样子,它们在空中兜着大圈子,唱着甜蜜的春曲。它们使三个孩子都抬起头来,把小甲虫给遗忘了。

乔治特用手指指着燕子叫道:"鸡鸡!"

雷尼-让骂她:

"姑娘,不叫鸡鸡,叫鸟儿。"

"咬儿。"乔治特说。

于是三个人都望着那些燕子。

以后一只蜜蜂飞了进来。

没有比蜜蜂更像精灵的了。蜜蜂从一朵花飞到另一朵,就像精灵从一颗星飞到另一颗星一样,蜜蜂产蜜,就像精灵带着光一样。

蜜蜂飞进来的时候发出很大的声音,它尽力嗡嗡地叫着,好像在说:"我来了,我刚看过玫瑰花,现在我来看看孩子们。这儿有什么事情发生呀?"

一只蜜蜂就是一个管家婆,它的唱歌就是嘀咕。

蜜蜂在屋子里飞着的时候,三个孩子的眼睛一直没有离开过它。

蜜蜂在整个图书室里旅行了一遍,搜索了每一个角落,仿佛在自己的蜂窝里一样自由地飞来飞去,振着翅子,富有旋律,在一个个书橱间徘徊,在玻璃门外检视书名,仿佛它也有知识似的。

访问完毕以后,它飞去了。

"它回家去了。"雷尼-让说。

"这是一只虫。"胖亚伦说。

"不,"雷尼-让回答,"是一只苍蝇。"

"蝇。"乔治特说。

这时候胖亚伦在地板上找到一根绳子,绳子的末端有一个结,他用大拇指和食指把没有结的一端拿起来,把绳子像风车似的旋转,而且聚精会神地望着绳子转动。

乔治特又用四肢在地上爬,继续任性地在地板上爬来爬去,她发现了一把可敬的毡绒椅子,已经给虫蛀了许多洞,鬃毛从好几处洞口露出来。她在椅子前面停下来,把洞更撕大些,专心一意地把鬃毛拉出来。

突然间,她举起了一只手指,这意思就是说:"听。"

两个哥哥都转过头来。

外面传来一阵遥远而模糊的嘈杂声,大概是进攻的军队在森林里执行某些战略上的调动;战马的嘶鸣声、战鼓声、辎重车的滚动声、铁链的互相撞击声、此呼彼应的军号声,种种杂乱的粗暴声音,这些声音混合起来倒也变得和谐动听。孩子们听着,入了迷。

"这是那个'我主'造出来的声音。"雷尼-让说。

4

声音停下来了。

雷尼-让在那里沉思。

在这些小脑袋里,观念是怎样消失和再现的呢?他们的记忆还很模糊,很短暂,这些记忆的神秘的变化是怎样的呢?在这个沉思着的年轻的脑袋里,出现了一个杂乱的回忆,里面混合着上帝、祈祷、双手合十,以及过去享有而现在没有的一种温和的微笑,于是雷尼-让喃喃地说:"妈妈。"

"妈妈。"胖亚伦说。

"妈。"乔治特说。

然后雷尼-让开始跳跃。

胖亚伦看见了,也跳起来。

胖亚伦模仿雷尼-让的一切行为和动作;乔治特并没有模仿得那么厉害。三岁的孩子必然模仿四岁的孩子;可是二十个月的孩子往往保持自己的独立。

乔治特一直坐在那里,不时说出一个单字。乔治特并不说一句整句。她是一个思想家;她用格言的形式说话。她是说单音语的人。

可是过了一些时候,两个哥哥的榜样战胜了她,她终于试着学她的哥哥们那样做法,于是三双赤裸的脚开始在年代久远的光滑的橡木地板的灰尘中跳舞、奔跑、摇晃,那些大理石胸像在严肃地望着他们,乔治特不时对那些胸像不安地望上一眼,喃喃地说:"嬷嬷妈!"

在乔治特的语言里,"嬷嬷妈"就是指一切像人而不是人的东西。在儿童的观念里生物是和鬼怪混淆在一起的。

乔治特走路的时候少,摇晃的时候多,她跟着她的两个哥哥,可是她最愿意的还是用四肢爬行。

走到一扇窗户附近的雷尼-让,忽然把头抬起来,又低下去,而且走到窗框的墙角里躲起来。他看见了一个人在望着他。那是一个蓝军的兵士,是驻扎在高地上的,他利用休战的机会——也许有点违反休战的协定——大胆地走到山坳的边沿,从那里可以望见图书室的内部。看见雷尼-让躲起来,胖亚伦也躲起来,他蹲在雷尼-让的身边,乔治特走过来躲在他们身后。他们一声不响地待在那里,动也不动,乔治特把手指放在嘴唇上。过了几分钟,雷尼-让冒险把头伸出来,那个兵士还在那里。雷尼-让很快地把头缩回来;三个孩子连呼吸都不敢了。这样过了相当长的时间。最后乔治特对这种害怕感到厌烦了,她很大胆,她望了望。那个兵士已经走了。他们又开始奔跑和玩起来。

胖亚伦虽然是雷尼-让的模仿者和崇拜者,他却有一种特长,他善于发现。他的哥哥和妹妹看见他忽然很兴奋地把一辆四轮小车子东摇西摆地拉过来,不知道他是从哪儿发掘出来的。

这辆洋娃娃车子多年以来被人遗忘在灰尘里,和那些天才的著作以及圣贤的胸像做伴。也许这是郭文小时候的玩具之一。

胖亚伦把他的那根绳子当作鞭子,呼呼地挥舞着;他很骄傲。发明家都是这样的。一个人不发现美洲大陆的时候,就发现一辆小车子。往往是这样的。

可是大家要分享这个发现。雷尼-让要拉车子,乔治特想坐在车里。

她试着坐上去。雷尼-让做马。胖亚伦做马夫。

马夫不知道怎样做法,那匹马来教他。

雷尼-让向胖亚伦喝道:

"叫一声'咄'!"

"咄!"胖亚伦照着叫了一声。

车子翻了。乔治特滚了出来。天使们是会叫喊的。乔治特叫喊了。

然后她隐隐地觉得想哭。

"姑娘,"雷尼-让说,"你太大了。"

"我大。"乔治特说。

她的长大使她忘却跌下来的痛苦。

窗户下面的窗台很阔大;从高地上吹来的泥尘都积聚在上面,雨水把灰尘又凝成泥土,风把植物种子带过来,于是一株黑莓就利用这浅浅一层泥土生长起来。这株黑莓是属于多年生的所谓"狐狸桑科"一类的。这时正是八月,这株黑莓长满了莓子,一股丫枝从一扇窗户里伸进来,几乎垂到地板上。

胖亚伦在发现了绳子和小车之后,又发现了这株黑莓。他走过去。

他采了一颗莓子吃了。

"我饿了。"雷尼-让说。

乔治特用她的双手和双膝很快地爬着,也赶到了。

他们三个把丫枝剥得精光,把上面的果实都吃了。他们有点吃醉,而且弄脏了身体,脸和手被黑莓的果汁染得通红,三个小天使终于变成了三个小怪物,这样会使但丁吃惊,使维吉尔①着迷。他们哈哈大笑起来。

枝上的刺不时刺痛他们的手指。没有什么东西是不付代价就能得到的。

乔治特把手指伸给雷尼-让看,手指上凝着一小滴血,她指着那根刺说:"刺。"

胖亚伦也被刺过,他狐疑地望着丫枝说:

"那是一个虫。"

"不,"雷尼-让回答,"那是一根木棍。"

"一根木棍是坏东西。"胖亚伦说。

这一次乔治特也想哭,可是她却大笑起来。

5

雷尼-让也许妒忌他的弟弟胖亚伦的许多发现,他想好了一个伟大的计划。已经有好一阵,他在采莓子而且手指被刺的时候,眼睛就不停地溜着一个斜面的书架子,那书架子像一座纪念碑一样孤零零地放在图书室当中。就是在这个书架上面陈列着那本有名的《圣巴托罗缪》。

---

① 维吉尔(前70—前19),拉丁诗人,在但丁的《神曲》里,就是维吉尔引导但丁神游三界的。

那真是一本华丽珍贵的四开本书。这本《圣巴托罗缪》是在古龙尼印行的,出版家就是有名的印行一六八二年版《圣经》的布鲁,拉丁文叫做塞许斯。这本书是利用机器和牛筋制订成的,并不是用荷兰纸印的,而是用埃德利思①非常赞美的漂亮的阿拉伯纸印的,这种纸用丝和棉制成,永远洁白不变色;封面和封底是烫金的皮子,扣子是银的;包皮纸是巴黎的羊皮纸商赌咒说只有在圣马都林大厅才买得到,别的任何地方都买不到的那种羊皮纸。这本书里有许多木刻和铜刻的插图,还有许多国家的地图;卷首有一篇印刷商、纸商和图书商等反对一六三五年颁布的对"皮革、啤酒、分趾蹄类动物、海鱼和纸张"实行征税的法令的抗议书;内封面上印有献给葛里夫的献词,葛里夫在里昂,就和埃尔舍维在阿姆斯特丹一样。这一切就造成了这一个著名的版本,其稀见的程度,几乎像莫斯科的《使徒书》一样。

这本书很美丽;因此雷尼-让不停地望它,也许望得太多了。书是翻开的,翻开的那页正好有一幅很大的版画,画着圣巴托罗缪把自己的皮挂在手臂上。这幅版画在地板上就可以看得见。把所有的黑莓都吃完以后,雷尼-让用十分热爱的眼光打量着这幅图画,乔治特顺着哥哥的眼光望过去,看见了版画,她说:"画。"

这个字仿佛使雷尼-让下了决心。于是他开始做一件不平凡的事,使胖亚伦大吃一惊。

图书室的一个角落里有一张粗大的橡木椅子;雷尼-让走到椅子面前,抓住椅子,单独一个人把椅子拖到书架子旁

---

① 埃德利思(1099—1164),著名的阿拉伯地理学家。

边。等到椅子碰到了书架,他就爬了上去,把两个拳头放在书本子上。

他既然爬得这么高,就觉得有显示伟大的必要;他抓住图画的上角,很小心地把它撕破;他是歪斜地把圣巴托罗缪撕破的,可是这不能怪他;他留下那页书的左半边,上面有这位传说中的老圣徒的一只眼睛和光轮的一部,他把圣徒的另外半边和全部皮肤送给乔治特。乔治特把圣徒接过来,说:"嬷嬷妈。"

"我也要!"胖亚伦说。

撕破了第一页书就像流下了第一滴血,大屠杀就这样开始了。

雷尼-让翻过一页;圣徒后面是评注者潘东纳斯,雷尼-让把潘东纳斯赐给胖亚伦。

这时候乔治特把她的那一大张撕成两小张,又把两小张撕成四张;这样历史就可以记载:圣巴托罗缪在亚美尼亚被剥皮以后,又在布列塔尼被肢解。

6

肢解完毕以后,乔治特把手伸向雷尼-让说:"要!"

圣徒和评注者后面是那些注释者的严厉的图像。第一个是加望达斯;雷尼-让把他撕下来,放到乔治特手中。

圣巴托罗缪的所有注释者都遭到同样的命运。

给予是能使人产生优越感的。雷尼-让没有留下一点东西给自己。胖亚伦和乔治特很钦敬地望着他;这样就够了,他的观众崇敬他,就使他满足了。

慷慨大量的雷尼-让把法贝利西奥·比那德里送给胖亚伦,把斯蒂丁神父送给乔治特;然后又把亚尔封斯·托斯塔给胖亚伦,把郭尼里斯·阿·拉必德给乔治特。胖亚伦得到亨利·亚蒙,乔治特得到罗拨蒂神父和杜埃城的风景,一六一九年神父就在这城里诞生。胖亚伦得到了纸商们的抗议书,乔治特得到了给葛里夫的献词。后面还有许多地图。雷尼-让把地图一一分配。他把埃塞俄比亚给胖亚伦,把里加奥尼亚给乔治特。分配完毕,他把书推到地上。

这是很可怕的时刻。胖亚伦和乔治特怀着又惊又喜的心情看着雷尼-让皱起眉头,挺着小腿,握紧拳头把那本庞大的四开本书从书架上推下来。一本威严万分的巨册变得非常狼狈,这是很可悲的。这本笨重的书被推下来,在书架上悬挂了片刻,迟疑着,摇摆了一阵,然后落下来,破了,皱了,裂了,封面脱落了,银扣断了,很可怜地平躺在地板上。幸而没有落在孩子们身上。

他们只觉得眼花缭乱,可是并没有被吓倒。一切征服者的冒险行动,能够得到这样好的收场是没有的。

像一切光荣事迹一样,这一件光荣的事迹也弄得声震四座,而且掀起一大阵灰尘。

把书推到地下以后,雷尼-让从椅子上走下来。

这一刹那间是静寂的和恐怖的;胜利也能产生恐怖。三个孩子互相握着手,远远地站着,望着那本被肢解了的巨书。

可是沉思了片刻之后,胖亚伦毅然走过来,把那本书踢了一脚。

这样就完了。破坏欲是人人有的。雷尼-让也踢一脚,乔治特也踢一脚,这一踢使她自己跌下来坐在地板上;她利用这个机会向圣巴托罗缪扑过去。一切诱惑力都消失了;雷尼-让奔过去,胖亚伦冲过去,他们快活地、狂热地、得意地、无情地撕破插图,扯裂书页,拉掉书带,刮破书面,扯下烫金皮子,拔掉银角的钉子,弄破羊皮纸,把庄严的文字撕成碎片,他们用脚、用手、用指甲、用牙齿来完成这件工作,这三个玫瑰似的、欢笑着的、粗野的小天使把毫无防御的圣徒打倒了。

他们消灭亚美尼亚、犹太、贝纳房等圣徒尸骨所在地,那位也许和巴托罗缪是同一个人的那塔那爱,还有宣称巴托罗缪-那塔那爱的福音书是伪教皇耶拉思,以及所有的图像和所有的地图,这件毫无怜悯地破坏这本古书的工作完全吸引住他们,以致一只老鼠跑过他们也没有发觉。

这是一场歼灭战。

把历史、传奇、科学、真的或假的奇迹、教堂的拉丁文、迷信、宗教狂、神秘主义扯成碎片,从头到尾把整个宗教撕毁,这是三个巨人才能做的工作,三个孩子做起来就更不容易;这件工作花费了几个钟头,可是他们终于达到了目的:圣巴托罗缪的东西一点也没有剩下。

等到全部工作完成,最后一页也扯了下来,最后一幅版画也摊在地上,全本书只剩下文字和插图的断片和书面的残骸的时候,雷尼-让站起来,望了望堆满书页碎片的地板,拍起手来。

胖亚伦也拍手。

乔治特从地上拾起一页书,站起来,靠在和她的下巴一样高的窗槛上,把很大的一页书交叉地撕成碎片。

雷尼-让和胖亚伦看见以后也模仿起来。他们把书页搜集起来,一一撕掉,再搜集,再撕掉,都像乔治特一样交叉地撕成碎片；于是一页又一页被这些兴奋的小手指撕得粉碎，几乎整整一本古书都随风飘走了。乔治特沉思地望着这些白色小纸片被风吹送在空中飞舞，她说：

"蝶！"

于是这场大屠杀就以那些小纸片在蔚蓝的天空中消失而结束。

7

这就是在我主四十九年时已经做过一次殉道者的圣巴托罗缪的第二次被处死的情况。

黄昏到来以后，气候转热，催人入睡，乔治特的眼睛有点蒙眬，雷尼-让走到他的摇篮边，把用来作褥子的草袋拉下来，一直拖到窗户旁边，然后躺在上面说："我们睡吧。"

胖亚伦把脑袋搁在雷尼-让身上，乔治特把脑袋搁在胖亚伦身上，三个小坏蛋就睡着了。

热风从开着的窗户吹进来；野花的香气从山谷里和小丘上被晚风挟着到处散播。大自然是恬静而仁慈的，一切都发着光辉，一切都平静，一切都充满了爱情。光线是太阳给万物的爱抚；全身的毛孔都可以体会到从万物的伟大柔情里所发出来的和谐；宇宙就是母亲；天地万物就是光辉灿烂的奇迹，造物主更用慈爱来表现她的伟大；在生物的可怕的斗争中，仿佛无形中有什么人在采取一些神秘的措施来保护弱者、抵御强者。而且，这样的景象总是美丽的；光明会给人一种仁慈的感觉。光和影在草原和河流上的移动，使无可形容地沉静的原野仿佛变成一幅无限华美的织物；炊烟升上云端，就像幻想渐入梦境;飞鸟在拉·图尔格的顶上兜着圈子;燕子在窗口上张望,仿佛来看看孩子们是否睡好。孩子们很优美地挤在一起,一动也不动,半裸着身体,像小爱神所作的姿势;他们是纯洁的,值得崇拜的,他们三个加起来还不满九岁,他们在梦着天堂,这可以从他们微微笑着的嘴角上看出来,也许上帝正附在他们的耳朵旁边说话,他们是所有人类的语言都称为弱者和受祝福的人,他们是值得崇敬的天真无邪的人。周围一切都在静寂中,仿佛他们温柔的胸膛所发出的呼吸声就是宇宙间的大事,天地万物都在倾听,树叶没有沙沙作响,野草不再颤动;满布星星的广阔的天空仿佛在屏住呼吸,免得扰乱了这三个卑微的小天使的睡眠,没有什么比大自然对这几个小孩的无限尊敬更崇高的了。

太阳快要落山,现在已经几乎接触到地平线了。突然间,在深沉的静寂中,森林里爆发出一道闪电似的亮光,紧跟着是一声巨响。有人放了一发大炮。大炮的回声把这一声巨响化成一片爆音。从一座小丘到另一座小丘延续着的轰隆声是非常可怕的。这声音惊醒了乔治特。

她略略抬一抬头,举起她的小手指,说:

"砰!"

声音消失了,一切又恢复静寂,乔治特把脑袋再度搁在胖亚伦身上,又睡着了。

第四卷 母 亲

一 死神出现了

那天傍晚时分,我们前面说过的那位几乎盲目地赶路的母亲已经步行了一整天。其实她每天的生活也就是这个样子:总是向前走,永远不停下来。因为她在极度疲倦时随便在一个角落里睡一觉,并不能够称为休息,正如她像鸟儿觅食般在这里那里所吃的东西不能够称为食物一样。她只是在仅仅为了不至于倒毙的限度内才吃一点东西和睡一觉。

昨天晚上她是在一个荒废的仓房里度过的,这些荒废的房子是内战的结果;她在一片荒凉的田野里发现四垛墙和一扇洞开的门,残破的屋盖下面还有一堆麦秆,她就在屋盖下面的麦秆堆上躺下来,她觉得老鼠在麦秆堆下面走动,她从破屋盖上望见星星升起。她睡了几个钟头,在半夜里醒过来;她立刻又出发,为了要在烈日出来以前尽可能地多赶一点路。对于在夏天徒步旅行的人,午夜比正午更合适些。

她尽可能地依照望驿特那个农民指示给她的那条简单的路线走路;她尽可能地朝西走。有谁走近她身边,就可以听见她不停地低声说:"拉·图尔格。"除了她的三个孩子的名字,她只知道这一个名字。

她一边走,一边在沉思。她想着她的一切遭遇;她想着她受过的一切苦难和她忍受的一切;她想着她遇见过的一切人,她所受过的侮辱;她想着有时为了讨一个宿处,有时为了讨一片面包,甚至仅仅为了求人指示路径,她不得不接受别人提出的条件,不得不接受别人的建议而卖身。一个穷途落魄的女人比一个穷途落魄的男人更不幸,因为女人是取乐的工具。多么可怕的流浪啊!不过,只要能够找到她的孩子,她什么也不在乎。

这一天,她首先遇到的是大路旁边的一个乡村,天刚蒙蒙亮,一切还沐浴在黑夜的暗影里;不过村里的大街上已经有几家人家的门也开了一半了,几个好奇的人从窗口上探出头来。居民们像被骚扰的蜂窝一样激动。因为大家听见了车轮和铁器的声音。

在教堂前面的广场上,有一群人吃惊地抬头望着从小丘顶上沿着公路向村里进发的一群人马。其间有一辆由五匹系着铁链的马拉着的四轮马车。车上看得出装着一堆东西,样子有点像几根长木梁,中间有些奇形怪状的东西,上面盖着一大块覆布,好像棺材套似的。十个骑马的人在车子前面,另外十个人在车子后面。这些人戴着三角帽子,肩膀上挺出一些尖东西,样子好像是出了鞘的军刀。这一队人慢慢地前进,在地平线上很清晰地显现出深黑色的轮廓。马车好像是黑色的,马也像是黑色的,骑马的人也像是黑色的。在他们后面清晨在泛着白色。

他们进了村子,一直向广场走去。

在马车下山的一段时间中,天色逐渐亮起来了,现在已经能够看清楚这队人马,他们仿佛是幽灵的行列,因为他们当中没有一个人说话。

骑马的人是些巡逻兵。他们的确带着出鞘的军刀。那块覆布是黑色的。

那个可怜的流浪母亲也从另一端进了村子,她走近广场的那堆农民的时候,马车和巡逻兵们正好到达广场。人群中有人低声地一问一答:

"那是什么?"

"那是一部断头机。"

"从哪儿来的?"

"富耶尔。"

"到哪儿去?"

"不知道。据说是到巴利尼附近的一个堡邸去的。"

"巴利尼!"

"管它到哪儿去,只要不留在这儿就行!"

大马车、用殓尸布覆盖着的装载物、拉车的马、巡逻兵、铁链的响声、那些人的沉默、微明的天色,这一切都是阴森森的。

这队人马越过广场,走出村子;村子坐落在两面斜坡中间的山坳里。一刻钟后,那些站在那里呆若木鸡的农民们又看见这一队阴森的行列在西边的小丘顶上出现。粗大的车轮一路颠簸着,马儿身上的铁链在晨风中颤动,军刀闪闪发光;旭日初升。公路转了弯,这一队人马就消失了。

这时候,正是在图书室里,乔治特在她的两个还熟睡着的哥哥身边醒过来,向她的玫瑰色小脚道早安的时候。

二 死神说话

那个母亲望着这队阴森森的行列走过,她不理解到底是怎么一回事,同时她也不想去理解这件事;她的眼前有另外的景象,那就是她的消失在黑暗中的孩子。

那队人马走后不久,她也走出了村子,走的是同一条公路,离开马车后面的一队宪兵相当远。突然间她想起了"断头机"三个字。"断头机",她想,这个野女人米歇尔·佛莱莎并不知道这是什么东西;可是本能在警告她。她战栗起来,自己也说不出为什么,她觉得在这种东西后面跟着走是可怕的,于是她向左边走,离开了公路,走进树丛里,那就是富耶尔森林。

胡乱走了一些时候,她看见了一座钟楼和几间屋顶,那是在树林边沿的一个小乡村,她向那边走去。她饿了。

共和军在这个村子里设立了一个兵站。

她一直走到乡公所前面的广场上。

这村子里也笼罩着激动和不安。一大群人紧挤在乡公所门口的几级石阶上。石阶的最高一级上有几个兵士簇拥着一个人,这人手里拿着一张摊开的大告示。这人的右边站着一个鼓手,左边站着一个贴告示的公差,手里拿着糨糊钵和一把刷子。

门上面的阳台上站着乡长,三角绶带挂在他的农民服装上面。

拿着告示的人是一个喊街的公差。

他挂着出差皮带,皮带上吊着一只小皮袋,说明他要一个一个乡村地走遍,要在这里一带到处喊话。

米歇尔·佛莱莎走近来的时候,他已经把告示摊开,正在开始朗读。他高声读着:

"统一而不可分的法兰西共和国。"

鼓手敲了一通。人群里起了骚动。有些人把无边帽脱下来;别的一些人把帽子戴得更紧些。在那时候在这里一带差不多可以从帽子去分辨一个人的政治态度:戴普通帽的是保王党,戴无边帽的是共和党。群众乱哄哄的低语声静下来了,大家都在听着,公差念下去:

"……根据我们接到的命令和公安委员会授给我们的权力……"

鼓手又敲了一通。公差继续念:

"……为着执行国民公会颁布的、宣布武装叛徒应受法律处分并且对窝藏叛徒或帮助叛徒脱逃者处以极刑的命令……"

一个农民低声问他旁边的人:

"极刑?这到底是什么?"

那人回答:

"我不知道。"

公差把告示抖动了一下:

"……并且按照四月三十日法令第十七条的规定,政治委员及其代理人对叛徒有处理的全权。"

"我们宣布下列各人应受法律处分……"

他停了一停,又继续念下去:

"……其姓名及绰号如下……"

在场的人都注意听着。

公差的声音变得像轰雷似的响亮。他说：

"……朗特纳克,匪徒。"

"那是爵爷。"一个农民喃喃地说。

整个人群中只听见耳语声："那是爵爷。"

公差继续念下去：

"……朗特纳克,前侯爵,匪徒。伊曼纽斯,匪徒……"

两个农民互相瞟了一眼。

"那是古治-勒-布里昂。"

"不错,就是'杀蓝魔王'。"

公差继续念名单：

"大诚心,匪徒……"

人群又低声地说：

"他是一个教士。"

"不错,他就是土尔摩院长先生。"

"对的,他是夏贝勒树林附近什么地方的本堂神父。"

"也是匪徒。"一个戴无边帽的人说。

公差继续念：

"……新树林,匪徒。木矛枪两兄弟,匪徒。吴查,匪徒……"

"那是德·盖伦先生。"一个农民说。

"篮子,匪徒……"

"那是石飞尔先生。"

"清白地,匪徒……"

"那是雅木瓦先生。"

公差继续念下去,并没有理会这些注解。

"……基奴瓦育,匪徒。夏德奈,又名洛比,匪徒……"

一个农民低声说：

"基奴瓦育就是金头发,夏德奈是圣都昂人。"

"……瓦斯那,匪徒。"公差继续念。

只听见人群里有人说：

"他是瑞野人。"

"对的,他就是'金丫枝'。"

"他的兄弟就是在进攻篷托松那一次打死的。"

"是的,就是瓦斯那-马龙尼埃。"

"一个十九岁的漂亮小伙子。"

"注意,"公差叫道,"现在念最后几个名字:美葡萄,匪徒。小风笛,匪徒。杀尽杀绝,匪徒。一线爱情,匪徒……"

一个男孩子把一个女孩子的手肘推了推。那女孩子笑了。

公差继续念：

"冬天唱,匪徒。猫儿,匪徒……"

一个农民说：

"那是慕赖。"

"……塔布兹,匪徒……"

一个农民说：

"那是高富尔。"

"他们有两个,两个高富尔。"一个女人加上一句。

"两个都是好人。"一个小伙子咕噜着说。

公差抖了抖告示,鼓手又敲了一通鼓。

公差继续念下去：

"……以上各名,无论在何处拿获,一经验明正身,立即处死。"

人群骚动了一下。

公差继续念：

"……任何人窝藏上述人犯或者帮助其脱逃者，将受军事法庭审判并处死刑。签字……"

一阵深沉的静寂。

"……签字：公安委员会特派政治委员，西穆尔登。"

"一个教士。"一个农民说。

"以前是巴利尼的本堂神父。"另一个农民说。

一个市民加上一句：

"土尔摩和西穆尔登。一个是白色教士，一个是蓝色教士。"

"两个都是黑的。"另一个市民说。

阳台上面的乡长举起帽子叫喊：

"共和国万岁！"

一阵鼓声表示公差还没有念完。公差也在做着手势。

"注意，"他说，"现在要念政府公告的最后四行。这四行是北海岸远征军司令郭文指挥官签署的。"

"听呀！"人群里有人叫喊。

公差往下念：

"违反下述命令者一律处死……"

人群中又变得死一般静寂。

"……为执行前述命令，严禁任何人对上列十九名叛徒给予任何援助，目前这些叛徒正被围困在拉·图尔格内。"

"什么？"一个声音问。

那是一个女人的声音。就是那个母亲的声音。

三　农民们窃窃私语

米歇尔·佛莱莎混杂在人群中。她什么也没有注意听，可是一个人对某些事虽然不注意听，却会听得见。她听见了这个名字：拉·图尔格。她抬起头来。

"什么？"她重复说，"拉·图尔格？"

大家望着她。她有点失魂落魄的样子，衣服破破烂烂。好几个人低声说："她好像是个女匪。"

一个拿着一篮子荞麦糕的女人走过来低声对她说：

"不要做声。"

米歇尔·佛莱莎呆呆地打量这个女人。她又弄不懂了。拉·图尔格这个名字像闪电一样闪过，又恢复了黑暗。她难道没有权利打听一下吗？他们为什么这样望着她？

这时候鼓手敲了最后一通鼓，贴告示的公差把告示贴好；乡长已经走进乡公所，喊话的公差动身到别的村子去了，人群也散了。

有一堆人仍然留在告示前面。米歇尔·佛莱莎向这堆人走去。

他们在谈论那些被通缉的人的名字。

这堆人里面有农民也有市民，换句话说就是有白党也有蓝党。

一个农民说：

"不管怎样他们并没有把每一个人算进去。十九个就是十九个。他们没有普利乌，他们没有本杰明·慕林，他们没有安都野教区的古比。"

"也没有蒙让的罗里尔。"另一个农民说。

别的农民也插进来说:

"也没有布里斯-丹尼。"

"也没有弗朗梭亚·杜都哀。"

"是呀,就是赖伐尔的那个。"

"也没有劳尼-委里叶的于哀。"

"也没有格里纪。"

"也没有皮隆。"

"也没有费若尔。"

"也没有曼尼桑。"

"也没有纪亚雷。"

"也没有罗若瑞三兄弟。"

"也没有勒桑特里叶·特·彼埃尔委勒先生。"

"傻子!"一个白头发面貌严厉的老头说,"他们抓住朗特纳克就是一网打尽。"

"他们还没有得到他呢。"年轻人中的一个说。

老头反驳:

"抓住朗特纳克就是得到了心脏。朗特纳克一死,旺代就不能活了。"

"这个朗特纳克到底是个什么东西呀?"一个市民问。

一个市民回答:

"他是一个亡命贵族。"

另一个说:

"他是一个连女人也枪毙的人。"

米歇尔·佛莱莎听见了,她说:

"这是真的。"

大家回过头来望着她。

她继续说：

"因为他枪毙过我。"

这句话是奇怪的,所产生的效果仿佛一个活人说自己是一个鬼。大家稍微斜着眼睛打量她。

她的样子的确是令人看见了吃惊的;一切都使她发抖、吃惊、战栗,她像一头野兽似的不安,惊骇得那么厉害,简直使人看见了就害怕。绝望女人的那种懦弱样子是很可怕的。人家看了总认为她已经走到了命运的边缘。可是农民看事情更全面一点。其中一个嘀咕着说:"她很可能是一个女间谍。"

"不要再说了,走开吧。"那位跟她说过话的好心的女人低声对她说。

米歇尔·佛莱莎回答：

"我没有做错事。我找我的孩子。"

那个好心的女人望着那些盯住米歇尔·佛莱莎的人,用手指按住前额,眨了眨眼睛,说:

"她是一个傻子。"

于是她把她拉过一边,给了她一块荞麦糕。

米歇尔·佛莱莎没有道谢就狼吞虎咽地啃起来。

"真的,"农民们说,"她吃起来像一只牲畜。她是一个白痴。"

剩下的人都散了。他们一个个都走开了。

米歇尔·佛莱莎吃完以后,她对那个农妇说:

"真好吃,我吃完了。现在,拉·图尔格呢?"

"她又发作了!"农妇叫起来。

"我一定要到拉·图尔格去。请你告诉我到拉·图尔格去的道路。"

"我才不告诉你!"农妇说,"叫你去送死吗?而且我也不知道怎样走法。哎呀,难道你真的是个疯子吗!听我说,可怜的女人,你的样子很疲倦。你愿意到我家里休息吗?"

"我不休息的。"母亲说。

"她的两只脚都擦破了。"农妇喃喃地说。

米歇尔·佛莱莎继续说:

"我不是跟你说过他们抢了我的孩子吗?那是一个小女孩和两个男孩子。我是从森林里的窑洞里来的。你可以向要饭的泰尔马克打听我。也可以向那边田野上我遇见的那个人打听我。治好我的就是那个要饭的。据说我什么地方受了重伤。这一切都是我遇到的事。还有曹长拉杜你们也可以向他打听。他会告诉你的。因为我们在树林中遇见的就是他。三个,我的意思是说三个孩子。最大的一个叫做雷尼-让。我能够证明这一切。另一个孩子叫胖亚伦,女的叫乔治特。我的丈夫已经死了。被人家杀死的。他本来是西斯各依纳的佃户。你看来是一个好心的人。请告诉我该走哪条路。我不是一个疯子,我是一个母亲。我失掉了我的孩子。我在找他们。事情就是这样。我并不十分清楚我是从哪一条路上来的。昨晚我在一间仓房的草堆上过夜。我要去的地方是拉·图尔格。我不是一个小偷。你应该听得出我所说的都是真话。大家应该帮助我找回我的孩子。我不是本乡人。我曾经受过枪杀,可是我不知道是在什么地方。"

农妇摇了摇头说:

"听我说,过路人。在革命时期你不应该说些叫人听不懂的话。你可能因此而被捕的。"

"可是拉·图尔格呢?"母亲嚷道,"太太,看在圣婴耶稣面上,看在天堂上的好圣母面上,我求你,太太,我请你,我恳求你,告诉我从哪一条路可以到拉·图尔格去!"

农妇生气了。

"我不知道!就算我知道我也不会告诉你!那是个坏地方。我们不到那边去。"

"可是我要到那边去。"母亲说。

于是她又出发了。

农妇望着她逐渐走远,咕噜着说:

"她得吃点东西才行。"

她跑过去追上了米歇尔·佛莱莎,把一块黑面包放在她手上。

"这是给你做晚餐的。"

米歇尔·佛莱莎拿了那块荞麦面包,没有回答什么,头也不回地继续向前走。

她走出了村子。她走到村子尽头的几户人家那里的时候,她遇见三个穿着破衣服,赤着脚的小孩。她走近他们,说:

"这三个,和我的孩子不同,是两个女孩子,一个男孩子。"

看见他们盯着她的面包,她把面包给了他们。

孩子们拿了面包,却害怕起来。

她深入到森林里面。

四 弄错了

就在这一天,黎明以前,在昏暗莫辨的森林里,从雅凡尼

到拉古斯的那一段路上发生了下面一件事:

在林原地区里所有的道路都是低洼的,其中尤以从雅凡尼经拉古斯到巴利尼的公路更是十分低陷。不但如此,而且这条路十分蜿蜒曲折。与其说是一条路,不如说是一个山坳。这条路是从维特来通到这儿来的,曾经很荣幸地颠簸过态·塞维尼夫人的马车。公路的左右两边都有矮树篱笆做围屏。要布置埋伏,再也找不到比这里更好的地方了。

这天早上,在米歇尔·佛莱莎从另一端走进森林,到达她所遇见的第一个乡村,而且看见巡逻兵押送的那辆可怕的马车以前一小时,在雅凡尼公路通过库埃农桥以后越过的那一带丛林里,有一群看不见的杂乱的人。树枝遮掩住他们。这些人是农民,都穿着无袖皮衣,这种皮衣是六世纪时布列塔尼的王公和十八世纪时的农民的战袍。这些人都有武器,有些拿着长枪,有些拿着斧子。那些拿着斧子的刚在一片林中空地上拿干柴和丫枝堆成一大堆,只要火一点就可以燃烧起来。那些拿着长枪的分布在道路两旁严阵以待。有谁如果从树丛中望过去,就可以看见到处都是扳着枪机的手指和无数枪身对准丫枝空隙中的枪眼。这些人都在严阵以待。所有的枪都集中瞄准着在曙光中微微泛白的公路。

在昏暗中有人低声地谈话。

"你确实知道吗?"

"当然,大家都这样说。"

"她要从这儿经过吗?[①]"

"大家说她已经到了这儿。"

[①] 这里"她"是指前面说过的断头机。

"不能让她走掉。"

"一定要把她烧掉。"

"我们三个村子的人就是为了这件事来的。"

"是啊,可是她的卫队呢?"

"我们要把卫队杀掉。"

"不过她走的是不是这条路呀?"

"人家都这样说。"

"那么她是从维特来来的?"

"为什么不是?"

"有人说她是从富耶尔来的。"

"管她是从富耶尔来的,还是从维特来来的,她总是从魔鬼那里来的。"

"对。"

"也要把她送回到魔鬼那里去。"

"对。"

"那么她是要到巴利尼去的了?"

"恐怕是的。"

"她逃不了。"

"逃不了。"

"绝对,绝对逃不了。"

"注意!"

现在的确不应该再说话了,因为天色已经开始亮了。

突然间,埋伏的人都屏住了呼吸;他们听见了车轮和马蹄声。他们从树叶缝里望过去,模糊地看见低洼的公路上有一辆很长的马车,由几个骑马的卫兵护送着,车子上载着些什么东西;这队人马一直向他们走来。

341

"她来了!"一个样子像领袖的人说。

"不错,"一个埋伏的人说,"还有卫队。"

"卫队有多少人?"

"十二个。"

"据他们说是二十个。"

"十二个也好,二十个也好,总之全部消灭。"

"等他们完全走进射程再开枪。"

过了一会,马车和卫队在道路转弯的地方出现了。

"国王万岁!"那个为首的农民叫喊。

无数枪声同时响起来。

浓烟消散以后,卫队也消散了,七个倒在地上,五个已经逃掉。农民们向马车奔过去。

"呸,"那个领袖说,"不是断头机,是一架梯子。"

马车上装载的确实只有一架长梯子。

两匹马都受了伤,躺在地上;马车夫也打死了,可是不是故意打死的。

"也好,"领袖说,"用卫队来护送一架梯子是很可疑的。他们向巴利尼那边走去,一定是用来爬拉·图尔格的。"

"把梯子烧掉!"农民们叫喊。

于是他们烧掉了梯子。

至于他们所等待的那辆不祥的马车,却走了另一条路,现在已经离开他们有两里路远,到达了一个村子,米歇尔·佛莱莎在日出时看见它走过。

五 "旷野里有人在呼喊"①

米歇尔·佛莱莎把面包给了那三个孩子以后,就离开他们,在树林里胡乱走着。

既然人家不肯给她指路,她不得不自己去找。她不时地坐下,又站起来,又坐下。她有了这种悲惨的疲倦,起先只发生在肌肉里,逐渐透入到骨头里,那是奴隶的疲倦。她的确是一个奴隶——她失去的孩子们的奴隶。她必须找到他们。每耽搁一分钟,失去他们的机会就更增加一些;一个人有了这样的责任就不再有任何权利了,连停下来喘喘气也是不许可的。可是她已经很疲倦了。精疲力竭到了这样的地步,多走一步也成问题。她能够多走一步吗?她从大清早起就赶路,一直没有遇见任何乡村,任何房子。她起先走了正路,然后又走了错路,最后终于在无法分辨的树丛中迷了路。她走近目的地了吗?她的苦难到了头吗?她是在苦难的道路上,她感觉到最后一站的重压。② 她会跌倒在路上而且死在那里吗?有时她觉得不可能再向前走了,太阳西斜了,森林里逐渐昏暗,野草遮没了小径,她不知道怎样办才好。她只有上帝可以依靠。她开始呼喊,可是没有人回答她。

她向周围张望,她看见树丛里有一处地方透进亮光,她向那边走去,突然间发觉自己已经走出了树林。

~~~~~~~~~~
① 这一句话源出《圣经·马太福音》第三章。
② 天主教把耶稣背负十字架走到加尔瓦略山上被钉的一段路程称为苦难的道路,这段路程分为十二站,最后一站里耶稣不胜十字架的重负而跌倒在地。

她的面前是一道像堑壕似的狭谷,谷底有一条清流从石头上流过。她这时才发觉自己口渴不堪,她走到溪边,跪下去,喝起水来。

她利用跪着的机会作了祈祷。

她又站起来,尽力分辨方向。

她跨过那条小溪。

越过狭谷以后,她的面前伸展着一片望不到尽头的广阔的高地,上面满布低矮的荆棘,这片高地从小溪开始逐渐倾斜地升起,一直遮没了整个地平线。森林是一片寂静,高地是无限荒凉。在森林里,每一个灌木丛后面都可能遇见人;在高地上,在目力所及的范围内,什么也看不见。有几只仿佛受了惊的鸟儿在灌木丛里飞着。

就是在这片无限荒凉的地方,这位狂乱的母亲觉得双膝支持不住了,突然像发了疯似的对着旷野发出一声古怪的喊声:

"这里有人吗?"

她等待回答。

有人回答了。

一个低沉的声音爆发起来;这个声音是从地平线那边来的,由一个个回音的反响传过来,如果不是炮声,就很像是雷声。这个声音仿佛在回答母亲的问题,它说:"有。"

然后又恢复了沉寂。

母亲挺直身子,精神为之一振:这里有人;她认为现在有人可以跟她谈话;她刚喝过水,也祈祷过;她又恢复了气力,她开始按照那个遥远的巨声传来的方向爬上高地。

突然间她看见地平线的尽头出现了一座高大的碉堡。这座碉堡孤零零地矗立在这片荒原里,落日的余晖把它映成红色。它离开这里还有一里多路远。碉堡后面是一片被浓雾遮没了的错杂的绿色的原野,那就是富耶尔森林。

她觉得这座碉堡在地平线上的方向和那个巨声传来的方向是相同的,她认为这个巨声是一个呼声。难道是这座碉堡发出来的声音吗?

米歇尔·佛莱莎走到了高地的顶上;她的面前现在只是一片平原。

她向碉堡走去。

六 形 势

时候到了。

一个严酷冷峻的人扼住一个残忍无情的人。

西穆尔登已经把朗特纳克控制住了。

这个年老的保王党叛徒已经被困在巢穴里,显然没有脱逃的可能;西穆尔登的意思是要在当地把侯爵斩首,在侯爵自己的领土上,也可以说是在他的家里,使得这座封建堡邸看见这个封建贵族的头颅落下来,这个榜样可以使人永远不会遗忘。

因此他才派人到富耶尔去拿断头机。我们刚才已经看见正在路上运来。

杀死朗特纳克,就是杀死旺代;杀死旺代,就是救了法兰西。西穆尔登一点也不犹豫。这个人在履行残暴的责任时是很自然的。

侯爵似乎丝毫没有希望了;在这一方面西穆尔登是放心

的,他担心的是另一方面。这次战斗必然很激烈。郭文要指挥战斗,也许会亲自参加作战;这位年轻将领有一个军人的灵魂;他正是一个喜欢投入这种恶战的人;他会战死吗？郭文!他的孩子!这世界上他惟一亲爱的人!只要不死就好了。直到如今郭文一直很幸运,可是命运会厌倦的,西穆尔登不禁战栗起来。他的命运最奇特的地方是他处在两个郭文中间,他希望其中一个死亡,却希望另一个活着。

那一发把乔治特从摇篮中惊醒、向旷野的母亲发出一下呼声的炮弹,只不过起了这一点点作用。可是也许是偶然的,也许是开炮的人故意的,这颗只用来做警告的炮弹却打中了碉堡二层楼的大枪眼,把掩护枪眼的铁条打断了,拔起来了。被围的人来不及进行修理。

被围的人撒了谎;他们只有很少的军火。我们必须强调这一点,他们的情势比围攻的人所猜想的更严重些。假使他们有足够的火药,他们愿意把拉·图尔格炸毁,使他们和敌人一起死在里面,这是他们的梦想;可是他们的一切资源都枯竭了。他们每个人所有的子弹,还不到三十发。他们有很多步枪、阔口枪和手枪,可是很少子弹。他们把所有的枪都装上子弹,以便能够组成一个连续不断的火网;可是这个火网能够继续多久呢？既要供给子弹,又要节省子弹。这就是困难的地方。幸喜——这是可怕的幸运——这次战斗主要是肉搏战,白刃战,用军刀和匕首的战争。兵士肉搏的时候比枪战的时候更多。大家互相劈杀;这就是他们的希望。

碉堡的内部仿佛是牢不可破的。在墙上缺口通进去的那间低矮的大厅里,有那道由朗特纳克很精巧地设计建筑的退障挡住入口。退障后面有一张长桌子,上面摆满了装好子弹的武器、阔口枪、马枪和短枪、军刀、斧子和匕首。由于火药不够炸毁碉堡,和低矮的大厅相通的土牢就不能有什么用处,侯爵命令把地窖的门关上。低矮的大厅上面是二层楼的圆厅,只有一条非常狭窄的圣吉尔楼梯可以走上去;这间大厅像楼下那一间一样,也摆着一张长桌子,上面放着装好子弹的武器,随手拿来就可以使用,亮光由一个大枪眼里透进来,这个枪眼就是刚才被炮弹打坏铁格子的那一个;这间房间上面,沿着螺旋形的楼梯上去,就是三层楼的圆厅,通到桥堡的铁门就装在这里。三层楼的圆厅毫无差别地被称为"铁门室"或"镜室",因为有许多小镜子毫无装饰地挂在石墙的生锈的钉子上,这是在野蛮的屋子里的一种古怪的装饰。再上面的几层是不能有效地防守的,因此这间镜室就是建筑要塞的权威马纳松-马勒称为"被围者最后投降的地方"。我们已经说过,必须要阻止进攻的军队到达这里。

三层楼的圆厅有许多枪眼可以透光;但是仍然点着一支火炬。这支火炬像下面一层的火炬一样,插在一个铁的火炬架里,是伊曼纽斯点着的,他把硫黄引线的尖端放在火炬近边。这是可怕的用心。

低矮大厅的里面,一只长木架上放着食物,就像荷马所描写的山洞里的情形一样;有大盆的饭、黑麦糊、牛肉饼、几个圆盘装着果子蛋糕、几瓶苹果酒。谁要吃要喝都可以动手。

那一下炮声使他们全体都停下来。他们只剩下半个钟头了。

伊曼纽斯在碉堡的顶上监视敌人的进攻。朗特纳克已经下过命令不许开枪,让敌人走过来。他说:

"他们有四千五百人。在碉堡外面开枪打他们是没有用的。等他们进了屋子再开枪。在屋子里面双方的实力就平等了。"

他大笑起来,又加上一句:"平等,博爱。"

他们约好,敌人开始行动的时候,伊曼纽斯就吹起号角报警。

他们全体沉静地等待着,有些站在退障后面,有些站在楼梯级上,一只手拿着火枪,另一只手拿着念珠。

当时的情势正确点说是这样的:

进攻的一方面要爬过墙上的缺口,要强夺一道退障,要经过激烈的战斗把一连三层的大厅一间一间地夺取下来,要在枪林弹雨下一级一级地占领两条螺旋形的楼梯;在被围攻者方面只有死亡。

七 前奏曲

另一方面,郭文在作好进攻的准备。他对西穆尔登和盖桑发出最后的训令,我们记得西穆尔登的责任是防守高地,不参加进攻;盖桑的责任是带着主力部队在森林里监视。他们已经约好,无论森林里的掩蔽炮队或者高地上的显露炮队都不开炮,除非被围的人突围或者尝试脱逃。郭文把指挥纵队向缺口进攻的责任留给自己。这一点使西穆尔登很觉不安。

太阳落山了。

在平原上的一座碉堡就像大海中的一只船。攻击一座碉堡的方式应该和攻击一只船的方式相同。这种方式与其说是攻击,不如说是强行登船。用不着大炮。用不着一切没有用的东西。用大炮去轰击十五尺厚的城墙有什么用呢?船窗上空着一个洞,有些人逞强要爬进去,别的人在阻挡他们,双方都使用斧子、刀子、手枪、拳头和牙齿。这就是斗争的情形。

郭文觉得除此以外没有别的办法可以夺取拉·图尔格。再也没有比这种面对面的进攻伤亡更大的了。他曾在碉堡里面度过他的童年,他了解碉堡内部的可怕的构造。

他深深地沉思着。

这时候,他的副官盖桑在离他几步远的地方拿着望远镜向巴利尼那边仔细观察。突然间盖桑叫起来:

"啊!到底来了!"

这一下叫声把郭文从沉思中惊醒过来。

"什么事,盖桑?"

"报告司令,梯子就要到了。"

"救命梯子吗?"

"是的。"

"怎么!还没有到吗?"

"没有,司令。我很担心。我派到雅凡尼去的专差已经回来了。"

"我知道。"

"他说他在雅凡尼的一家木作场里找到了一架长度合适的梯子,他征用了它,他把梯子装在马车上,他征用了十二个骑兵护送,他在巴利尼亲眼看见马车、卫队和梯子出发以后,就快马加鞭地先赶回来……"

"……赶回来向我们作了报告。他还说拉车的马很好,并且是在清晨两点钟出发,在日落以前可以到达这里。这一切我都知道。怎么样?"

"这样,司令,太阳已经落山了,带梯子的马车还没有到。"

"这可能吗？我们必须进攻呀。时间已经到了。假使我们拖延一下,敌人就会以为我们向后退了。"

"报告司令,我们可以开始进攻了。"

"可是救命梯是必需的。"

"当然。"

"我们还没有呀。"

"我们有了。"

"怎么？"

"这就是我刚才说:'啊！到底来了！'的原因。马车没有到;我就拿起望远镜仔细观察从巴利尼到拉·图尔格的那条公路,司令,我很高兴,马车和卫队已经到了那边,正在从一个斜坡上下来,你可以看见他们。"

郭文拿过望远镜来看。

"的确来了。天色已经太暗,不能够把一切都看清楚。可是看得出那卫队,一定是他们。不过我觉得卫队的人数好像比你所说的多一些,盖桑。"

"我也觉得这样。"

"他们离这里大约有四分之一里。"

"司令,救命梯在一刻钟内就可以到达这里。"

"我们可以进攻了。"

来的果然是一辆马车,可是并不是他们等待的那一辆。

郭文转过身来,看见他背后站着拉杜曹长,身体挺直,眼睛下垂,行着军礼。

"什么事,拉杜曹长？"

"司令公民,我代表红帽子联队全体人员向你求一个恩典。"

"什么恩典?"

"请将我们处死。"

"啊!"郭文说。

"你肯吗?"

"可是……这得看情形决定。"郭文说。

"司令,是为了这样:自从道尔战役以后,你把我们搁在一边,可是我们还有十二个人呀。"

"怎么样?"

"我们觉得这是耻辱。"

"你们是后备军。"

"我们宁愿打先锋。"

"可是我需要你们在战役的最后阶段来决定胜利。我把你们留着。"

"太过火了。"

"都一样的。你们也是纵队的一部分。你们也向前进。"

"跟在后面前进。巴黎有权利走在前面。"

"让我考虑一下,拉杜曹长。"

"请你今天就考虑吧,司令。这一次是一个机会。在这一场恶斗里不是我用脚把人家钩倒,就是人家用脚把我钩倒。这是一场快活的厮杀。拉·图尔格要把碰到它身上的手指烧痛。我们要求参加一分。"

曹长顿了一顿,拈着胡子,用变了样的声音继续说:

"而且,司令,你知道在这座碉堡里还有我们的小娃儿。我们的孩子们在里面,他们是联队的孩子,是我们的三个小孩。那个讨厌的糊涂鬼叫做什么'杀蓝魔王',又叫做什么伊

351

曼纽斯的鸟汉子古治-勒-布里昂,格露安,或者土露昂的,在威胁我们的孩子。我们的孩子,我们的宝贝,司令!就算天翻地覆,我们也不愿意他们遭受到不幸。你听见吗?长官!我们不愿意。刚才我利用休战的机会走到高地上从一个窗户里望进去;的确,他们真的在那里,站在山坳的边沿上可以看见他们,我已经看见他们,这几个可爱的孩子看见我竟害怕起来。司令,如果有一根头发从这几个可爱的天使的小脑袋上落下来,我可以向神明发誓,我,拉杜曹长,我一定要为他们报仇。我们全联队作了决定:我们一定把这几个小东西救出来,否则我们愿意全队都战死。这是我们的权利,一点不假!是的,全队战死。现在,我向你致敬。"

郭文把手伸给拉杜,说:

"你们都是勇士。你们可以参加突击队。我把你们分成两半,六个人做前锋,引导大家前进,六个人做后卫,不许有人后退。"

"这十二个人照旧是由我指挥吗?"

"当然。"

"那么,谢谢司令。因为我就是前锋中的一个。"

拉杜行了军礼,回到他自己的队里。

郭文掏出表来,在盖桑的耳边说了几句话,突击队就开始组成了。

八　说话和咆哮

西穆尔登这时候还没有回到高地上他的岗位那里去,还在郭文身边,他走近一个号兵。

"向号角吹一次军号。"他对号兵说。

喇叭吹过以后,号角回答了。

喇叭声和号角声又交换了一次。

"什么事?"郭文问盖桑,"西穆尔登要干什么?"

西穆尔登手里拿着一块白手帕,向碉堡那边走过去。他抬高了嗓音。

"在碉堡里面的人,你们认识我吗?"

一个声音——伊曼纽斯的声音——从碉堡顶上回答:"认识的。"

于是两个声音就一问一答地谈起话来:

"我是共和国的特使。"

"你是巴利尼的前任本堂神父。"

"我是公安委员会的代表。"

"你是一个教士。"

"我是法律的代表。"

"你是一个叛徒。"

"我是革命的政治委员。"

"你是一个叛教者。"

"我是西穆尔登。"

"你是魔鬼。"

"你们认识我吗?"

"我们憎恶你。"

"如果你们得到我,你们满意了吗?"

"我们这里十八个人都愿意拿自己的头去换你的头。"

"那么,我就送上来给你们。"

碉堡顶上爆发出一阵粗野的笑声,而且大声叫喊:

"来吧!"

全军在深沉的静寂中等待着。

西穆尔登继续说:

"有一个条件。"

"什么条件?"

"听着。"

"说吧。"

"你们恨我吗?"

"恨的。"

"至于我,我爱你们。我是你们的兄弟。"

碉堡顶上的声音回答:

"是的,是我们的该隐。"

西穆尔登改用一种奇怪的声调回答,这种声调既高傲又温柔:

"你们侮辱我吧,可是听我说。我是以谈判使节的身份到这儿来的。不错,你们是我的兄弟。你们是误入迷途的可怜的人。我是你们的朋友。我是光明,我向无知说话。光明总是包含博爱在内的。而且,我们大家不是有一个共同的母亲——祖国吗?那么,听我说吧。你们以后就会明白,或者你们的子女将来会明白,或者你们的子女的子女会明白,现在我们所做的一切都是替天行道,主持革命的就是上帝。当我们等待着所有的良心,包括你们的在内,终有一天明白过来的时候,当我们等待着一切盲目的信仰,包括你们的在内,终有一天会消失的时候,难道就没有人可怜你们的愚昧吗?我到你们这儿来,我把我的头颅献给你们;不止这样,我还向你们伸出手来。我请求你们牺牲我来拯救你们。我有绝对的权力,我所说的我能够做得到。现在是最重要的时刻,我在作最后的努力。对的,现在对你们说话的是一个公民,在这个公民身上还有教士的成分,这也是对的。作为公民,我和你们交战,作为教士,我向你们呼吁。听我说。你们中间有许多是有老婆和子女的。我站在你们的老婆和子女的立场说话。我帮助他们反对你们。啊,兄弟们……"

"好呀,传你的道吧!"伊曼纽斯吃吃地嘲笑着说。

西穆尔登继续说:

"兄弟们,不要让这可恨的时刻到来。这时刻到来以后我们就要互相屠杀。现在站在你们面前的我们当中的许多人将要看不到明天的太阳了;是的,我们当中有许多人要死去,而你们,你们全体都要死去。请你们可怜你们自己吧。为什么要流这许多不必要的血呢?只要杀死两个人就足够的时候,为什么要杀死这许多人呢?"

"两个人?"伊曼纽斯问。

"是的,两个。"

"谁?"

"朗特纳克和我。"

西穆尔登又抬高了嗓音说:

"这两个人是多余的,把朗特纳克给我们,我给你们。我向你们作这样一个建议,你们全体的性命都可以得救:把朗特纳克给我们,把我抓去吧。朗特纳克将要送上断头台,至于我,随便你们怎样处置都可以。"

"教士,"伊曼纽斯吼道,"如果我们抓到你,我们要用小火慢慢地烤你。"

"我同意。"西穆尔登说。

他又继续说：

"你们，碉堡里面的囚徒，在一个钟头之内，你们全体都要得到生命和自由。我是来救你们的。你们接受吗？"

伊曼纽斯勃然叫喊：

"你不但是一个坏人，你还是一个疯子。啊，你为什么要来打扰我们？谁请你来跟我们谈判的？叫我们出卖爵爷！你到底要什么？"

"他的脑袋。我交出我的……"

"你身上的皮。西穆尔登神父，我们要把你当狗一样剥掉你全身的皮。不过，你的皮抵不上他的脑袋。滚吧。"

"这场屠杀是很可怕的。最后一次，考虑考虑吧。"

在碉堡内外都听得见的这一段阴郁的对话进行着的时候，黑夜到来了。朗特纳克侯爵不吭声，让事情自然发展。做领袖的人往往有这种阴险的自私心。那是负责者的权力之一。

伊曼纽斯不再同西穆尔登说话，他的声音越过西穆尔登叫喊：

"进攻我们的人，我们已经向你们提出过我们的建议，我们已经提出了，我们没有什么可改变的。接受这个建议，或者接受灾难！你们同意吗？我们把这里的三个小孩还给你们，你们让我们全体自由而安全地走出去。"

"全体也可以，"西穆尔登回答，"除了一个人。"

"哪一个？"

"朗特纳克。"

"爵爷！出卖爵爷！没有的事。"

"我们要朗特纳克。"

"不可能。"

"只有在这样的条件下我们才能谈判。"

"那么开始进攻吧。"

沉静下来了。

伊曼纽斯拿起号角吹了一次警报以后,就走下来了;侯爵手里拿着剑;十九个防守的人一声不响地聚集在低矮大厅的退障后面,跪了下来,他们听见突击队在黑暗中向碉堡进攻的有节奏的步伐声。这声音越来越近了;骤然间他们听见这个声音已经到了他们身边,就在墙洞的入口处。于是他们全体跪着把步枪和小炮搁在退障的枪眼里,其中绰号大诚心的土尔摩神父站起来,右手拿着一柄出鞘的军刀,左手拿着一个十字架,用严肃的声音说:

"因父及子及神圣之名!"

他们全体同时开枪,战斗开始了。

九 巨人与巨人的斗争

的确是一场可怕的战争。

这场肉搏战的猛烈程度超过我们所能想象的一切。

如果要找一个相同的例子,必须回溯到埃斯库罗斯[①]所描写的角斗或者古代的封建大屠杀;回溯到那种一直延续到十七世纪的"短兵相接的战斗",这种战斗是从爆破的缺口攻进要塞的时候发生的。那是悲惨的突击,阿朗特约省的一个老军曹说过:"在这种突击里,地雷爆炸产生效果以后,进攻

---

① 埃斯库罗斯(前525—前456),希腊悲剧的鼻祖。

的人带着装有白铁锋刃的木板,拿着圆盾和护身盾,带着无数手榴弹,强迫防守要塞的人放弃战壕或者退障,夺取这些阵地,猛烈地压迫防守的人后退。"

进攻的处所是可怕的;那个墙洞是内行人称为"甬道式的墙洞"的那一种,就是说,是从墙的外面透到里面的一道内裂缝,不是露天的阔大裂痕。火药的作用只像只钻子似的钻了一钻。地雷的爆炸很猛烈,使得碉堡从爆炸的地方起,被炸开一道四十尺长的裂缝,不过这也只是一道裂缝而已,通到低矮大厅的那个可以容人进出的洞口好像是用长矛刺穿的,而不像用斧子劈开的。

这个墙洞是碉堡腰部的一个针孔,一个长形的伤口,有点像一眼井横躺在地上;也是在十五尺厚的墙壁里面的一条曲折上升的走廊,像一条肠子一样;也可以说是一个充满障碍物、陷阱和爆炸物的畸形的圆筒,一个人在里面额头会碰到岩石,脚会碰到碎片,眼睛会碰到黑暗。

进攻军队的面前就是这个黑暗的圆拱,这个深渊的巨口上下两颗都是炸得支离破碎的墙上的石头;鲨鱼嘴里的牙齿还没有这些可怕的锯齿那么多。他们必须走进这个洞,而且还要从洞里走出来。

在洞里是枪林弹雨,走到洞外面是一堵退障。所谓洞外面就是底下一层的那间低矮大厅。

这么激烈的战斗,只有在坑道战中双方的工兵在坑道里遭遇,或者在海战中两船相接,双方在中甲板上用斧子互相屠杀,才可以比拟。在墓穴里面厮杀,这是恐怖中最恐怖的一件。在头顶上有天花板的情形下作殊死战,这对于人类该是最可怕的事了。进攻军队第一批冲进来的时候,整个退障布满了闪光,仿佛地底下发生雷闪电击。进攻的雷声答复防守的雷声。爆炸的声音互相还击。郭文高声呼喊:"冲呀!"接着是朗特纳克的喊声:"挡住敌人!"然后是伊曼纽斯的喊声:"我在这里,老乡!"最后是许多撞击的声音,那是刀对刀的声音、枪对枪的声音,谁碰到这些刀枪谁就得死亡。插在墙上的火炬暗淡地照耀着这幕恐怖的景象。在这里不可能看清楚任何东西;周围是闪耀着红光的黑暗;谁走进这里就突然变成聋子和瞎子,震耳的声音使他聋,浓烟使他瞎。丧失战斗力的兵士倒在废墟中,人们踏着死尸,压破伤口,敲碎已经折断了的四肢,被踏的伤兵怪声呻吟,将死的人咬住踏在他们身上的脚。不时沉寂一阵,这比闹声更可怕。人们互相揪扭着,听得见人们嘴里发出可怕的喘息声,然后是切齿声,濒死的喘息声,咒骂声,于是轰雷似的闹声又开始了。一条血河从墙洞流到碉堡外面,在黑暗中分散开到了各地。这个阴暗的血摊在外边草丛里还冒着热气。

我们可以说碉堡本身在流着血,这个巨人受了伤。

最令人惊奇的是,在外面几乎听不见有什么声音。那天晚上天色很黑,那座被攻击的碉堡周围的平原和森林里笼罩着死一般的静寂。里面是地狱,外面却是坟墓。在黑暗中互相屠杀的人们的骚动声、排枪声、吵闹声、愤怒的喊声,所有这一切到了石墙和拱顶上就消失了,空气已经不够供应传达声音之用,屠杀之外,还加上了窒息。在碉堡外面简直听不见什么。几个孩子这时候正在熟睡。

战斗愈来愈激烈。退障屹然不动。没有什么比占领这种有凹角的防御物更困难的了。虽然防守方面人数占劣势,他们的位置却是有利的。突击队已经牺牲了许多人。他们在碉

359

堡外面排成长行,缓慢地从缺口里挤进来,然后缩成一团,就像一条巨蛇进洞一样。

郭文像一般年轻将领那么轻率,也在低矮大厅里面参加这场最激烈的混战。此外,他还有一个从未受过伤的人所特有的信心。

他转过身来发命令的时候,一阵排枪的火光照亮了他身边的一个面孔。

"西穆尔登!"他叫起来,"你到这儿来干什么?"

那个人的确是西穆尔登。西穆尔登回答:

"我到这儿来靠近你身边。"

"可是你会被打死的呀!"

"对,你呢,你在这儿干什么?"

"这儿需要我。你是不必要的。"

"既然你在这儿,我就必须在这儿。"

"不,我的老师。"

"要的,我的孩子。"

于是西穆尔登就留在郭文身边。

死尸愈来愈多地堆积在低矮大厅的石板上。

虽然退障还没有动摇,但是人数的优势显然终于要占上风的。进攻的人是暴露的,防守的人有掩护,十个进攻的人倒下来,才能打倒一个防守的人;可是进攻的兵力却能前赴后继,源源不绝地增援。进攻的人数逐渐增加,防守的人数逐渐减少。

进攻的人向退障进攻,十九个防守的人全都躲在退障后面。他们也有死的,也有伤的。最多只剩下十五个人在继续战斗。他们中间最勇猛的一个,冬天唱,已经受了重伤。他是一个肥矮卷发的布列塔尼人,短小精悍。他的一只眼珠被打得突出眼窝,牙床骨也打断了。他还能够走动。他拖着脚步走上螺旋形楼梯,走到二层楼的大厅里,希望在那里祈祷之后再死。

他靠在枪眼附近的墙上,想在那里透透气。

楼下退障前面的战斗愈来愈激烈。在枪声的间歇中,西穆尔登抬高了嗓音:

"守兵!"他叫道,"为什么还要流更多的血?你们已经没有办法脱逃了。投降吧。试想我们是四千五百人来对付你们十九个人,就是说两百多个对一个。投降吧。"

"不要让他继续说这些花言巧语。"朗特纳克回答。

于是二十发子弹回答了西穆尔登。

退障的高度并没有抵到拱形屋顶;这样守兵就可以在退障顶上放枪,可是进攻的人也有了攀登的可能。

"向退障进攻!"郭文叫喊,"谁愿意爬上这退障吗?"

"我!"拉杜曹长说。

一〇 拉　杜

这时候进攻的军队看见了一件使他们惊愕的事。拉杜是在最前头率领着突击队从墙洞里进来的,他是第六个人,他的巴黎联队的六个人中已经有四个倒了下来。他喊了一声"我!"以后,大家看见他并不向前进,却向后退,低着头,弯着腰,差不多从兵士们的胯下爬着,爬到墙洞的入口处,他就走了出去。这是临阵脱逃吗?这样一个人会临阵脱逃吗?他这样做是什么意思?

到了缺口外面,拉杜的眼睛还被烟迷着,他揉了揉眼睛,仿佛抖掉刚才的黑暗和恐怖,然后借着星光打量着碉堡的城墙。他满意地点了点头,意思是说:"我没有弄错。"

拉杜注意到地雷炸开的那条很深的裂痕是从缺口一直向上伸延到二层楼的枪眼那里的,刚才一个炮弹把这枪眼的铁格子打坏而且打断了。这些断掉的铁格子还没有落下来,半吊在那里,因此枪眼可以容一个人进去。

一个人可以在那里进出,可是一个人能够爬到那上面去吗?攀着裂痕爬上去是可能的,但是这个人必须像猫一般灵巧。

拉杜正是这样一个人。他是品达①称为"敏捷的体育家"那一类人。一个人可以同时是一个老兵又是年轻人;拉杜曾经当过法兰西近卫军,可是他还不满四十岁。他是一个身手敏捷的大力士。

拉杜把他的马枪放在地上,解下皮带,脱下外衣和短衫,只留着两支手枪插在腰带里,一柄出鞘的军刀咬在嘴里。枪柄在腰带上面露出来。

他把没有用的东西除掉以后,还留在墙洞外面的突击队兵士在黑暗中看见他开始沿着墙上的裂缝爬上去,就像爬楼梯一样。不穿鞋子对他是有利的,赤脚爬起来最方便;他用脚趾抓住石头上的小洞。他用两只手把身子升上去,用膝盖把身子站稳。这样的攀登是很困难的,有点像沿着一把锯子的锯齿往上爬。"幸喜,"他想,"二层楼上没有人,要不然我就

---

① 品达(前521—前441),希腊抒情诗人,曾歌颂希腊大运动会里的优胜体育家。

不能够这样爬上去了。"

他这样子要爬不少于四十尺的距离。他的突出的手枪柄有点妨碍他,愈爬得高,裂缝愈狭,愈难爬上去。同时跌下去的危险越发增加,离开地面也愈高了。

最后,他到了枪眼的边沿;他推开扭曲脱落的铁格子,他的面前有足够的空隙可以容他爬进去;他猛力地把身子往上一升,把膝盖抵在窗台上,一只手抓住右边的半段铁格子,另一只手抓住左边的半段铁格子,把半个身子举到枪眼前面,嘴里咬着军刀,靠两只手的力量高高吊在上面。

他只要一跨腿就可以跳进二层楼的大厅里。

可是枪眼里出现了一个面孔。

拉杜猛然看见他面前黑暗中有什么极可怕的东西;那是一只眼珠被挖掉,牙床骨破碎,鲜血淋漓的一个面具。

这个只有一只眼珠的面具望着他。

这个面具有两只手;这两只手从黑暗中伸出来,向拉杜伸过来;一只手只一下子就从他的腰带里把他的两支手枪取下来了,另一只手从他的嘴上夺去了他的军刀。

拉杜被解除武装了。他的双膝在倾斜的窗台上往下滑,两只紧紧抓住半段铁格子的手几乎没法子维持他的身体,他的下面是四十尺的深渊。

这个面具和这两只手就是冬天唱本人。

冬天唱被楼下冲上来的浓烟弄得窒息,就设法走近枪眼的框子,在这里外面的新鲜空气使他的精神振作起来,夜间的凉气使他的流着的血凝结,他又恢复了一部分气力;突然间他看见窗口外面出现了拉杜的身体。这时候,拉杜的两只手正在抓住铁格子,除了让自己跌下去或者让人解除武装之外,没有第三条路可走,面貌恐怖的冬天唱从容地夺去了他的腰带里的手枪和咬在嘴里的军刀。

一场闻所未闻的决斗开始了。一个赤手空拳的人和一个受伤的人的决斗。

显然,胜利的是那个垂死的人。只要一颗子弹就可以使拉杜跌落到下面的深渊里。

拉杜很幸运,冬天唱的一只手上握住两支手枪,不能够把其中一支开放,不得不使用军刀。他用刀尖向拉杜的肩膀刺了一刀。这一刀刺伤了拉杜,却救了他的性命。

拉杜虽然没有武器,却还保持着全身的气力,那刀伤并没有损坏骨头,他就不去理会自己的伤势,反而向前一纵,松开双手,就跳进了窗框里面。

他在这里就和冬天唱面面相对了。冬天唱把军刀扔到后面,两只手各拿了一支手枪。

冬天唱用膝盖撑起身体,向近在咫尺的拉杜瞄准,可是他的软弱无力的臂膀发着抖,一时不能放枪。

拉杜利用这机会大笑起来。

"喂,"他叫道,"丑鬼!你以为拿你那副烂焖牛肉似的嘴脸就可以把我吓倒吗?他妈的,你的尊容被毁得多么厉害呀!"

冬天唱在瞄准他。

拉杜继续说:

"毫不夸张,你的尊容被霰弹弄得实在不成样子。可怜的孩子,柏隆娜①把你的脸打坏了。来呀,来呀,把手枪里的

---

① 柏隆娜,罗马战争女神。

小子弹放出来呀,我的好小子。"

子弹射了出来,离拉杜的头那么近,竟打掉了他的半只耳朵。冬天唱把拿着第二支枪的另一只手举起来,可是拉杜不让他有时间瞄准。

"少掉一只耳朵已经够了,"他叫道,"你伤了我两次。现在该我来了!"

他向冬天唱冲过去,把冬天唱的臂膀往上一抬,那颗子弹不知飞到什么地方去了,他抓住冬天唱,扭他的破下颚。

冬天唱大喊一声,晕了过去。

拉杜跨过他的身体,让他躺在窗框里。

"现在我已经让你知道我的最后通牒了,"他说,"不要再动。留在这儿,讨厌的爬虫。你知道现在我是不高兴来杀你的。你放心在地上爬吧,破皮鞋!死吧,事实上总是免不了的。待会儿你就知道你的本堂神父告诉你的只是些狗屁。滚回老家去吧,乡下佬。"

他跳进了二层楼的大厅里。

"什么都看不见。"他嘀咕着说。

冬天唱在痉挛地抽动,发出濒死的呻吟。拉杜回过头来……

"不要吵!做做好事替我把嘴闭上,你这个不知道自己身份的公民。我再也不管你的事了。我不屑把你弄死。别吵。"

他一边望着冬天唱,一边不安地把手插进头发里。

"哎呀,我要怎么办呢?一切都很顺手,可是我没有武装了。我本来有两枪可以放的。你都给我浪费了,畜生!而且还有这许多烟把人的眼睛也弄瞎了!"

他摸到他的破耳朵:

"哎呀!"他说。

他又接着说:

"你弄掉我的一只耳朵也很够了!不过我认为少掉一只耳朵总比少掉别的东西好,耳朵不过用来装饰的罢了。你还刮伤我的肩膀,这也没有关系。断气吧,乡下佬,我宽恕你。"

他听着。下面的声音越发怕人。战斗比刚才更加猛烈。

"下面的情形不坏。不管怎样,他们在喊国王万岁。他们死得很勇敢。"

他的脚踢着了地上的军刀。他把军刀拾起来,对不再动弹、大概已经断气的冬天唱说:

"你瞧,乡下佬,我要办的事不管有没有军刀都是一样。我是为着老交情才把它捡起来。我需要我的手枪。去你的吧,野人!哎呀,我怎么办呢?我在这儿一点用处也没有。"

他向屋子中间走过去,尽力张望和找寻方向。突然间他在黑暗中看见中央柱子后面有一张长桌子,桌子上面有些东西在微微地发光。他用手去摸。那是些阔口枪、手枪、马枪等等,一大堆武器很有秩序地排列着,仿佛只等待人们用手去拿;那是守兵们的后备武器,准备战斗进入第二阶段时用的。简直是一个军火库。

"好一个宝藏!"拉杜嚷起来。

他扑过去抓住那些兵器,高兴得要晕眩了。

这时候他变成了一个可怕的人了。

通向上下各层的楼梯的门就在摆满武器的桌子旁边,可以看得清楚那扇门大大地打开着。拉杜扔掉手上的军刀,两只手拿了两支双发手枪,向门下面的螺旋楼梯漫无目标地一齐放了两枪,然后抓住一支小铳开了一发,又拿起一支装满开花弹的阔口枪开放。那支阔口枪一下子射出十五发子弹,就像开了一发霰弹一样。于是拉杜歇了一歇,然后用轰雷似的声音向楼梯下叫喊:"巴黎万岁!"

他拿起另一支阔口枪,比第一支更大些,瞄准螺旋楼梯,等待着。

下面的混乱是无法形容的。这些意料不到的背后枪声使守兵的抵抗整个动摇了。

拉杜的三次放枪有两粒子弹打中了目标;一粒打死了木矛枪两兄弟中年长的一个,另一粒打死了外号叫吴查的德·盖伦先生。

"他们已经上了楼。"侯爵叫道。

这一下喊声决定了守兵们放弃退障,一群鸟的惊散也没有他们那么快,大家争先恐后地向楼梯跑去。侯爵鼓励他们逃走。

"快,快!"侯爵叫喊,"现在逃走才算勇敢。我们全体到三层楼上去!我们在那儿再打。"

他最后一个离开退障。

他这勇敢的行为救了他的性命。

埋伏在二层楼楼梯上的拉杜,手指扳着阔口枪的机关,窥伺着守兵们的溃散。最先在螺旋楼梯的转弯角上出现的几个守兵正面吃了他的枪弹,像受雷击似的倒下来了。假使侯爵也在他们中间,他也死了。拉杜来不及拿起另一支枪,其余的人已经走了过去,侯爵是最后一个,而且比别的人走得更慢。他们以为二层楼的大厅里已经挤满敌人,因此他们没有在二楼停下,一直冲到三楼的镜室里去。铁门就在这里,硫黄引线也在这里,他们选择投降或者死的地方也是这里。

对于楼梯上的枪声,郭文也和他的敌人一样惊奇,他不知道援军是从什么地方来的,他也不去设法弄清楚,就利用这个机会带着兵士们跳过退障,紧紧地追赶逃走的敌人,一直走到二层楼上。

他在那里看见了拉杜。

拉杜行了一个军礼,说:

"等一等,司令。这是我干的事。我想起了道尔战役。我也学你的办法,前后夹攻敌人。"

"好学生。"郭文微笑着说。

一个人在黑暗中待了相当时间,两只眼睛就像夜鸟一样能够在黑暗中看得清楚;郭文看出来拉杜浑身都是血。

"你受了伤,同志!"

"不要紧,司令。多一只耳朵或者少一只耳朵又有什么关系?我还吃了一刀,我真不在乎。一个人打破一扇玻璃窗多少总要划破一点。何况我只不过流点血罢了。"

他们在拉杜占领的二层楼上暂停片刻。有人拿了一盏灯来。西穆尔登也来和郭文会合。他们互相商量。事实上也的确有商量的必要。他们还没有发觉敌人的秘密;他们不知道敌人缺乏军火;他们不知道守兵们缺少弹药;三层楼是敌人的最后一道防线;他们还以为楼梯里埋了地雷。

他们确实知道的,是敌人已经没有法子逃走了。那些没有被打死的敌人等于被囚禁在里面。朗特纳克已经成为瓮中之鳖。

有了这样的把握,他们就可以花一点时间来计划结束这次战役的最好的方法。他们已经有了许多人阵亡。在这最后的突击中必须设法减少牺牲。

这次最后突击必然有很大的危险性。开始时的火力一定很猛烈。

战斗暂时中止了。进攻的军队占领了底层和二楼,正在等待指挥官的命令继续进攻。郭文和西穆尔登在商量。拉杜一声不响地听着。

他怯生生地找机会又行了一次军礼。

"报告司令。"

"什么事,拉杜?"

"我有权利要求一个小小的奖赏吗?"

"当然可以。你要什么你说吧。"

"我要求让我带头冲上去。"

这是没法子拒绝他的事。何况即使不答应他的要求,他也会那么做的。

一一 绝望的人们

他们在二层楼上商量的时候,守兵们在三楼建筑防御工事。胜利使人狂热,失败使人疯癫。这上下两层将要有疯狂的冲突。将临的胜利是使人陶醉的。下面的人充满了希望,如果世界上没有绝望这回事,希望就是人类最伟大的鼓舞力量了。

上面一层充满了绝望。

这是一种平静的、冷酷的、悲惨的绝望。

他们到了这间避难所以后,第一件事就是封闭入口,因为除了这间避难所再也没有别的地方可以躲避的了。把门关上是没有用的,最好还是堵塞楼梯。在这种情形下面,有一个能够看见敌人又能够战斗的障碍物比关上门要好得多。

伊曼纽斯插在墙上靠近硫黄引线的那支火炬照亮他们。

在三层楼的大厅里有一只沉重的大橡木箱子,在有抽屉的家具未发明以前是用来装衣服的。

他们把这只箱子拖出来竖立在楼梯口。他们把箱子牢牢地嵌在门上,堵住入口。在拱顶附近只留下一道狭窄的空隙,可以容一个人进出,这是把敌人一个个地杀死的最好的办法。敌人是否敢冒这个险是很可疑的。

堵住入口以后,他们暂时有了喘息的机会。

他们查点人数。

十九个人只剩下了七个,包括伊曼纽斯在内。除了伊曼纽斯和侯爵,其余的人全都带着伤。

那五个受了伤的人还非常活跃,因为在战斗的狂热中,一切不致命的伤还能够让你自由行动,这五个人是夏德奈(又名洛比)、基奴瓦育、瓦斯那(又名金丫枝)、一线爱情和大诚心。其余的人都已阵亡。

他们再也没有军火。弹药盒里已经空了。他们数了数子弹。他们七个人还有几颗子弹呢?四颗。

他们已经退到张大着嘴的可怕的悬崖边上,除了跌下之外,没有别的办法。也不可能向悬崖的边缘再挪前一步了。

这时候进攻又开始了;不过是缓慢的,因此也是更有效的进攻。他们听见敌人用枪柄一级一级地敲着楼梯,探测下面是否埋有地雷。

没有办法逃走。从图书室逃走吗?高地上有六尊瞄准着而且点着引线的大炮。从上面几层的房间逃走吗？有什么用？上面一直通到露台。在那上面惟一的办法是从碉堡顶上跳下来。

这群史诗式的人物所剩下来的七个人眼看着自己毫无办法地被禁闭在这堵厚墙内,这堵厚墙保护了他们,也出卖了他们。他们还没有被俘;可是已经做了俘虏。

侯爵抬高了嗓音：

"朋友们,一切都完了。"

沉默了一阵之后,他又加上一句：

"大诚心,请你再做土尔摩院长神父吧。"

他们全体跪下来,手里拿着念珠。进攻的人的枪柄敲击声越来越近了。

大诚心浑身浴血,一颗子弹擦过他的脑盖,打掉了他的一块头皮,他用右手举起了十字架。侯爵的内心本来是对神怀疑的,这时也屈了一膝跪下。

"你们每一个人,"大诚心说,"高声忏悔自己的罪过吧。爵爷,请说。"

侯爵回答：

"我杀过人。"

"我杀过人。"瓦斯那说。

"我杀过人。"基奴瓦育说。

"我杀过人。"一线爱情说。

"我杀过人。"夏德奈说。

"我杀过人。"伊曼纽斯说。

大诚心说：

"我以上帝的名义宽恕你们。愿你们的灵魂平安地离去。"

"阿门。"大家齐声回答。

侯爵站起来。

"现在,"他说,"我们死吧。"

"也要继续杀敌人。"伊曼纽斯说。

枪柄已经开始敲击堵门的箱子了。

"想着上帝吧,"教士说,"地上已经不是你们的世界了。"

"对的,"侯爵说,"我们是在坟墓里。"

他们全体垂下头,用手敲着胸膛。① 只有侯爵和教士站着。他们的眼睛望着地上,教士在祈祷,农民们在祈祷,侯爵在沉思。箱子发出怕人的响声,好像被锤子敲击着。

这时候一个活泼而洪亮的嗓音骤然在他们背后叫起来:

"我早就跟你说过了,爵爷!"

大家都惊愕地回过头来。

墙上打开了一个洞。

墙上一块和别的石头天衣无缝地吻合着的石头,只用石灰粘住,没有胶固,上下各有一个螺丝钉,现在像十字旋木似的旋转开来,使墙上有了洞口。那块石头既是绕着轴心旋转的,洞口就有两个,也就是有了两条通路,一个在右边,一个在左边,都很狭窄,可是足够让一个人进出。从这扇意想不到的门望过去,可以看见一条螺旋楼梯的最初几级。洞口里出现了一个人的面孔。

侯爵认得那是阿尔马罗。

---

① 用手敲胸膛是天主教徒悔罪的表示。

一二 救 星

"是你,阿尔马罗!"

"是我,爵爷。你看石头是会转的,的确有这种石头,我们可以从这里走出去。我来得正是时候,可是要快点。十分钟内你们就可以走到森林里面了。"

"上帝是伟大的。"教士说。

"你走吧,爵爷。"大家同声叫起来。

"你们先走。"侯爵说。

"你先走,爵爷。"土尔摩神父说。

"我最后一个走。"

侯爵用严肃的声调继续说:

"不要有这种义气的争论。我们没有时间来表现宽宏大量。你们都受了伤。我命令你们活下去而且逃走。快点!利用这条出路。谢谢你,阿尔马罗。"

"侯爵先生,"土尔摩神父说,"我们要分手了吗?"

"到了下面一定要分手。从来逃走只能够一个个地逃。"

"爵爷给我们指定一个集合地点吧?"

"对的。就在森林的空地里。称为郭文石的地方。你们认得吗?"

"我们都认得。"

"我明天正午到那地方。能够走路的都在那时候来见我。"

"我们都去的。"

"我们重新发动战争。"侯爵说。

这时候阿尔马罗用手去试试那块旋转的石头,发觉那块石头推不动了。那个洞口已经不能够再关上。

"爵爷,"他说,"我们得快一点。这块石头不听话了。我能够打开一条通路,可是不能把它关上。"

事实上那块石头因为长期不使用,它的铰链仿佛得了关节不灵症,从此以后没法子再使它动一动了。

"爵爷,"阿尔马罗说,"我很希望把洞口再度关上,使得蓝军进来的时候一个人也找不到,那么,他们会莫名其妙,以为你们是跟着烟飘出去的。可是这块石头不听话。敌人看见洞口开着,就会追过来。现在一分钟也不能耽搁。快点,大家都到楼梯里去。"

伊曼纽斯把手搭在阿尔马罗的肩膀上。

"同志,从这里到森林中安全的地方需要多少时间?"

"没有人受重伤吗?"阿尔马罗问。

他们回答:"没有。"

"在这种情形下,一刻钟就够了。"

"那么,"伊曼纽斯回答,"假使敌人在一刻钟以后再进来……"

"他们可以追赶我们,可是没法子追得上。"

"可是,"侯爵说,"他们五分钟内就要进来了,这只旧木箱不能阻碍他们很久。只要用枪柄敲几下就完蛋。一刻钟!谁能挡住他们一刻钟?"

"我。"伊曼纽斯说。

"你,古治-勒-布里昂吗?"

"是我,爵爷。请听我说。你们六个人中,有五个受了伤。我一点伤也没有。"

"我也没有。"侯爵说。

"你是领袖,爵爷。我是小兵。领袖和小兵是不同的。"

"我知道,我们各有不同的责任。"

"不对,爵爷,你跟我有同一个责任,就是救你。"

伊曼纽斯转过去对着他的伙伴们。

"同志们,现在最要紧的是纠缠住敌人,尽可能地拖延他们的追击。听我说。我还保全着我的全部精力,我一滴血也没有流过;既然我没有受伤,我就比别人更能持久。你们全都走吧。把武器留给我。我要很好地利用这些武器。我负责把敌人阻挡整整半个钟头。现在还有几支装着子弹的手枪?"

"四支。"

"都放在地上。"

大家照他的话做了。

"很好。我留下来。他们会遇到坚强的抵抗。现在,快点走吧。"

在这种紧要关头,再也不容许道谢了。他们连跟他握握手的时间几乎也没有。

"待会儿见。"侯爵对他说。

"不,爵爷。我不希望再见。待会儿不会再见;因为我是要死的。"

他们一个跟着一个走到那条狭窄的楼梯上去,受伤的人先走。他们下楼梯的时候,侯爵把插在他的袖珍小本子上的铅笔拿了下来,在那块张大着嘴不能再转动的石头上写了几个字。

"来呀,爵爷,只剩下你一个人了。"阿尔马罗说。

阿尔马罗开始下楼梯。

侯爵跟在他后面。

伊曼纽斯一个人留在那里。

一三　刽　子　手

那四支装着子弹的手枪是放在石板上的,因为这间大厅并没有地板。伊曼纽斯两只手各拿了一支。

他侧着身体向楼梯的入口走去,那只木箱堵住而且掩蔽住楼梯的入口。

进攻的军队显然害怕意外的袭击,害怕那种使胜利者和战败者同归于尽的最后的爆炸。最初的攻击愈是激烈,最后的攻击也愈加缓慢和小心谨慎。他们没有能够猛烈地撞破箱子,也许他们不愿意这样做;他们用枪柄打破箱底,用刺刀在箱盖上刺了几个洞,他们要从这些洞口看清楚大厅里的情形才敢走进去。

他们用来照亮楼梯的灯,也把光线从这些洞口射进来。

伊曼纽斯看见其中一个洞里有两只眼珠在张望。他猛地把其中一支手枪对准洞口,扳动枪机。子弹射了出去,伊曼纽斯很快活地听见了一声可怕的喊声。那颗子弹打中了眼珠,洞穿了脑袋,那个张望的兵士翻身倒下楼梯去了。

进攻的兵士在箱盖下部弄了两个相当大的洞,造成两个枪眼;伊曼纽斯把手臂从其中一个洞口伸出去,向一大堆进攻的兵士胡乱开了一枪。那颗子弹大概跳了几跳,因为他听见了好几声喊声,好像打死了或者打伤了三四个人,其余的人都纷乱地退下去,楼梯上有乱哄哄的声音。

伊曼纽斯把放过的两支枪扔在一边,拿起另外的两支;然后拿着两支枪从箱子的洞口里望过去。

他证实了他自己获得的第一个成绩。

进攻的兵士已经退下楼梯。几个濒死的在楼梯级上辗转揉动;螺旋梯转了弯,只能让他看见三或四级。

伊曼纽斯等待着。

"已经夺取了不少时间。"他想。

他又看见一个人俯伏在地上,沿着楼梯爬上来,同时再下面一点另一个兵士的脑袋从楼梯的中央柱子后面伸出来。伊曼纽斯瞄准这个脑袋放了枪。那个兵士发出一声惨叫,倒了下来。伊曼纽斯把最后一支实弹的手枪从左手换到右手。

就在这时候,他感到一阵可怕的疼痛,这一次轮到他发出一声惨叫了。一把军刀穿进了他的肚子。一只手,就是从楼梯上爬上来的那个人的手,刚从箱子下部的第二个枪眼里伸进来,这只手把一柄军刀刺进伊曼纽斯的肚子。

伤势很可怕。肚子被刺得前后贯穿了。

伊曼纽斯没有倒下来,他咬紧牙关,说了一句:"好!"

然后,他摇晃着,拖着脚步,一直退到在铁门旁边燃烧着的火炬旁边,他把手枪放在地上,拿了火炬,左手按住从伤口里流出来的肠子,右手放低火炬去点燃那条硫黄引线。

引线着了火,烧起来。伊曼纽斯丢下火炬,让火炬继续在地上燃烧,抓住他的手枪,然后跌落在石板上;可是他还撑起身子,用他还剩下的那一口气去吹旺那条引线。

火焰一直烧过去,从铁门底下穿过,一直到达桥上小城堡。

看见自己的可诅咒的罪行得到成功,也许他认为自己的罪行比自己的德行更使他满意,这个刚才还是一个英雄,现在只是一个杀人犯的临死的人,微笑起来了。

"他们会记得我的,"他喃喃地说,"在他们的几个孩子身上,我已经为我们的孩子,关在塔堡监狱里的国王,报了仇。"

一四　伊曼纽斯也脱逃了

这时候,突然起了一阵巨大的响声,那只被猛烈地推着的木箱倒了下来,让开一条路给一个手里拿着军刀的人冲进大厅。

"是我,拉杜。谁要打我?我不耐烦等待。我不顾死活地进来了。不管怎样,我总算把你们当中的一个剖了腹。现在我向你们全体进攻。不管他们跟不跟上来,我已经来了。你们一共多少人?"

这个人的确是拉杜,而且只是单独一个人。伊曼纽斯在楼梯上杀掉几个人以后,郭文害怕有伪装地雷,因此把兵士撤退下来,和西穆尔登商量去了。

拉杜手里拿着军刀,在黑暗中站在门槛上,将近熄灭的火炬只向他那边射出一点微光,他重复问一遍:

"我只有一个人。你们一共多少人?"

听不见回答,他向前走去。有时将近熄灭的火会突然发出一种可以称为"回光返照"的亮光来,这时候火炬就发出这种火光,照亮了全屋。

拉杜看见墙上挂着一面小镜子,就走过去,望着他的流着血的脸和半吊着的耳朵,说:

"丑恶的破相。"

然后他转过身来,很惊讶地发觉整个屋子是空的。

"没有人!"他叫道,"兵士的人数是零。"

他看见了那块旋转的石头,洞口和楼梯。

"啊!我懂了。逃掉了。大家都来呀!同志们,上来呀!他们走了。他们跑了,化了,逃了,滚蛋了。这个像瓮一样的旧碉堡是有裂缝的。他们逃走的洞口就在这里,这些流氓!我们演出这种滑稽戏怎么还能够打败庇特和戈堡呀!来援救他们的一定是魔鬼的好上帝!一个人也没有了!"

一下枪声响了,一颗子弹擦过他的手肘,嵌在墙壁上。

"不对!有人在这儿。哪一位好心人给我这个敬礼呀?"

"我。"一个声音回答。

拉杜伸长了脑袋,在昏暗中看见了伊曼纽斯。

"啊!"他叫起来,"我弄到了一个。别的人都逃掉了,可是你,你逃不了。"

"你这样想吗?"伊曼纽斯回答。

拉杜向前走了一步,又停下来。

"喂,趴在地上的那个人,你是谁?"

"我就是趴在地上的人,我嘲笑那些站着的人。"

"你的右手拿着什么?"

"一支手枪。"

"左手呢?"

"我的肠子。"

"我要把你俘虏。"

"我不相信你能够。"

伊曼纽斯俯下来向着在燃烧中的引线吹了最后的一口

气,就死了。

过了几分钟,郭文和西穆尔登带着众人到了大厅里。大家都看见了墙上的洞口。他们搜遍了各个角落,测探过楼梯;楼梯的尽头通到山坳里。逃走是证实了。他们摇动伊曼纽斯,发觉他已死了。郭文拿着一盏灯仔细察看那块让守兵们逃掉的石头;他曾经听说过这种会转的石头,可是他也认为这种传说是荒诞无稽的。在察看石头的时候,他看见石头上有几个铅笔字;他把灯凑近,把那几个字念出来:

再见,子爵先生。
朗特纳克

盖桑也来和郭文会合。追赶显然是没有用的,这次逃走做得手脚干净而且毫无漏洞,逃走的人有整个乡村、森林、山谷、丛林、居民帮助他们;他们一定已经走远;没有办法再找到他们了;整个富耶尔森林就是一个无限广阔的隐藏所。怎么办呢?一切都得从头做起。郭文和盖桑交谈着各自的失望和猜测。

西穆尔登严肃地听着,没有说话。

"还有,盖桑,"郭文说,"那梯子呢?"

"司令,梯子没有到。"

"可是我们不是看见有一辆由巡逻兵护送的马车来了吗?"

盖桑回答:

"车子没有把梯子带来。"

"它带来的是什么?"

"断头机。"西穆尔登说。

一五　不要把表和钥匙放
　　　在同一个衣袋里

朗特纳克侯爵并没有像他们想象那样去得那么远。

不过他仍然非常安全,而且绝对不会让他们追到。

他是跟着阿尔马罗走的。

他和阿尔马罗跟在几个逃走的人后面走下的那条楼梯通到山坳和桥拱附近的一个拱形的狭窄甬道里。这条甬道和一条很深的天然地沟相通,这条地沟一端到达山坳,另一端到达森林,蜿蜒曲折,被不可逾越的植物遮掩住,绝对不会被人发觉。要在这里抓回一个逃走的人是不可能的。逃走的人只要到了这条地沟,就可以像水蛇一样溜走,不会再被人寻获。这条秘密甬道的入口完全被荆棘堵住,使得建筑这条地道的人们认为不必再用其他方法关闭。

侯爵现在只要走就得了。他不必为化装担心。自从他到达布列塔尼以后,他没有脱下他的农民服装,他认为这样才可以显出他是大贵族。

他只解下他的佩剑,他解了扣子,扔掉皮带。

阿尔马罗和侯爵从甬道里出来,走到地沟上的时候,其余五个人,基奴瓦育、金丫枝瓦斯那、一线爱情、夏德奈、土尔摩院长,都不在那里了。

"他们没有用多少时间就走掉了。"阿尔马罗说。

"你也要学他们的样子。"侯爵说。

"爵爷要和我分开吗?"

"当然。我已经跟你说过了。只有单身逃走才能安全。

381

一个人可以通过的地方,两个人就通不过。我们在一起容易惹人注意。你会送掉我的性命,我也会送掉你的性命。"

"爵爷熟悉这地方吗?"

"当然。"

"爵爷指定的集会地点仍然是郭文石吗?"

"明天正午。"

"我一定来。我们全都要来。"

阿尔马罗顿了一顿。

"啊!爵爷,回想我们两个在汪洋大海里,孤零零的两个人,我想杀你,你是爵爷,你本来可以告诉我,你却没有说出来!你是怎样的一个人啊!"

侯爵说:

"英国。没有别的办法了。在十五天内英国军队必须开进法国来。"

"我有许多事情要向爵爷汇报。我已经完成了你交给我的任务。"

"这一切我们明天再谈吧。"

"明天见,爵爷。"

"还有,你肚子饿吗?"

"也许饿了,爵爷。我急急忙忙地赶到这里,我连今天吃过东西没有都弄不清楚。"

侯爵从衣袋里掏出一块巧克力糖来,分成两半,把半块给阿尔马罗,自己开始吃另外的半块。

"爵爷,"阿尔马罗说,"你的右边是山坳;你的左边是森林。"

"很好。你可以离开我了。走你自己的路吧。"

阿尔马罗听从了。他走进了黑暗中。只听见一阵枝叶窸窣声,然后什么声音也没有了。再过几秒钟,就不可能再找到他的踪迹。这块遍地荆棘、枝叶纠缠不清的地方,是逃亡者的最好帮手。一个人不是不见了,而是消失了。正是由于这种迅速分散的便利,才使我们的军队在这个节节败退的旺代面前,在它的拼命逃命的队伍面前,迟疑不敢前进。

侯爵一动也不动地留在那里。他是一个能够使自己对任何事物都不动感情的人;可是在流血和屠杀中呼吸了这么久,一旦呼吸到自由的空气,他也免不了受到感动。在完全绝望之后,又得到完全的自由;在接近坟墓之后,又得到了绝对的安全;从死亡又回到生命。这种情形对于即使是朗特纳克那样的人,也是一个有力的刺激;虽然他经历过不少类似的情形,他的冷静的心灵也免不了受到几分钟的震动。他自认他很满意。但他很快就把这种近乎欢乐的感情抑制下去了。

他把表摸出来,听了一阵,这表还没有停。几点钟了?

他很惊异,那时只不过十点钟。一个人经过这样一次人生变化,经过牵涉到他的生命以及其他一切的变化以后,往往会惊异为什么那一段充满斗争的时间并不比别的时间长些。最后警告的那一发炮弹是在日落以前放的,半个钟头以后,约在七、八点钟,天将黑的时候,突击队才攻进拉·图尔格。那么这一场伟大的斗争是在八点钟开始,在十点钟结束的。这一篇壮烈的史诗只经过了一百二十分钟。有时一次巨变是以闪电的速度完成的。事变的简短往往令人惊异。

但是仔细想一想,就会发觉只有相反的情形才会令人惊异;用那么少的人去抵抗那么大数量的人,居然抵抗了两个钟头,这是一件非常的事,的确,这一场十九个人抵抗四千人的战役,时间并不算短,结束也不算很快。

可是现在是他走的时候了,阿尔马罗一定已经去远,侯爵认为不必再在这里等下去。他把表放在短衣的口袋里,不是原来的口袋,因为他刚才发觉口袋里还有伊曼纽斯交给他的那把铁门的钥匙,表面玻璃可能被钥匙碰碎。他也准备向森林走去。

他正要向左边走的时候,他觉得好像有些朦胧的亮光一直透到他那里来。

他转过身来,从荆棘丛里望过去,他看见山坳里有一大片火光,荆棘丛被红色的背景衬托得非常明显,每一条细小的丫枝都突然间看得清清楚楚。他向火光走去,然后又停了下来,他觉得暴露在亮光里是不必要的,不管这亮光是怎么一回事;这种事到底与他无关;他依照阿尔马罗指示的方向朝森林那边走去。

他深深地隐藏在荆棘丛里走着的时候,猛地听见他的头上爆发出一个可怕的喊声;这喊声好像就是在山坳上头高地的边上发出来的。侯爵抬起眼睛,停了下来。

第五卷　魔鬼身上的上帝

一　找到了,可是又失去了

米歇尔·佛莱莎望见那座被落日映红的碉堡时,她离开碉堡还有一里多路。虽然她已经连走一步也很艰难,但她对这段途程并没有踌躇。女人固是脆弱,母亲却是坚强的。她走了。

太阳落了;黄昏来了,接着深沉的黑夜也到了。她不停地走着,听见远处的钟楼传过来的钟声,她看不见钟楼,只听见敲了八点,后来又敲九点。大概就是巴利尼的钟楼。她不时停下来倾听一种沉重的响声,也许就是夜里那种叫不出名字的闹声。

她一直朝前走,淌着血的脚踏着锐利的荆棘。她被一种朦胧的亮光引导着,这亮光是从远处的碉堡里发出来的,它使碉堡的轮廓显现出来,使这座在黑暗中的碉堡周围有一种神秘的光辉。响声越发清晰,亮光就越发明亮,然后亮光消失了。

米歇尔·佛莱莎走着的那片广阔的高地只有野草和荆棘,没有一所房子,没有一棵树;这片高地渐渐升起,伸展到无限的远处,像一条又长又粗的直线,接连着布满星星的昏暗的天空。支持她走完这片高地的,是她的眼睛始终看见的前面那座碉堡。

她看见碉堡慢慢地大起来。

我们刚才说过,从碉堡里发出来的低沉的枪声和暗淡的灯光是有间歇的;一忽儿没有了,一忽儿又有了,使得那位落难的可怜的母亲心里增加了一个可怕的谜。

突然间一切都停止了;响声和亮光都消失了;一切声音都静下来,笼罩着一种恶兆的平静。

就在这个时候,米歇尔·佛莱莎到了高地的边上。

她看见脚下有一个山坳,坳底消失在黑夜的微光中;离高地顶上不远的地方,有纠缠不清的许多车轮、斜面和炮眼,那是炮台;她的面前,已经点着的大炮的引线模糊地照出一座庞大的建筑物,这座建筑物仿佛是黑暗筑成的,这种黑暗比围绕在周围的黑暗更黑。

这座建筑物包括一座桥和桥上的一座堡垒,桥拱一直插进山坳里,堡垒和桥紧接着一座圆形的黑色的高大建筑物,那就是母亲从老远的地方赶来找寻的碉堡。

从碉堡的天窗里可以看见灯光来来往往,里面透出的嘈杂的人声使人想象得出里面有许多人,有些人影出现在上面露台上。

炮台附近就是军营,米歇尔·佛莱莎分辨得出那些哨兵;可是因为她是在黑暗中和树丛里,他们没有看见她。

她走到高地的边缘,离桥那么近,仿佛一伸手就可以摸到。深谷阻隔住她。在黑暗中她分辨得出桥上小堡垒的三层楼。

她留在那里有相当时候,因为对于时间的计算已经在她心里消失了,她默默无言地对着深谷和这座黑色的建筑物沉思。这是什么?里面有什么事情发生?这就是拉·图尔格吗?她有了一种由于等待而产生的晕眩,这种晕眩在到达的时候和出发的时候都会产生。她自己问自己她为什么在这里。

她望着,她听着。

突然间她什么也看不见了。

一阵烟幕升起来把她和她望着的东西隔开。一阵辛辣的刺痛使她不得不闭上眼睛。她刚闭上眼皮,就觉得眼皮里面通红,而且充满了亮光。她把眼睛再张开来。

她的面前已经不再是黑夜了,已经是白昼;可是这是不祥的白昼,是火光映成的白昼。原来她看见的是一场火灾。

黑烟已经变成深红色,里面有一大片火焰;这片火焰一忽儿出现,一忽儿消失,像闪电和蛇一样狰狞地扭动。

这道火焰像一条舌头一样从一个充满火焰的窗户里吐出来,这窗户就像一只大嘴巴。窗户的铁格子已经烧得通红,那是桥上小堡垒最下一层的一个窗户。整个建筑物只有这个窗户可以让人看见。黑烟遮没了一切,连高地也遮没,只看得见红色的火焰照耀下的黑色的山坳边缘。

米歇尔·佛莱莎吃惊地望着。黑烟就是乌云,乌云就是梦幻;她再也不知道她看见的是什么。她应该逃走吗?她应该留在这里吗?她几乎觉得自己已经不在现实世界中。

一阵风吹过来,把烟幕吹破了,在裂开的空隙中,那座悲惨的堡垒突然现出来,整个建筑物都看得清清楚楚,塔楼、桥、小堡,在火灾的灿烂金光下显得炫目而可怕,堡垒从上到下都反映着金光。在不幸的清晰的火光下,米歇尔·佛莱莎把一切都看得清清楚楚。

桥上小堡垒的最下一层在燃烧着。

上面两层还没有着火,可是已经像是装载在一只火篮里面了。从米歇尔·佛莱莎站立的高地边缘上,可以从火和烟之间模糊地望见屋子里面。所有的窗户都是敞开着的。

三层楼的窗户很高大,米歇尔·佛莱莎从窗户望进去,看见沿着墙壁排列着许多橱,里面仿佛装满了书,在一只落地长窗前面的地板上,有一小堆杂乱的东西,在黑暗中不十分清楚而且挤成一团,有点像一个鸟窠或者一个孵窝,有时仿佛还在微微动着。

她望着这堆东西。

这一小堆黑色的东西到底是什么呢?

有时她的心里也偶然想到这堆东西很像是有生命的;可是她正在发烧,大清早起她就没有吃过东西,她没有间断地走了一整天,她已经精疲力竭,她觉得自己产生了一种幻觉,她本能地不相信这种幻觉;可是她的愈来愈固定的眼光始终没法子离开那一堆黑色的东西,这堆东西躺在火灾上面一层楼的地板上,外表上动也不动,大概是没有生命的。

突然间,仿佛具有意志力的火焰,从下面把一条火舌伸到一株干枯的常春藤上,这株高大的常春藤恰好散布在米歇尔·佛莱莎注视着的墙上。简直可以说火焰刚才发现这个干蔓枝网;一团火星贪婪地跳到网里,开始沿着蔓枝以燃烧导火线似的可怕速度上升。一转眼间火焰已经到了三层楼。于是火焰从上面照亮了二层楼的屋子。一阵强烈的亮光骤然间把三个熟睡着的小孩很鲜明地照出来。

他们是一堆可爱的小生命,臂膀和大腿纵横交叉着,闭着眼睛的金发脑袋带着微笑。

母亲认出了她的孩子。

她发出了一声可怕的喊声。

这种说不出的愁苦的喊声是做母亲的人所特有的。没有别的声音更凶猛,同时又更能使人感动的了。一个女人发出这样的喊声,我们还以为是一只母狼在嗥;一只母狼在嗥的时候,我们还以为是一个女人在叫喊。

米歇尔·佛莱莎的这下喊声就是一下嗥声。荷马说赫卡柏①曾经吠过。

朗特纳克侯爵刚才听见的就是这下喊声。

我们说过,侯爵听见喊声之后就停了下来。

侯爵这时正在阿尔马罗带他逃走的那条甬道的出口和山坳之间。透过头上交叉错杂的丫枝,他看见桥在燃烧着,拉·图尔格被火光映得通红;再从两根丫枝分开的地方望过去,他看见上头对面高地的边缘上,正好和燃烧中的堡垒相对的地方,在火灾的强烈亮光照耀下,有一个女人把身子俯向山坳,这个女人的样子很凶暴,也很悲惨。

喊声就是这个女人发出来的。

她现在的样子已经不是米歇尔·佛莱莎,而是一个戈耳工②。命运悲惨的人也是令人恐怖的人。这个乡下女人已经变成一个复仇女神。这个平凡的、无知的、没有自觉的普通乡

---

① 赫卡柏,荷马在《伊利亚特》里所写的十九个孩子的母亲,她的孩子差不多全数在特洛伊城战役里死亡。
② 戈耳工,希腊神话里能够使望她的人变为石头的女妖,这里是说佛莱莎的样子能感动侯爵,使其止步。

下女人,已经猛地从绝望中获得了史诗般的伟大。深刻的痛苦就是对于心灵的巨大的扩张;这个母亲就代表着普天下的母性;凡是包括完整的人性的,必然是超人的。她站在那里,在山坳的边缘上,面对着这个火灾,这件罪行,她的样子仿佛是一个地狱之神;她有野兽的喊声,女神的手势;她的露出无限怨恨的脸仿佛是一个火焰的面具。没有什么比她的含泪的眼睛所发出来的闪光更富有威力的了;她的眼光像闪电一样在轰击那场大火。

侯爵在听着。喊声落在他的头上;他听见一种音节不清的、裂人心腑的喊声,更像一连串的呜咽,而不像在说话。

"啊!我的天啊!我的孩子啊!那是我的孩子!救命啊!救火啊!救火啊!救火啊!你们简直是强盗!难道没有人在这儿吗?我的孩子要烧死了!唉!有这样的事!乔治特啊!我的孩子们啊!胖亚伦!雷尼-让!这样干是什么意思?谁把我的孩子放在那儿呀?他们睡着了。我疯了!这是不可能的事。救命啊!"

这时候拉·图尔格里面和高地上有无数的人在走动。整个军营的兵士都奔到刚烧起来的大火周围。进攻的军队在应付霰弹以后,又要应付火灾。郭文、西穆尔登、盖桑,都在下命令。怎么办?在那条半干的山溪里没有几桶水可以打起来。忧虑愈来愈增加。整个高地的边缘上站满了人,惊惶失措地望着。

他们看见的是吓人的景象。

他们只能旁观,丝毫没有什么办法。

火焰沿着常春藤上升,已经达到最高的一层。发觉里面全是干草,火焰就扑了过去。现在整个仓房都燃烧起来。火焰在跳舞;快活的火焰是不祥的东西。仿佛有一阵助纣为虐的风在扇动这场火。简直可以说可怕的伊曼纽斯整个化成了一阵火星的旋风,借着火焰的罪恶生命而活着,也可以说是他这个恶魔的鬼魂化成了火灾。图书室那一层还没有着火,它的天花板很高,墙很厚,使火势一时不致蔓延进去,可是这可怕的时刻也近了;下面一层的火舌在舐着它,上面一层的火舌在抚摸它。可怕的死神的接吻已经轻轻地触着它了。下面是火窟,上面是火焰山。如果地板上烧穿了一个洞,那就会跌进熔炉里;如果天花板烧穿了一个洞,那就会埋葬在炭火下面。雷尼-让、胖亚伦和乔治特还没有醒,他们像一般儿童那样天真而深沉地睡熟了,烟和火有时遮盖了窗户,有时让开,从烟和火的空隙中可以望见他们在这火窟里面,在流星的光辉下面平静地、可爱地、动也不动地睡着,像三个满怀信心的小耶稣在地狱里面沉睡;一只老虎看见这几朵玫瑰花在这熔炉里,这几只摇篮在这坟墓里,也会淌眼泪。

这时候母亲在摇晃自己的臂膀。

"救火呀!我在喊救火!你们都不来,你们都是聋子吗?你们要烧死我的孩子!来呀,在那边的人们。我赶了多少天的路,到头来是这样找到他们的!救火呀!救命呀!三个小天使!他们是三个小天使!他们是纯洁的,他们干过什么坏事呀?他们把我枪毙,把我的孩子烧死!这些事情是谁干的呀?救命呀!救救我的孩子!你们没有听见我叫喊吗?就算我是一只母狗,也应该可怜一只母狗啊!我的孩子!我的孩子!他们在睡觉!啊!乔治特!我看见她的小肚子,可爱的宝贝!雷尼-让!胖亚伦!这是他们的名字。你们应该相信我是他们的母亲。现在发生的事情令人痛恨。我白天黑夜地赶了多少路。今天早上我还跟一个大娘说过话。救命啊！救命啊！救火啊！你们都是恶鬼！可怕呀！最大的孩子只有五岁，最小的女孩还没有满两岁。我看见他们裸着的小腿。他们在睡觉，善良的圣母呀！老天爷把他们还给我，地狱的手又把他们抢去了。想想吧，我走了这许多路！我用奶汁养大的孩子！我还以为可怜的我找不到他们了！可怜我呀！我要我的孩子，我一定要我的孩子！他们的的确确在火里！请看我的可怜的脚吧，两只脚都在流血。救命啊！这世界上既是有人，又让这几个可怜的孩子这样烧死，这是不可能的事！救命呀！抓住凶手呀！从来没有见过这样的事。啊！那些强盗！这间可怕的房子是什么房子？他们偷了我的孩子拿去烧死！慈悲的耶稣！我要我的孩子！唉，我不知道我该怎样办才好！我不能让他们死！救命呀！救命呀！救命呀！啊！假使他们真的这样烧死，我就要杀掉上帝！"

母亲在作着这样可怕的哀求的时候，高地上和山坳里也有许多人在说话：

"梯子！"

"没有梯子！"

"水！"

"没有水！"

"上面，碉堡里面的三层楼里有一扇门。"

"那是铁门。"

"打破它。"

"不可能！"

母亲加紧她的绝望的呼吁：

"救火呀！救命呀！快点呀！或者杀死我吧！我的孩

子！我的孩子！啊！可怕的火！救他们出来，或者把我扔进去吧！"

在这些喊声的间歇中，可以听见火焰的不受阻碍的爆裂声。

侯爵摸了摸衣袋，摸到了铁门的钥匙。于是他弯下腰，走过他刚才逃出来的拱门，向他刚才出来的那条甬道再走进去。

二 从石门到铁门

整个军队虽然非常着急，却站在那里束手无策，四千人没法子救三个孩子：这就是当时的情势。

梯子的确没有；从雅凡尼带来的梯子并没有到达。火势像火山口爆发一样，愈发扩大了；如果想用那条半干涸的山溪里的水来灌救的话，那简直是笑话，等于把一杯水倒到火山口里。

西穆尔登、盖桑和拉杜已经走到山坳下面；郭文走到拉·图尔格的三层楼大厅里，这里有那块转动的石头、秘密通道和通图书室的铁门。伊曼纽斯就是在这里点着那根硫黄引线的；火灾就是从这里开始的。

郭文带了二十个工兵一起来。除了打破铁门，再也没有别的办法了。铁门紧闭到令人吃惊的程度。

他们先用斧子去砍。斧子砍断了。一个工兵说：

"就是钢碰到这块铁上也像玻璃一样。"

这扇门的确是用熟铁造的，而且是双重铁板用大螺丝钉旋紧的，每片铁板有三寸厚。

他们用铁棍去撬铁门。铁棍断了。

"就像火柴梗一样。"工兵说。

郭文满怀忧郁。喃喃地说:

"只有用一发炮弹才能打开这扇铁门。只要能够把一尊大炮搬上来就好了。"

"还不一定!"工兵说。

大家垂头丧气。所有这些无能为力的手都停了下来。这些人哑口无言,神色沮丧,目瞪口呆,站在那里望着那扇无法摇撼的可怕的铁门。红色的反光从门底下透出来。后面的火愈来愈浩大了。

伊曼纽斯的丑恶的尸体阴险地、傲然地躺在那里。

也许再过几分钟,整个房子就要倒塌了。

怎么办呢?再也没有希望了。

被激怒的郭文眼睛盯住墙上那块会动的石头和敌人逃走的洞口,嚷起来:

"朗特纳克侯爵就是从这个地方逃走的!"

"他也从这个地方回来了。"一个声音接上去说。

那块石头的秘密洞口上出现了一个白发苍苍的脑袋。

那就是侯爵。

许多年以来,郭文没有在这么近的距离看见过他。郭文后退了一步。

所有在场的人都像化石似的保持原来的姿势,动也不动。

侯爵手里拿着一根粗大的钥匙,他用一瞥高傲的眼光,使他面前的几个工兵让开路来,他一直向铁门走去,在拱门下弯下身子,把钥匙塞进锁里。那锁轧轧地响了一阵,铁门打开了,里面是一个火坑。侯爵走了进去。

他是用坚定的步伐,昂着头走进去的。

大家目瞪口呆地望着他,都为他捏着一把冷汗。

侯爵刚在火坑里走了几步,他后面的地板由于底下被火烧,上面受他身体的重压,突然坍陷下去,在他和铁门之间造成了一个深渊。侯爵头也不回地继续前进。他在浓烟中消失了。

以后,外面的人再也看不见什么了。

他能够继续向前走吗?他的脚下会不会再踏出一个火坑来?他的成功只能够使他自己送掉性命吗?这些问题没有人能够回答。他们的面前只有一垛黑烟和火焰的墙。侯爵在墙的那边,也许死了,也许活着。

三 孩子们醒过来了

孩子们终于张开了眼睛。

大火虽然还没有烧进图书室里来,却在天花板上射进了玫瑰色的反光。孩子们从来没有见过这样的朝霞。他们望着这种亮光。乔治特凝视着它。

大火展开了它所有的灿烂光彩;黑色的蛇和红色的龙在奇形怪状的黑烟里出现了,又红又黑的烟非常壮观。长长的火舌远远地伸出去,把黑暗的地方都照亮了,仿佛有无数的彗星在格斗,在互相追逐。大火是挥霍无度的,火炭里面有无数宝石,它把这些宝石随风散播;有人把木炭和宝石说成是同样的东西不是没有理由的。四层楼的墙上有了裂缝,火炭把宝石造成的瀑布向山谷里倾倒下来;仓房里被烧着的一堆堆干草和荞麦开始从窗户里像金色的粉一样往下泻,荞麦变成紫水晶,干草变成红宝石。

"好看!"乔治特说。

他们三个都爬了起来。

"啊!"母亲叫道,"他们醒了!"

雷尼-让站起来,然后胖亚伦站起来,最后乔治特也站起来。

雷尼-让伸了一下懒腰,向窗口走去,说:"我热。"

"热,热。"乔治特也说。

母亲叫唤他们。

"我的孩子!雷尼!亚伦!乔治特!"

孩子们向周围张望。他们想弄清楚是怎么一回事。大人们害怕的事情,只引起孩子们的好奇心。容易惊异的人是很难得受吓的;无知的人就大胆。地狱里很难容纳孩子,因此他们看见了地狱只会加以欣赏。

母亲重复叫唤:

"雷尼!亚伦!乔治特!"

雷尼-让回过头来;这个喊声把他从遗忘中唤醒。孩子们的记忆是短暂的,可是他们能很快地回忆起来;整个过去对于他们只不过是昨天的事情。雷尼-让看见了他的母亲,他觉得这是很自然的事情,他模糊地觉得自己处在这样奇异的环境中,需要一点支持,他叫喊:

"妈妈!"

"妈妈!"胖亚伦说。

"妈!"乔治特说。

她把两只小手伸出去。

母亲惨叫:"我的孩子!"

三个孩子都走到窗户边沿上;幸而那边还没有着火。

"我热极了。"雷尼-让说。

他又加上一句：

"像烧一样。"

他用眼睛找寻母亲。

"来呀，妈妈。"

"来，妈。"乔治特学着说。

母亲披头散发，划破皮肤，淌着血，从荆棘丛中滚到山坳下。西穆尔登和盖桑站在那里，和上面的郭文一样束手无策。无能为力的兵士们绝望地聚集在他们身边。当时的高热度令人难以忍受，可是似乎没有人觉得热。他们在考虑桥的险峻，桥拱的高度，各层楼的高度，没法爬上去的窗口，和迅速行动的必要。必须越过三层楼。毫无办法爬上去。受伤的拉杜奔过来，他的肩上有一处刀伤，吊着半只耳朵，淌着血和汗；他看见了米歇尔·佛莱莎。"怎么，"他说，"枪毙了的女人，你复活了！""我的孩子！"母亲说。"对的，"拉杜回答，"我们没有时间管这种还魂不还魂的事。"于是他开始爬那条桥，可是没有用，他把指甲插进石头缝里，爬了相当时候；石头很滑，没有一点裂缝，没有一些凹凸，石头和石头之间互相吻合得天衣无缝，就像一垛新墙一样，拉杜又跌了下来。大火继续燃烧，一刻比一刻更可怕；在映满红光的窗口上可以看见三个金发的小脑袋。于是拉杜紧握着拳头向天上挥舞，他的眼光仿佛在找寻什么人，他说："这就是你的意志吗？善良的上帝！"母亲跪下来，拥抱着桥柱叫喊："大发慈悲啊！"

沉重的爆裂声夹杂在火焰的哔剥声中响起来。图书室里书橱的玻璃开始炸裂，掉到地下发出很大的响声。显然屋架已经开始动摇。任何人都无能为力了。再过一分钟便会整个坍陷。现在只有等待最后一幕惨剧。他们听见孩子们弱小的声音在反复叫喊:"妈妈!妈妈!"当时的恐怖已经到了极点。

突然间,在孩子们隔壁的窗口上,红色的火光中出现了一个高大的身形。

所有的人都抬起头来,所有的眼睛都直瞪着。一个人在那上面,一个人在图书室里,一个人在火窟里。这个人在红色的火光衬托下是黑色的,可是他有白头发。大家认出来那是朗特纳克侯爵。

他不见了,然后又出现了。

这位可怕的老头站在窗口上,搬动着一架高长的梯子。那就是放在图书室里的救命梯,他在墙边找到了它,一直把它拖到窗口上来。他抓住梯子的一端,用体育家的敏捷手法把梯子靠着窗外栏杆的边沿滑下去,一直滑到山坳下面。拉杜惊喜欲狂地伸出手来接过梯子,紧紧地把梯子拥抱着,同时叫喊:"共和国万岁!"

侯爵回答:"国王万岁!"

拉杜喃喃地说:"你爱叫什么就叫什么,你高兴说什么废话就说什么废话,你就是善良的上帝。"

梯子放好了;火烧着的大厅和地面上的交通已经建立;二十个人奔过来,拉杜带头,一转眼间他们已经从上到下一级一级地站满了梯子,背靠在梯级上,像泥水匠们传递砖瓦的姿势一样。这样,木梯子就变成了一架人梯。拉杜站在梯子顶上,碰到窗户。他却是面向着大火的。

这支小小的军队,本来分散在荆棘丛里和斜坡上,现在他们心里同时被各种各样的感情激动着,都拥挤在高地上,在山坳里,在碉堡的露台上。

侯爵又不见了,一会儿又出来了,他手里抱着一个小孩。

这时响起了一阵雷鸣似的掌声。

侯爵抱的是他随手抓到的头一个孩子。这孩子是胖亚伦。

胖亚伦嚷着:"我怕。"

侯爵把胖亚伦交给拉杜,拉杜转交给他下面的一个兵士,兵士又交给另一个,就在胖亚伦非常害怕而且哭叫着,被一手传一手地送到梯子下面的时候,侯爵又不见了一会儿,然后又带着雷尼-让回到窗口,雷尼-让一面挣扎一面哭叫,侯爵把他交给拉杜时,他用小拳头打曹长。

侯爵又回到满是火焰的大厅里。乔治特一个人在里面。他向她走过去。她微笑了。这位铁石心肠的人觉得自己的眼皮有点润湿。他问:"你叫什么名字?"

"乔……"她说。

他抱起她,她始终微笑着,他把她交给拉杜的时候,他的多么高尚又多么昧黑的良心被这天真纯洁的女孩迷惑了,他吻了她一下。

"这就是那个小姑娘!"兵士们说,乔治特在赞美声中,被一手传一手地送到地面。大家都鼓起掌来,跳跃起来;几个老近卫兵呜咽起来,可是她向他们微笑着。

母亲在梯脚下,喘着气,被这意想不到的结果弄得如醉如痴,仿佛从地狱一下子到了天堂。过分的快乐也有办法伤害人的。她伸出双臂,先接过胖亚伦,再接过雷尼-让,又接过乔治特,她没头没脑地把他们乱吻一顿,然后哈哈大笑,最后昏倒在地上。

一声大喊响起来:

"全都救出来了!"

的确是全都救出来了,只不过还有老头在那里。

可是没有人想到这一点,也许连他自己也没有想到。

他在窗沿上沉思地逗留了一阵,仿佛给大火一些时间去考虑似的。然后他不慌不忙地,慢慢地,高傲地,跨过了窗台,他没有回头望一望,就挺直身子,背靠着梯级,在后面是大火,前面是悬崖的情形下,开始一声不响地走下梯子,威严得像个幽灵。在梯子上的兵士都赶快走下梯子,所有的旁观者都战栗起来,环绕着这个从上面下来的老人,产生了一种令人退缩的神圣的恐惧,仿佛环绕着一个幻影一样。可是他却庄严地走进他前面的黑暗中;他们向后退,他走近他们;他的大理石似的苍白的脸上没有一丝皱纹,他的幽灵似的眼光里没有丝毫光辉。兵士们在黑暗中以惊惶的眼光盯住他,他每向他们走近一步,就仿佛更加高大,梯子在他的不祥的脚下发抖而且发出响声,简直可以说,这是骑士的石像再回到坟墓里去。①

侯爵到了下面,离开梯子的最后一级,把脚踏到地面上的时候,一只手落到他的衣领上。他回过头来。

"我逮捕你。"西穆尔登说。

"我准许你逮捕我。"朗特纳克说。

---

① 莫里哀的喜剧《唐璜》中,唐璜杀死了一个骑士,带走了骑士的女儿,还嘲笑地请骑士的石像吃饭,不料骑士的石像竟然来了,就像活人一般,把唐璜耍弄了一番才回去。该剧最后一幕为石像显灵抓着唐璜,使唐璜遭雷劈死。

第六卷 在胜利之后才发生战斗

一 朗特纳克被捕

侯爵的确是再回到坟墓里去了。

兵士们把他带走。

拉·图尔格底下一层的地牢马上在西穆尔登的严厉眼光监视下打开了;他们在地牢里放了一盏灯、一罐水和一块士兵面包,又扔了一扎干草进去,于是在教士的手抓住侯爵以后不到一刻钟,地牢的门就在朗特纳克的身后关上了。

这样做过以后,西穆尔登走去找到郭文;这时候远远地巴利尼的教堂在敲晚上十一点钟。西穆尔登对郭文说:

"我要召开军事法庭。你不能参加。你是郭文家族的人,朗特纳克也是郭文家族的人。你和他血统太近,不能当法官,我不赞成平等审判卡佩。军事法庭由三个法官组成,一个是军官,盖桑大尉,一个是下士官,拉杜曹长,还有我,我担任庭长。现在这一切和你都没有关系了。我们遵照国民公会的指令办事;我们的审判只要验明前侯爵朗特纳克的正身。明天审判,后天上断头台。旺代完了。"

郭文一句话也没有回答,西穆尔登忙着要把这件最重要的事情办妥,就走开了。西穆尔登要指定时间和选定地点。他像勒基尼奥在格朗威勒、塔里安在博多、夏里叶在里昂、圣茹斯特在史特拉斯堡一样,有亲自参加行刑的习惯,这种习惯被认为是一种好榜样;法官来看着刽子手执行职务,这是九三年的恐怖政治从法国前最高法院和西班牙的宗教裁判所那里学来的习惯。

郭文心里也有事。

一阵凉风从森林里吹来。郭文授权给盖桑发布必要的命令,他自己回到帐篷里去了。他的帐篷在拉·图尔格脚下,森林边缘的草地上。他在帐篷里拿了他的连风帽的斗篷,披在身上。这件斗篷镶着很简单的线条,共和国的风气是不讲究装饰的,这简单的线条就是总司令的标志。他开始在草地上踱来踱去,草地上染满血迹,突击是从这里开始的。这里只有他一个人。火还在烧着,不过大家已经不重视它了;拉杜在那几个孩子和那个母亲身边,差不多和那个母亲一样慈爱;桥上小堡烧光了,工兵们在拆毁邻近火场的屋子以防止火势蔓延,他们挖下坟坑,埋葬死人,包扎伤兵,拆毁退障,把房间里和楼梯上的死尸搬走,清洗大屠杀的地方,扫干净胜利后剩下来的那堆可怕的垃圾,兵士们正在以军事速度来进行所谓战争结束后战场的清理工作。这一切郭文都没有看见。

在他的沉思中,他连望也没有望站在碉堡的缺口前面增加了一倍的岗兵,这些岗兵是西穆尔登命令增加的。

他在黑暗中还分辨得出那个缺口,他是在草地的一个角落里,就像躲在那里一样,离开缺口大约有两百步远。他看见那个黑色的洞口。三个钟头以前,进攻就从这里开始;郭文就是从这里攻进碉堡;这里就是碉堡的底层,退障就筑在这里;

也是在这一层,土牢的门打开过,把侯爵关在里面。缺口前面的岗位就是用来看守土牢的。

他的眼睛蒙眬地看见那个缺口,同时他的耳朵却听见西穆尔登的那句话像丧钟一样不停地响着:"明天审判,后天上断头台。"

大火虽然已经被隔断,工兵们虽然把所有的水都泼到火里去,可是大火并不是毫无抵抗就熄灭掉,它还不时冒出火焰来;有时可以听见天花板爆裂和一层层屋子倒塌的声音,然后火星像一阵旋风似的飞舞起来,就像摇动了一把火炬一样,一道闪电似的光芒照亮了整个天边,拉·图尔格的影子倏地长大起来,一直伸延到森林那边。

郭文就在这个影子里,在缺口的前面,慢慢地踱来踱去。有时他把双手交叉在他的戴着风帽的脑袋后面。他在沉思。

二 沉思中的郭文

他的沉思是深不可测的。

他亲眼看见一个闻所未闻的转变发生了。

朗特纳克侯爵变了样子。

郭文亲眼看见这个变化。

他从来不会相信这种事情能够在错综复杂的事变中发生,不管这是怎么样的事变。他从来想象不到这样的事情能够出现,即使在梦中也没有想到。意外事件是高傲专横而且戏弄人类的,现在这件意外事件抓住了郭文,把持住他。在郭文的面前,一件不可能的事竟成为事实,成为看得见,摸得到,无可避免,不能动摇的事实。

他,郭文,对这件事怎样想法呢?

躲避是不可能的;必须拿出结论来。

一个问题摆在他面前,他不能够避而不答。

这个问题是谁提出来的?

是事变提出来的。

也不仅仅是事变提出来的。

因为事变是能够变化的,正义是永远不变的,事变向我们提出问题的时候,永远不变的正义就催促我们回答。

云层的后面有星星,云层给我们的是暗影,星星投射给我们的是亮光。

我们不能躲避亮光,正如我们不能躲避暗影一样。

郭文正在遭受一次审问。

他被法官提讯。

被一个可怕的法官提讯。

这个法官就是他的良心。

郭文觉得自己整个动摇了。他的最坚定的决心,他的最虔诚的诺言,他的不可挽回的决断,这一切都在他的意志的深处动摇了。

他的心灵在震动。

他越是回想他刚才所看见的事情,他越是觉得迷乱。

郭文是一个共和党人,他相信自己是绝对正确的,而且也的确是如此。可是一个更高级的绝对正确性刚才出现了。

在绝对正确的革命之上,还有一个绝对正确的人道主义。

刚才发生的事情是不容许人故作不知的;这件事很严重;郭文曾经亲身参与这件事;他当时曾经在场;他不能够抽身逃避;虽然西穆尔登对他说"现在这一切和你都没有关系了",

可是他的内心有这样一种感觉,好像一棵树被人从树根上拔掉一样。

一切人都有一个基础;这个基础一动摇,就产生深沉的烦恼。郭文正在感受着这种烦恼。

他用两只手紧紧夹住脑袋,仿佛要从脑袋里榨出真理来。对于这样一种情形要想获得一个正确的观念,不是一件容易的事;把一件复杂的事情简单化是困难的。他的面前有一大堆可怕的数字,他必须得出一个总数来;他要算一个命运的加法,这是多么使人晕眩的事!他尝试着;他尽力设法弄清楚这是怎么一回事;他努力把思想集中,压制他自己觉到的内心的阻力,把事实经过简要地复述一遍。

他把事实一一摆在自己面前。

在极端重要的场合下,自己向自己作一个报告,自己追问自己到底要走哪一条路,是前进呢?还是后退呢?这种事情谁没有遇到过呢?

郭文刚才亲眼看见一个奇迹出现。

在地上的斗争进行着的时候,同时发生了天上的斗争。

那就是善和恶的斗争。

一个凶猛的心灵打败了。

正由于这个人具有一切的坏处,残暴、错误、盲目、无理的固执、骄傲、自私,郭文刚才所看见的才是奇迹。

人道战胜了这个人。

人道战胜了不人道。

用什么方法呢?用什么方式呢?人道怎样打倒一个愤怒和仇恨的巨人呢?人道用的是什么武器?是什么军械?是摇篮。

一道强烈的光线使郭文感到一时眼花缭乱。在激烈的内战中,在集中一切怨恨和复仇的动乱时代中,正当乱世达到最黑暗最疯狂的时候,正当罪恶放出它的全部火焰、仇恨发出它的全部黑暗的时候,正当斗争发展到一切都变成炮弹,正当混战激烈到这样的地步,使人再也不知道正义在哪里、诚实在哪里、真理在哪里的时候,突然间,不可知——心灵的神秘的警告者——使那股伟大的不朽的光线,在人生的光明和黑暗上面,大放灿烂的光芒。

在错误和正确两者的恶斗上面,在深处的真理的面孔突然一下出现了。

弱者的力量突然插了进来。

我们看见那三个出世未久的可怜的小生命,他们既不懂事,又被遗弃,又是孤儿,又没有人伴着他们,他们还在牙牙学语,只懂得微笑,同时又还有内战、以牙还牙的法则、可怕的报复逻辑、谋杀、大屠杀、兄弟自相歼灭、愤怒、怀恨等等在威胁他们,可是在对付这一切恶魔的斗争中,他们胜利了。我们看见为了犯罪而放的可耻的大火流产了,失败了;我们看见那些残暴的阴谋被破获了,受挫折了;我们看见那种古代封建的残暴,年深日久的不能动摇的轻蔑,所谓为着军事必需的经验,那种为着国家利益的理论,所有那些从残暴的老人脑中产生的专横的成见,在这几个还没有开始生活的稚子的清明眼光下消失了。这是很自然的事,因为还没有开始生活的稚子没有做过坏事,他就是正义、真理、洁白,天上无数的天使在小孩子的身上活着。

这是一幕很有用的景象,是一个忠告、一个教训。那些主张战争应该毫无怜悯地进行的狂热的战士,在所有这些罪恶中,在谋害、疯狂、暗杀、复仇的火焰当中,死神拿着火炬临场的时节,突然看见全能的纯洁在这一大队罪恶上面站了起来。

纯洁战胜了。

我们可以说:不,内战不存在,野蛮的行为不存在,仇恨不存在,罪恶不存在,黑暗不存在;因为要消灭这些妖魔鬼怪,只要有童年这种曙光就够了。

从来没有在任何斗争中,能够像这次斗争一样清楚地看见魔鬼和上帝。

这次斗争的战场是一个人的良心。

那就是朗特纳克的良心。

现在斗争又开始了,也许比上一次斗争更猛烈,更有决定意义,这次斗争的战场是另一个人的良心。

那就是郭文的良心。

人是怎样的一个战场啊!

我们都受我们的思想的支配,我们的思想是神,是鬼怪,也是巨人。

这些可怕的战士们时常把我们的心灵践踏在脚下。

郭文在沉思。

朗特纳克侯爵被包围了,被封锁了,被判罪了,被通缉了,像马戏班的一头野兽一样被关起来了,像钉子一样被钳子夹住了,他的老巢现在变成他的监狱,他被关在里面了,他被铁和火的城墙从四面八方团团围住了,然而后来他居然脱逃了。他创造了这个脱逃的奇迹。在这样的战争中,脱逃也许是最难完成的杰作,他竟完成了这件杰作。他又得到了森林,可以在那里筑垒固守,他又得到了乡土,可以在那里作战,他又得到了暗影,可以在那里藏身。他又变成那个可怕的独往独来的人,那个凶恶的流浪者、神出鬼没的队伍的首长、地下军队的领袖、森林的主人了。郭文得到了胜利,可是朗特纳克得到了自由。从此以后,朗特纳克有的是安全,是无限广阔的道路,是数不尽的避难所。他成为一个抓不到的、找不着的、近不了身的人。一只狮子已经落下陷阱,又逃走出来。

可是,他自己又进来了。

朗特纳克侯爵自愿地、自动地,完全根据自己的选择,离开了森林、阴影、安全、自由,回到最可怕的危险里去,第一次,郭文看见他毫无畏惧地冒着葬身的危险冲进大火里面,第二次,他从那个梯子下来,只身投入敌营;对于别的人,这个梯子是救命梯,对于他却是一个丧命梯。

他为什么要这样做呢?

为了救三个孩子。

现在人们怎样处理这个人呢?

送他上断头台。

那么这个人所救的三个孩子是他自己的吗?不是。是他一家的吗?不是。是他同一阶级的吗?不是。为了三个可怜的小孩子,偶然遇见的弃儿,不相识的、衣服破破烂烂的、赤着脚的孩子,这位获救的、自由的、得胜的——因为逃掉了也是一种胜利——贵族、亲王、老头,竟冒尽一切危险,付出一切代价,不惜一切牺牲,高傲地救了这几个孩子,同时也交出了他自己的头颅,这个头颅直到目前为止是可怕的,现在变成无限庄严的,他把这颗头颅献出来。

人们怎样办呢?

接受他的头颅。

朗特纳克侯爵要在别人的生命和他自己的生命之间作一

个选择;在这个庄严的选择中,他挑选了自己的死亡。

人们同意他死亡。

人们就要砍掉他的头颅。

对于英雄的行为,这是怎么样的一种报酬啊!

用一种野蛮的手段去回答一种慷慨的行为!

革命居然也有这种弱点!

这是对共和国怎样的一个贬值啊!

正当这个充满着成见和奴役他人思想的人突然转变,回到了人道的圈子里来的时候,那些为了解放和自由而斗争的人们却仍然继续内战,仍然维持流血和兄弟自相残杀的常规!

那个宽恕、舍身成仁、赎罪、自我牺牲的至高无上的神圣法则,对于那些为错误而战的斗士反而存在,对于那些为真理而战的兵士却不存在!

怎么!不肯为仁义做斗争!甘心在这个斗争中失败,本来是强者,却甘心做弱者,本来是胜利者,却甘心做杀人凶手,使人说保王党方面有人救了小孩,共和党方面有人屠杀老人!

这位伟大的军人、八十岁的壮士、解除了武装的战士,与其说是俘获的,不如说是偷来的,他是正在做好事的时候被捉的,是经过他自己同意而被缚的,人们将要看见他额上还带着为了一件伟大的牺牲而流的汗珠走上断头台,就像被人奉祀为神的伟人走上神坛一样!他的头颅将要放在断头台的刀下,那三个被救的小天使的灵魂,将要环绕着这颗头颅飞翔而且为它呼吁!在执行这个对于刽子手们是不名誉的刑罚的时候,人们将要看见这个人的脸上浮着笑容,共和国的脸却羞耻得通红!

而这一切要在身为领袖的郭文面前实现!

他本来可以阻止这件事,他却袖手旁观!他将要满足于这样一个专横的借口:"现在这一切和你都没有关系了!"他也不这样想,认为在这样的情形下放弃自己的职权就是同谋!他也看不出在这样一件大事情中,动手的人和袖手旁观的人比较,袖手旁观的人更坏些,因为他是懦夫!

可是他不是已经说过要把这个人处死吗?他,郭文,仁慈的人,不是宣布过朗特纳克不属于宽大之列而且他要把朗特纳克交给西穆尔登吗?

这颗头颅是他欠下的。那么,他应该把这颗头颅交出来以清债务。这就对了。

不过现在这颗头颅是不是还跟过去一样呢?

直到目前为止,在郭文的眼中,朗特纳克只是一个野蛮的战士、帝制和封建制度的盲目拥护者、屠杀俘虏的人、被战争纵容的杀人凶手、嗜血的人。这样一个人郭文不怕他。他是随意把人处死的人,郭文也要把他处死;他是怀着深仇的人,他会发现郭文也怀着深仇。没有比这更简单的了,道路已经划好,跟着这条道路走是容易的,一切都安排妥当,他要杀掉杀人的人,他是在恐怖的直线上走路。出乎意料之外,这条直路却转了弯了,转过一个意想不到的弯子以后一片新天地出现了,一个变化发生了。一个意想不到的朗特纳克登台了。一个英雄从这个恶魔身上跳了出来;不光是一个英雄,还是一个人。不光是一个灵魂,还是一颗心。在郭文面前的不再是一个杀人者,而是一个救人者。郭文被一股神圣光辉的洪流冲倒了。朗特纳克用善良的雷电击倒了他。

可是变了样子的朗特纳克并没有使郭文转变!怎么!这一股光流的打击居然没有反应!过去的人跑在前面,将来的人竟落在后面!野蛮和迷信的人突然张开两翼高高地飞翔,俯视着那个怀抱理想的人在下面泥泞和黑暗中爬行!郭文将要匍匐在那条残暴的旧车辙上,而朗特纳克将要到崇高的境界里建立功业去了。

还有另外一件事。

他们的家族!

让别人流血,就等于自己流血,那么,朗特纳克所要流的血,难道不是郭文自己的血吗?他的祖父已经死了,可是他的叔祖父还活着;这个叔祖父就是朗特纳克侯爵。难道那位已经在坟墓里的祖先,不会起来阻止他的兄弟进去吗?难道他不会命令他的孙儿从此以后要尊敬叔祖父的白发王冠吗?因为侯爵的白发王冠,也就是他自己的顶上的圆光的亲姊妹呀。难道在郭文和朗特纳克之间,没有一个鬼魂在愤怒地注视着吗?

革命的目的难道是要破坏人的天性吗?革命难道是为了破坏家庭,为了使人道窒息吗?绝不是的。一七八九年的出现,正是为了肯定这些崇高的现实,而不是为了否定它们。推翻封建堡垒,是为了解放人类;废除封建制度,是为了建立家庭。创造者就是权力的出发点,权力是蕴藏在创造者身内的,除了创造者就再也没有别的权力。因此蜂后的地位是完全合法的,她创造了她的人民,她既是母亲,就应该是皇后;因此人类的王权是荒谬的,国王既不是创造者,就不能够做统治者;因此帝制必须废除,共和国必须建立。这一切到底是什么?是家庭,是人道,是革命。革命就是人民掌握统治权;归根结底,人民,就是人。

现在所要知道的,就是朗特纳克已经回到人道的圈子里来了,郭文是不是也会回到家族里来。

也就是要知道叔祖父和侄孙是不是会在更高级的光明里会见,还是侄孙要用开倒车来回答叔祖父的进步。

郭文和他的良心的悲壮的论战,结果是提出了上面这样的问题,而且答案仿佛也从问题本身得出来了:挽救朗特纳克。

对的。可是法兰西呢?

到了这里,这个使人晕眩的问题突然换了一个面目。

怎么!法兰西陷入了绝境!法兰西被出卖了,被打开了大门,被毁坏了城墙!法兰西没有了堑壕,德国人就渡过莱茵河;她没有了城墙,意大利人就跨过阿尔卑斯山,西班牙人就越过比利牛斯山。她还剩下一个庞大的深渊,那就是大西洋。这个深渊是帮助她的。她可以凭依着它,那么这个被整个大海支持着的巨人就可以和整个大陆斗争。这样的形势是百攻不破的。可是现在不然了,她不会有这样有利的形势了。这个大西洋已经不再是她的了。在这海洋里有英国人。当然,英国人没法子渡海过来。可是现在有一个人要给她搭一座桥,要向她伸出手来,要对庞特、克莱格、康华里斯、邓塔斯和那些海盗们说:"来呀!"这个人要高声呼喊:"英国,把法兰西拿去吧!"这个人就是朗特纳克侯爵。

这个人已经被捕。经过三个月的追击、搜索和激烈的战斗之后,这个人终于被俘了。革命的巨手已经抓住了这个可诅咒的人;九三年的紧握的拳头已经抓住这个保王党凶手的衣领;由于经常参与人事的神秘的天意,这个弑亲者现在正在他自己家里的土牢里等待刑罚;封建贵族被关在封建的地牢里;他自己的堡垒的石墙起来反对他,而且把他关闭在里面,阴谋出卖祖国的人被他自己的家宅出卖了。显然这一切是上帝安排的。正义的时刻已经到来;革命已经逮住了这个人民公敌;他再也不能够作战,再也不能够斗争,再也不能够害人了。在这个旺代里,有许多人手,可是只有他一个是脑袋;他完了,内战也就完了。现在逮住他了,这个结局是悲剧性的,也是值得高兴的;经过那么多次的屠杀之后,他被俘了,这个杀人的人,现在也轮到他死了。

可是有人要救他!

西穆尔登(就是说九三年),逮住了朗特纳克(就是说君主政治);可是有人要把这个捕获物从铜爪里放出来!朗特纳克的身上集中着一切灾害的萌芽,可是这种灾害的萌芽有人却认为是"过去"的事,朗特纳克侯爵现在是在坟墓里,那扇沉重的永恒的门已经在他身后关上了,可是外面有人要把门打开!这个社会的害虫已经死了,叛变、兄弟残杀、野蛮的战争,都跟着他死了,可是有人要使他复活!

啊!这个死人的头会怎样狞笑啊!

这个幽灵会说:"很好,我又活了,蠢材!"

他要怎样地重新开始他的丑恶工作啊!朗特纳克要怎样高兴地怀着深仇重新投入仇恨和战争的深渊啊!明天,人们又要看见房屋被焚烧,俘虏被屠杀,受伤的被害死,妇女被枪毙!

而且,归根结底,这件对郭文富有吸引力的行为,郭文有没有把它过分夸大呢?

三个小孩在危难中;朗特纳克救了他们。

可是谁使他们陷入危难的呢?

难道不是朗特纳克吗?

谁把这几只摇篮放在大火里面呢?

难道不是伊曼纽斯吗?

他是侯爵的副官。

应该负责的是领袖。

因此,纵火的和杀人的都是朗特纳克。

他到底做过什么值得人钦敬的事呢?

他没有坚持到底。只不过这样罢了。

他在筹划了罪行之后,自己又退缩了。他自己吓着了自己。那个母亲的喊声唤醒他内心的过时的慈悲心,这种慈悲心是人类共同生活的残余,一切人心里都有,连心肠最硬的人也有。他听见了这喊声才往回走。他已经走入黑暗中,再退回到光明里来。在造成了罪行之后,他又自动破坏了那罪行。他惟一的功劳只不过是做坏人没有做到底。

为着这一点小事,就把一切都还给他!还给他空间、田地、平原、空气、白昼;还给他森林,让他利用来进行盗匪活动;还给他自由,让他利用来奴役他人;还给他生命,让他利用来制造死亡!

至于说到要跟他讲和,要和这个傲慢的灵魂取得谅解,提议在一定的条件下释放他,问他是否同意在保证他的生命安全的条件下他从此以后放弃一切敌对行为和叛变行为,这种建议将是一个多么大的错误,将使他得到何等有利的地位,将要遇到他的怎样的轻蔑,他将要用怎样的回答来狠狠地回敬这个建议,他会说:"把无耻留给你们自己,杀死我吧!"

对付这样一个人,除了把他杀死或者释放之外,的确没有其他办法。这个人站在山顶上;他随时准备好起飞或者牺牲;他自己本身就同时是鹰隼和悬崖。多么奇异的灵魂。

把他杀掉吗？良心多么不安！把他放走吗？责任又多么重！

朗特纳克一旦恢复自由，旺代的战争又得从头打起，就像对付一条没有把头砍掉的七头蛇一样。一转瞬间，由于这个人消失而熄灭了的火焰，就会像流星飞行一样重新燃烧起来。朗特纳克的目的是要像盖棺材板一样把君主政治盖在共和国上面，把英吉利盖在法兰西上面，除非他完成了这个可恶的计划，他绝不会罢休。救了朗特纳克就是牺牲了法兰西。朗特纳克获得了生命，就是无数重新被卷入内战旋涡的无辜的男、女、儿童的死亡；就是英国人的登陆、革命的倒退、城市的被洗劫、人民的被蹂躏、布列塔尼的流血；也就是把牺牲者送回到老虎的爪子下面。郭文在这种种不能肯定的理由和自相矛盾的理论中，模糊地看见他的面前出现了这样一个问题：放虎归山。

然后问题又恢复了它的最初的面目；西绪福斯①的石头又落下来了，这石头不是别的，正是一个人内心的斗争：朗特纳克到底是一只老虎吗？

也许他曾经是一只老虎，可是他现在还是吗？郭文在内心的反复斗争下晕眩了，思想兜来转去，像一条蛇。毫无疑问，即使经过严格的考察，谁还能够否认朗特纳克的义举，他的斯多噶式的克己精神，他的伟大无私的德行吗？怎么！在张大着巨嘴的内战面前来证明人道主义！怎么！在低级真理的斗争中把高级真理搬出来！怎么！证明在王权之上、革命

---

① 西绪福斯，希腊神话中的巨人，凶恶而残暴，死后被罚在地狱里滚石上山，但石到山顶时又滚下来，使得他的劳苦始终没有休息。

之上、人世的一切问题之上,还有人心的无限仁慈,还有强者对弱者应尽的保护责任、安全的人对遇难的人应尽的救护责任、一切老人对一切儿童应有的慈爱!证明这些崇高的行为,而且牺牲自己的头颅来证明!怎么!身为一个将军,竟放弃了战略、战争和复仇!怎么!身为一个保王党,竟拿起一把天平,一端放上法国国王,放上历时十五个世纪之久的君主政治,要重新恢复的旧法律,要重新建立的旧社会,另一端放上三个无名的乡下小孩,而且认为这三个天真的小孩比国王、王座、王权和十五个世纪的君主政治更重!怎么!这一切都不算什么吗?怎么!做了这件事的人还算是一只老虎而且还要被人当作野兽来看待吗?不!不!不!这个刚才用一种神圣行为的亮光照亮了内战的深渊的人不是一个恶魔!拿着屠刀的人变成了一个光明的天使。地狱里的魔鬼又变成了天上的晓星。朗特纳克用一件牺牲的行为赎回了他的种种野蛮行为;他失去了自己的肉体,却救了自己的灵魂;他又变成无罪的人了;他给自己签发了赦罪书。难道宽恕自己的权利就不存在吗?从今以后他是一个可敬的人了。

朗特纳克刚才证明了自己是非常人。现在该轮到郭文了。

郭文有责任用行动来答复他。

善的情感和恶的情感的斗争,使目前的世界混乱不堪;朗特纳克征服了这种混乱,从其中把人道抬出来,现在轮到郭文从其中把家庭抬出来了。

他要怎么办呢?

郭文要辜负上帝对他的信任吗?

不。他喃喃地对自己说:"让我们救朗特纳克吧。"

那么很好。去吧,去为英国人服务吧。投降吧,投到敌人那边去吧。救朗特纳克,出卖法兰西吧。

他战栗起来。

"做梦的人啊,你这个办法不是办法!"郭文看见黑暗中有斯芬克斯的阴险的微笑。

这种情形好像是一个可怕的十字路口,各种互不相容的真理都到这里停下来对质,人类的三种最崇高的观念:人道、家庭、祖国,在这里互相瞪视。

这些声音轮流发言,每一个所说的都是真理。怎么选择呢?每一个仿佛都把智慧和正义结合起来,说:"这样做。"真的应该这样做吗?是的。不是。理论是一种说法,感情又是另一种说法,两种说法是互相矛盾的。逻辑只是理智,感情往往是良心;前者是从人类本身来的,后者是从天上来的。

因此感情比较不易明了,却有更大的说服力。

可是严峻的理智又有多么大的力量啊!

郭文踌躇了。

这是令人无法选择的残忍的难题。

郭文的面前是两个深渊。让侯爵送命呢?还是救他?他必须投入这一个深渊,或者另一个深渊。

这两个深渊中,哪一个是他的责任呢?

三 司令官的斗篷

目前要解决的的确是责任问题。

这个责任在西穆尔登的面前是悲惨的,在郭文的面前是可怕的。

在前者的眼中这责任很简单,在后者的眼中这责任是几重的、复杂的、多变的。

午夜过去了,然后清晨一点钟也敲了。

郭文在不知不觉间慢慢地走到裂缝的洞口附近。

大火只剩下一些散漫的回光,正在逐渐熄灭。

火光反射在堡垒对面的高地上,使高地不时清楚地显现出来,浓烟突然遮盖住火焰,高地又看不见了。火光不停地跳动,使火势突然明亮,有时又突然被黑暗遮断,使被火光照耀的东西显得奇形怪状,哨兵们被照成鬼怪的样子。在沉思中的郭文漠然地望着黑烟遮没火焰,火焰又越过黑烟。眼前这种亮光的时隐时现和真理在他心里的时隐时现有点相似。

突然在两大股黑烟中冒出一条火舌,从将熄的火焰中升起,清晰地照亮了高坡的顶,照出了一辆马车的红色的轮廓。

郭文望着这辆马车;车子周围有许多戴着巡逻兵帽子的骑兵。他觉得那辆车子仿佛就是几个钟头以前,日落的时候,他从盖桑的望远镜里看见在地平线上的那一辆。车子上有许多人,仿佛正在那里卸东西。他们从车上卸下的东西似乎很重,不时发出铁器的铿锵声。很难说那是什么东西,看来好像是屋架;其中有两个人从车子上走下来,把一只箱子放在地上,从外形看来,箱子里面的东西大概是三角形的。火舌落下去了,一切又复归黑暗;郭文凝视着那些隐没在黑暗中的东西,沉思着。

几盏灯点了起来,高地上有人来来去去,可是那些移动着的人形是模糊的,而且郭文是在下面,在高地的对面,不能够看清楚高地边沿上的人们在做什么。

有人在说话,可是听不清楚说的是什么。不时听见在木头上撞击的声音。还听得见一种奇异的金属的碾轧声,仿佛在磨一把镰刀。

两点敲过了。

郭文慢慢地,仿佛一个人故意向前走两步又向后退三步似的,向缺口走去。他走近的时候,哨兵在暗影中认出他的斗篷和他的镶着司令官线饰的风帽,向他举枪行了敬礼。郭文走进底层的大厅,现在这里已经改为警卫室。拱顶上挂着一盏灯,灯光恰好足够使人走过大厅时不致踩着那些躺在地上干草堆里的卫兵们,他们中间大半睡着了。

他们躺在那里,几小时以前,他们还在那里战斗;扫得不干净的铁和铅的子弹还散布在地上,多少有点妨碍他们的睡眠,可是他们很累,因此都躺下来休息。这间大厅曾经是一个可怕的战场。他们曾经在这里进攻,曾经在这里吼叫、呻吟、咬牙、被打、被杀、死亡;他们的许多同伴曾经倒在这地上死去,现在他们就躺在这地上假寐;他们用来垫着睡觉的干草曾经吸饱了他们的同志们的血液。现在一切都过去了,血已经不流了,刀也揩干了,死的已经死了;他们安静地睡着觉。这就是战争。到了明天,所有的人都可以有同样的睡眠了。

郭文进来以后,有几个假寐的兵士站了起来,其中一个是这个哨岗的指挥官。郭文对他指着土牢的门。

"开门。"郭文说。

拉开门闩,门开了。

郭文走进土牢。

门在他身后又关起来了。

第七卷　封建和革命

一　祖　先

　　一盏灯放在土牢里方形透气窗旁边的石板上。

　　石板上还可以看出有满满的一罐水、一块军用面包和一束干草。这个地穴是在岩石上挖出来的,里面的囚徒如果异想天开地想利用干草来放火,那真是枉费心机;土牢里绝无起火的危险,只能够使囚徒窒息。

　　门轴旋转的时候,侯爵正在土牢里面来回踱着;一切被关在笼子里的野兽都是这样机械地来回踱着的。

　　听见开门和关门的声音,他抬起头来,放在地上的那盏灯正好在郭文和侯爵之间,把他们两个的面孔都照得清清楚楚。

　　他们互相注视着,这种互相注视的眼光仿佛有一种力量使他们两个动也不动。

　　侯爵爆发出一阵大笑,叫起来:

　　"你好,先生。多少年以来,我没有那么好的运气来跟你见面。你倒赏脸来看我了,我谢谢你。只要能够谈一谈,我也就满足了。因为我已经开始觉得厌倦。你的朋友们在浪费时间,什么验明正身,什么军事法庭,这些手续冗长得很。我做事就快得多了。我在这里是在自己的家里。请进来坐坐。好,你对目前发生的事情有什么意见?很古怪,不是吗?以前曾经有过一个国王和一个皇后;国王就是国王,皇后就是法兰西。他们砍掉国王的头,把皇后嫁给罗伯斯比尔;这位先生和这位太太生了一个女儿,叫做断头台,看来我明天早上就要和这位小姐相识。我非常高兴。就像我看见你一样高兴。你到这儿来是为了这件事吗?你升了官吗?你要当刽子手吗?假如这只是一个纯友谊的拜访,那么我就很感动。子爵先生,也许你已经不再知道一个贵族是什么样的了。那么,请看吧,我就是一个贵族。请你仔细看看。这是很稀奇的。他相信上帝,他相信传统,他相信家庭,他相信自己的祖先,他相信父亲的榜样,相信忠诚,相信节义,相信对君王的责任,对旧法律的尊重,相信道德,相信正义;他也会很高兴地把你枪毙。我请你坐下来吧。当然是坐在石头上哩,因为这间客厅里并没有沙发;可是在泥泞里生活的人是能够坐在地上的。我这样说不是要得罪你,因为我们称为泥泞的,你们就把它叫做民族。你大概不会强迫我喊自由、平等、博爱吧?这里是我家里的一间老屋子;从前贵族用来囚禁贱民,现在贱民把贵族关在这里。这种愚蠢的把戏就叫做革命。看来再过三十六小时你们就要砍掉我的头。这件事在我看来并没有什么关系。不过,如果你们是有礼貌的,你们应该把我的鼻烟匣给我送来;我的鼻烟匣在上面镜室里,你小时候常常在那里玩,我曾经放你在我的膝盖上跳动。先生,我有一件事要告诉你,你姓郭文,说来也怪,你的血管里也流着贵族的血;真的,你的血和我的血是相同的,同样的血把我造成一个高尚的人,却把你造成一个无耻的人。这就是特殊的地方。你一定会说这并不是你的错。可是这也不是我的错。好吧,有时一个人是不知不觉地做了坏人的。这是由于他呼吸的空气的关系;在我们这种时代,我们对我们的行为并不要负责,革命对任何人都是有罪的,你们的一切犯有重罪的人都是些极端无辜的人。他们多笨啊!你就是带头的一个。请准许我钦佩你。真的,我钦佩一个像你这样的小伙子,你是上流社会的人物,有很高的政治地位,可以为了高贵的原因洒高贵的血,是这座郭文堡垒的子爵、布列塔尼的亲王,有权升为公爵,可以世袭为法兰西贵族,这大概就是世界上任何一个有健全头脑的人所希望的一切,可是你有了这样的地位,却开玩笑似的把自己弄成你现在的样子,使得你的敌人认为你是一个坏人,你的朋友认为你是傻瓜。顺便说一句,请你替我问候西穆尔登院长。"

侯爵说话的态度很自然、很平静,不在任何地方加重语气,用的是他的有教养的声音,他的眼光是清明而宁静的,两只手放在腋下,他停了下来,深深地呼吸一阵,又继续说:

"我不隐瞒我曾经用尽方法要杀你。你也看见的,我曾经亲自动手一连三次把大炮向你瞄准。这是一件很失敬的事,我承认;可是如果你梦想在打仗时敌人会使你高兴,那是非常荒谬的想法。因为我们是在战争里,我的侄孙先生。一切都在火和血中。不过他们倒的确杀死了国王。好一个大时代。"

他又停顿一会,然后继续说:

"试想想看,假使伏尔泰被吊死,卢梭被送去当苦工囚犯,这一切就不至于发生了!啊!有才智的人是怎样的灾祸啊!我说,你对这个君主政治谴责些什么呢?的确,普塞勒院长被送回到他的戈比尼修道院去时,他可以选择车子,而且可以随意花多少时间来完成这段路程;至于你的提东先生,如果你同意的话,他是一个生活非常放荡的人,他在去参观巴里斯六品修士的奇迹以前,先到坏女人的家里,人们把他从温珊尼城堡调到毕加地的汉姆城堡,毕加地是一个相当丑恶的地方,我承认。这些就是苦水;我还记得。我年轻时也叫嚷过;我曾经和你一样蠢。"

侯爵摸了摸衣袋,仿佛在找他的鼻烟匣,然后又继续说:

"不过不那么凶恶。这也不过说说罢了。还有那些造反一样的调查和请愿;然后那些哲学家先生们来了,人们把著作烧掉,却没有把作者烧死,朝廷的奸党参加这件事,就是那一班蠢货像丢果①、奎斯奈②、马勒锡贝③、重农主义者们等等,于是骚动就开始了。一切都是那些滥文人和坏诗人引起的。还有百科全书!狄德罗!达朗贝尔!④ 啊!这些可恶的无赖!竟帮助一个像普鲁士王那样高贵出身的人!如果是我,我会把所有舞文弄墨的人都消灭掉。啊!我们这一班人都是执法者。您可以看见这里墙上分尸轮的痕迹。我们并不开玩

---

① 丢果(1727—1781),路易十六的财政部长,重农主义的拥护者,曾经参加百科全书的编辑工作,在财政部长任内曾进行财政改革,遭受贵族和僧侣的反对,被法王后玛丽·安东纳特排挤垮台。
② 奎斯奈(1694—1774),法国经济学家,重农主义的首倡者,丢果的财政改革很受他的著作的影响。
③ 马勒锡贝(1721—1794),路易十六的内廷部长,重农主义的拥护者,由于反对宫廷的浪费,赞助作家和百科全书派人士,卒被免职。后来共和政府时代他曾在国民公会中为路易十六辩护,被送上断头台。
④ 狄德罗,哲学家。达朗贝尔,数学家,他们和伏尔泰、卢梭等都曾参加编辑百科全书的工作。百科全书有系统地叙述了十八世纪的科学和文化艺术的成就,而抨击封建专制制度和宗教迷信,对十八世纪资产阶级革命有很大的影响。

笑。不,不,我们不要舞文弄墨的人!只要有阿路哀①这种人,就会产生马拉这种人;只要有滥文人在东涂西抹,就会产生暗杀的凶手;只要有墨水,就永远有污点;只要有人拿着笔,那些毫无价值的言论就会产生残暴的行为。书籍造成罪恶。所谓幻想有两个意义,一个意义是指梦想,另一个意义是指鬼怪。人们为了这些无稽之谈付出多少代价啊!你们向我们高唱什么权利吗?人权!人民的权利!那是十分空洞,十分可笑,十分虚妄而且毫无意义的!我吗,如果我说:阿瓦丝是康南二世的妹妹,她把布列塔尼领地传给荷埃尔,荷埃尔是南特和郭奴哀耶的伯爵,他把爵位传给阿伦·费刚,费刚是贝德的舅父,贝德嫁给黑阿伦,阿伦是洛西-叙-庸的领主,他们生下小康南,就是我们的祖先纪或郭文·德·杜阿的祖父,我所说的是一件清楚的事,我们的权利就从这里产生。可是你们的那些无赖、那些流氓、那些坏蛋,他们称为权利的是什么呢?是弑神和弑君权利。这还不够丑恶吗!啊!这些粗鄙的人!我真替你难过,先生。你是属于这个布列塔尼的高贵血统的;你和我的共同祖父是郭文·德·杜阿;我们还有一个祖先是那位伟大的蒙巴松公爵,他是法兰西贵族,曾经光荣地接受过大领章,他进攻过杜尔斯郊区,在阿克战役受了伤,以法兰西主猎官身份在八十六岁高龄死于图兰省他的古意埃官邸里。我还可以向你提出罗杜诺公爵,他是格那茜贵妇的儿子,还有克劳德·德·罗兰,他是舍弗卢斯公爵,还有亨利·德·勒农古,还有弗朗索瓦·特·赖伐-波斯多芬。可是有什么用呢?你先生既是很荣幸地当了白痴,而且坚持要和我的马夫平等。

---

① 阿路哀,伏尔泰的本姓,在二十四岁时始改姓伏尔泰。

你要知道,你还是毛头小娃娃的时候我已经老了。我曾经给你擤过鼻涕,你这流鼻涕的孩子,我现在还要给你擤鼻涕。你长大起来,却找到了方法把自己贬低。自从我们分别以后,我们各走各的道路,我走的是正直的道路,你走的道路恰恰相反。啊!我真不知道这一切将来如何了局,可是你手下的那些先生们的确是些英勇的可怜虫。啊!是的,很不错,我同意,那些进步是伟大的,你们在军队里取消了对醉酒兵士连续灌水三天的刑罚;你们有限价政策,有国民公会,有戈培尔主教①,有索玫特先生②和埃贝尔先生,你们把整个过去集体屠杀,从巴士底狱到旧历都歼灭了。你们用蔬菜来代替圣人。好吧,公民先生们,做主人吧,统治吧,过舒服生活吧,尽情地享乐吧,不必客气。这一切并不能阻止宗教依然是宗教,王政依然在我们的历史上延续了十五个世纪之久,法兰西的古老贵族,即使砍掉了头颅,依然比你们高贵些。至于你们对王族的传统特权的无理指摘,我们只能耸耸肩膀。斯比力克实际上只不过是一个名叫丹尼尔的教士,是来因弗洛创设了斯比力克来跟查理·马岱尔找麻烦的;③对于这些事,我们知道得和你们一样清楚。问题倒不在这里。问题是:要继续做一个伟大的王国;恢复原来的法兰西;恢复为有完整秩序的国家。

---

① 戈培尔(1727—1794),誓忠于宪法的巴黎主教,属埃贝尔派,和埃贝尔同时上断头台。
② 索玫特(1763—1794),属埃贝尔派,奉祀"理性之神"的首倡者之一,和埃贝尔同时上断头台。
③ 斯比力克(670—720),指斯比力克二世,他的父亲是法兰克的王公之一。来因弗洛,斯比力克一世的大臣,在斯比力克一世被刺身死以后,来因弗洛把斯比力克二世捧上王位,但卒被法兰克王查理·马岱尔(689—741)打败。

在这个国家里首先把国王视为神圣的人,是国家的绝对主人,然后轮到亲王们,再次是王家陆、海军和炮队的官员们,掌理财政的官员们;其后是王家的各级司法官,接着是管理盐税和一般捐税收入的官吏们,最后是分成三级的王家警察官。这些都是非常完好而且高贵地排列着的,你们把这一切都破坏了。你们把省区都破坏了,你们真是些可怜的蠢货,连这些省区是什么都不知道。法兰西的精华就是由整个欧洲大陆的精华构成的,法兰西的每一省代表着欧洲的一种美德;毕加地代表德国的自由,香槟代表瑞典的宽仁,布哥尼代表荷兰的勤劳,朗格笃代表波兰的活泼,加斯各尼代表西班牙的严肃,普洛旺斯代表意大利的智慧,诺曼底代表希腊的机敏,杜芬尼代表瑞士的忠实。这一切你们都不知道;你们只会破坏、粉碎、摧残、毁灭,你们心安理得地充当残暴的野兽。啊!你们不再要贵族了!好,你们以后再也没有了贵族。你们应该因此而哀伤。你们以后再也不会有骑士,再也不会有英雄了。再会吧,这些古代的伟大人物。现在你们能够找到一个达沙斯①吗!你们全都怕死。你们不会再有那些先敬礼再动手杀人的封特奴瓦②骑士们;

~~~~~~~~~~~~~~~~

① 达沙斯(1733—1760),韦奥尼联队的大尉。一七六〇年十月十五日,法军驻扎在一个树林旁边,准备在翌日发动战役。当晚达沙斯独自一人深入树林,搜索有无埋伏,结果被敌军包围,刺刀指在他胸前,威吓他,不许他声张。达沙斯尽了爱国军人的责任,大声呼喊,把敌军迫近的危险告诉了法军,自己当场被乱刀刺死。

② 封特奴瓦,比利时的一个乡村,一七四五年五月十一日,法军和英奥联军在这里交战,法王路易十五亲临督阵。英军走到离开法军五十步远的时候,双方的长官互相敬礼。英军上尉叫喊:"请叫你们的兵士开枪!"法军中尉回答:"不,先生!请你们先开!"于是英军开始放枪,但这场战役的结果是法军全胜。英军上尉和法军中尉都是贵族。

你们不会再有莱里达①之围的那些穿丝袜的战士们;你们再不会有那种光荣的战斗日子了,在那种战斗中,战士的盔上的羽毛,都像流星似的飞跃。你们是没落的人民;你们将要受到外患的蹂躏。如果阿拉力克二世回来了,他再也找不到克洛维做对手;②如果阿伯德林姆回来了,他再也找不到查理·马岱尔和他打仗;③如果萨克逊人回来了,他们再也找不到丕平④去抵抗他们。你们不会再有阿纳代尔、罗克劳伊、朗斯、斯塔法德、涅温特、史丁革克、马赛依、洛古、罗浮、马翁一类的战役;⑤你们再也不会有弗朗索瓦一世⑥在马连诺那种胜仗;你们不会再有菲利普-奥古斯特⑦在布温纳那种胜仗,他在这次战役中一只手俘虏了布伦尼的伯爵雷诺,另一只手俘虏了弗朗特的伯爵费朗。你们可能有阿辛古⑧,可是你们不会有那位伟大的旗手,把旗子裹在身上死去的那位白克威勒的先生!去吧!去吧!干你们的事吧!做新人吧。做渺小的人吧!"

侯爵沉默了片刻,又继续说:

---

① 莱里达,西班牙东北部城市。一七一〇年奥尔良公爵(1674—1723)曾攻陷该地。
② 阿拉力克二世,西哥特王,五〇七年被法王克洛维打败,阿拉力克二世战死。
③ 阿伯德林姆,西班牙的回教徒领袖,七三二年被法兰克王查理·马岱尔打败,战死。
④ 丕平(714—768),法兰克王,孔武有力,曾战胜萨克逊人。他的父亲就是查理·马岱尔。
⑤ 这一系列都是地名,在这些地方都曾有过封建战役。
⑥ 弗朗索瓦一世(1494—1547),法国国王。
⑦ 菲利普-奥古斯特(1165—1223),即法国国王菲利普二世。
⑧ 阿辛古,法国地名,一四一五年奥尔良公爵率领的法国军队被英王亨利五世指挥的英军在这里打败。

"可是让我们继续做伟大的人。杀掉国王,杀掉贵族,杀掉教士,破坏,毁灭,屠杀,把一切放在脚下践踏,把古代的格言放在你们的靴底下,践踏皇座,踢倒圣坛,粉碎上帝,而且在上面跳舞吧!这是你们的事情。你们是卖国贼和懦夫,不可能舍生取义和自我牺牲的。我的话说完了。现在送我上断头台吧,子爵先生。我很荣幸地能做你的卑贱的仆人。"

然后他又加上一句:

"啊!我把你们的真相告诉你!这跟我有什么关系?我是一个将死的人。"

"你自由了。"郭文说。

郭文向侯爵走过去,解开自己身上的司令官斗篷,披在侯爵肩上,把风帽拉下来压住侯爵的眼睛。他们两人有一样高的身材。

"喂,你在做什么?"侯爵问。

郭文抬高了嗓音叫道:

"副官,给我开开门。"

门开了。

郭文叫道:

"我出去以后费心再把门关上。"

于是他把惊惶得不知所措的侯爵推出门去。

我们记得,那间低矮的大厅已经改为守卫室,整个大厅里只有一盏角灯照明,光线朦胧,室内暗处多过明处。在这模糊的亮光中,那些没有睡着的兵士看见一个身材高大的人穿着司令官的斗篷和有线饰的风帽从他们中间穿过,向出口走去;他们行了军礼,那个人走过去了。

侯爵慢慢地从卫队中走过,穿过缺口,不止一次地把脑袋撞着石头,走了出去。

哨兵以为走出来的是郭文,举枪行了敬礼。

他到了外边以后,脚踏着原野的草,离开森林只有二百步远,面对着空旷、黑夜、自由和生命,他停了下来,动也不动地待了一阵,仿佛一个人听由别人指挥,对意外的事件让步,并且在利用了一扇敞开的门以后,考虑一下自己做得对不对,在远走高飞以前迟疑一阵,最后地想一想。凝神地沉思了几秒钟以后,他举起右手,夹着中指和大拇指敲了一下,说:"真有的事!"

他走了。

土牢的门早已重新关上。郭文被关在里面。

二 军事法庭

在那时候所有的军事法庭差不多都是独断独行的。仲马在立宪会议里曾经起草过军事立法草案,后来泰洛在五百人议院里曾经加以修订,但是最后的军事法典是在帝国时代才制定的。附带说一句,也是从帝国时代起,法律才规定军事法庭的投票表决时,必须让低级官阶的军法官有优先权。在大革命时期,这种法律还不存在。

在一七九三年,一个军事法庭的庭长几乎就可以代表整个法庭;他选择人员,排列官阶等级,规定表决的方式;他既是主人,又是法官。

西穆尔登指定堡垒底层的大厅作为法庭,退障就是筑在这里,现在驻扎着警卫部队。他坚持要把一切缩短,从监狱到法庭,从法庭到断头台的距离愈短愈好。

依照他的命令,法庭在正午开庭,庭内设备如下:三张草垫椅子,一张松木桌子,点着两支蜡烛,桌子前面放着一张圆凳。

椅子是给法官坐的,圆凳是给被告坐的。在桌子的两端各摆着一张圆凳,一张是给检察官坐的,检察官是部队里的军需官,另一张是给书记官坐的,书记官是一个伍长。

桌子上有一支红封蜡,有共和国的铜印,有两只墨水瓶,有白纸的卷宗,有两张印刷的公告,一张登载着通缉令,另一张登载着国民公会的命令,两张都摊开着。

当中的一张椅子背靠着一簇三色国旗;在这种作风简陋朴素的时代,屋子的装饰很快就能完成,用不着多少时间就可以把一间警卫室改变成一所法庭。

当中的椅子是准备给庭长坐的,它面向着土牢的门。

旁听的人就是部队里的兵士。

两个宪兵守卫着被告席。

西穆尔登坐在中间的椅子上,右边是盖桑大尉,第一审判官,左边是拉杜曹长,第二审判官。

他的头上戴着有三色花翎的帽子,身边挂着他的军刀,腰带上插着他的两支手枪。他的脸上的鲜红疤痕使他的神气更加显得怕人。

拉杜最后终于让人家把他的伤口包扎起来。一条手帕环绕着他的头缚着,上面一大块血迹慢慢地扩展开来。

正午到了,还没有开庭,一个信差站在法庭的桌子旁边,屋子里可以听见他的马在外面的踏地声。西穆尔登在写着什么。他写的是:

公安委员会各位委员公民鉴：

朗特纳克已被俘。定明日处决。

他写了日期，签了字，把信折好，封好，交给信差，信差立刻走了。

做完了这件事，西穆尔登抬高了嗓音说：

"把土牢打开。"

两个宪兵拉开门闩，打开牢门，走了进去。

西穆尔登抬起头，把双臂交叉在胸前，眼睛盯着牢门，叫道：

"把犯人提出来。"

在拱形的门框下面，一个人在那两个宪兵中间出现了。

这个人是郭文。

西穆尔登震动了一下。

"郭文！"他叫起来。

然后他接着说：

"我要的是犯人。"

"我就是。"郭文说。

"你？"

"我。"

"朗特纳克呢？"

"他自由了。"

"自由了！"

"是的。"

"逃了？"

"逃了。"

西穆尔登颤抖着结结巴巴地说：

"的确，这是他的堡垒，他熟悉所有的出口，土牢也许有一条通道,我应该想到这一点,他可能有办法逃走,他这样做可以不需要任何人的帮助。"

"有人帮助了他。"郭文说。

"帮助他逃走吗?"

"帮助他逃走。"

"谁帮助了他?"

"我。"

"你!"

"我。"

"你在做梦!"

"我走进了土牢,单独和犯人在一起,我脱下我的斗篷,披在他的身上,把风帽拉下来遮住他的脸,他代替我走了出去,我代替他留在牢里。现在我在这儿。"

"你没有做这种事!"

"我做了。"

"不可能!"

"这是事实。"

"把朗特纳克给我带来!"

"他已经不在这儿。兵士们看见他穿着司令官的斗篷,以为他是我,放他过去了。那时还是夜里。"

"你疯了。"

"我说的是事实。"

沉默了一阵。西穆尔登结结巴巴地说:

"那么你应该被处……"

"死刑。"郭文说。

西穆尔登脸色苍白得像一具死尸。他动也不动,好像一个受了雷击的人。他仿佛已经停止了呼吸。一大滴汗珠在他的额上出现。

他坚定了自己的嗓音,说:

"宪兵,叫被告坐下。"

郭文自己坐在圆凳上。

西穆尔登继续说:

"宪兵,把军刀拔出来。"

这是被告可能被处极刑时的一种惯例。

宪兵们拔出了军刀。

西穆尔登已经恢复了平常的音调。

"被告,"他说,"你站起来。"

他已经不以亲昵的口气来称呼郭文了。

三 表 决

郭文站了起来。

"你叫什么名字?"西穆尔登问。

郭文回答:

"郭文。"

西穆尔登继续讯问。

"你是谁?"

"我是北海岸远征军的总司令。"

"你和逃掉的人有血亲或者姻亲关系吗?"

"我是他的侄孙。"

"你知道国民公会的法令吗?"

"我看见刊载这个法令的公告就在你的桌子上。"

"你对这个法令有什么意见?"

"我只能说是我在上面副署的,是我命令执行的,是我叫人印制这张公告而且由我在下面签名的。"

"你可以挑选一个辩护人。"

"我自己为自己辩护。"

"你可以发言。"

西穆尔登又恢复了冷酷无情的样子。不过他的冷酷更像岩石的稳定,而不像人的镇静。

郭文沉默了一阵,仿佛在集中思想。

西穆尔登又说:

"你有什么话给自己辩护?"

郭文慢慢地抬起头来,眼睛并不望着任何人,回答:

"这样:一件事使我看不见另外一件事;一件好的行为,离得我太近了,使我看不见一百件罪恶的行为。一方面是一个老年人,另一方面是几个孩子,这一切站在我和责任之间。我忘记了那些被焚的村庄、被蹂躏的田野、被屠杀的俘虏、被惨杀的伤兵、被枪毙的妇女,我忘记了法兰西被出卖给英国;我放走了祖国的凶手。我是有罪的。我这样说好像对自己不利,其实不然,我是在替自己说话。因为一个有罪的人承认自己的错误以后,他就挽回了惟一值得挽回的东西:荣誉。"

"这些,"西穆尔登问,"就是你的全部答辩吗?"

"我还要加上一句,我既是司令官,我应当作出榜样,在你们呢,你们既是法官,也应当作出榜样。"

"你要求什么榜样?"

"判我死刑。"

"你认为这样公平吗?"

"不仅公平,而且必要。"

"你坐下。"

那位当检察官的军需官站起来,首先把通缉朗特纳克前侯爵的命令宣读一遍,然后宣读国民公会关于任何人如帮助俘虏脱逃必将处死的法令。最后结束时他读了公告的最后几行,就是禁止"援救及帮助"上述叛徒,"违者判处死刑",和下面的签名:"远征军总司令郭文"。

读完以后,检察官坐了下来。

西穆尔登交叉着双臂说:

"被告,注意听着。旁听的人,请听,请看,但是不要说话。你们的前面是法律。表决现在就要举行。判决按照多数意见通过。每位法官轮流提出意见,当着被告的面大声说出来,公平的审判没有什么要隐藏的。"

西穆尔登继续说:

"第一法官先说。请说吧,盖桑大尉。"

盖桑大尉仿佛看不见西穆尔登,也看不见郭文。他的垂下来的眼皮遮住他的眼睛,他动也不动地盯住那张公告,而且像察看一道深渊一样察看着公告。他说:

"法律有明文规定。一个法官比普通人高一等,同时也比不上一个普通人:他比不上一个普通人,因为他没有心肝;他比普通人高一等,因为他掌握着生杀大权。罗马四百一十四年,曼柳斯把他的儿子判处死刑,因为他的儿子没有得到命令就擅自打了胜仗。违反了纪律的必须受到惩戒。现在是违反了法律,法律比纪律更高。由于怜悯心发作,我们的祖国又被陷入危险中。怜悯可以构成罪行。郭文司令放走了叛徒朗特纳克。郭文是有罪的。我主张死刑。"

"写下来,书记官。"西穆尔登说。

书记官写着:"盖桑大尉:死刑。"

郭文抬高了嗓音。

"盖桑,"他说,"你的意见很对,我谢谢你。"

西穆尔登继续说:

"第二法官发言。请说,拉杜曹长。"

拉杜站起来,转过身来对着郭文,向被告行了军礼。然后他喊起来:

"既然这样的话,那么,送我上断头台吧。因为我可以赌咒发誓说句良心话,我真愿意做:第一,那个老头做过的事,其次,我的司令官作过的事。当我看见那个八十岁的老家伙跳进火坑里去救那三个小东西时,我就说:'好家伙,你是一个勇敢的人!'当我知道我的司令官把那个老头从你们的断头台上救出来时,他妈的,我说:'我的司令官,你应该做我的将军,你是一个真正的人,妈的,我真愿意送给你一个圣路易十字勋章,假如现在还有十字勋章,还有圣,还有路易的话!'哎呀!难道现在我们都要变成白痴吗?如果我们打赢了热马普战役,瓦尔米战役,弗洛里斯战役和滑亭尼战役就是为了这样的话,那么就应该明白地说出来。怎么!四个月以来郭文司令对这些狗养的保王党穷追猛打,用军刀救了共和国,在道尔做了一件只有最聪明的头脑才能想出来的事情,而你们有了这样一个人,却想除掉他!你们不推举他做将军,反而想砍掉他的脑袋!我说这真是走到新桥上面往水里跳,连你自己,郭文公民,我的司令,假如你不是我的将军而是我的伍长的话,我就要对你说:你刚才所说的都是蠢话。老头救了几个孩子做得很对,你救了老头也做得很对,如果把做好事的人都送上断头台,那么滚你妈的吧,我再也不知道我们的目的到底是什么了。我们再也没有理由不做坏事。这一切都不是真的,不是吗?我要捏自己一下看看是不是在做梦。我真不懂。难道一定要那个老头让这几个小东西活活地烧死,一定要我的司令让这个老头被砍掉脑袋吗?那么,还是送我上断头台吧。我宁愿这样。假定这几个小东西死了,红帽子联队名誉扫地了,难道这是我们的希望吗?那么我们不如互相吞食吧。我懂得政治正和你们一样,我本来是属于长矛区俱乐部的。呸!我们到头来竟变成野人了!我简单地提出我的看法。我不喜欢那些使人莫名其妙的东西。我们为什么要拼命?为的是让人杀掉我们的长官!不能这样,不可能。我要我的长官!我要我的司令!我今天比昨天更爱他。把他送上断头台吗?你们真使我好笑!这一切,这一切,我们都不要有。我刚才听见了。谁高兴怎么说就怎么说。最重要的是,这是不可能的。"

拉杜坐了下来。他的伤口又裂开了。一条血河从原来耳朵的地方,透过手帕,沿着脖子流下来。

西穆尔登转向拉杜。

"你主张释放被告吗?"

"我主张,"拉杜说,"推选他为将军。"

"我问你是不是主张开释。"

"我主张叫他做共和国的首领。"

"拉杜曹长,你主张释放郭文司令,是,还是不是?"

"我主张砍掉我的头来代替他。"

"释放,"西穆尔登说,"写下来,书记官。"

于是书记官说:

"一票死刑。一票释放。票数平等。"

轮到西穆尔登投票了。

他站起来。他脱下帽子,放在桌子上。

他的脸色不再是苍白色,也不是青灰色的了,他的脸色是泥土色。

即使所有在场的人都是裹着尸布的死人,也不会比当时更静寂。

西穆尔登用严肃、缓慢而坚决的声音说:

"被告郭文,案情已经审理过了。军事法庭以共和国的名义,按照两票对一票的多数……"

他中断了,停顿了片刻;他是在死的面前踌躇呢?还是在释放的面前踌躇呢?所有的胸膛里呼吸都非常迫促。西穆尔登继续说:

"……判处你死刑。"

他的脸上露出斗争胜利的可怕表情。雅各在黑暗中强迫被他打倒的天使给他祝福时,大概脸上也是带着这种可怕的微笑。

不过这只是像光线一样闪一闪就过去了。西穆尔登又变成一座石像,他坐下来,戴上帽子,又说:

"郭文,你的死刑将在明天早上日出时执行。"

郭文站起来,行了敬礼,说:

"我感谢法庭。"

"把犯人带下去。"西穆尔登说。

西穆尔登做了一下手势,土牢的门打开了,郭文走了进去,土牢又关上。两个守卫兵留在门的两边站岗,手里拿着出鞘的军刀。

拉杜晕倒在地上,被人抬走了。

四　西穆尔登既是法官，
　　又是操生杀权的主宰

　　一个军营就是一个蜂窝。尤其是在革命的时期。兵士身上的那种公民的针刺，在他们赶走了敌人以后，毫不犹豫地刺起他们的长官来。这支占领了拉·图尔格的英勇部队，发出了各种不同的嗡嗡声；最初是在听见朗特纳克逃走的消息以后，他们攻击郭文司令。等到他们看见从关着朗特纳克的土牢里走出来的是郭文以后，消息就像电流似的，不到一分钟就传遍了整个部队。这支小小的军队里开始传播怨言。最初的怨言是："他们在审判郭文。可是这只是装腔作势罢了。不要相信那些贵族分子和教士！我们已经看见一个子爵救了一个侯爵，我们还要看见一个教士释放一个贵族！"等到郭文被判死刑的消息传出以后，第二种怨言又产生了："真是岂有此理！我们的领袖，我们的勇敢的领袖，我们的年轻的司令，一个英雄！他固然是一个子爵，可是正因为这样才显得他当上共和党人更有价值！怎么！他，篷托松，上帝城，朋-多-波的解放者！道尔和拉·图尔格的征服者！使我们成为百战百胜军队的人！共和国在旺代的剑！五个月来抵抗舒昂军队，补救了莱谢勒等人的错误的人！这个西穆尔登竟敢判处他死刑！为什么？只因为他救了一个老头子，这个老头子曾经救过三个孩子！一个教士杀死一个军人！"

　　这个胜利而又不满的部队就这样子传播着怨言。一种阴郁的愤怒包围着西穆尔登。四千人反对一个人，看来很像已经构成一种力量，事实上并不如此。这四千人只是一大群人，而西穆尔登却是一个意志。他们都知道西穆尔登很容易皱眉头,这就足够使全军慑服,不必再要别的东西了。在那种严峻的日子里,一个人的背后只要有公安委员会的影子,就可以成为一个可怕的人,可以使咒骂变成私语,使私语变成沉默。在这些怨言的以前和以后,西穆尔登始终是掌握郭文命运的人,也是掌握全军命运的人。他们知道不能向他作什么请求,他只服从自己的良心———一种只有他自己能够听见的非常的声音。一切都靠他决定。他以军法官身份所作出的决定,只有他用政治委员的身份才能够撤销。只有他能够赦免。他有全权,他一举手就可以使郭文恢复自由;他是生和死的主宰;他可以指挥断头台。在这个悲惨的时刻,他是具有最高权力的人。

除了等待,没有别的办法。

黑夜到来了。

五 土 牢

法庭又恢复为警卫室;哨兵像昨晚一样都增加为双岗;两个卫兵在土牢的紧闭的门前守卫。

将近午夜时,一个人手里拿着风灯,穿过大厅,让卫兵们认出他来,然后命令打开牢门。

这个人是西穆尔登。

他走进土牢,门在他身后半开着。

土牢里面黑暗而且静寂。西穆尔登在黑暗中走前一步,把灯放在地上,停了下来。在黑暗中可以听见一个熟睡的人的均匀的呼吸声。西穆尔登沉思地倾听着这个安宁的声音。

郭文躺在土牢深处的一堆干草上。所听见的声音就是他的呼吸声。他在深深地熟睡。

西穆尔登向前走去,尽力不弄出一点声音来,他走近以后,开始凝视着郭文;一个注视自己的婴儿睡觉的母亲,也不会有比他的眼光更慈祥、更无法形容。这种眼光也许是西穆尔登的意志所不能控制的;西穆尔登像孩子们有时的做法那样,把两只拳头按在眼睛上,待在那里好一会没动。然后他跪下来,轻轻地拿起郭文的手,把自己的嘴唇凑上去。

郭文动了一动。他张开眼睛,带着突然惊醒的蒙眬的诧异。灯光微弱地照亮土牢内部。他认出了西穆尔登。

"啊,"他说,"是你,我的老师。"

他又加上一句:

"我梦见死神吻我的手。"

西穆尔登震动了一下,就像有时我们突然被一大股思潮袭击时所感到的一样;有时这股思潮那么高涨,那么汹涌,仿佛要淹没了整个心灵。西穆尔登的深沉的心里没有什么涌出来。他只能够叫一声:"郭文!"

他们俩互相注视着;西穆尔登的眼里充满那种可以燃烧眼泪的火焰,郭文带着最甜蜜的微笑。

郭文撑起半个身子,说:

"我看见你脸上的伤痕,那是你代替我受到的刀伤。昨天在混战中你还为着我的缘故站在我的旁边。如果上帝当初没有把你放在我的摇篮边,我现在会在什么地方呢?一定是在黑暗中。假使我有责任观念,那也是从你那里得来的。我生下来是被缚住的。偏见就是缚带,你替我解除了这些缚带,你使我能够在自由中生长,你把已经变成僵尸的东西恢复为

441

一个孩子。你把一个良心放在很可能发育不健全的形体里。没有你,我长大了也很渺小。我靠了你才能生存。我只是一个贵族,你把我造成一个公民;我只是一个公民,你把我造成一个有才智的人;你使我作为一个人,能够适应人间的生活,作为一个灵魂,能够适应天上的生活。你给了我真理的钥匙,使我可以走进人间的现实世界,你也给了我光明的钥匙,使我可以走进天上的世界。啊,我的老师,我感谢你。是你创造了我。"

西穆尔登在郭文身边的干草上坐下来,对郭文说:

"我是来和你一起吃晚饭的。"

郭文劈开黑面包,递给他。西穆尔登拿了一块;郭文再把水罐递给他。

"你先喝。"西穆尔登说。

郭文喝了,把罐递给西穆尔登,西穆尔登也喝了。郭文只喝了一口,西穆尔登却喝了许多。

在这次晚饭中,郭文只顾吃,西穆尔登只顾喝。这表示前者内心平静,后者内心燥热。

一种说不出的可怕的宁静笼罩着土牢。这两个人谈起话来。

郭文说:

"伟大的事物正在酝酿产生。眼前革命所做的事是神秘的。在可见的工作后面有不可见的工作。前者遮盖住后者。可见的工作是残暴可怕的,不可见的工作是崇高的。在眼前这时候,我把一切都分辨得非常清楚。这是奇特而美丽的。必须要利用过去的遗产,这个不寻常的九三年是从这些遗产中产生出来的。在野蛮的基础上,正在建筑着文明的圣殿。"

"对的,"西穆尔登回答,"从这个暂时的状态里将要产生永久的状态。这种永久的状态就是权利和义务相对,实行比例和累进税制、义务兵役制、平等、不偏不倚,还有,比一切都重要而且在一切之上的,是这条直线——法律。这是绝对的共和国。"

"我更爱的是,"郭文说,"一个理想的共和国。"

他停顿一下,然后继续说:

"啊,我的老师,你刚才所说的一切里,有没有尽忠、牺牲、克己、恩恩相报和仁爱的地位呢?使一切保持平衡,这是好的;使一切和谐相处,这就更好。比天秤更高一级的还有七弦琴。你的共和国把人拿来称一称,量一量,而且加以调整;我的共和国把人带到蔚蓝的天空里。这就是一条定理和一只苍鹰的区别。"

"你迷失在云层里了。"

"你呢,迷失在计算里了。"

"所谓和谐包含着梦想。"

"在代数里也有同样的情形。"

"我所要的是欧几里德造成的人。"

"我吗,"郭文说,"我倒愿意要荷马造成的人。"

西穆尔登的严厉的笑容盯着郭文,仿佛要把郭文的心灵拖住。

"诗。不要相信诗人。"

"是的,我听过这种话。不要相信清风,不要相信阳光,不要相信香气,不要相信花儿,不要相信星星。"

"这一切东西都不能叫人肚子饱。"

"你懂得吗?思想意识也是一种养料。想,就是吃。"

"不要说这种空洞的话。共和国就是二加二等于四。当我把每个人应得的一份给他……"

"你还要把每个人不应得的一份给他。"

"这是什么意思?"

"我的意思是指个人对于全体和全体对于个人的那种无限的互让,这就是整个社会生活。"

"在严峻的法律以外,再也没有别的。"

"还有一切。"

"我只看见正义。"

"我呢,我看得更高。"

"难道还有比正义更高的吗?"

"公平。"

他们不时地停顿一下,仿佛光线掠过一样。

西穆尔登接着说:

"我不相信你能说明这个问题。"

"好,让我来说明。你要实行义务兵役制。可是打谁呢?打别的人。我吗,我根本不要兵役。我要和平。你要帮助贫苦的人,我要根本消灭贫苦。你要实行比例税制,我根本不要什么捐税。我要公共财政支出减到最低限度,而且用社会的剩余价值来支付。"

"这是什么意思?"

"我的意思是:首先消灭一切寄生虫,像教士、法官、兵士等等。然后,利用你们的财富;你们把肥料抛弃在阴沟里,现在要施放在田畦里。全国还有四分之三的土地是荒地,现在要开垦整个法国的荒地,取缔无用的牧场;把公共的土地分给人民。使每个人都有一块地,每一块地都有一个人。社会的生产量就可以增加百倍。现在的法国每年只能够给农民吃四天肉;如果很好地耕种土地,法国就能够养活三万万人,这就等于整个欧洲。必须善于利用大自然,它是被忽略了的伟大的助手。使每一阵风的吹动,每一道水流,每一下磁力的发出,都为你们服务。地球内部有一个脉管网,这个网里流着大量的水、油和火;请刺穿地球的脉管,使水从你们的井泉里喷出来,把油注入你们的灯里,把火送进火炉里吧。请你们细心思考海水的运动,涨潮和落潮,潮汐的一来一去吧。海洋是什么?是没有被利用的庞大的动力。这世界多么愚蠢啊!竟不知道利用海洋!"

"你完全是在做梦。"

"就是说,完全是在现实世界里。"

郭文又说:

"还有女人呢?你怎样安排她们?"

西穆尔登回答:

"没有变动。仍然是男人的女仆。"

"好。可是有一个条件。"

"什么条件?"

"就是男人要做女人的男仆。"

"你这样想吗?"西穆尔登叫起来,"男仆!不可能。男人是主人。我只承认一种君主制度,就是家庭里的君主制度。男人在他自己的家里就是一个皇帝。"

"好。可是有一个条件。"

"什么条件?"

"就是女人在家里是一个皇后。"

"这就是说,你想使男人和女人地位……"

"平等。"

"平等！你这样想吗？男人和女人是不同的。"

"我说的是平等。我没有说相同。"

谈话停顿了一阵,仿佛在这两个交换着闪电的精灵之间有了暂时的休战。西穆尔登打破了沉默。

"还有孩子呢？你把他交给谁？"

"首先交给生他的母亲,然后交给育他的父亲,再交给培养他的教师,再交给使他长大成人的城市,然后交给最高的母亲——祖国,再交给伟大的祖先——人道。"

"你还没有提到上帝。"

"所有父亲、母亲、教师、城市、祖国、人道,每一级都是走到上帝那里去的梯子上的一级。"

西穆尔登没有做声,郭文继续说：

"一个人到了梯子的顶端,就是达到了上帝。上帝打开了门,只要走进去就得了。"

西穆尔登作了一个招呼别人回来的手势。

"郭文,回到地上来吧。我们要完成的是可能的事。"

"那么开始的时候,就不应当把可能变成不可能。"

"可能的事总是能够实现的。"

"不一定。如果我们粗暴地对待乌托邦,就等于扼杀乌托邦。没有什么比蛋更不能防御自己的了。"

"可是仍然要抓住乌托邦,给它套上现实的轭,把它装在事实的框子里。抽象的理想必须变成具体的观念;这样虽然少掉了美,却更有用;它缩小了,可是变得更好了。权利必须归纳到法律里;权利变成法律以后,它就是绝对的了。这就是我称为可能的东西。"

"可能的东西不仅这些。"

"啊!你又来梦想了。"

"可能是一只神秘的鸟,永远在人的头上飞翔。"

"我们必须把它捉住。"

"在活生生的时候捉住。"

郭文继续说:

"我的想法是:永远前进。如果上帝要人后退的话,他就会使人的脑后长着眼睛。我们必须永远朝着黎明、青春和生命那方面看。倒下去的正在鼓励站起来的。一棵老树的破裂就是对新生的树的号召。每一个世纪都有它的使命,这一个世纪完成的是公民工作,下一个世纪完成的是人道工作。今天是权利问题,明天是工资问题。工资和权利实际上是同一个词儿。人不是为了不领工资而活着的,上帝创造生命的时候就欠下了一笔债。权利就是与生俱来的工资;工资就是争取得来的权利。"

郭文像一个预言家那样专心一意地说着。西穆尔登静静地倾听。他们的地位颠倒了,现在那个学生倒像是先生了。

西穆尔登喃喃地说:

"你走得真快。"

"也许是因为我的时间太仓促。"郭文微笑着说。

他接着又说:

"啊,我的老师,这就是我们两个人的乌托邦的区别。你要的是义务兵军营,我要的是学校。你梦想把人变成兵士,我梦想把人变成公民。你要他狰狞可怕,我要他成为一个思想家。你要建立一个掌握生杀大权的共和国,我要建立……"

他停顿了一下:

"我要建立一个有才智的人的共和国。"

西穆尔登凝视着土牢的石地说:

"那么现在你要什么呢?"

"就要现在这样。"

"这就是说你不责怪眼前的时代吗?"

"不错。"

"为什么?"

"因为这是一个风暴。风暴永远知道自己所做的事。只要有一棵老橡树被击倒,无数森林都会健全起来!文明有它的瘟疫,这阵大风治好了它。也许大风选择得很不够好。可是它能有别的办法吗?它所负担的是那么艰巨的清洗工作!在瘟疫的恐怖面前,我了解风暴为什么这样猛烈。"

郭文继续说:

"此外,既然我有了指南针,风暴对我有什么关系!既然我有我的良心,事变对我又有什么影响!"

他用低沉同时也是严肃的声音继续说:

"这里还有一个永远能够独断独行的第三者。"

"谁?"西穆尔登问。

郭文把手指高举过头。西穆尔登的眼光顺着举起的手指的方向望去,透过土牢的拱顶,他仿佛看见了满布繁星的天空。

他们又沉默了。

西穆尔登先开了口:

"要说社会比自然更伟大,我跟你说,这不仅是不可能,这简直是梦想。"

"这是目标。否则社会有什么用?停留在自然状态吧。

做野蛮人吧。渥太伊提①是一个乐园。不过在这个乐园的人是从不思想的。即使是一个智慧的地狱,也比一个愚昧的天堂好些。当然,我们不要地狱。我们是人类社会。社会比自然更伟大。是的。如果你不对自然加上点什么,为什么要脱离自然状态呢?不如像蚂蚁那样满足于不倦的工作,像蜜蜂那样满足于自己的蜜吧。不如继续做辛勤工作的动物,不要做智慧的皇后吧。如果你对自然增加了什么,你就必然比自然伟大;增加就是扩大,扩大就是生长。社会就是自然界升华而成的。我要的是蜂巢里所没有的东西,蚁窝里所缺乏的东西,像纪念碑、艺术、诗歌、英雄、天才。永远背着重担并不是人类的规律。不,不,不,不要再有贱民,不要再有奴隶,不要再有苦工囚犯,不要再有罪人!我要人类的每一种特质都成为文明的象征和进步的主人;我要自由的精神、平等的观念、博爱的心灵。不!不要再有枷锁!人生下来不是为了拖着锁链,而是为了展开双翼。不要再有爬行的人类。我要幼虫化成蝴蝶;我要蚯蚓变成活的花朵,而且飞舞起来。我要……"

他停下来。他的眼睛闪耀着光辉。

他的嘴唇在动着。他停止了说话。

土牢的门一直开着。外边有一种骚动的声音传进土牢里来。可以听见不十分清晰的军号声,大概是起床号;然后有枪柄碰地声,那是哨兵的换班;最后,在离堡垒很近的地方,有一种搬东西的声音,在黑暗中只能分辨出那是移动木片和厚板的声音,夹杂着一种类乎锤击的沉重而有间歇的响声。

---

① 渥太伊提,指大洋洲的法属塔希提岛,气候良好,物产丰富,被称为地上乐园。

西穆尔登听着,脸色变为苍白了。郭文什么都没有听见。

他的沉思愈来愈深了。看来好像他已经停止了呼吸,他完全集中于在他的脑海里出现的那些幻象。他微微地震动。他的眼珠里的那种黎明的光芒越发亮了。

这样过了一些时候。西穆尔登问他:

"你在想什么?"

"想将来。"郭文回答。

他又沉溺在默想中。西穆尔登从他们两人坐着的草床上站起来。郭文根本没有发觉。西穆尔登用眼睛盯着在沉思中的青年,慢慢地退到牢门,走了出去。土牢的门又关上了。

六 太阳出来了

曙光不久就在地平线上出现了。

一件新奇的、屹然不动的、意想不到的东西,也随着黎明在拉·图尔格的高地上出现了。这件东西是天上的鸟儿所不认识的,它矗立在高地上,俯视着富耶尔森林。

这件东西是夜里放在那里的。与其说是安装起来的,不如说是整个竖立起来的。从远处看来,那是地平线上由许多生硬的直线构成的一个轮廓,外形很像一个希伯来字母,或者古代的神秘字母之一的埃及象形文字。

最初一看,这件东西给人的印象是多余的。它屹立在百花怒放的树丛中。人们不禁要问它在那里有什么用。再看下去就觉得一阵寒栗爬上人们的背脊。那是一种有四只脚的架子。架子的一端竖立着两根笔直的柱子,柱子的顶端架着一条横梁,把两根柱子接连,上面高高地吊着一个三角形的东西,在清晨的蔚蓝天空中,这三角形的东西好像是黑色的。架子的另一端放着一把梯子。在两根柱子中间,三角形的东西下面,可以看出有一个由两块活动切板构成的镶板,这两块切板接合起来,中间就显出一个圆洞,大小正和一个人的脖子相仿。上面的一块切板可以在一条槽里滑动,因此可以随意升降。目前那两个合起来就成为颈圈的半月形是彼此分开的。在吊着那个三角形东西的两根柱子脚下,有一块可以依着地轴转动的木板,好像一个跷跷板。这块木板旁边有一只长形的篮子,在两根柱子中间,前面,架子的末端,有一只方形的篮子。这个怪物是漆成红色的。全部用木头造成,只有那个三角形东西是铁的。这个怪物这么丑恶、卑劣和渺小,使人觉得它是人造的;它同时又是这么庞大,似乎值得由精灵把它搬到这里来。

这件丑怪的东西就是断头台。

在它对面几步远的地方,另一个怪物矗立在山坳里,那就是拉·图尔格。一个石头的怪物和一个木头的怪物构成一对。我们必须说,只要人摸过木头和石头,这块木头和这块石头就不再是木头和石头了,它们从人那里得到了一些东西。一座建筑物就代表一种教义,一架机器就代表一种观念。

拉·图尔格就是过去时代的最后的总结,这个总结在巴黎称为巴士底狱,在英国称为伦敦塔,在德国称为史比尔堡,在西班牙称为厄斯居里雅,在莫斯科称为克里姆林宫,在罗马称为圣天使城堡。

拉·图尔格代表十五个世纪,包括中世纪、藩属、领地、封建制度;断头台只代表一年:九三年。这十二个月抵得住这十五个世纪。

拉·图尔格就是君主制度;断头台就是大革命。

悲惨的对照。

一方面是负债;另一方面是债务的到期。一方面是纠缠不清的哥特式混杂物、农奴、领主、奴隶、主人、平民、贵族、包括许多习惯法的复杂的法典、法官和教士的联盟、数不清的桎梏、捐税、盐税、不能移转的财产、人头税、不受理权、特权、偏见、迷信、王室有停止支付的特权、君权、王位、君主独裁、神权;另一方面,只有一个简单的东西:断头台的刀刃。

一方面是一个结;另一方面是一柄斧子。

拉·图尔格单独在这荒野里过了许多年代。它在那里,它的城墙上的洞孔曾经流出过沸滚的油、燃烧着的松脂、熔化的铅;它的土牢布满了人骨,它有裂尸室的设备,它经历过重大的悲剧;它的不祥的面目俯视着这森林,它在这个阴影中度过了十五个世纪的野蛮的安静日子,它曾经是这块地方的惟一的权力、惟一的尊敬和畏惧的对象;它曾经在这里统治;它曾经是整个野蛮的代表;突然间它看见面前耸起一个和它敌对的东西——不止是一个东西,也是一个和它一样可怕的时代的象征:断头台。

有时石头仿佛有奇异的眼睛。一个石像在观察,一座堡垒在窥看,一座建筑物的正面在凝视。拉·图尔格仿佛在端详着断头台。

它的神气仿佛在自己问自己。

这家伙是什么东西?

这家伙好像是从地里长出来的。

事实上这件东西的确是从地里长出来的。

凶险的树在不祥的土地上萌芽。这片土地上洒过那么多的血,那么多的汗,那么多的泪珠;挖过那么多的沟壑,那么多的坟墓,那么多的地洞,那么多的陷阱;腐化过牺牲在各种各样暴君手里的死者的尸首;掩盖住那么多的深渊,这些深渊里埋葬过那么多的罪恶——可怕的种子。就是从这片深厚的土地里,在注定的日子,这个陌生的东西,这个复仇者,这个凶猛的杀人机器走了出来,于是九三年就对旧世界说:"我在这里了。"

断头台也有权利对塔楼说:"我是你的女儿。"

同时塔楼也觉得被这个新生的东西杀死了,因为这些不祥的东西也有它们的生命,它们过的是一种幽暗的生活。

拉·图尔格在这个幽灵面前感到震骇。简直可以说它害怕了。这个花岗石怪物很神气也很卑劣,可是那块吊着三角形东西的木板比它更坏。倒下去的权威害怕新起的权威。犯罪的历史在打量着司法的历史。过去的暴力在和今后的暴力比美;这个古老的城堡、古老的监狱、古老的领地,里面曾经有被处酷刑的人惨叫过的封建堡垒,这个供打仗和杀人之用的建筑物,现在不能再用来杀人,也不能再用来打仗,已经被侵占、被拆毁、被贬黜,它的一堆堆石头等于一堆堆灰烬,它的样子丑恶,它虽然宏伟,可是没有生气,它充满了过去可怕时代的令人晕眩的回忆,这样一个建筑物眼看着那个可怕的活时代走了过来。昨天在今天的面前战栗了,过去的残暴证实了而且忍受了新生的恐怖的存在,已经降低为零的东西在真正的恐怖面前张开了阴暗的眼睛,幽灵在注视着鬼怪。

大自然是无情的。她不同意在人类的丑恶行为面前收回她的花朵、她的音乐、她的芳香和她的阳光;她用仙境的美丽和人间的丑恶的对比来折磨人类;她不肯开恩拿掉蝴蝶的翅膀,拿掉鸟儿的歌唱;人类不得不在残杀、复仇和野蛮行为进行着的时候忍受那些神圣的美好东西的注视;人类无法逃避温和的宇宙的无限谴责,也无法逃避蓝天的深怀敌意的宁静。丑恶的人类法律不得不在永恒的美丽前面赤裸裸地露出原形。人类尽管破坏、毁灭,尽管戕害生殖机能,尽管杀人;夏天仍然是夏天,百合花仍然是百合花,星星仍然是星星。

那天早上,满布曙光的清新的天空那么可爱,是从来没有见过的。一阵温暖的风吹动矮树丛,雾气懒洋洋地在丫枝间爬行,被泉水里喷出来的气息浸透的富耶尔森林,正在曙光中冒着气,好像是一个装满了香料的大香炉;天空的蔚蓝,云层的洁白,泉水的清澈,从海蓝到翠绿和谐地配合着的一片葱绿,一丛丛友爱的树木,一片片青草,无边的平原,这一切都流露出无比的纯洁,这种纯洁正是大自然给人类的永远的忠告。在这一切当中,出现了人类的丑恶的无耻面目;在这一切当中,出现了堡垒和断头台、战争和刑罚、流血的时代和流血的片刻的两个代表,过去时代的夜间的枭鸟和将来时代的黄昏的蝙蝠。在这开遍花朵、发散芬芳、可爱而迷人的宇宙中,灿烂的天空把曙光洒满拉·图尔格和断头台,而且仿佛向人们说:"请看我的所作所为,再看看你们的所作所为。"

太阳就是这样拿它的光线来进行这种巨大的工作。

这幕景象有许多观众。

这支小小的远征军的四千兵士在高地上排成阵势。他们从三方面围绕着断头台,构成一个 E 字形的实测图;炮队排在最长一条线的中央,成为 E 字中间的短划。红色的断头台好像被三条战线包围着,这些战线就是兵士们构成的墙,两边弯进来,一直抵到高地的边沿;第四条边是敞开的,那就是那个山坳本身,面对着拉·图尔格。

这样排列就造成了一个长方形的广场,中间放着断头台。随着太阳逐渐升高,断头台在草地上的影子也渐渐变短了。

炮手们守着他们的炮,引火线都准备好了。

一股柔和的蓝烟从山坳里升起;那是熄灭的大火最后的一口气。

这股烟淡淡地绕着拉·图尔格,却没有把它遮没,它的高大的露台俯视着整个地平线。在这个露台和断头台之间,只隔着山坳。两边的人可以互相谈话。

法庭的桌子和竖着三色旗的椅子已经搬到露台上来。太阳在拉·图尔格后面升起,使堡垒的黑色轮廓更明显地现出来,堡垒顶上,三色旗的下面,有一个人形坐在法庭的椅子上,一动也不动,双臂交叉在胸前。

这个人就是西穆尔登。他像昨天一样,穿着政治委员的制服,头上戴着有三色花翎的帽子,身旁挂着军刀,腰带上插着两支手枪。

他默默无言。所有的人也都保持沉默。兵士们把枪放下,低垂着眼睛。他们的手肘互相碰着,可是大家都不谈话。他们在茫然地回忆这次战争,回忆无数次的战役,回忆他们勇敢地冒着枪林弹雨向矮树篱笆进攻,回忆一群群发疯似的农民军被他们赶走,回忆夺取城池,赢得战役,回忆他们的胜利,现在他们觉得所有这些光荣都变成了耻辱。眼前这个悲惨的等待使每个人的心都抽紧。刽子手在断头台上走来走去。愈来愈明亮的清晨的光辉庄严地充满了整个天空。

突然间大家听见了蒙着绉纱的鼓敲出来的鼓声。这种悲惨的鼓声愈来愈近;队伍分开了,一列人员走进了方阵,向断头台走去。

最先出现的是黑色的鼓,然后是一队拖着枪的近卫兵,再后是一分队拿着出鞘军刀的宪兵,然后是犯人郭文。

郭文很自由地走着。手上和脚上都没有绳子束缚。他穿着普通军服,佩着军刀。

在他的后面是另一分队宪兵。

郭文的脸上还保持着他对西穆尔登说"我想着将来"的那种有光辉的沉思的喜悦神情。再也没有比这种持续的微笑更崇高、更难以形容的了。

走到了那个悲惨的地方,他的第一下眼光是向堡垒的顶上望去。他没有把断头台放在眼里。

他知道西穆尔登是把监视死刑执行作为自己的责任的。他用眼睛在露台上找他。他发现他在那里。

西穆尔登脸色苍白,冷淡无情。那些靠近他身边的人听不见他的呼吸声。

他看见郭文的时候,并没有任何震动。

郭文一直向断头台走去。

他一边走,一边望着西穆尔登,西穆尔登也望着他。仿佛西穆尔登就靠这个目光来支持自己似的。

郭文到了断头台脚下。他走上台去。指挥近卫兵的那个军官跟着他上去。他解下佩刀交给那个军官;他除下领带递给刽子手。

他看来很像一个幻象。他从来没有像现在这样好看。他的栗色的头发迎风飘拂;当时还没有把受刑人的头发剃去的习惯。他的雪白颈项使人想起女人的颈项,他的具有英雄气概和无限威力的眼睛使人想起了上等天使。他站在断头台上,沉溺在深思中。这里也是人生的一种最高峰。郭文在这高峰上面站着,又威严又安静。阳光包围着他,好像使他站在一团圆光里面一样。

可是受刑人是必须缚起来的。刽子手走了过来,手里拿着一根绳子。

这时候,兵士们看见他们的年轻将领这么坚决地引颈就戮,他们再也忍受不住了;这些战士们的心爆发起来了。大家听见了一个巨大的声音:整个军队的呜咽声。一片叫声响起来:"开恩呀!开恩呀!"有些兵士跪倒在地上;另外一些扔掉枪支,向着露台上的西穆尔登伸出手臂。一个近卫兵指着断头台叫喊:"这种事情肯要替身吗?我愿意当替身。"全体兵士狂热地一再重复:"开恩呀!开恩呀!"即使是狮子,听见了这些喊声,也会受到感动或者害怕起来,因为兵士的眼泪是可怕的。

刽子手停下来,不知道怎样办才好。

于是一个简短而低沉的声音,非常阴惨可怕,以致每个人都听得清清楚楚,在堡垒的顶上叫道:

"执行法律!"

大家都认得出那个冷酷无情的声调。西穆尔登开口说话了。全军都战栗了。

刽子手不再犹豫。他拿着绳子走近来。

"等一等。"郭文说。

他转过来向着西穆尔登,用他的还是自由的右手向西穆尔登做了一个告别的手势,然后束手就缚。

他被缚好以后,又对刽子手说:

"对不起。请再等一等。"

于是他叫喊:

"共和国万岁!"

他被放在跷跷板上,这颗可爱而高傲的头颅被装在丑恶的颈圈里面,刽子手轻轻地把他的头发拉起来,然后按了弹簧,那个三角形的东西开始动了,起先慢慢地滑下来,然后逐渐加快;大家听见了一下丑恶的响声……

在这同一瞬间,另一个声音也响起来。一下手枪声回答了那下斧子声。西穆尔登从腰带里拔出一支手枪,正当郭文的头颅滚进篮子里面的时候,西穆尔登用一粒子弹洞穿了自己的心脏。一股血从他的嘴里涌出来,他倒下来死了。

于是这两个灵魂,这两个悲惨的姐妹,一同飞去了,一个的暗影和另一个的光辉混合起来了。

"外国文学名著丛书"书目

第 一 辑

书　名	作　者	译　者
伊索寓言	〔古希腊〕伊索	周作人
源氏物语	〔日〕紫式部	丰子恺
堂吉诃德	〔西班牙〕塞万提斯	杨　绛
泰戈尔诗选	〔印度〕泰戈尔	冰　心　石　真
坎特伯雷故事	〔英〕杰弗雷·乔叟	方　重
失乐园	〔英〕约翰·弥尔顿	朱维之
格列佛游记	〔英〕斯威夫特	张　健
傲慢与偏见	〔英〕简·奥斯丁	王科一
雪莱抒情诗选	〔英〕雪莱	查良铮
瓦尔登湖	〔美〕亨利·戴维·梭罗	徐　迟
欧·亨利短篇小说选	〔美〕欧·亨利	王永年
特利斯当与伊瑟	〔法〕贝迪耶	罗新璋
巨人传	〔法〕拉伯雷	鲍文蔚
忏悔录	〔法〕卢梭	范希衡　等
欧也妮·葛朗台 高老头	〔法〕巴尔扎克	傅　雷
雨果诗选	〔法〕雨果	程曾厚
巴黎圣母院	〔法〕雨果	陈敬容
包法利夫人	〔法〕福楼拜	李健吾
叶甫盖尼·奥涅金	〔俄〕普希金	智　量
死魂灵	〔俄〕果戈理	满　涛　许庆道

书　名	作　者	译　者
当代英雄	〔俄〕莱蒙托夫	草　婴
猎人笔记	〔俄〕屠格涅夫	丰子恺
白痴	〔俄〕陀思妥耶夫斯基	南　江
列夫·托尔斯泰中短篇小说选	〔俄〕列夫·托尔斯泰	草　婴
怎么办？	〔俄〕车尔尼雪夫斯基	蒋　路
高尔基短篇小说选	〔苏联〕高尔基	巴　金等
浮士德	〔德〕歌德	绿　原
易卜生戏剧四种	〔挪〕易卜生	潘家洵
鲵鱼之乱	〔捷〕卡·恰佩克	贝　京
金人	〔匈〕约卡伊·莫尔	柯　青

第 二 辑

荷马史诗·伊利亚特	〔古希腊〕荷马	罗念生　王焕生
荷马史诗·奥德赛	〔古希腊〕荷马	王焕生
十日谈	〔意大利〕薄伽丘	王永年
莎士比亚悲剧五种	〔英〕威廉·莎士比亚	朱生豪
多情客游记	〔英〕劳伦斯·斯特恩	石永礼
唐璜	〔英〕拜伦	查良铮
大卫·科波菲尔	〔英〕查尔斯·狄更斯	庄绎传
简·爱	〔英〕夏洛蒂·勃朗特	吴钧燮
呼啸山庄	〔英〕爱米丽·勃朗特	张　玲　张　扬
德伯家的苔丝	〔英〕托马斯·哈代	张谷若
海浪　达洛维太太	〔英〕弗吉尼亚·吴尔夫	吴钧燮　谷启楠
哈克贝利·费恩历险记	〔美〕马克·吐温	张友松
一位女士的画像	〔美〕亨利·詹姆斯	项星耀
喧哗与骚动	〔美〕威廉·福克纳	李文俊
永别了武器	〔美〕欧内斯特·海明威	于晓红

书 名	作 者	译 者
波斯人信札	〔法〕孟德斯鸠	罗大冈
伏尔泰小说选	〔法〕伏尔泰	傅 雷
红与黑	〔法〕司汤达	张冠尧
幻灭	〔法〕巴尔扎克	傅 雷
莫泊桑中短篇小说选	〔法〕莫泊桑	张英伦
文字生涯	〔法〕让-保尔·萨特	沈志明
局外人 鼠疫	〔法〕加缪	徐和瑾
契诃夫小说选	〔俄〕契诃夫	汝 龙
布宁中短篇小说选	〔俄〕布宁	陈 馥
一个人的遭遇	〔苏联〕肖洛霍夫	草 婴
少年维特的烦恼	〔德〕歌德	杨武能
德国,一个冬天的童话	〔德〕海涅	冯 至
绿衣亨利	〔瑞士〕戈特弗里德·凯勒	田德望
斯特林堡小说戏剧选	〔瑞典〕斯特林堡	李之义
城堡	〔奥地利〕卡夫卡	高年生

第 三 辑

埃斯库罗斯悲剧二种	〔古希腊〕埃斯库罗斯	罗念生
索福克勒斯悲剧二种	〔古希腊〕索福克勒斯	罗念生
欧里庇得斯悲剧二种	〔古希腊〕欧里庇得斯	罗念生
神曲	〔意大利〕但丁	田德望
西班牙流浪汉小说选	〔西班牙〕克维多 等	杨 绛 等
阿拉伯古代诗选	〔阿拉伯〕乌姆鲁勒·盖斯 等	仲跻昆
列王纪选	〔波斯〕菲尔多西	张鸿年
蕾莉与马杰农	〔波斯〕内扎米	卢 永
莎士比亚喜剧五种	〔英〕威廉·莎士比亚	方 平
鲁滨孙飘流记	〔英〕笛福	徐霞村

书　名	作　者	译　者
彭斯诗选	〔英〕彭斯	王佐良
艾凡赫	〔英〕沃尔特·司各特	项星耀
名利场	〔英〕萨克雷	杨　必
人性的枷锁	〔英〕威廉·萨默塞特·毛姆	叶　尊
儿子与情人	〔英〕D. H. 劳伦斯	陈良廷　刘文澜
杰克·伦敦小说选	〔美〕杰克·伦敦	万　紫　等
了不起的盖茨比	〔美〕菲茨杰拉德	姚乃强
木工小史	〔法〕乔治·桑	齐　香
恶之花　巴黎的忧郁	〔法〕波德莱尔	钱春绮
萌芽	〔法〕左拉	黎　柯
前夜　父与子	〔俄〕屠格涅夫	丽　尼　巴　金
卡拉马佐夫兄弟	〔俄〕陀思妥耶夫斯基	耿济之
安娜·卡列宁娜	〔俄〕列夫·托尔斯泰	周　扬　谢素台
茨维塔耶娃诗选	〔俄〕茨维塔耶娃	刘文飞
德国诗选	〔德〕歌德　等	钱春绮
安徒生童话选	〔丹麦〕安徒生	叶君健
外祖母	〔捷〕鲍·聂姆佐娃	吴　琦
好兵帅克历险记	〔捷〕雅·哈谢克	星　灿
我是猫	〔日〕夏目漱石	阎小妹
罗生门	〔日〕芥川龙之介	文洁若

第　四　辑

一千零一夜		纳　训
培根随笔集	〔英〕培根	曹明伦
拜伦诗选	〔英〕拜伦	查良铮
黑暗的心　吉姆爷	〔英〕约瑟夫·康拉德	黄雨石　熊　蕾
福尔赛世家	〔英〕高尔斯华绥	周煦良

书 名	作 者	译 者
月亮与六便士	〔英〕威廉·萨默塞特·毛姆	谷启楠
萧伯纳戏剧三种	〔爱尔兰〕萧伯纳	潘家洵 等
红字 七个尖角顶的宅第	〔美〕纳撒尼尔·霍桑	胡允桓
汤姆叔叔的小屋	〔美〕斯陀夫人	王家湘
白鲸	〔美〕赫尔曼·梅尔维尔	成 时
马克·吐温中短篇小说选	〔美〕马克·吐温	叶冬心
老人与海	〔美〕欧内斯特·海明威	陈良廷 等
愤怒的葡萄	〔美〕斯坦贝克	胡仲持
蒙田随笔集	〔法〕蒙田	梁宗岱 黄建华
悲惨世界	〔法〕雨果	李 丹 方 于
九三年	〔法〕雨果	郑永慧
梅里美中短篇小说选	〔法〕梅里美	张冠尧
情感教育	〔法〕福楼拜	王文融
茶花女	〔法〕小仲马	王振孙
都德小说选	〔法〕都德	刘 方 陆秉慧
一生	〔法〕莫泊桑	盛澄华
普希金诗选	〔俄〕普希金	高 莽 等
莱蒙托夫诗选	〔俄〕莱蒙托夫	余 振 顾蕴璞
罗亭 贵族之家	〔俄〕屠格涅夫	陆 蠡 丽 尼
日瓦戈医生	〔苏联〕帕斯捷尔纳克	张秉衡
大师和玛格丽特	〔苏联〕布尔加科夫	钱 诚
茨威格中短篇小说选	〔奥地利〕斯·茨威格	张玉书 等
玩偶	〔波兰〕普鲁斯	张振辉
万叶集精选	〔日〕大伴家持	钱稻孙
人间失格	〔日〕太宰治	魏大海

第 五 辑

书 名	作 者	译 者
泪与笑　先知	〔黎巴嫩〕纪伯伦	冰　心　等
华兹华斯 柯尔律治诗选	〔英〕华兹华斯 柯尔律治	杨德豫
济慈诗选	〔英〕约翰·济慈	屠　岸
汤姆·索亚历险记	〔美〕马克·吐温	张友松
大街	〔美〕辛克莱·路易斯	潘庆舲
田园三部曲	〔法〕乔治·桑	罗　旭　等
金钱	〔法〕左拉	金满成
果戈理小说戏剧选	〔俄〕果戈理	满　涛
奥勃洛莫夫	〔俄〕冈察洛夫	陈　馥
谁在俄罗斯能过好日子	〔俄〕涅克拉索夫	飞　白
亚·奥斯特洛夫斯基戏剧六种	〔俄〕亚·奥斯特洛夫斯基	姜椿芳　等
复活	〔俄〕列夫·托尔斯泰	草　婴
静静的顿河	〔苏联〕肖洛霍夫	金　人
谢甫琴科诗选	〔乌克兰〕谢甫琴科	戈宝权　任溶溶
维廉·麦斯特的学习时代	〔德〕歌德	冯　至　姚可崑
叔本华随笔集	〔德〕叔本华	绿　原
艾菲·布里斯特	〔德〕台奥多尔·冯塔纳	韩世钟
豪普特曼戏剧三种	〔德〕豪普特曼	章鹏高　等
铁皮鼓	〔德〕君特·格拉斯	胡其鼎
加西亚·洛尔卡诗选	〔西班牙〕加西亚·洛尔卡	赵振江
你往何处去	〔波兰〕亨利克·显克维奇	张振辉
显克维奇中短篇小说选	〔波兰〕亨利克·显克维奇	林洪亮
裴多菲诗选	〔匈〕裴多菲	孙　用
轭下	〔保〕伐佐夫	施蛰存

书　名	作　者	译　者
卡勒瓦拉(上下)	〔芬兰〕埃利亚斯·隆洛德	孙　用
破戒	〔日〕岛崎藤村	陈德文
戈拉	〔印度〕泰戈尔	刘寿康